ALEXA THIESMEYER

# Melbtal

BONN KRIMI



emons:

**Bibliografische Information der Deutschen Nationalbibliothek**
Die Deutsche Nationalbibliothek verzeichnet diese Publikation in der Deutschen Nationalbibliografie; detaillierte bibliografische Daten sind im Internet über http://dnb.d-nb.de abrufbar.

MIX
Papier aus verantwortungsvollen Quellen
FSC® C083411
FSC
www.fsc.org


Umschlagmotiv: photocase.de/barbaclara
Umschlaggestaltung: Tobias Doetsch
Gestaltung Innenteil: César Satz & Grafik GmbH, Köln
Druck und Bindung: CPI – Clausen & Bosse, Leck
Printed in Germany 2014
ISBN 978-3-95451-307-9
Bonn Krimi
Originalausgabe

*Und im Gesang sei dir*
*ewiger Frühling beschieden,*
*du waldiges Tal*
*der strengen Melb!*
*Inmitten des einsamen Schauders*
*im hohen Schattenwald …*

Erste Zeilen eines Gedichts des italienischen Dichters
und Dramatikers Luigi Pirandello, Nobelpreisträger
von 1934, der von 1889 bis 1891 in Bonn lebte

# Vor dreißig Jahren …

An das kleine Sommerlokal, das Hildegard K. am Rande von Poppelsdorf betrieb, wird sich kaum noch jemand erinnern. Die von wucherndem Grün umgebene Melbbude bestand aus Hütte und Terrasse eines ehemaligen Schrebergartens. Sie befand sich am Ende des Tals zwischen Kreuzberg und Venusberg, nicht weit von der Stelle, wo die Melb in ein Rohr hinabstürzt, um unterirdisch ihren Lauf zum Rhein zu nehmen.

Hildegards Holzbank und ihre klapprigen Gartenstühle waren unbequem, und die Tische mit den fleckigen Resopalplatten wackelten auf dem unebenen Boden, sodass man Bierdeckel unter die Beine schieben musste. Doch bei jungen Leuten war die Melbbude beliebt. Das mochte zum einen an der leicht schmuddeligen Urigkeit liegen, den kleinen Preisen und dem reizvollen Gerücht, der Betrieb sei illegal, zum anderen an der fülligen Hildegard selbst und den zornigen Reden, die sie lautstark führte, während sie halve Hahn oder belegte Brötchen zurechtmachte. Manch ein Abend war so unterhaltsam, als säße man im Kabarett. Man lachte Tränen und wusste nie, ob die haarsträubenden Geschichten erfunden waren oder nicht.

Konnte es zum Beispiel wahr sein, dass zwischen Venusberg und Reuterstraße ein höherer Ministerialbeamter lebte, der seine erwachsene Tochter tagein, tagaus eingesperrt hatte, um sie ganz für sich zu haben? Dass dieses arme Wesen nach Jahren der Sklaverei eines Nachts durchs Kellerfenster entschwunden war und niemals wieder gesehen wurde?

»Uss Neuseeland, sääte, hätt se aanjerofe«, schnaufte Hildegard mit bedeutungsschwerem Blick in die Runde, die an einem warmen Abend Anfang Juni unter dem Wellblechdach der Hütte versammelt war. Ohne die Stimme zu senken, fügte sie hinzu: »Ävve isch sach üsch: Ene Poppelsdorfer Källe es düste jenoch … On am Stinke es et do söns och.«

Die jungen Gäste grölten vor Begeisterung. Einige kannten die Geschichte bereits, andere hörten sie zum ersten Mal.

»Hat er ihre Leiche im Keller versteckt? War es Mord?«, fragte ein Jurastudent.

»Hat er sie missbraucht?«, rief ein Mädchen. »Wollte sie fliehen und ihn anzeigen?«

Über Hildegards Nase erschien eine steile Falte. Sie presste die Lippen aufeinander und wandte sich ab. Mehr wollte sie offenbar nicht preisgeben. Doch glaubten die Anwesenden, ein Nicken gesehen zu haben. Hildegards Blicke hatten ohnehin Bände gesprochen.

Wenige Tage später erschien der erste Gast der Melbbude ungewöhnlich früh.

Hildegard war noch damit beschäftigt, Tische und Stühle mit einem feuchten Lappen von den weißen Klecksen zu befreien, die die Vögel hinterlassen hatten, und fluchte leise vor sich hin. »Wänn isch üsch erwisch, üe Piepmätz …«

Sie hörte das Knirschen von Autoreifen und sah, wie an dem Kiesweg, der das Lokal mit der Straße »Im Wingert« verband, ein mausgrauer Wagen hielt. Auf der Beifahrerseite stieg ein Mann aus, der einen eleganten schwarzen Hut trug. Vom Inneren des Wagens war nicht viel zu sehen, da die Morgensonne sich in den Fensterscheiben spiegelte. Doch Hildegard hätte schwören können, dass hinter dem Steuer ein zweiter Mann mit Hut saß. Vornehme Kundschaft? Das von Lehm verkrustete, unlesbare Nummernschild passte nicht dazu.

Das Auto verschwand aus ihrem Blickfeld. Hildegard ging in die Hütte hinter die Theke und warf den Wischlappen in die Spülschüssel.

Der fremde Gast näherte sich der Bude mit schwungvollen Schritten. Sie wusste nicht, ob sie ihn schon einmal gesehen hatte. Wenn ja, schien er es darauf anzulegen, dass sie ihn nicht erkannte. Die Hutkrempe ließ sein Gesicht im Schatten und sein Alter im Ungewissen. Die schwarzen Gläser der Sonnenbrille kamen ihr übertrieben groß vor.

»Kaffee und Käsebrötchen«, bestellte der Mann mit fast geschlossenen Lippen.

Normalerweise fing Hildegard mit jedem, der an ihre Theke

trat, ein Schwätzchen an, ein Thema fand sich ja immer, und wenn es nur das Wetter war. Aber dieser Mann hatte etwas Abweisendes an sich, sodass sie keine Lust zum Reden verspürte. Der ist nicht von hier, vermutete sie. Eher aus Norddeutschland. Oder aus dem Ausland. Aber solange er das Maul unter dem kaffeebraunen Schnauzbart nicht richtig auftat, konnte man es nicht wissen.

Während sie im Halbdunkel der Bude hantierte, stand er gegen den äußeren Pfosten des Wellblechdachs gelehnt. Hildegard bemerkte aus den Augenwinkeln, dass er ihren halbhohen Holzbottich musterte, in dem das Regenwasser bis zum Rand stand. Anschließend schweifte sein Blick hinauf zu dem schadhaften Terrakottakasten mit den roten Geranien, der eigentlich schon längst einen besseren Platz hatte finden sollen, statt so schief auf dem Stapel alter Ziegel zu thronen, aus denen sie eine Feuerstelle mauern wollte.

Nää, diesem Menschen kann es hier nicht gefallen, mutmaßte Hildegard, als sie die Essiggurke halbierte, die das Käsebrötchen ergänzen sollte. Der passt eher in den »Königshof« als unter mein Wellblech. Allein die Sonnenbrille auf seiner Nase hat mehr gekostet, als ich in einer Woche verdiene. Was er da anhat, sieht nach Maßanzug aus, und solche Handschuhe aus sandfarbenem Feinleder kauft er in *Milano* oder *Roma*. Was will der hier bei mir?

»Sie kennen einen Herrn«, brach der Fremde das Schweigen, »dem Sie vorwerfen, seine Tochter nicht korrekt behandelt zu haben.«

Hildegard fühlte, dass sie knallrot anlief. »Datt soll isch jesacht hann?«, schnaufte sie.

»Sie haben ihn in aller Öffentlichkeit eines Verbrechens bezichtigt.«

»Kann misch net erinnere.«

»Tun Sie nicht so scheinheilig«, herrschte er sie an. »In ganz Poppelsdorf pfeifen es die Spatzen von den Dächern! Worauf gründen Sie Ihre Behauptungen?« Die Eiseskälte in seiner Stimme wirkte bedrohlich.

Ein unliebsames Gefühl stieg in Hildegard auf. Sie verscheuchte es schnell. So weit kommt das noch, dachte sie verärgert, datt et Hildejad Schess hätt!

Ihr Gesicht nahm einen trotzigen Ausdruck an. Schließlich waren ihre Vorwürfe gegen den Ministerialbeamten nicht aus der Luft gegriffen. Die Wohnung ihrer Großtante Lena gehörte zum selben Gartengeviert wie dessen Haus. Aus dem zweiten Stock hatte man die Tochter ab und zu in dem ummauerten Garten sehen können, aber niemals ohne ihn. Vor drei Wochen hatte Tante Lena von dort drüben weibliche Schreie und männliches Brüllen gehört. Erst nach Tagen war Lena beim Einkaufen zu Ohren gekommen, dass er angeblich seine Tochter als vermisst gemeldet, aber die Anzeige zurückgezogen hatte, nachdem sich die junge Dame aus Neuseeland gemeldet hätte. Tante Lena hatte ihre Beobachtung und manches, was ihr dazu eingefallen war, niemandem außer ihrer Nichte geschildert. Auf Jedöns mit der Polizei legte sie keinen Wert.

»Sie bringen einen anständigen Bürger in Verruf«, fuhr der Fremde fort. »Das plötzliche Verschwinden seiner geliebten Tochter tut ihm sehr weh. Er ist drauf und dran, Sie wegen übler Nachrede zu belangen. Für Sie wird das teuer, und Ihren Laden müssten Sie dichtmachen. Mit dem Plumpsklo hinter der Hütte haben Sie wahrscheinlich nicht mal eine Gaststättenerlaubnis.«

Hildegard schluckte und fürchtete, dass er es sah.

»Mein Auftraggeber bietet Ihnen einen Versöhnungsbetrag an. Zehntausend Mark.« Er griff in die Innentasche seiner Anzugjacke und zückte seine Brieftasche. »Das ist äußerst großzügig. Sie könnten Ihr Lokal verschönern, bequemere Stühle, eine anständige Toilette …«

Daher also wehte der Wind. Hildegard atmete tief durch. So viel Geld. Nur dafür, dass sie ihre Zunge im Zaum hielt! Plötzlich wallte Zorn in ihr auf.

»Hürens, Se känne misch net.« Sie warf die Emmentalerscheiben auf die Brötchenhälften, das Curry traf den Serviettenstapel statt den Käse. »Watt isch heh am Vekloppe ben, es Zeässe on Zedrinke. Ävve net minge Schnüss!«

»Überlegen Sie sich das noch mal.«

»Esu wick kütt datt noch!«

»Ist das Ihr letztes Wort?«

Hildegard nickte und presste die Lippen fest aufeinander, um nicht herauszulassen, was ihr auf der Zunge lag: Rötsch me de

Puckel eronde met dinge vedammbte Jäld! Besser nicht die Beherrschung verlieren, sagte sie sich, Gast ist Gast, und schließlich soll er noch bezahlen. Die Sache mit der Tochter war alles andere als ein Gerücht, so viel war sicher, wenn ihr Schweigen zehntausend Mäuse wert sein sollte. Und mit dem Kerl, der da lässig am Pfosten lehnte und die Brieftasche in die feine Jacke schob, stimmte irgendwas nicht. Auf alle Fälle war sein Schnurrbart falsch. Der saß so schief, als ob er gleich abfiele.

Anders als sonst stellte Hildegard den Kaffeebecher und den Brötchenteller ihrem Gast nicht auf die schmale Theke. In dem Wunsch, zwischen sich und dem Mann möglichst viel Abstand zu schaffen, benutzte sie diesmal ein Tablett und trug es hinaus zu den Tischen.

Das war ein furchtbarer Fehler.

Sie stolperte. Hatte der Kerl ihr ein Bein gestellt? Sekundenlang glaubte sie, das Gleichgewicht wiederzuerlangen, doch ihr Schwung war zu heftig. Wie eine Welle schwappte der Kaffee aus der hochgeschleuderten Tasse, die Brötchenhälften flogen zum Holunder, während das Tablett in ihren Händen hin und her kippte und nur noch ein Zuckertütchen darauf herumrutschte.

Der Länge nach fiel sie hin. Ihre Stirn schlug schmerzhaft auf den Rand des Regenbottichs. Das Tablett schepperte auf den Kies. Sie wollte sich aufrappeln. Aber so schnell ging das nicht. Der Fluch der Pfunde.

Plötzlich sah sie den Mann über sich. Er beugte sich herunter, griff unter ihre Achseln und zog sie ein Stück hoch. Vor ihren Augen schimmerte grünschwarz das Wasser des Bottichs. Es spiegelte ihr verzerrtes Gesicht, als sie versuchte, den Mann wegzustoßen.

»Hau aff, du Dräcksack!«

Mit Händen wie aus Stahl bog er ihre Arme nach hinten. Ihren Kopf drückte er hinunter, tief ins Dunkel des Wassers. Sie bäumte sich auf, strampelte, prustete, geriet dennoch tiefer hinein, die Stirn schon am Grund, die Schultern kalt umspült.

Etwas Hartes, Schweres traf ihren Hinterkopf.

***

Manfred Neumann war im Melbtal auf seinem Rappen unterwegs. Um das schöne Wetter auszunutzen, war er schon früh den schattigen Weg in der Nähe des Baches talaufwärts getrabt, hatte am Waldrand bei Ippendorf einen Schokoriegel verzehrt und sich die Morgensonne ins Gesicht scheinen lassen. Nun ritt er im Schritt zum unteren Ende des Tals, um in der Melbbude die beste Schorle zu trinken, die er kannte, mit dem Saft einer alten Apfelsorte, die es nirgends zu kaufen gab und die anscheinend nur auf der Wiese neben der Bude überlebt hatte. Er musste erst am Nachmittag wieder zu seinem Ausbilder am Bonner Landgericht, den Vormittag hatte er frei und keine Eile. Während hoch über ihm die Vögel in den Kronen der Baumriesen zwitscherten, verlor er sich in Träumereien.

Der Weg entfernte sich vom Bach. Hinter dem grün und golden leuchtenden Blattwerk tauchte bald das kühle Blau des Schwimmbads auf. Einst hatte dort an einem Teich die obere Melbmühle gestanden, Manfred kannte sie von einem alten Bild. Ein Stück weiter hätte man damals Weinhänge gesehen, bevor man die untere Mühle und das Dorf erreichte, vermutlich eine Straßensiedlung aus fränkischer Zeit. Die Melb war mitten durch den Ort geflossen, an dessen Ausgang man anstelle der zerstörten Wasserburg nun das kurfürstliche Landschloss Clemensruhe bewundern konnte, in dessen Park die Melb die Wasserspiele und den Weiher speiste. Manfred stellte sich vor, dass zu jener Zeit manches Mal ein Reiter hier irgendwo aus dem Wald gekommen war und zu den fernen Türmen der Stadt Bonn hinübergeschaut hatte, vielleicht nicht weit von diesem Pfad, auf dem er selbst sich jetzt den ersten Poppelsdorfer Schrebergärten näherte. Hinter dem Gebüsch linker Hand war bereits ein Teil des Wellblechdachs erkennbar, das zur Melbbude gehörte.

Manfred hatte es sich zur Angewohnheit gemacht, einige Meter vor der Straße vom Pferd zu steigen, denn sein junger Wallach reagierte oft schreckhaft, wenn Autos oder Motorräder an ihm vorüberbrausten, am schlimmsten fand er den Bus. Diesmal aber gelang es nicht, das Pferd an der gewohnten Stelle zum Stehen zu bringen. Es scheute vor dem linksseitigen Gebüsch und bäumte sich auf. Manfred sah sich gezwungen, den aufgeregten Rappen am kurzen Zügel stramm Richtung Straße vorwärtszutreiben. Sekunden später wusste er, warum sein Pferd so unruhig war. Jenseits der Büsche knirschte der Kies unter schnellen Schritten.

Er hatte den Bürgersteig fast erreicht, als aus dem Weg zur Melbbude ein dunkel gekleideter Mann auftauchte und auf ein graues Auto zueilte, das am Straßenrand hielt. Offenbar hörte der Mann den Hufschlag, er drehte sich um. Manfred fiel der schiefe Schnurrbart auf. Den Ausdruck des glatten Gesichts unter der Sonnenbrille konnte er nicht deuten. Ein ungutes Gefühl beschlich ihn. Er schüttelte es ab, es kam ihm albern vor. Der Mann stieg ins Auto, das sofort losfuhr.

Der Rappe wurde ruhiger und ließ sich durchparieren. Manfred sprang aus dem Sattel und führte das Tier am Zügel auf den Weg zur Bude. Abrupt blieb er stehen.

Hildegard! Ihr breiter Oberkörper hing wie ein Sack über den Rand des Wasserkübels, aus dem der Kasten mit den roten Geranien ragte. Es schien, als hätte sie keinen Kopf.

Manfred schrie, wie er noch nie geschrien hatte, warf den Zügel des tänzelnden Pferdes über einen Pfosten und raste zum Wasserfass. Zwei Ecken des Blumenkastens hatten sich ins nasse Holz gebohrt. Endlose Sekunden vergingen, bis er ihn herausgezerrt hatte. Er ließ das schwere Ding zu Boden fallen. An den Schultern zog er Hildegard aus dem Wasser und drehte sie auf die Seite.

Ihr Gesicht unter den triefenden Haarsträhnen hatte eine düstere rotbläuliche Färbung, aus Mund und Nase rann eine blasige weiße Masse. Entsetzt ließ Manfred los. Der Körper sackte auf den Kies.

Panik ergriff ihn. Reiß dich zusammen, sagte er sich. Von Reanimation hatte er wenig Ahnung, aber er musste es zumindest versuchen. Mit dem Handrücken wischte er den klebrigen Schaum von Hildegards Mund und Nase. Er fühlte Übelkeit in sich aufsteigen, überwand sich und probierte hektisch eine Mund-zu-Mund-Beatmung, bis er merkte, dass es zu spät war. Er trat einen Schritt beiseite und gab den Krämpfen seines Magens nach. Der zerkaute Schokoriegel landete im Gebüsch.

Manfred stürzte zur Straße und blieb verzweifelt gestikulierend am Bordstein stehen. Als ein Wagen neben ihm hielt, war er kaum zu einer zusammenhängenden Schilderung in der Lage, doch die Fahrerin verstand das Wesentliche und versprach, zur nächsten Telefonzelle zu fahren und die Polizei zu rufen. Kurz darauf trafen Beamte in Uniform und einige in Zivil ein und füllten das kleine Terrain der Melbbude.

Der große, schmale Rappe schien nun vollends die Nerven zu verlieren und zerrte unruhig am Zügel. Manfred stand mit hängenden Schultern daneben und war kaum ansprechbar. Einem Kriminalkommissar gelang es dennoch, ihm einzelne Satzfetzen zu entlocken. Er bat ihn, seine Aussage im Polizeipräsidium zu Protokoll zu geben und zu vervollständigen.

Manfred weigerte sich jedoch vehement, in den Dienstwagen einzusteigen, er wollte zuerst das Pferd auf seine Weide am Gut Melb zurückbringen. Der Kommissar hätte ihn lieber sofort mitgenommen, stimmte aber zu, weil der junge Mann ihm versicherte, er würde zum Gutshof nur wenige Minuten brauchen. Sie vereinbarten, dass zwei Polizeibeamte ihn dort mit dem Auto abholen sollten.

In flottem Tempo trabte Manfred über den Fußweg davon, der ihn am Zaun des Melbbads entlang talaufwärts führte.

***

Zu Manfreds Aussage im Präsidium sollte es nie kommen. Die Polizeibeamten trafen am Gutshof den schweißnassen Rappen ohne seinen Reiter an. Als sie die Strecke, die Manfred geritten war, absuchten, fanden sie unterhalb der historischen Melbbrücke seine Leiche.

Die anschließenden Ermittlungen führten zu der Annahme, dass das Pferd vor irgendetwas gescheut hatte und in Panik bis zur Mitte der Brücke gerast war. Verschiedene Schleifspuren der Hufeisen am gepflasterten Boden ließen erkennen, dass es sich dort mehrmals aufgebäumt und eine enge Wende vollzogen hatte, bevor es die Brücke verlassen und zum Gatter seiner Weide gerast war. Bei einem seiner Sprünge hatte es den jungen Mann vermutlich über die Brüstung in den Abgrund und auf die steinerne

Einfassung des Bachbetts geschleudert. Der Schwung musste außerordentlich gewesen sein, denn die rund fünfzig Zentimeter dicke Brüstung ließ nur an der inneren Kante Abriebspuren am Moos erkennen. Die Frage der Ermittler, ob Fremdeinwirkung eine Rolle gespielt hatte, konnte das Gutachten des rechtsmedizinischen Instituts der Universität nach der Obduktion des Leichnams nicht beantworten.

Auch in Hinblick auf Hildegards Tod wurde zunächst eine Verkettung unglückseliger Umstände vermutet. Bei der Autopsie aber entdeckten die Rechtsmediziner Hämatome an der Stirn, unter den Achseln und an den Armen sowie Einblutungen im Unterhautfettgewebe und der Muskulatur ihres Nackens. Dies alles werteten sie als Hinweise, dass die Budenwirtin gewaltsam in den Wasserbottich hineingedrückt worden war. Der Terrakottakasten hatte es ihr unmöglich gemacht, sich zu befreien.

Die Ermittlungen wegen Mordes gegen unbekannt liefen auf Hochtouren, blieben jedoch ohne Erfolg. Der höhere Ministerialbeamte, den Hildegard mehrfach erwähnt hatte, wurde nicht ermittelt. Hinweise auf andere mögliche Mordmotive führten zu keinem Ergebnis. Auch jenen Mann, den Manfred Neumann seinen Angaben am Tatort zufolge gesehen hatte, fand man nicht.

# 1
# Dienstag

»Ich rauch ein Dämin.«

»Wie bitte?«

»Werscheihung.« Kurzes Klacken. »Ich hatte meine Zähne nicht drin, das vergesse ich manchmal. Verstehen Sie mich jetzt besser?«

»Einwandfrei«, sagte Freddy und schob den letzten Bissen seines Frühstücks in den Mund. Was für eine beknackte Alte rief ihn da an? Die Stimme erinnerte ihn an die Krähen, die sich manchmal auf der Birke hinterm Haus versammelten.

»Bitte geben Sie mir einen Termin.«

»Wann hätten Sie denn –«

»Ich brauch ihn sofort«, unterbrach sie ihn. »Es ist dringend! Oder haben Sie keine Zeit? Zu viel zu tun?«

Freddy raschelte mit der Brötchentüte, um den Anschein zu erwecken, er blättere in seinem Kalender, von dem er nicht wusste, wo er lag, weil er ihn so selten brauchte. Er hätte ungern zugegeben, dass Detektiv Stieger so gut wie nichts zu tun hatte.

»Sie haben Glück. Ein Klient hat abgesagt«, log er. »Um zwölf ist was frei geworden.«

»Perfekt«, krächzte sie. »So um zwölf herum bin ich bei Ihnen am Kurfürstenplatz. Ich wohne quasi um die Ecke.«

In einer knappen Stunde also. Hoffentlich würde er es bis dahin schaffen, das Büro herzurichten. In letzter Zeit war es nach und nach zur Abstellkammer verkommen.

»Auf Wunsch mache ich auch Hausbesuche«, sagte Freddy schnell. »Heute würde es großartig passen.«

»Lieber nicht. Das wäre zu auffällig.« Sie verabschiedete sich und legte auf.

*Sofort … dringend … zu auffällig*, rekapitulierte Freddy. Die Dame kam ihm reichlich theatralisch vor. Wie eine skurrile Bühnenfigur. Aber es war müßig, darüber zu spekulieren, was auf ihn zukam. Erst einmal brauchte er ein aufgeräumtes Büro.

Freddy blickte auf seine Füße hinunter, die sich kaum bewegen ließen. Auf dem linken lag die Schnauze seines Hundes, die Pfoten drückten auf die Zehen des rechten. Murmelrunde braune Augen schauten zu ihm auf. *Erst ich!*

»Billy, du kommst später dran.« Freddy zog die Füße weg. Die Pfoten setzten nach. »Später, Billy. Wenn ich den Auftrag habe.«

Denn ganz offensichtlich winkte da ein Auftrag! Und damit etwas Geld! Die Freude erfasste Freddy wie eine Windböe, ließ ihn durch die Küche tanzen und wirbelte ihn über die Holzdielen, vorbei am Hund, der mit angelegten Ohren in den Flur schoss. Eine Drehung schleuderte Freddy gegen den Türrahmen. Zwei Atemzüge lang schwindelte ihm, dann kam der Schmerz. Egal – endlich eine Klientin! Die erste seit Monaten. Wie hieß sie überhaupt? An einen Namen konnte er sich nicht erinnern. Sie hatte gesagt, sie wohne in der Nähe. Wenn sie mit ihm zufrieden wäre, könnte ihn das weiterbringen. Im Idealfall hatte sie einen großen Freundeskreis, womöglich Bekannte in der ganzen Stadt, nicht nur in diesem verschlafenen Viertel, wo man nichts weniger brauchte als einen Privatdetektiv – von den paar Fällen abgesehen, bei denen es darum ging, untreue Ehepartner zu observieren, die es auch hier, in der bevorzugten Wohnlage am Rande des Kottenforstes, gab. Mit etwas Glück könnte diese Klientin sein Blatt wenden.

»Guter Mond, du gehst so stille …« Singend trug Freddy das Bügelbrett mitsamt dem Bügeleisen aus seinem Büro hinüber in die Küche. Lieber hätte er etwas von Elvis geträllert, doch sein Hund pflegte alles außer Abendliedern mit lautem Jaulen zu begleiten, was schwer auszuhalten war.

Die Küche leuchtete im Sonnenlicht, das durchs geöffnete Fenster fiel, wie ein romantisches Stillleben. Der Holzboden hatte die Farbe von Honig angenommen. Von draußen erklang das Geräusch eines sich nähernden Wagens. An dieser Seite des Kurfürstenplatzes kamen mitten am Vormittag nur wenige Fahrzeuge vorbei, sodass Freddy unwillkürlich hinausblickte. Ein Autodach mit einem Taxischild glitt vorüber. Er hörte, wie es ein paar Meter weiter anhielt und sich eine Wagentür öffnete.

Zwanzig nach elf, stellte Freddy mit Blick zur Wanduhr fest. Das konnte sie noch nicht sein. Er trat vom Fenster zurück und überlegte, wo er den Bügelkram verstauen konnte. Billy richtete sich in der Hundehängematte auf und bellte dreimal kurz. *Da ist wer.*

»Hallo Herr Stieger, sind Sie das?«

Die Krähe. Sie musste eine andere Zeitrechnung haben. Über dem Dunkelgrün des Efeus, der rund ums Fenster wucherte, tauchte eine Wolke aus gelocktem weißen Haar auf. Knochige Finger mit perlmuttern schimmernden Nägeln winkten ihm zu. Brillantenfeuer blitzte auf.

Freddy schob das Bügelbrett in die Nische neben dem Küchenschrank und nickte der kleinen Gestalt zu, die, ganz in Schwarz gekleidet, jenseits der Fensterbank durch eine in Schmetterlingsform geschwungene Brille übers Blättergewirr äugte. Unter einer schmalen Hakennase lächelten zwischen Furchen und Fältchen strichdünne rote Lippen. Das Gesicht wurde flankiert von fein gearbeitetem Goldschmuck, der von langen Ohrläppchen baumelte.

*La mama* einer Sippe gefürchteter Mafiosi, schoss es Freddy durch den Kopf, Herrscherin über ein Heer skrupelloser Enkel und Urenkel. Ein paar italienische Ausrufe hätten ihn nicht verwundert.

»Einen Detektiv stellt man sich viel größer vor und nicht mit Bügeleisen!«

Freddy blickte an sich herunter. Das Hemd war knittrig, und am Bauch … das waren wohl Tomatenflecken.

Die alte Dame wandte dem Fenster den Rücken zu, die weiße Wolke verschwand, und das Rappeln leichter Räder erklang. Sie schob einen Rollator über das unebene Pflaster vor dem Haus. Aus dem Einkaufsfach des Gefährts ragten die Henkel einer schwarzen Lackledertasche, die soliden Wohlstand ausstrahlte.

Freddy klemmte das Eisen zwischen Toaster und Mixer ins Regal und schob seine Füße in die Schlappen, die vor dem Küchensofa standen. Im Vorübergehen warf er einen Blick in den Spiegel an der Garderobe. Dass er etwas schmächtig wirkte, störte ihn selten, aber der Meckischnitt seines Haars schien ihm nun zu frech, zu wenig seriös. Und war sein Gesicht nicht viel zu jungenhaft für einen Detektiv, zu dem eine ältere Person Vertrauen fassen sollte? Die kreisrunden Brillengläser in der blassgoldenen Metallfassung erinnerten sie womöglich an *linke Vögel*, wie seine Großmutter sich ausgedrückt hätte.

Er grinste seinem Spiegelbild zu, zog die Haustür auf und half der Dame, das Wägelchen über die Schwelle zu hieven. Es blieb ihm nichts anderes übrig, als sie in die Küche zu bitten – das Büro wäre frühestens in einer halben Stunde vorzeigbar gewesen.

Der Rollator krachte gegen die Flurkommode, kollidierte mit dem Eichenbalken am Durchgang zur Küche und verhakte sich an den Streben des Korbsessels.

»Bisschen eng, Ihr Häuschen, Herr Stieger.«

Billy knurrte, als das Fahrzeug neben seiner Hängematte parkte und die Handtasche an seiner Nase vorbeischwankte.

»Im Büro sind die Handwerker nicht fertig geworden«, erklärte Freddy.

Leider war auch die Küche nicht fertig geworden. Neben dem Herd türmte sich das Geschirr von zwei Tagen und verströmte den Geruch alter Essensreste. Freddy hätte längst gespült, wenn die Sache mit Birgit ihn nicht so fertiggemacht hätte. Meistens war sie es, die spülte, und er trocknete ab, aber gestern Abend hatte nichts mehr geklappt, alles war im Blitz und Donner böser Worte untergegangen. Wie es so weit hatte kommen können, war ihm schleierhaft.

Die alte Dame sah sich lächelnd um. »Als ich Studentin war, sah es bei mir noch schlimmer aus.«

Das musste hundert Jahre her sein. Die unsicheren Schritte, die schiefe Haltung des gekrümmten Rückens und ihre brüchige Stimme legten nahe, dass sie uralt war. Aber die Augen, die Freddy hinter den Brillengläsern entdeckte, kamen ihm Jahrzehnte jünger vor. Die Iris leuchtete in erstaunlichem Blau, der Farbe von Vergissmeinnicht. Er konnte seinen Blick kaum losreißen. Sie schien es zu bemerken.

Freddy beeilte sich, den Korbsessel von den Zeitungen der letzten Tage zu befreien, doch seine Klientin versank bereits im durchgesessenen Polster des Küchensofas. Hoffentlich würde sie ohne ärztliche Hilfe wieder herauskommen.

»Sie werden es nicht glauben, aber ich war mal eine bildhübsche Frau.« Sie seufzte. »Für alle Zeiten vorbei.«

Er warf die Zeitungen zu Boden, ließ sich auf dem Sessel nieder und behauptete, sie sehe immer noch hervorragend aus.

Sie lächelte nachsichtig, als habe sie Verständnis für sein hohles Kompliment. »Das Alter hat Vorteile, Herr Stieger.«

»Natürlich«, erwiderte Freddy und dachte an Zahnprothesen, Inkontinenz und Schwerhörigkeit.

»Wenn man alt ist, kann man sich manche Dummheit erlauben«, fuhr sie fort. »Und alle haben dafür ein Lächeln.«

Unwillkürlich lächelte auch Freddy. Wie meinte sie das? Beihilfe bei der Bluttat ihres Lieblingsenkels und ab und zu ein Meineid vor dem Schwurgericht?

»Ich habe mich entschlossen, in ein Seniorenheim zu ziehen.«

Freddy lehnte sich zurück, erleichtert und zugleich enttäuscht, dass der Hauch von Mafia sich so schnell verflüchtigte. Seniorenheim! Ach je.

»Ich habe an das ›Haus am Wald‹ auf dem Brüser Berg gedacht.« Die alte Dame strich den Rock über ihren Knien glatt. »Hübsche Apartments mit Balkon, freundliche Atmosphäre. Ich bin dort angemeldet.«

»Ich beglückwünsche Sie.«

Die Augen hinter der Schmetterlingsbrille wurden schmal. »Ob Glückwünsche angebracht sind, muss sich erst zeigen. Was glauben Sie, warum ich hier bin, Herr Stieger?«

»Sagen Sie es mir«, schlug Freddy vor. Er stand auf, um etwas zum Schreiben zu holen.

»Eine meiner Bekannten ist dorthin gezogen. Und gestern Abend lag sie tot auf dem Bett. Mit noch nicht mal dreiundachtzig Jahren.«

»Ist nicht so ungewöhnlich, in dem Alter zu sterben«, rutschte Freddy heraus.

»Reden Sie keinen Unsinn«, herrschte sie ihn an. »Meine Bekannte war kerngesund, seit sie das Rauchen drangegeben hatte. Zwei Herzinfarkte, ein Schlaganfall und täglich neun verschiedene Pillen – was heißt das schon? Bei mir sind es elf.« Sie schob einen knittrigen Papierfetzen über die Tischplatte. Darauf stand, mit blauem Kuli zittrig geschrieben, ein Name. »Erika Frost. Ich erfuhr es heute Morgen in der Herzsportgruppe.«

Freddy nahm den Zettel in die Hand. »Was wünschen Sie von mir, Frau …«

»Da fragen Sie noch? Ermittlungen – das ist es, was ich will! Bevor ich einen Fuß in das ›Haus am Wald‹ setze, muss ich wissen, was da los ist.«

Völlig verrückt, dachte Freddy. Zweiundachtzig war doch ein schönes Alter. Von dem ›Haus am Wald‹ hatte er in der Zeitung gelesen, es war ein ziemlich teures Seniorenheim in ruhiger Lage am Rande des Kottenforstes. Was sollte da nicht stimmen?

»Ich bin Juristenwitwe, ich weiß, wovon ich rede«, sagte sie, als hätte sie seine Gedanken erraten. »Wissen Sie nicht, was vor einigen Jahren in einem Heim in der Bonner Umgebung passiert ist?«

Freddy erinnerte sich dunkel: Eine Altenpflegerin hatte pflegebedürftige Patienten getötet. Der Fall war wochenlang durch Presse und Nachrichten gegangen.

»Ihre Bekannte war doch kein Pflegefall?«

»Um wehrlos zu sein, genügt es, dass man alt ist. Wahrscheinlich ist so etwas schon hundertmal vorgekommen. Unter Verbrechern sind Nachahmungstaten gang und gäbe, man kann sich nicht ständig was Neues ausdenken.«

Freddy dachte weniger an Verbrecher als an die anstehende Reparatur seines Deux Chevaux. Selbst wenn er Glück hätte, würde sie ihn dreitausend Euro kosten, hatte Herr Becker von der Werkstatt gesagt. Freddys aktueller Kontostand betrug neunzig Cent. Was er in seiner Zwanzig-Stunden-Woche am Verkaufsstand von Neles Biohof verdiente, reichte nicht für Extraausgaben dieser Größenordnung. Er hatte damit gerechnet, die fahruntüchtige Ente verkaufen zu müssen. Aber jetzt …

Die alte Dame zog die Lacktasche auf ihre Knie, die sich spitz unter dem Samtstoff abzeichneten. Sie öffnete die goldfarbene Metallschließe, und auf dem geölten Holz der Tischplatte erschienen drei glatte hellgrüne Geldscheine. Ein Zehntel der

Reparaturkosten. Zwei Finger, die zusammen fünf goldene Ringe trugen, blieben auf den Scheinen liegen. »Sie haben nicht zufällig einen Bekannten oder Verwandten im ›Haus am Wald‹?«

»Warum fragen Sie?«

»Sonst fallen Sie dort womöglich auf.«

»Aber nein. Ich habe meine Tricks.«

Sie sah ihn streng an. Aus Vergissmeinnicht wurde Stahl. »Also haben Sie niemanden dort.« Sie schien nachzudenken. »Vielleicht wäre es klüger, nach einem anderen Detektiv zu suchen, jemandem, der Verwandtschaft im ›Haus am Wald‹ hat.«

Freddy hatte das blöde Gefühl, dass seine Augen sich gleich mit Tränen füllen würden. Billy hob den Kopf. Sein braun-weißes Beagle-Mix-Gesicht wirkte besorgt, als bange er um sein Futter. Beim Blick in die tiefbraunen Augen des Hundes kam Freddy eine Idee.

»Sie haben mich missverstanden«, erklärte er. »Ich schalte meine Mitarbeiterin ein. Sie hat dort jemanden.«

»Eine Mitarbeiterin haben Sie? Das hätte ich nicht gedacht.« Die alte Dame ließ ihren Blick durch die Küche wandern, als fragte sie sich, ob die Mitarbeiterin nicht mal aufräumen könnte. »Wie heißt sie?«

»Sie arbeitet inkognito. Ich hoffe, Sie verstehen das.«

Sein Gegenüber zog die Augenbrauen zusammen. »Ob sie bis Mittwoch etwas herausbekommt? Diskret natürlich und ohne meinen Namen zu nennen.«

»Aber sicher.« Jetzt erst fiel Freddy auf, dass sie sich nicht vorgestellt hatte. »Wie ist denn Ihr Name?«

»Gräfin …« Ihre Augenlider zuckten. »Das tut nichts zur Sache. Sagen Sie einfach Maria zu mir.«

Ihre Finger lösten sich von den Geldscheinen. Sie stemmte sich in die Höhe, stützte sich auf den Tisch, dann auf die Handgriffe ihres Rollators und winkte zum offenen Fenster. Freddy sah einen dunkelhäutigen Fahrer neben dem Taxi stehen.

»Ich komme morgen um halb drei. Nach dem Mittagsschlaf.« Sie rappelte mit ihrem Wägelchen in den Flur.

Freddy nahm die Scheine vom Tisch, eilte hinterher und half

ihr, die Stufe zur Straße zu überwinden. Als sie ihm die Hand reichte, traf ihn ein Blick, der an einen Raubvogel erinnerte.

»Und bitte keine Tricks, denken Sie daran.«

Freddy sah ihr nach, bis sie auf dem Beifahrersitz des Taxis saß. Am Vorgarten gegenüber strich Frau Wildhuhn, die korpulente alte Dame, die seit ein paar Monaten in dem Haus ihrer verstorbenen Schwester wohnte, mit grüner Farbe ihren Zaun. Ihr zartgrauer Dauerwellenkopf nickte zu ihm herüber. Das Taxi bedachte sie mit einem neugierigen Blick.

Die Gräfin hatte nicht gefragt, ob ihm die Uhrzeit passte, fiel Freddy auf. Vielleicht wusste sie, dass es keine anderen Klienten gab. Womöglich hatte sie ihn deshalb ausgewählt. Musste ihn das stutzig machen? War es beunruhigend? Die Scheine in seiner Hand knisterten. Ach was! Der Auftrag war ungewöhnlich, aber doch ein Glücksfall.

***

Richard betrachtete seine neuen Wildlederschuhe mit einem Seufzen, bevor er seine Füße hineinschob. Pilar trat hinzu und sah es auch: An der Ferse des linken Slippers klaffte ein Loch.

»Fällt kaum auf«, meinte sie.

»Gib bitte endlich die Anzeige auf, Pilar«, sagte Richard, als er seinen Fahrradhelm aufsetzte.

Sie nickte. Lieb von ihm, dass er niemals schimpfte, wenn wieder etwas kaputt war. Es war ja auch schon besser geworden. »Hoffentlich meldet sich jemand Nettes.« Pilar schluckte.

»Wir finden bestimmt jemanden, der sie abgöttisch liebt«, versicherte Richard. »Aber ich bin mehr für Katzen.«

»Ich kümmere mich heute drum.« Pilars Stimme klang belegt.

Richard strich ihr mit seiner großen Hand tröstend über die Locken, die sich in dunkler Fülle über Stirn und Ohren kringelten. »Mach dir nicht so viele Sorgen um die zwei.«

Pilar blickte auf die beiden schwarzen Hunde hinunter, von denen die Rede war. Nachdem sie lange miteinander gebalgt hatten, dösten sie nun friedlich in ihren Plüschbetten und hoben nur kurz die Köpfe, als Richard die Haustür öffnete und hinausging, um sich aufs Fahrrad zu schwingen und zum Büro zu fahren.

Von der Straße drangen laute Geräusche herüber. Pilar streckte den Kopf aus der Tür. Nebenan wurde ein Lastwagen entladen. Mehrere Arbeiter schleppten vorgefertigte Holzteile verschiedener Form und Größe, Säcke mit Steinen sowie umhüllte Ballen, aus denen Gräser und Koniferen herausschauten, zur Garage der Nachbarn. Bei Winters schritt die Anlage des japanischen Gartens offenbar mächtig voran, nachdem in der letzten Woche bereits ein leicht hügeliges Gelände und ein gewundener Wasserlauf entstanden waren. Die Hunde schien der Lärm nicht zu stören.

Die Sache mit der Vermittlungsanzeige hatte Pilar hinausgezögert, das war nicht recht. Dass Tajo und Toledo nur vorübergehend bleiben sollten, war von Anfang an abgesprochen. Und natürlich war es kühn gewesen, gleich zwei Tiere aufzunehmen, als man mit der Bitte an sie herangetreten war, einem armen Hündchen aus Andalusien, der Heimat von Pilars verstorbenem Vater, eine Pflegestelle zu bieten. Die beiden waren als Welpen im Schutt eines Müllcontainers gefunden worden, weggeworfen wie Abfall, dem Hungertod nahe. Eine Tierschutzorganisation aus der Stadt Huelva hatte ihr Fotos geschickt, die der ganzen Familie die Tränen in die Augen getrieben hatten. Die beiden Kleinen, die damals nur Haut und Knochen gewesen waren, hatte Pilar an Ostern als quirlige Burschen von je fünfundzwanzig Kilo am Flughafen in Empfang genommen. Nun tobten sie hier Tag für Tag herum. Schuhe und andere Dinge, die man noch brauchte, interessierten sie mehr als Kauknochen, aber von diesen Vorlieben abgesehen waren sie äußerst nette Kerle. Doch Richard wollte keinen Hund als dauerhaften Hausgenossen, und Goethe, der getigerte Kater, wollte es noch weniger. Wenn er nicht draußen war, hielt er sich überwiegend auf einem der Schränke auf und beäugte das ungestüme Brüderpaar mit Misstrauen.

Richard war heute später ins Ministerium gefahren. Nach ihrem gemeinsamen Frühstück war die Kaffeekanne nun leer. Da er aus dem großen Becher mit der Aufschrift »PAPA« trank und Pilar die bedeutend kleinere »MAMA«-Tasse benutzte – beides Weihnachtsgeschenke ihrer Söhne –, hatte Richard mal wieder den Löwenanteil des Kaffees zu sich genommen. Pilar entschied, dass sie mehr davon brauchte, bevor sie sich zum Arbeiten an ihren Schreibtisch begab, und lud die alte Maschine aus vergilbtem Kunststoff erneut mit Filtertüte und Pulver. Kaffeeduft zog durch die Küche, und es blubberte gemütlich.

Von draußen drangen andere Geräusche herein: das Quietschen einer Fahrradbremse, das Klappern eines Schutzbleches auf dem Plattenweg vor dem Haus. Tajo und Toledo liefen erwartungsvoll zur nagelneuen Kiefernholztür, die Richard und Pilar vor Kurzem angeschafft hatten. In der oberen Hälfte befand sich ein Fenster, durch das man die Köpfe der Besucher wie in einem Bilderrahmen sah. Jetzt erschien darin eine braune Meckifrisur über einer Metallbrille mit runden Gläsern.

Freddy, der alte Freund. Wieso um diese Zeit? Sie hatte die Werktage bis nachmittags für unantastbar erklärt, die gehörten ihrer Arbeit, und er wusste das! Mit leichter Verärgerung ging Pilar auf die Tür zu, brauchte sie aber nicht aufzumachen, das hatten die Hunde schon besorgt. Das Öffnen von Türen gelang ihnen erstklassig, vor allem beim Kühlschrank.

»Morgen, Pilar.«

Freddy hielt in Siegerpose eine Flasche hoch. Sekt! Gab's was zu feiern? Wurde sein vor zwanzig Jahren vergeigtes Staatsexamen nachträglich für bestanden erklärt?

»Ich habe eine –« Den Rest verschluckte das Scheppern des Müllwagens.

»Hallo Freddy, komm rein«, sagte Pilar. »Du hast eine was?«

»Eine Klientin!«

»Komisch«, entfuhr es Pilar.

»Eine Gräfin aus Röttgen. Mindestens hundert Jahre alt.«

»Wie heißt sie?«

»Maria.«

»Maria was?«

»Irgendwas. In unserem Dorf wird's nicht viele Gräfinnen geben.«

»Steht der Name nicht in eurem Vertrag?«

»Ich – sie hat schon bezahlt. In bar.«

»Ohne ihren Nachnamen zu nennen?«

»Zum Zahlen braucht man den nicht.«

»Verstehe. Du hast keinen Vertrag. Jeder vernünftige Detektiv schließt einen Vertrag ab, nur Freddy Stieger kommt ohne aus.«

»Sie will anonym bleiben. Mir fallen mindestens zwei Gründe dafür ein.«

»Mir auch«, sagte Pilar. »Aber keine guten.«

Freddy war vor dem Küchentisch stehen geblieben und öffnete die Flasche, während Pilar zwei langstielige Gläser auf den Tisch stellte. Als Freddy den Sekt eingoss, trat der Schaum über den Rand.

»Ist der Auftrag gefährlich?«, fragte Pilar, während sie den Wischlappen von der Spüle holte. »Wenn die Dame anonym bleiben will, wird es nicht ganz ohne sein.«

»Es geht nur um ein Seniorenheim. Kennst du das ›Haus am Wald‹ auf dem Brüser Berg?«

»Da wohnt meine Schwiegermutter.«

»Ich hatte es gehofft.«

Pilar hielt im Wischen inne. »Was hat Richys Mutter mit deiner Gräfin zu tun?«

»Meine Klientin möchte dort einziehen und vorher wissen, ob das Haus in Ordnung ist. Gestern ist dort eine Bekannte von ihr gestorben, das kommt ihr komisch vor. Sie scheint ziemlich überspannt. Wenn deine Schwiegermutter dort wohnt, ist es doch kein Problem für dich, mal ein bisschen nachzuforschen, oder?«

»Das ist nicht dein Ernst«, fauchte Pilar. Verärgert ballte sie den sektgetränkten Lappen, bis der Sekt heraustropfte.

»Du musst nicht viel tun und bekommst ein Honorar.«

»Ich muss gar nichts tun!«

»Ich dachte –«

»Will ich nicht wissen.«

»Beziehungsweise, die Gräfin dachte –«

»Deine Gräfin ist mir egal!«

»Ihrer Meinung nach sind Ermittlungen zu auffällig, wenn man dort keine Angehörigen hat.«

»Freddy, ich hab dick zu tun«, schnaufte Pilar. Mein Gott, das weiß er doch, dachte sie zornig, wie kann er das vergessen? »Ich arbeite an einer sechsteiligen Vortragsreihe über Regionalkrimis, muss fünf Rezensionen für drei Zeitschriften schreiben und die dazugehörigen Bücher lesen, außerdem muss ich eine Theaterrolle lernen, die ich nicht in den Griff bekomme, meiner Mama eine gute Tochter sein und ihren Papierkram erledigen, und einen kleinen Haushalt hab ich auch noch.«

»Der Auftrag ist wichtig für meine Zukunft«, sagte Freddy mit sanfter Stimme.

»War ja auch unsinnig, eine Detektei in einem der ruhigsten Stadtteile Bonns aufzumachen, nur weil die Eltern dort vor vierzig Jahren ein Haus gekauft haben«, schimpfte Pilar weiter. »Lass dich in der Innenstadt nieder!«

»Wenn du deine Schwiegermutter besuchst, könntest du doch nebenbei –«

»Edith war den ganzen Sonntag bei uns. Das reicht!«

»Pilar, ich hab der Frau zugesichert, dass meine Mitarbeiterin möglichst noch heute –«

»Mitarbeiterin?« Pilars Zorn erreichte den Siedepunkt. »Ich bin ein Kumpel, der vor Urzeiten mit dir in der Kneipe gearbeitet hat, um an Knete zu kommen.«

»Und jetzt brauch ich die Knete von der Gräfin«, murmelte Freddy und sah mit gesenktem Kopf auf den perlenden Inhalt der beiden Gläser hinunter.

Pilar warf den nassen Lappen ins Spülbecken, wo er laut aufklatschte. Sie blickte aus dem Fenster in den Vorgarten. Ihr Kater Goethe sonnte sich auf dem Mooshügel neben dem Plattenweg. Sie war hart, gestand sie sich ein. Ihre Abwehrhaltung resultierte aus dem Übermaß an Gefälligkeiten, zu denen sie sich in letzter Zeit bereit erklärt hatte, Freddy konnte nichts dafür. Bei zwei Umzügen hatte sie geholfen, an der Sanierung der Altbauwohnung ihrer Schwester mitgewirkt, den Keller ihrer Mutter entrümpelt, vier Wochen lang für Nachbarn, die nach Mexiko geflogen waren, an die hundert auf drei Etagen verteilte Zimmerpflanzen gegossen und diese Hunde, die gerade ein Kissen zerpflückten, in Pflege genommen. Man musste auch mal Nein sagen dürfen. *Mitarbeiterin!* Das ging echt zu weit.

Freddy griff in die Tasche seiner Jeans und zog ein zerknittertes

Papierdreieck hervor. »Die Verstorbene heißt Erika Frost«, fügte er hinzu, als wäre das ein Argument, das noch fehlte.

»Freddy, ich hab mir geschworen, nie wieder irgendwas nachzuforschen. Ich hab es einmal getan, und es hat mich fast das Leben gekostet.«

Ihr schauderte bei dem Gedanken an die Ereignisse des letzten Jahres. Sie war in einen Mordfall verstrickt worden und nur um Haaresbreite dem Tod entgangen. Das Grauen, das sie damals empfunden hatte, saß noch immer tief in ihr. Obwohl es ihr so vorkam, als lauere die Gefahr vor allem dort, wo man nicht mit ihr rechnete, musste sie mehr auf sich aufpassen. Wenn sie sich damals einfach um nichts gekümmert hätte …

Sie sah Freddy an. »Ich will nie wieder eins auf die Mütze bekommen.«

»Mit Gehstock oder Rollator?« Freddy grinste spöttisch. »Die Jüngsten in dem Heim sind Ende siebzig und verdanken ihr Weiterleben der täglichen Handvoll Tabletten. Was kann da passieren?«

Pilar schwieg. Das ist wohl doch was anderes, ging ihr durch den Kopf. Da ihre Mutter und Schwiegermutter nach wie vor sehr mobil waren, wusste sie wenig über den Alltag alter, gebrechlicher Menschen. Zu wenig, um der Theaterrolle, an die sie letzte Woche durch Zufall gekommen war, gerecht zu werden. Sie war im Stadtteilzentrum Brüser Berg auf der Suche nach dem Englischkurs für Wiedereinsteiger durch einen Gang geirrt, als ein verzweifelt wirkender Mann sie bat, sich kurz in einen Sessel zu setzen und die Oma in seinem Stück zu spielen, für höchstens drei Minuten, dann sei die Szene durch. Die Bitte wollte sie ihm nicht abschlagen, und als die Szene durch war, erfuhr sie das Ausmaß der Katastrophe: Die Oma war eine Hauptrolle, deren Darstellerin abgesprungen war, zwei Monate vor der Premiere. Pilar, die immer schon gern Theater gespielt hatte, gab dem Drängen der Laienspielgruppe »Katzenbuckel« nach, ließ den Sprachkurs sausen und übernahm die Rolle – eine alte, gebrechliche Frau. Das war nicht einfach, so eine musste sie erst mal beobachten. Und Freddy hat ja recht, sagte sie sich, was sollte schon passieren?

»Gut, Freddy, ich mach das.« Ihr Gesicht entspannte sich, sie lächelte und war mit ihrer Entscheidung zufrieden. Was wäre für ihre Studien besser geeignet als ein Seniorenheim?

Sie hoben die tropfenden Gläser. Beim Anstoßen entstand ein heller, durchdringender Ton. Wie ein Glöckchen, das mich warnt, durchfuhr es Pilar. *Deine ewige Schwarzseherei*, würde Richard dazu sagen. Musste sie denn bei allem und jedem fragwürdige Hintergründe wittern? Edith würde sich über ihren Besuch freuen. Wenn dabei ein paar Informationen, die Freddy weiterhalfen, über den Kaffeetisch gingen, warum nicht?

***

Die beiden Männer saßen auf einer Bank am Alten Zoll, der einzigen erhaltenen Bastion der barocken Bonner Stadtbefestigung. Links und rechts von ihnen standen französische Salutkanonen, die nie scharf geschossen hatten, hinter ihnen erstreckte sich die kurfürstliche Residenz, das Hauptgebäude der Universität, an der sie nie Examen gemacht hatten. Über ihren Köpfen fuhr der Wind in die Baumkronen, zu ihren Füßen zogen die Rheinkähne gemächlich nach Holland oder Richtung Basel. Die Uferpromenade befand sich fünfzehn Meter unter ihnen. Sie waren hier allein, sie konnten reden. Wenn jemand vom Stadtgarten heraufkäme, würde das Knirschen unter den Schuhsohlen sie warnen.

»Möglichkeiten gibt es überall, Svenni«, bemerkte der Ältere der beiden mit einem amüsierten Glucksen in der Stimme. »Schau vor dich, alter Freund. Die Brüstung ist niedrig. Ein kleiner Schubs und …«

Sven verstand die Anspielung. So ging es seit Wochen, egal, wo sie in Bonn herumsaßen. Olli war getrieben von einer fixen Idee, und er, Sven, hatte sich einspannen lassen. Aber jetzt … Ihm war, als wäre er gestern Nachmittag aufgewacht.

»Eine optimale Stelle«, fuhr Olli fort. »*Tantchen, sieh nur, die hübsche Aussicht, man kann bis zum Drachenfels schauen!* Weil ihre Augen schon schlecht sind und sie die Brille nicht aus der Tasche kramen will, beugt Tantchen sich vor, und dann …« Olli lachte. »In dem Alter stehen sie nicht mehr fest auf dem Boden.«

»Sei doch still«, brummte Sven. Mit ihm war etwas geschehen, er hatte sich verändert. Er begriff nicht, warum er früher den Freund faszinierend und dessen Reden lustig gefunden hatte.

»Die zweite Tante muss dran glauben, Svenni. Der Ort ist ideal, solange es noch kühl und unfreundlich ist. Bei besserem Wetter kommt hier alle naselang jemand vorbei.«

»Hör auf.«

»In der Zeitung wird stehen, die Seniorin sei tragischerweise ein wenig leichtsinnig gewesen. Oder sie habe an Gleichgewichtsstörungen gelitten. Wie findest du die Idee? Wir hatten schon schlechtere, wie?«

»Du kriegst bald zehntausend. Das reicht eine Weile.«

Wieso musste es eigentlich so viel sein? Das war die Hälfte von dem, was er nach dem Tod der alten Erika bekam. Olli wurde von Jahr zu Jahr gieriger, seit sie beschlossen hatten, nicht nur Bier und Frikadellen, sondern auch die Kohle zu teilen, die bei gemeinsamen Plänen heraussprang, ganz egal, wer die Arbeit machte. Ein blödsinniger Deal, den sie nach zehn oder zwanzig Kölsch an einer Altstadttheke in der Paul- oder Maxstraße geschlossen hatten – oder ganz woanders, weiß der Geier, welche Ecke das war. Die Kneipe war inzwischen einer wartesaalähnlichen Jugendkaschemme gewichen, für die sie beide heute zu alt waren. Bonn in den Achtzigern, das war was ganz anderes gewesen.

»Reicht eine Weile«, höhnte Olli. »Man muss weiterdenken! Schau, es war korrekt mit deiner Tante. Es hat sie fast nichts gekostet – nur einen winzigen Teil ihrer Lebenszeit, die zuletzt eine einzige Qual war.«

»Du hast sie doch nicht gekannt.«

»Zwei Herzinfarkte, ein Schlaganfall, hast du mir erzählt. Ihre Rückenschmerzen ruinierten ihre Nächte und die maroden Knie ihre Tage. Die vierzig Orient-Zigaretten pro Tag hatte ihr der Arzt verboten, und fast taub war sie auch. So ein Mensch ist nur Müll.«

Sven sah Erika vor sich, mit ihrem gekrümmten Rücken und ihrer geröteten Knubbelnase, ein bisschen wie Kaspars Oma bei den Handpuppen seiner Kindheit. Ihre dünnen Beine trugen sie kaum mehr, ihr Körper war grotesk verzogen, aber im Kopf war sie klarer gewesen als mancher mit fünfzig.

»Dieser Müll wird immer mehr. Die Gesellschaft erstickt daran. Der viel beklagte Pflegenotstand ist ein Problem, das wir nicht hätten, wenn es weniger Alte gäbe«, dozierte Olli. »Was für eine Verschwendung, einen ganzen Berufsstand zu schaffen und Unsummen an Geld zu investieren, um überflüssige Alte mit Windeln, Süppchen und Pillen zu versorgen.«

Am Montagmorgen hatte Olli ihn ähnlich belabert, was seinen Zweck nicht verfehlt hatte. Als Sven am Nachmittag in Erikas Zimmer getreten war, hatte er den Plan fast für vernünftig gehalten und sich die Sache ganz leicht vorgestellt. Und dann ... Seltsam, dass Olli nicht mal fragte, wie es gewesen war.

»Wie bei allen Veränderungen, die dringend notwendig sind, muss einer den ersten Schritt wagen. Andere werden uns nacheifern.« Olli geriet in Fahrt. »Bald melden die Statistiker, der Trend zum Älterwerden stagniere. ›Weniger Hundertjährige als im Vorjahr‹ heißt es in den Nachrichten, die Zahl der über Neunzigjährigen sei halbiert. Ein heimliches Aufatmen geht durch die Reihen der Politiker, auch wenn sie offiziell tief betroffen sind, dass der Trend ›Achtzig Plus‹ gebrochen sei. Nur wenige werden zugeben, dass unser Land gerettet ist.«

»Mach keinen Goldrahmen drum«, knurrte Sven. »Dir geht es nur um die Kohle.«

»Wann kommt die denn überhaupt?«, zischte Olli. »Ich musste mir schon wieder was leihen.«

»Heute nicht mehr.«

»Wann?«, wiederholte Olli und rammte seine Ferse in den Boden. Zwei Kieselsteine spritzten auf.

Sie maßen einander mit Blicken. Sven war sich nie sicher, wie der Freund ihn einschätzte. Olli war ein Macher und krankhaft ungeduldig, alles musste sofort sein. Und im Zorn war er gefährlich. Das wusste Sven, seit sich Ollis Hände in einem Wutanfall um seinen Hals geschlossen hatten, das war Jahre her. Damals war er erstaunt gewesen über Ollis Stärke. Mit seinem ausgemergelten Gesicht wirkte er wesentlich älter als zweiundfünfzig, vielleicht eine Folge seines jahrelangen Drogen-Intermezzos in Berlin. Aber sein Körper war gestählt. Die Gewichte in seiner Kellerbude lagen nicht nur zur Zierde herum.

Die letzte halbe Stunde war mit Zahlen, Prognosen, Wirtschaftlichkeit und Staatsraison herumgegangen – eine höhere Ebene, wie Olli es nannte. Wenn seine Hochrechnungen stimmten, war die ganze Bundesrepublik bald ein großes Altersheim. Das musste man natürlich verhindern. Olli hatte vor, mit siebzig abzudanken und bis dahin richtig gut zu leben. Und dieser »Landesretter« fragte nicht einmal, wie es mit Erika geklappt hatte! Sein Interesse hatte bisher nur den Vorbereitungen gegolten, die Sven ebenfalls allein durchgezogen hatte. Mit der Behauptung, Kriminalschriftsteller zu sein, hatte er auf einer Party eine Ärztin dazu gebracht, ihm Wirkstoffe und Tablettennamen zu nennen, die überhöht dosiert und kombiniert eine herzgeschädigte Patientin töten konnten. Am Tag darauf hatte er Erika besucht. Während sie auf der Toilette weilte, durchwühlte er ihre Nachttischschublade, die bis zur Kante mit Arzneimittelpackungen gefüllt war, und ließ einige Blister in seiner Hosentasche verschwinden, allesamt Pillen, die den Eindruck machten, Herz, Blutdruck und Schlaf zu betreffen.

»He, ich hab dich was gefragt«, raunzte Olli ihn an.

Sven sah noch die Kopie des Testaments vor sich, die Erika ihm am Neujahrstag gezeigt hatte. Ein Vermächtnis. Zwanzigtausend Euro, von ihrem Erben Fredo an ihn zu zahlen. Es war überraschend gekommen, vor Aufregung hatte Sven gestottert. Am nächsten Tag brachte er ihr Blumen, langstielige Luxusrosen in brennendem Rot, und versprach, in Zukunft öfter zu kommen. Die Tante musterte ihn, ihr Blick war schwer zu deuten. Gerührt wirkte sie jedenfalls nicht, als sie sagte: *Junge, gib nicht so viel Geld aus.* Nein, das wäre auch nicht möglich gewesen mit seinen paar Euros in der Tasche. Den Strauß hatte er im Vorbeigehen aus einem Eimer des Blumenlädchens in der Unterführung am Kaiserbrunnen gezogen, der Verkäufer hatte nichts gemerkt.

Zwanzigtausend! Das Sümmchen rettete ihn und Olli aus dem Schuldenschlamassel und ließ genug übrig für ein paar Wochen gutes Leben. Manche hatten Erika für einen Fuchs gehalten, was sicher nur an ihren verbalen Seitenhieben auf die *Blötschköppe* in ihrer Verwandtschaft lag. Am Montag hatte sie zu erzählen begonnen: fünfziger und sechziger Jahre in der kleinen Hauptstadt am

Rhein, da war sie jung gewesen. Dem Bundespräsidenten Heuss war sie in der Zahnklinik begegnet, und der amerikanische Präsident John F. Kennedy war im offenen Wagen aufrecht stehend neben Konrad Adenauer dicht an ihr vorbeigefahren, ganz Bonn hatte Kopf gestanden. Urplötzlich hatte Sven begriffen, dass ein alter Mensch vor allem Geschichte bedeutete. *Nächstes Mal mehr*, hatte sie gesagt. Während hinter seiner Stirn die Staatsoberhäupter einer vergangenen Zeit an der Tante vorüberglitten, war ihr Blick einen langen, verwirrenden Moment dem seinen begegnet.

»Antworte, verdammt noch mal«, blaffte Olli ihn von der Seite an. »Wann kommt die Kohle von der Alten?«

Hätte Olli nicht so unverschämt, so eisenhart geklungen, hätte Sven ihm vielleicht erzählt, wie der gestrige Nachmittag verlaufen war. Und wie er sich gefühlt hatte, als Fredo, Erikas Sohn, ihn heute Morgen angerufen hatte. *Sie ist tot, Sven! Wir kommen gerade aus dem Urlaub, wir sind total geschockt! Vor unserer Abfahrt ging es ihr noch gut. Wann warst du zuletzt bei ihr?* Sven war völlig aus dem Tritt geraten. Er hatte nichts anderes zur Antwort geben können als ein heiseres: *Oh, nee.* Wie kam Fredo darauf, dass er bei ihr gewesen war? *Wann warst du da, Sven?*, hatte Erikas Sohn nachgehakt, und Sven hatte erwidert: *Am Samstag.*

»Sie ist doch erst seit einem Tag tot«, sagte Sven zu Olli.

Die Angelegenheit war sonderbar genug.

***

Ich hätte es nicht tun sollen, dachte Pilar, als sie nach Hause kam. Sie blieb im Türrahmen stehen und starrte entsetzt auf das Bild, das sich ihr bot. Wo hatte sie ihren Verstand gelassen, als sie das Haus verlassen hatte? *Der Brüser Berg ist nah, da bin ich bald zurück*, hatte sie sich gesagt. Sie hatte darauf verzichtet, die Hunde in Ediths beengtes Seniorenapartment mitzunehmen, in dem ein einziges Schwanzwedeln ausgereicht hätte, um zehn kostbare Porzellanfiguren zu Boden zu fegen. Doch hatte sie das Risiko unterschätzt, die beiden Hunde, die noch vor wenigen Wochen im umzäunten Tierasyl gelebt hatten, allein zu Hause zu lassen. *Geht schon*, hatte sie sich selbst beruhigt, ihnen die größten Kauknochen, die im Futterladen erhältlich waren, vor die Pfoten gelegt und eine ansehnliche Reihe ausrangierter Schuhe aus leckerem, abgetragenen Leder vor ihre Plüschkörbe gestellt.

Es hatte nichts genutzt. Die Knochen lagen unberührt auf dem Teppich, die Schuhe standen ordentlich in ihrer Reihe, während das neue Telefon zerlegt und abgenagt in Tajos Korb lag und Toledo versonnen auf der Fernbedienung der Musikanlage herumkaute.

Fluchend zog Pilar das Ding zwischen den kräftigen weißen Zähnen hervor und legte es auf das oberste Brett im Regal. Die Reste des Telefons würde sie später zusammenklauben, die waren sowieso unbrauchbar. Müde nahm sie das Küchentelefon zur Hand und wählte Freddys Nummer. Gut, dass sie drei Apparate hatten, na ja, jetzt noch zwei.

»Freddy, du kannst deiner Klientin sagen, im ›Haus am Wald‹ ist alles in schönster Ordnung.«

Noch bevor sie den Satz zu Ende gesprochen hatte, war ihr klar, wie fragwürdig diese Behauptung war. Hätte sie denn gemerkt, wenn etwas *nicht* in Ordnung wäre? Wenn der Tod der Erika Frost auf Nachlässigkeiten beruht hätte, auf pflegerischer Grobheit oder ärztlichem Versagen? Was auch immer unter der gepflegten Oberfläche des Heims verborgen sein konnte, sie hätte nichts davon mitbekommen, nicht die geringste Spur einer Unregelmäßigkeit. Das Foto mit der schwarzen Taftschleife, das im Eingangsbereich aufgestellt war, hatte Pilar daran erinnert, der Verstorbenen einmal flüchtig begegnet zu sein. Ein gebrechlicher Körper, ein wacher Geist. Klein, mager, zusammengefallen. Unter den Bewohnern galt sie mit ihren zweiundachtzig Jahren als jung. Aber gegen ein schwaches Herz könne auf Dauer der beste Arzt nichts ausrichten, hatte man Pilar versichert. Offenbar hatte Frau Frost mit den meisten gut gestanden. Nur wenige äußerten sich kritisch und meinten, sie habe gern bissige Bemerkungen gemacht.

»Gibt es kein Gerücht von vertauschten Spritzen, falsch dosierten Tabletten, bedenklicher Hygiene, einem leichtfertigen Arzt?«, fragte Freddy.

»Nichts dergleichen. Der Arzt ist ein Goldstück. Die Damen lieben ihn, und er liebt sie. Die meisten sind Privatpatientinnen.«

»Hat niemand einen Missstand erwähnt?«
»Wer etwas Pflege braucht, muss oft warten, heißt es. Überlastung des Personals, aber das ist normal. Meine Schwiegermutter bemängelt, dass die Pfleger nicht sofort kommen, wenn sie die Notrufklingel drückt. Ansonsten scheinen alle zufrieden. Die Angestellten und die ehrenamtlichen Helfer lächeln ununterbrochen, und auch ich habe gelächelt, bis mir die Kiefergelenke wehtaten.«
»Das ist ja blöd.«
»Was hast du erwartet? Sodom und Gomorrha?«
»Ich habe mir konkrete Verdachtsmomente und wochenlange Nachforschungen erhofft.«
»Nicht ernsthaft, oder?«
»Das würde mir noch ein paar Scheine einbringen. Ich träume davon, die Ente wieder flottmachen zu lassen.«
»Ich verzichte aufs Honorar. Für mich hat sich die Aktion gelohnt, weil ich einer Hundertjährigen helfen durfte, ihren verbarrikadierten Rollator aus einer Ecke des Speisesaals herauszumanövrieren, eine wertvolle Erfahrung.«
»Wenigstens eine zwielichtige Putzfrau hättest du mir bieten können«, muffelte Freddy.
»Kein Problem«, erwiderte Pilar. »Im letzten Jahr wurde in den Apartments kräftig geklaut. Die Diebin hatte sich als Putzfrau eingeschlichen.«
»Und dann?«
»Sie sitzt seit Monaten im Knast, Freddy. Die Hausleitung hat die Schlösser ausgetauscht, Senioren und Angestellte wurden eingehend beraten. Alles bestens, sagte ich das nicht schon?«
Ein lang gezogener Seufzer war die Antwort.
»Freddy …« Pilar überlegte, wie sie ihm das Unbehagen, das sie seit dem Vormittag empfand, vermitteln sollte. Es war kaum zu begründen.
»Gibt's doch noch was?«, fragte Freddy.
»Dieser Auftrag ist seltsam.«
»Wieso? Die Gräfin will Sicherheit, bevor sie einzieht. So sind sie in dem Alter, besonders die Frauen.«
»Ist dir an der Klientin irgendetwas aufgefallen, das zu denken gibt?«

»Die ganze Frau ist komisch, wie eine Figur aus einem Film. Sie hatte solche Sprüche drauf wie: *Wenn man alt ist, kann man sich manche Dummheit erlauben.*«

»Das muss nichts bedeuten.«

»Eben.«

»Aber es *kann* etwas bedeuten.« Pilar biss sich auf die Unterlippe. Schon wieder Schwarzseherei. Richard würde sagen, sie sei geradezu erpicht darauf, dazu einen Anlass zu finden.

»Mach's gut, Pilar. Und vielen Dank.« Freddy legte auf.

Kein Wunder, dass er nichts davon hören wollte, schließlich war die Gräfin seit Wochen seine erste Klientin. Und die übertriebene Neigung zum Misstrauen war Pilar manchmal selbst zuwider. Schluss damit! Sie musste dringend an ihrem Vortrag weiterbasteln und wollte keine weitere Sekunde mit unnützen Gedanken an diese Maria, die sicherlich eine reizende alte Dame war, verschwenden.

Nachdem sie den PC hochgefahren hatte, um zu arbeiten, bis es Zeit wurde, etwas zum Abendessen auf den Tisch zu bringen, sah Pilar schnell ihre E-Mails durch. Sie unterzeichnete ein paar Petitionen von Tierschützern und las die neuesten Zusagen zum Jahrgangsstufentreffen ihrer Schule. Unglaublich, dass ihr Abitur schon dreißig Jahre zurücklag. Das halbe Leben war vorbeigerauscht, ohne dass man es gemerkt hatte. Inzwischen hatten sie einander fast völlig aus den Augen verloren, obwohl sie auf dem Abiturball geschworen hatten, sich bald wiederzutreffen. Nun endlich hatten sie sich aufgerafft: Linda hatte das Lokal ausgesucht und Pilar eine kleine Wanderung vorbereitet – nicht am Rhein, der immer drankam, wenn man auswärtige Verwandte herumführte. Für Menschen, die in ihrer Schulzeit täglich auf den breiten Strom geblickt hatten, gab es in Bonn Spannenderes.

## Neunundzwanzig Jahre zuvor

Es war schon dunkel, als Lotte ihre Wohnungstür aufschloss. Sie schaltete das Licht im Flur an, dann im Wohnzimmer. Auf dem Weg zur Sitzecke erblickte sie ihr Spiegelbild in der großen Fensterscheibe vor dem Balkon – eine schlanke Gestalt im hellblauen Kleid, glattes braunes Haar, das auf die Schultern fiel. Früher hatte sie immer gedacht, ab fünfzig Jahren sähe man aus wie eine Matrone, altbacken, schwerfällig, rund wie ein Fass. Nun war sie einundfünfzig und hatte das Aussehen einer viel jüngeren Frau. Aber was nützte es? Sie fühlte sich verloren und ohne Halt. Immer noch.

Wenn ein Ehemann starb, gab es wenigstens einen Namen für die Frau, die er zurückließ: Witwe. Für das, was sie war, fehlte eine Bezeichnung. Nach so vielen Kriegen, in denen Frauen ihre Söhne verloren hatten, musste es einen wundern, dass sich nicht längst ein Wort für die Mütter gefunden hatte, die im Leben zurückblieben.

Lotte wusste, was die Leute über sie redeten. *Sie ist verrückt. Sie will sich nicht damit abfinden.* Ihre Freunde gingen verständnisvoller mit ihr um, doch mittlerweile konnte sie die immer wiederkehrende Litanei ihrer gut gemeinten Ratschläge kaum noch ertragen. *Lass es sein, es hat keinen Zweck, du fügst dir unnütze Schmerzen zu.*

Sie alle hatten keine Ahnung. Für Lotte war es wichtig, etwas zu tun. Sie brachte es nicht fertig, sich mit der Feststellung zu begnügen, dass es nun mal geschehen und nicht zu ändern sei. Sie konnte auch nicht die allgemeine Meinung teilen, dass es purer Leichtsinn gewesen sei, dieses nervöse Pferd zu reiten, dass es hatte schiefgehen müssen. Nein, das konnte sie nicht. Sie war seine Mutter.

Sollten die Leute doch den Kopf schütteln, sie hielt an ihrer Überzeugung fest: Der sogenannte *tragische Unfall* an der Melbtalbrücke war nichts anderes als Mord gewesen. Dafür brauchte sie keinen Beweis. Doch die eigene Gewissheit reichte ihr nicht.

Sie wollte verhindern, dass Manfreds Tod als Reitunfall in den Archiven verschwand. Sie wollte, dass er Polizei, Staatsanwaltschaft, Gerichte und Presse in aller Öffentlichkeit beschäftigte und der Name des Täters zwischen Aktendeckeln verewigt wurde. Zudem brauchte sie eine Person, die sie hassen konnte. So wie die beiden alten Schwestern im Haus gegenüber Adolf Hitler und *den Russen* hassten, weil ihre Männer und Söhne nicht aus dem Krieg zurückgekehrt waren.

»Ja, ich bin verrückt.« Sie sagte es laut zu sich selbst, jemand anderes war nicht im Raum. Sie setzte sich aufs Sofa, nahm den Briefblock und den Füller zur Hand und schrieb. Wie von selbst flossen die Worte aufs Papier.

*Lieber Manfred,*
*heute ist Dein Geburtstag, der erste, seit Du tot bist. Wenn Du noch hier wärest, befändest Du Dich mitten in der Paukerei für das bevorstehende Staatsexamen. Auf eine Party hättest Du trotzdem nicht verzichtet, und ich hätte Käsepasteten und Waldorfsalat gemacht. Ich horche in mich hinein, ob Deine Seele mir eine Botschaft schickt. Natürlich tut sie das nicht, sie ist frei von den Sorgen dieser Welt.*
*Warum Du sterben musstest, liegt auf der Hand: Du hast einen Mörder nach verübter Tat gesehen, und er wusste das. Hildegards Mörder ist Dein Mörder.*
*Warum Hildegard sterben musste, ist nicht so klar. Es kursieren verschiedene Gerüchte. Sie habe der Schutzgeldforderung einer Mafiabande nicht nachgeben wollen, behaupten die meisten. Andere, überwiegend Frauen, halten ein Eifersuchtsdrama für wahrscheinlicher, da die üppige Hildegard nach Feierabend regelmäßig wahllos auf Männerjagd gegangen sei. Wieder andere glauben, die redselige Budenwirtin habe einen Ministerialbeamten verunglimpft, der sie zum Schweigen bringen wollte, wobei nicht bekannt ist, ob der Mann überhaupt existiert oder nur Hildegards Erfindung war. Wie dem auch sei: Du konntest nichts dafür.*
*Dass man den Täter, der Euch beide tötete, nicht finden kann, will mir nicht in den Kopf. Das Melbtal liegt in einer Großstadt, aus drei Stadtteilen führen Wege dort hinein. Es ist kaum vor-*

*stellbar, dass sich an jenem Schönwettermorgen kein Mensch zum fraglichen Zeitpunkt dort aufgehalten hat. Die Polizei scheint die Ermittlungen aufgesteckt zu haben, aber ich suche noch. Ich spreche jeden an, dem ich in dieser Gegend begegne. Wer fuhr oder ging die Straße »Im Wingert« entlang, nachdem Hildegard überfallen worden war? Wer war im Tal, als Du zum Gut Melb zurückgeritten bist? Hat niemand etwas gesehen oder gehört? Wirklich niemand? Natürlich hat die Polizei diese Fragen ebenfalls gestellt, sie hat auch die Bewohner der Häuser am Melbweg befragt. Aber wer schaut an einem Werktag morgens um halb zehn aus dem Fenster?*
*Wieder und wieder suche ich die Melbtalbrücke auf. Für mich ist das alte Ziegelmonstrum der finsterste Ort in Bonn. Umgeben von hohen Bäumen gibt er sein Geheimnis nicht preis.*
*Die Kriminalpolizei hat sich anderen Verbrechen zugewandt. Für mich gibt es nur diesen einen Fall. Ich habe Dich geboren, geliebt und großgezogen. Die Geburt war schwer, die Liebe wunderschön und das Großziehen beschwerlich, weil ich allein war. Deinen Vater habe ich ziehen lassen, aber Deinen Mörder will ich festhalten. Sollte ich ihm jemals gegenüberstehen, werde ich ihn erkennen.*

*In Liebe*
*Deine Mama*

# 2
# Mittwoch

Freddy dirigierte die Gräfin in die Küche. Diesmal kam sie besser um die Ecken herum als beim ersten Mal.

»Alles Übungssache«, krächzte sie und zwinkerte Freddy zu. Das linke Vorderrad krachte gegen die Anrichte. Sie brachte das Wägelchen wieder auf Kurs und schob es neben Billys Hängematte. Der Hund hob den Kopf und knurrte. »Sind die Handwerker in Ihrem Büro noch nicht fertig, Herr Stieger?«

»Heute ist dort die Putzfrau.« Freddy senkte beim letzten Wort die Stimme.

Hoffentlich hatte Birgit, die sich gleich nach dem Frühdienst an die Arbeit gemacht hatte, sein Büro herzurichten, nicht gehört, was ihm da herausgerutscht war. Nach dem Streit am Montagabend hatte er geglaubt, zwischen ihnen sei es endgültig aus, doch seit er sie gestern mit roten Rosen vor dem Krankenhaus empfangen hatte, war alles wieder gut.

»Ihre Putzfrau ist da?«, rief die Gräfin, offenbar nicht sicher, ob sie richtig verstanden hatte.

Freddy nickte und lauschte angespannt zum Büro. Der Staubsauger brummte. Birgit würde wohl nichts gehört haben.

Die Gräfin versank im Küchensofa, noch ehe Freddy ihr den Sessel anbieten konnte. Unter ihr quietschten die Metallfedern, als säßen Mäuse im Polster.

»Ist sie tüchtig?« Die gräfliche Stimme kam Freddy sehr durchdringend vor. »Können Sie die empfehlen?«

»Ja, ja«, sagte Freddy hastig und schlug den Aktendeckel mit dem Bericht auf, den er nach Pilars Angaben geschrieben hatte.

Warum war er so blöd gewesen, von einer Putzfrau zu sprechen, statt zu erklären, dass seine Freundin aus lauter Liebe für ihn sauber machte? Wollte er den Eindruck erwecken, er könne sich eine Person für den Haushalt leisten? Oder war ihm das Flunkern, das in seinem Beruf bisweilen notwendig war, schon in Fleisch und Blut übergegangen? Nun hörte er kein Brummen mehr, vielleicht hatte Birgit die Tür des Büros geschlossen.

Er fasste den Bericht kurz zusammen. »Sie können ganz beruhigt sein«, meinte er zum Abschluss.

Die blauen Augen der Gräfin taxierten ihn. »Ich hätte mir denken können, dass Ihre Mitarbeiterin nichts merkt. Der Mörder wäre ein Dummkopf, wenn die Tat offensichtlich wäre.«

»Sie glauben also ernsthaft, dass Ihre Bekannte ermordet wurde?«

Die Gräfin lächelte, wie feine alte Damen zu lächeln pflegen. »Was denn sonst, Herr Stieger?«

»Wenn es sich um Mord gehandelt hätte, wäre das bei der ärztlichen Leichenschau aufgefallen«, entgegnete Freddy.

Das Gesicht der Klientin verfinsterte sich. »Seien Sie nicht naiv! Schlamperei bei der Leichenschau ist nichts Besonderes, und schon steht ›natürlicher Tod‹ auf dem Totenschein, bloß weil die Patientin ein erstaunliches Alter und hohen Blutdruck hatte. So bleibt mancher Mord im Dunkeln.«

»Wenn Sie einen konkreten Verdacht haben, Gräfin, sollten Sie es mir sagen.«

Sie schüttelte den Kopf. »Nur meine jahrzehntelange Erfahrung, dass der Mensch ein Ungeheuer ist«, schnarrte sie. »Das müssten Sie als Detektiv eigentlich wissen.«

Die Bemerkung ärgerte Freddy. Während er nach einer passenden Erwiderung suchte, sah er, wie die Metallschließe der gräflichen Handtasche sich öffnete.

»Wie dem auch sei, Herr Stieger, man hat mir ein anderes Haus empfohlen. Ein kleines privates, die ›Villa Wohlfühl‹ in Kessenich am Venusberghang. Die Lage ist nachmittags zwar etwas schattig, hat dafür aber Morgensonne. Ich habe mich angemeldet.«

Ist nicht wahr, dachte Freddy.

»Sie verstehen, dass ich kein Risiko eingehen möchte. Auch wenn das Haus einen guten Ruf hat, kann dort ein Mörder herumschleichen.«

Mit der gleichen Langsamkeit wie tags zuvor legte die beringte Hand drei glatte grüne Scheine auf die hölzerne Tischplatte. Freddy war, als würde sich in seinem Innern eine Wunderblume entfalten. Ein weiteres Zehntel … addiert mit der letzten Zahlung schon ein Fünftel der Reparaturkosten. Wenn das so weiterginge, könnte er die Ente behalten.

»Wir sehen uns gern dort um«, versicherte er und hoffte, nicht allzu gierig zu wirken.

»Das Haus hat allerdings nur dreißig Wohneinheiten, da kann man nicht herumlaufen, ohne aufzufallen. Das wird Ihre Ermittlungen erschweren, wenn Sie dort keinen Angehörigen haben.«

»Meine Mitarbeiterin …«, sagte Freddy, den Blick fest auf die grünen Scheine gerichtet.

»Sie kann doch nicht überall Verwandte haben«, rief die Gräfin.

»Meine andere Mitarbeiterin.«

»Sie haben noch eine?«

»Selbstverständlich«, log Freddy. »In der Villa Wohlfühl wohnt ihr Großonkel.«

»Ah, ein Herr!« Die Gräfin lächelte. »Herren sind selten in unserem Alter. Darf ich seinen Namen erfahren?«

»Nein«, erwiderte Freddy.

»Ich verstehe.«

Die alte Dame stützte sich auf die Tischplatte und zog sich hoch. Freddy sprang auf, um ihr zu Hilfe zu kommen, doch da stand sie schon auf ihren Beinen, die noch erstaunlich muskulös aussahen. Die eine Hand schwenkte die Tasche, die andere ruckte an der Tischkante entlang, bis die Füße in den stabilen schwarzen Schnürschuhen vor dem Rollator standen. Energisch schob sie das Wägelchen aus der Wohnküche in den Flur. Sie rammte erneut den vertikalen Eichenbalken und ratterte gegen den Schirmständer, ansonsten ging alles glatt.

Freddy folgte ihr, um ihr die Haustür zu öffnen. Er sah nach rechts in den kleinen Abzweig des Flurs. Die Bürotür stand offen. Weiter hinten wischte Birgit ein Regal ab.

»Erledigen Sie es bitte heute noch, Herr Stieger, es eilt mir. Ich komme morgen Nachmittag wieder, ich rufe vorher an.«

Freddy half der Gräfin und ihrem Gefährt die Stufe hinab. Er schloss die Tür und ging zurück in die Küche. Durchs offene Fenster sah er sie auf dem Beifahrersitz nach dem Sicherheitsgurt greifen, während der Fahrer den Rollator verstaute. Ihm fiel auf, dass es derselbe Mann war wie am Tag zuvor. Die Gräfin bemerkte Freddy und hob die Hand in einer geradezu königlichen Geste.

Frau Wildhuhn stand gegenüber in einem geblümten Kittelkleid neben ihrem Zaun und blickte dem Taxi nach. Sie hielt einen Pinsel in der Hand, vor ihren Füßen stand ein Farbtopf. Und der war rot. Ebenso wie ein Drittel des Zauns, den sie gestern erst grün gestrichen hatte. Offenbar nahm sie Freddys verdutzten Gesichtsausdruck wahr.

»Rot ist sicherer, Herr Stieger«, rief sie zu ihm herüber. »Das übersehen die Autofahrer nicht so leicht.«

Hinter sich hörte Freddy näher kommende Schritte. Birgit trat fest auf und atmete hörbar. Die Luft in seinem Rücken schien elektrisch aufgeladen. Natürlich, sie hatte es gehört. *Putzfrau*. Das hätte ihm nicht passieren dürfen.

»Ich will dir mal was sagen«, begann sie. Es klang nicht so unfreundlich, wie er befürchtet hatte. »Diese Stimme …«

Er drehte sich um. Ihre rundlichen Gesichtszüge erschienen ihm nicht so weich wie sonst, und ihre Augen unter dem dichten blonden Pony blitzten.

»Welche Stimme?«

»Die deiner Klientin.«

»Was ist damit?«

»Die kenne ich.«

»Ach so.«

Damit sie seine Erleichterung nicht bemerkte, wandte Freddy sich wieder dem Fenster zu. Die Frau von gegenüber legte den Pinsel auf einen Plastikteller. Hinter ihm stieß der Putzeimer hart auf die Dielen.

»Als Detektiv müsste dich doch interessieren, woher ich sie kenne.«

Freddy trat vom Fenster weg. »Unser Stadtteil ist ein Dorf, Birgit.«

»Die ist nicht aus Röttgen.«

»Woher weißt du das?«

»Ihr Mann hat bei uns auf Station gelegen.« Birgits Ton war jetzt unüberhörbar aggressiv. Sie knallte den Eimer in das Fach unter der Spüle.

»Sie hat keinen Mann, sie ist Witwe«, sagte Freddy betont sanft, um keinen Streit zu riskieren.

»Das kann nicht sein. Ihr Mann wurde bei uns kürzlich am Darm operiert. Nichts Lebensgefährliches. Wir haben ihn Mitte April entlassen. Bei guter Gesundheit übrigens. Der wird wahrscheinlich hundert Jahre alt, so fit und sportlich, wie er ist. Der tut was dafür. Und wenn man den Gerüchten glauben darf, hat er immer noch die eine oder andere Liebesaffäre.«

»Warum sollte die Gräfin mich belügen?«

»Eine Gräfin soll die sein?« Birgit lachte auf und stemmte die Arme in ihre Hüften. »Dann bin ich eine Herzogin.«

»Jetzt ist es mal gut, Bibi.«

»Ist es dir egal, wenn dich deine Klientin belügt? Die spielt dir was vor.«

»Stimmen kann man leicht verwechseln«, konterte er. »Wie sieht die Frau eures Patienten denn aus?«

»Dunkle Haare, blaue Augen, keine Brille. Noch ganz mobil.«

»Na bitte: Meine Klientin ist weißhaarig, Brillenträgerin und braucht eine Gehhilfe.«

»Freddy, manche Leute haben eine Stimme, die man nicht vergisst. Und das war eine dieser Stimmen.«

»Selbst wenn die Frau völlig anders aussieht«, spottete er.

»Das Aussehen kann man verändern, den Klang der Stimme nicht so leicht. Sie heißt Frau Uhlgass und –«

»Hast du mal was von Schweigepflicht gehört?«, unterbrach er sie. Zu scharf, oh verdammt.

Birgit verzog das Gesicht, als habe sie eine Ohrfeige bekommen. Ihre Wangen waren plötzlich himbeerrot. »Ich wollte dir nur raten, deiner Gräfin lieber auf den Zahn zu fühlen, ehe du für sie arbeitest! Du popliger Vorort-Detektiv!«

Freddy hatte das Gefühl, sein Blut fange an zu kochen. »Behalt dein Wissen für dich, und wenn du dabei platzt! Wenn ich euer Patient bin, will ich auch nicht, dass du verbreitest, ich hätte Hämorrhoiden, Prostatabeschwerden oder sonst was.«

Musste er so aus der Haut fahren? Auch wenn die Missachtung der Schweigepflicht ihn auf die Palme brachte, reagierte er völlig überzogen. Und den »popligen Detektiv« hätte er vornehm überhören können.

»Ich platze nicht.« Birgits Stimme schien nun vor Eiseskälte zu klirren. Die Röte im Gesicht war verschwunden, sie sah beinahe bleich aus. »Im Übrigen kündigt deine *Putzfrau* fristlos.«

Sie drehte sich so abrupt um, dass Billy sich in der Hängematte aufrichtete und zu kläffen begann. Die Haustür fiel ins Schloss.

Wie erstarrt stand Freddy in der Küche. Möglicherweise ließe sich noch alles retten, wenn er hinter ihr herliefe, sie ganz schnell in den Arm nähme und um Verzeihung bäte. Aber er konnte nicht, es ging nicht. Es war immer das Gleiche. Mit den Frauen lief es nicht. Sie waren zu empfindlich, rechthaberisch und in allem kompliziert. Obwohl es mit Birgit schon länger gegangen war als mit jeder anderen. Drei Monate, das war Rekord. Und deshalb hatte er gehofft – oje … Er hatte zum ersten Mal vom Bund fürs Leben geträumt. Das musste ja schiefgehen.

Freddy lehnte sich gegen den Eichenbalken am Durchgang zum Flur. Er hatte sich total verrannt. Nicht nur, dass er nun schon wieder mit seiner Freundin zerstritten war, da war noch etwas anderes: Wie sollte er Birgit jetzt noch erklären, dass er sie als Mitarbeiterin eingeplant hatte? Dass sie sich für ihn in der Villa Wohlfühl umsehen sollte? Bravo, Junge, das hast du auch verbockt. Sie würde es nie und nimmer tun. Er würde nicht mal dazu kommen, sie zu fragen, weil sie seine Nummer wegdrücken würde, sobald sein Name auf ihrem Handy erschiene. Sollte er selbst ihren Großonkel besuchen? Wahrscheinlich die schlechteste aller Möglichkeiten. Denn in Herberts Augen war er ein Feind, seit sie zusammen ein Fußballspiel gesehen hatten, bei dem Schalke 04 gegen den 1. FC Köln verloren hatte und Freddy in Jubel ausgebrochen war.

***

Sie saßen auf einer Bank im Hofgarten, die Kragen ihrer Jacken hochgeklappt, die Arme vor der Brust verschränkt. Ihre Augen waren auf die kurfürstliche Residenz gerichtet, die Universität, die sie wegen der kostenfreien Toiletten schätzen gelernt hatten.

Ein Lichtstrahl ließ das Gold der Regina Pacis in der Nische über dem Eingang aufglänzen, bevor sich graue Wolkenpakete vor die Sonne schoben. Es war jetzt richtig kalt.

So was nennt sich Frühling, dachte Sven. Oder war ab Juni sogar schon Sommer? Wenn es wärmer wäre, hätte er hier noch ein paar Stunden sitzen mögen, dann hätte sich das Fahrgeld wenigstens gelohnt, Zeit hatte er ja genug. Fünf Monate war es her, dass er seine letzte Arbeit hingeschmissen hatte, weil sie ihn fertiggemacht hatte. Zu viel Maloche für zu wenig Geld. Lager sortieren! Das war unwürdig. Bei Olli sah es auch nicht rosig aus, ihm war sein Telefonjob im Callcenter gekündigt worden. Allerdings hatte er mehr Chancen, weil er sich mit seiner großen Klappe besser verkaufen konnte.

Warum hatten sie ihr Leben so vergeigt? Lag wahrscheinlich an der Kindheit. Mutter Alkoholikerin, Vater unbekannt. Bei Olli war es anders gewesen: Mutter streng und frömmelnd, Vater ein lockerer Vogel, der sein Geld einem Thai-Girl hinterlassen hatte. Aber wem nützten solche Erklärungen? Sie hatten versagt, so war das doch. Und nun schien alles zu spät. Die nächsten zwanzig Jahre sah Sven wie einen endlosen grauen Ozean vor sich. Erikas Geld würde für eine Reise in den Süden reichen, vielleicht nach Spanien, an irgendeine *Playa*, aber nicht für Jahre, es sei denn, sie hätten sagenhaftes Glück in einer Spielbank.

»Nun, Svenni«, hörte er den Freund neben sich sagen, »wann heißt es: die Nächste, bitte? Wann öffnest du erneut das Tor zum Hades?«

Das also, natürlich. Nur deshalb hatte Olli ihn heute hierherbestellt. Er hätte sonst den ganzen Tag schlafen können.

»Die zweite Tante muss entsorgt werden, Svenni.«

»So unnütz sind die Ollen nicht«, sagte Sven. »Sie kaufen.«

»Hörgeräte, Stützstrümpfe, Gehhilfen, Medikamente«, meinte Olli verächtlich. »Auf Kosten der Allgemeinheit.«

»An einigen verdient die Gesellschaft auch. Manche buchen Kreuzfahrten.«

»Deine Tanten nicht. Die sind zu klapprig und halten ihr Geld zusammen. Für eine schöne Beerdigung und weil man in Not geraten könnte. Darüber braucht sich die liebe Erika keine Sorgen mehr zu machen. Wann gönnst du das der zweiten Tante? Der mit dem anderen Blumennamen?«

Sven erhob sich und trat auf den Rasen vor der Bank. Als Studenten hatten sie hier Fußball gespielt. Er war immer bei den Verlierern gewesen, die guten Spieler hatten ihn nie in ihre Mannschaft gewählt. Nachdem Olli dazugestoßen war, hatten sie beide bald damit aufgehört. An der Theke ihrer Altstadtkneipe hatten sie sich wohler gefühlt. Es wurde immer eine lange Nacht draus. An Karneval wurde es eine Woche, und aus dem Vordiplom wurde nichts.

»Niemand vermisst die dösige Alte, wenn sie nicht wieder aufwacht«, hörte er Ollis Stimme in seinem Rücken. »Die Tochter ist Karrierefrau, die ist froh, wenn sie in Zukunft die Wochenenden freihat.«

Hätte ich ihm bloß nichts von meinen Tanten erzählt, dachte Sven. Vor ein paar Wochen, beim siebten oder achten Korn, war dann diese Idee aufgekommen. Anfangs war sie nicht ernst gemeint gewesen, aber dann ... Mit einem Mal war ein Plan daraus geworden.

»In wenigen Jahren wäre das zweite Tantchen auch ohne uns unter der Erde«, fuhr Olli in seiner eindringlichen Art fort. »Warum also nicht jetzt? Spart Kosten und bewahrt sie vor weiterer Mühsal. Und Nelke oder Margarite – wie heißt sie? – leidet nicht nur unter Herzschwäche und hohem Blutdruck, sondern auch unter Zucker. Haben wir nicht zur Genüge durchgekaut, dass es bei ihr noch einfacher sein wird als bei der ollen Erika? Apropos, du schuldest mir noch eine Antwort. Wann kommt das Geld von der?«

Sven drehte sich zu Olli um. »Wenn du beim Jurastudium besser aufgepasst hättest, wüsstest du, dass das Testament erst eröffnet werden muss.«

»In der Vorlesung hab ich wohl gefehlt.«

»Du hast immer gefehlt.«

»Wer im Glashaus sitzt ...«

»Ich war öfters da.«

»Um alles zu verpennen, was nützlich ist.«

»Das Vordiplom war zu schwer. Manche hatten Beziehungen, die haben es geschafft.«

»Pah, red nicht. Wie lange soll das dauern mit dem Geld?«

»Warte ab.«

»Ruf den Sohn an.«

»Das ist zu auffällig.«

»Frag einfach, wann die Beerdigung ist, du wolltest dir freinehmen, und dann schiebst du ganz beiläufig die Frage nach dem Vermächtnis hinterher. Die liebe Erika, sagst du, hätte davon gesprochen. Ob da womöglich was dran sei? Tu so, als hättest du keine Ahnung und glaubtest es auch nicht wirklich. Wenn er dann die zwanzigtausend Euro anspricht, bist du maßlos überrascht. Und selbstverständlich gerührt. Und fragst dann bitte noch, wann etwa damit zu rechnen ist, dein Steuerberater müsse das wissen.« Olli zog sein Handy aus der Innentasche seiner Jacke.

»Ich weiß Fredos Nummer nicht«, sagte Sven.

»Kein Problem. Fredo – wie weiter?« Er hatte natürlich kein olles Handy wie Sven, sondern ein Smartphone. Olli fand die Nummer im Internet. »So, ich hab gewählt. Freizeichen. Leg los.«

Sven nahm das elegante flache Ding in seine rundliche Hand und hielt es an sein Ohr. Fredos belegte Stimme meldete sich bereits. Die Beerdigung sei erst am Freitag nächster Woche, antwortete er auf Svens erste Frage, man erwarte Freunde aus New York. Sven brachte die zweite Frage vor, die nach dem Vermächtnis.

Fredo reagierte erstaunt. »Du meinst einen Geldbetrag? Tut mir leid. Das Testament enthält nur einen einzigen Satz: Zum Alleinerben bestimme ich meinen Sohn Fredo. Unterschrift, Bonn und Datum.«

»Was für ein Datum?«, fragte Sven fast tonlos.

»Das vom letzten Samstag. Als ob sie geahnt hätte, dass es bald mit ihr zu Ende ginge.«

Sven ließ sich auf das äußerste Ende der Bank sinken, das Gesicht von Olli abgewandt. Keine zwanzigtausend Euro. Nicht mal ein Bruchteil davon. Nichts. Erika, der Fuchs. Sie hatte ihr Testament geändert! Warum? Was hatte er falsch gemacht? Das beißende Gefühl, das in ihm aufstieg, war vor allem Wut. Er fühlte sich hintergangen. Mit dem Geld hatte er felsenfest gerechnet! Mit Müh und Not hatte er die Bekannten, die ihm einiges geliehen hatten, davon überzeugen können, dass er es im Sommer endlich zurückzahle.

»Du bekommst alle ihre Bücher«, vernahm er Fredo an seinem Ohr. »Das habe ich ihr versprochen, zwei Regale voller Romane, du liest doch gern.«

Das war der glatte Hohn. Sven murmelte einen Abschiedsgruß und legte auf. Er starrte vor sich hin. Das Grün des Rasens schien blasser geworden. Ihm war, als ertönte über den Baumkronen nicht das Keckern der Elstern, sondern das spöttische Lachen der alten Frau.

»Was hat er gesagt?«, fragte Olli und beugte sich zu ihm herüber.

»Alles noch unklar.« Das Reden fiel Sven schwer, es kostete Kraft, die Wut in der Kehle zurückzuhalten, sodass seine Stimme ganz fremd klang.

»Was hast du?« Olli wich vor ihm zurück. »Musst du kotzen? Nicht auf mein Handy!«

Sven wich dem Blick des Freundes aus, als er ihm das Smartphone zurückgab. Er presste die Lippen zusammen, um nicht zu schreien.

Olli klopfte mit den Fingerknöcheln gegen die Lehne der Bank. »Willst du dich langlegen? Mal was schlafen?«

Sven gab sich einen Ruck und richtete sich auf. Er zwang sich, in Ollis steingraue Augen zu sehen, die ein dichtes Netz von Fältchen umgab.

»Im Gegenteil, Olli. Jetzt ist Rose dran.«

ᐃᐃᐃ

Die spanische Nationalhymne ertönte, der Ruf der noch unversehrten Telefone, die ihnen Pilars Vater vor vielen Jahren geschenkt hatte. Es war merkwürdig – obwohl Pilar in Deutschland aufgewachsen war, fuhr der Marsch der spanischen Könige ihr jedes Mal mitten ins Herz. Den andalusischen Hunden schien es ähnlich zu gehen. Mit dem ersten Ton der »Marcha Real« spurteten Tajo und Toledo los und rasten, als hätten sie Wild gesichtet, zur nächsten Ladestation. Pilar stürzte hinterher. Tajos Schnauze war als erste am Apparat.

»Aus«, rief Pilar.

Vergeblich. Mit dem klingenden Telefon zwischen den Zähnen vollführte Tajo eine Reihe Bocksprünge quer durchs Wohnzimmer. Pilar hörte den Kunststoff knacken. Unter dem Esstisch erwischte sie den Hund. Er ließ das Telefon vor ihre Füße fallen.

»Álvarez-Scholz«, keuchte sie in den Apparat.

»Hallo Pilar«, erklang es am anderen Ende.

Freddy. Pilar stöhnte auf. Vor zehn Minuten erst hatte sie es mit Mühe geschafft, Birgit abzuhängen, deren wirre Aneinanderreihung von Satzfetzen und Schluchzern nicht hatte enden wollen: Mit Freddy sei alles aus, nur weil die Gräfin keine Gräfin sei und auch keine Witwe, aber sagen dürfe sie das nicht, wegen der Schweigepflicht, er gehe hoch wie eine Rakete.

»Die Gräfin war eben noch mal –«

*»No«*, schnitt ihm Pilar den Satz ab. »Mein Auftrag ist erledigt.« Diese mysteriöse Gräfin war ihr von Anfang an suspekt erschienen, und nun, da sie von Birgit gehört hatte, dass die Frau sich vermutlich einer falschen Identität bediente, war Pilar nicht bereit, sich noch einmal vor den Karren spannen zu lassen. »Du schaffst das schon. Mach's gut, Freddy.«

»Nicht auflegen!«, rief Freddy. »Jetzt plant sie, in ein Heim in Kessenich zu ziehen, Villa Wohlfühl. Sie will nur wissen, wie es dort ist. Sonst nichts.«

»Gut, dass ich da niemanden kenne.«

»Birgits Großonkel Herbert wohnt dort.«

»Prima. Ruf sie an.«

»Das geht nicht, Pilar. Wir haben uns verkracht.«

»Dann fahr selbst nach Kessenich.«

»Das geht auch nicht. Onkel Herbert hasst mich. Ich hab zum falschen Fußballverein gehalten. 1. FC Köln gegen Schalke 04. Zwei zu eins.«

»Pech.«

»Hm …«

»Freddy, erwartest du etwa von mir, dass ich Birgit anrufe?«

»Nicht direkt … Aber irgendwie …«, druckste er herum.

Er tat Pilar leid. In letzter Zeit bekam er ziemlich wenig gebacken in diesem Beruf, der für ihn sicher der falsche war. Der Verkauf von Obst und Gemüse schien ihm mehr zu liegen, aber wahrscheinlich entsprach das nicht dem, was er sich erträumte. Und nun noch der Streit mit Birgit …

»Gut«, sagte Pilar. »Ich rede mit ihr.«

»Und es ist dringend.« Ein Seufzer erreichte ihr Ohr. »Es müsste eigentlich heute noch sein.«

»Kopf hoch, Freddy, ich kümmere mich drum.«

Hatte sie den Verstand verloren? Noch ein solches Telefongespräch mit Birgit, und sie würde heute keinen Schritt vorankommen mit der Ausarbeitung ihres Vortrags, dessen ersten Teil sie am Mittwoch nächster Woche halten musste. Was sie am Vormittag geschafft hatte, war nicht der Rede wert. Die Handwerker ihrer Nachbarn hatten bei der Anlage des japanischen Gartens Schlagbohrer, Hämmer und Motorsägen zum Einsatz gebracht, deren Lärm sich trotz geschlossener Fenster in ihren Kopf gebohrt und das Nachdenken erschwert hatte. Gegen Mittag erhob sich ein Pagodendach über die Thujahecke, worauf etwas maßvollere Geräusche folgten. Das Teehäuschen der Familie Winter war offenbar vollendet, und Pilar hätte wieder klarer denken können, wenn nicht ihre Mutter angerufen und jammernd erklärt hätte, ihr Hörgerät sei unter den Schrank gerollt, sie komme nicht dran. Pilar war also in die Südstadt gefahren, um sich dort aufs Parkett zu legen, das winzige Innenohrgerät von der Fußleiste hinter dem Schrank zu klauben und sich Mamas ausführlichen Bericht anzuhören, wie sie mit Besenstil und Regenschirm versucht hatte, es selbst hervorzuholen. Zweieinhalb Stunden Arbeitszeit ade.

Bisher klang ihr halb fertiger Text trockener als ein Vortrag zum Steuerrecht. Die Zuhörer würden verstohlen gähnen, wenn es ihr nicht gelänge, mehr Pep hineinzubringen. Dazu brauchte sie vor allem Zeit und – erschrocken schoss sie vom Stuhl hoch – auch die Brille, die Toledo gerade zwischen die Reißzähne nahm.

*»No«*, schrie sie erschrocken bei dem Gedanken, dass einmal zubeißen sie vierhundert Euro kosten würde.

Er zog die Pfoten zurück. Die Brille war nur ein kleines bisschen verbogen. Toledo schwänzelte und öffnete die Schnauze, als wollte er lächeln.

***

Birgit streifte im engen Flur ihrer kleinen Wohnung in der Lotharstraße ihre Schuhe ab. Sie ging auf Strümpfen weiter und sah sich um.

Ihr Zuhause schien ihr mit einem Mal ungemütlich, es war kahl, leblos und hatte keinen Stil. Die Möbel sahen langweilig aus, die Sessel wirkten billig. Alles war fad hier. Und diese Stille, die hatte was Erdrückendes. Wenn sie wenigstens einen kleinen Hund … Aber das ging ja nicht. Und eigentlich war sie nach der Arbeit regelmäßig so erschöpft, dass sie nur ein Sofa und einen Fernseher brauchte. Setzen, anlehnen, Füße hochlegen, Bier und Käsebrot. Aber Bier war keins da. Sie hatte es sich fast abgewöhnt, weil Freddy lieber Wein trank. Freddy! Birgit trommelte gegen die Küchentür. Scheißkerl! Wegen einer Gräfin, die keine war! Es war lächerlich. Vor allem hätte sie nicht so beleidigt reagieren sollen. Als wenn sie nicht alt genug wäre, die Folgen abzusehen! Freddy war echt süßer als die anderen. Er war feinfühlig, kein bisschen eingebildet und nicht halb so egoistisch wie die Typen, die sie sonst so aufgegabelt hatte. Mit ihm konnte man an was Dauerhaftes denken. Hätte man denken können … Sie hatte alles verpatzt. Und das Gespräch, das sie unterwegs vom Handy mit Pilar geführt hatte, war nicht halb so hilfreich gewesen wie erhofft. Sie hatte das Bedürfnis gehabt, mit jemanden zu reden, der einfach nur zuhörte, und Pilar konnte das wirklich. Aber alles zu wiederholen, was zwischen Freddy und ihr schiefgelaufen war, hatte sie fix und fertig gemacht.

Birgit ließ sich aufs Sofa fallen. Ihr Blick fiel auf den Rosenstrauß auf dem Couchtisch. Tränen schossen ihr in die Augen. Sollte sie den in den Mülleimer werfen? Nein, das war zu endgültig. Aber den Anblick der tiefroten Blütenköpfe konnte sie keinen Moment länger ertragen. Sie stand auf und ergriff mit zitternden Händen die Vase. Auf den Balkon damit! Hinter die

Truhe mit den Sitzkissen, da würde sie den Strauß nur sehen, wenn sie es drauf anlegte.

Zurück auf dem Sofa, legte sie die Füße auf den Sessel gegenüber und zappte sich durch die Programme ihres Fernsehers. Trostlos. Langweilig. Dämlich. Okay, die Schnulze ging. Der Schauspieler mit dem Kinngrübchen erinnerte sie an ihren verflossenen Freund Erik, den Anästhesisten. Vielleicht sollte sie den mal anrufen. Er sei wieder solo, hatte sie im Schwesternzimmer gehört, aber sie wusste, dass selbst der schönste Mann der Klinik sie nicht trösten konnte.

Ein paar Takte Jazz klangen aus dem Flur herüber. Ihr Handy.

Freddy!, durchfuhr es sie. Ihr wurde heiß, ihr Puls ging schneller, sie sprang auf und raste an die Garderobe, zerrte am Reißverschluss ihrer Handtasche und zitterte vor Aufregung, als sie das Handy endlich unter der Haarbürste und dem Portemonnaie hervorzog. Nicht Freddy, stellte sie enttäuscht fest.

»Birgit, hast du Lust, deinen Großonkel zu besuchen? Möglichst noch heute.«

»Pilar! Sag bloß, Freddys Klientin will in die Villa Wohlfühl ziehen.«

»Gut kombiniert. Oder hast du das auch beim Putzen mitbekommen?«

»Nee, das nicht. Aber will Freddy denn, dass ich für ihn …?« Sie musste schlucken.

»Und wie er das möchte. Du wärst sozusagen seine Mitarbeiterin.«

Birgit sah im Garderobenspiegel, wie ihre Augen vor Erstaunen groß und rund wurden. »Ich kann Blut abnehmen, Verbände anlegen und Spritzen geben, aber so was? Ich will auf keinen Fall nach einem Toten fragen! Das haben wir auf Station oft genug.«

»Keine Sorge, es ist niemand gestorben.«

»Es geht also nur um das Heim?«

»Hör dich einfach um, wie es so ist. Ob es Klagen der Bewohner gibt oder irgendwelche Missstände.«

»Ich glaub, das Essen ist nicht besonders.«

»Darüber wird überall gemeckert.«

Birgit schwieg. Mitarbeiterin von Freddy, das war ziemlich verwirrend.

»Willst du noch was wissen?«, fragte Pilar.

»Wie geht es ihm?«

»Freddy? Ich glaube, sehr schlecht. Aber er zeigt es nicht.«

Das hat sie sich ausgedacht, vermutete Birgit. Gleichwohl fühlte sie sich nur noch halb so elend. »Und wenn ich nichts rauskriege?«

»Natürlich kriegst du nichts raus. Es wird alles normal sein. Aber die Gräfin –«

»Von wegen Gräfin!«

»Mag sein, dass sie einen Knall hat, aber sie bezahlt dafür. Vor allem legt sie Wert darauf, dass der Auftrag unauffällig erledigt wird. Deshalb die Tarnung als Onkel-Besuch.«

»Okay …«

Birgit verfolgte im Spiegel, wie sich ihr Gesicht veränderte, während sie auflegte. Wie sich ihr Mund verbreiterte und die Grübchen auf den Wangen sichtbar wurden. *Sie bezahlt dafür.* Vielleicht blieb was für Ringe übrig. Verraucht war ihre ganze Wut. Zwar imponierten ihr Frauen, die hart blieben, bis ihnen die Männer zu Füßen lagen, doch war das nicht ihr Ding. Und schließlich hatte Freddy gewissermaßen den ersten Schritt getan, indem er Pilar hatte anrufen lassen. Okay, das konnte purer Eigennutz sein, aber so eng wollte sie das nicht sehen. Das hier war ihre Chance – Freddys Mitarbeiterin! Das klang gut. Aus seiner Detektei konnte noch was werden. Möglich, dass er bald eine ständige Mitarbeiterin brauchte, jemanden fürs Telefon, für die Buchführung, für kleine Recherchen … *Hier Detektei Stieger, Sie sprechen mit Birgit Nettekoven, was kann ich für Sie tun?* Nach zwei Jahrzehnten »Schwester Birgit« hätte sie nichts dagegen, ihren Job im Malteser-Krankenhaus an den Nagel zu hängen, um nicht nur privat, sondern auch beruflich an Freddys Seite zu sein.

Sie wählte Onkel Herberts Nummer. Er war bald am Apparat und wirkte wenig erfreut, dass seine Nichte anrief.

»Heute noch?«, brummte er unwirsch. »Ich mach mich jetzt schick für eine Dichterlesung, und dann gibt's Abendessen, was soll ich mit Besuch?«

»Dann eben morgen früh.«
»Ich schlafe lang, da kann ich dich erst recht nicht gebrauchen.«
»Später Vormittag, so gegen elf?«
»Kann sein, dass ich da was vorhabe.«
Das konnte Birgit nicht glauben.

***

Tante Rose hatte Sven vor ein paar Wochen erklärt, Kaffee und Kuchen nehme sie immer in ihrem Zimmer zu sich, wo sie ihre Ruhe habe und nicht von all denen gestört würde, die *nur noch Kappes im Kopp* hätten, und das seien viele in der Villa Wohlfühl.

Das alte Anwesen, das in ein Seniorenheim umgebaut worden war, konnte Sven ohne großen Zeitaufwand zu Fuß erreichen. Von der Dachwohnung aus, die ihm ein Biologe überlassen hatte, der wegen eines Forschungsauftrags in Australien weilte, waren es nur wenige Minuten bis zu den Wegen, die am Osthang des Venusbergs hinunter nach Kessenich führten, einem der ältesten Stadtteile, aus keltischer und römischer Zeit. Sven faszinierte die Vorstellung, dass Kessenich einst ein Weinort gewesen war, wie überhaupt ganz Bonn von Weinstöcken umgeben war. Rote oder weiße Trauben? Das hätte ihn interessiert. Mit solchen Überlegungen lenkte er sich ab, er war nervös.

Die Bergstraße, der er folgte, führte steil hinab durch hohen, schattigen Wald. Links und rechts begleiteten steinerne Abflussrinnen und Überlaufbecken den befestigten Wanderweg, weiter unten standen ein paar Basaltsäulen, wie sie früher die Landstraßen säumten. Unter den Kanaldeckeln rauschte es. Nun wurde der Weg zur richtigen Straße. Die ersten Villen tauchten auf, dahinter das Panorama mit dem Siebengebirge. Sven nahm all dies kaum wahr. Sein Blick war nach innen gerichtet, auf das, was er in den nächsten Minuten zu tun gedachte. Er erreichte die Kurve, an der sich der erweiterte Dreißiger-Jahre-Bau der Villa Wohlfühl erhob. Aus den Gärten neuerer Wohnhäuser in der Nähe drang Kinderlachen herüber.

Rose wohnte seit ein paar Monaten in diesem Heim. Der Umzug aus ihrer bisherigen Wohnung hatte sich als notwendig erwiesen, da ihr häufig schwindelig wurde und sie zu Stürzen neigte. Ohne Hilfe kam sie nur schwer wieder auf die Beine. Sven wusste, dass Rose gern Kuchen aß. Sie würde ihr Insulin brauchen. Dafür benutzte sie einen Pen, der leicht zu handhaben war. Trotzdem spritzte sie sich das Hormon ungern selbst, bat aber ebenso ungern das viel beschäftigte Pflegepersonal um Hilfe, auch das wusste Sven. Manchmal verabreichte ihre Tochter Gesa ihr das Insulin, dabei hatte er einmal zugeschaut. Es schien ganz einfach zu sein, im Internet hatte er eine Beschreibung gefunden. Hauptsache, der Pen enthielt genug, um eine tüchtige Überdosis zu spritzen. Es musste ein Mehrfaches ihrer normalen Menge sein.

Eine Packung Schlafmittel, das gleiche, das auch Rose für gewöhnlich einnahm, hatte er sich schon letzte Woche besorgt – auf eigenes Rezept. Ein bisschen Jammern beim greisen Hausarzt, vermehrtes Klagen, als er ihn mit Baldrian abspeisen wollte, ein ernstes Gesicht, als es hieß, er solle dieses starke Mittel aber bitte nur im Notfall nehmen. *Selbstverständlich, Herr Doktor.* Den größten Teil davon hatte er in aller Eile mit einer Kaffeemühle, die noch von seiner Mutter stammte, zerkleinert und in ein leckeres Cremetörtchen eingearbeitet. Selbst wenn Rose das Ding nicht vollständig äße, würde es reichen, damit sie die Symptome der eintretenden Unterzuckerung verschlief. Sein Partygespräch mit der Ärztin war auch in dieser Hinsicht ergiebig gewesen.

Im Foyer der Villa traf Sven niemanden. Die Frau an der Rezeption telefonierte und blickte währenddessen in eine Fernsehzeitung. Mit dem Aufzug fuhr er in die zweite Etage. Der Flur war menschenleer. Die Nummer 25 war die dritte Tür auf der linken Seite. Er klopfte an, lauschte und klopfte noch einmal. Keine Antwort. So wie beim letzten Mal. Sie hörte es nicht.

Als er die Klinke herunterdrückte, bemerkte Sven, dass seine Hand zitterte. Nicht nachdenken, befahl er sich. Das wird jetzt durchgezogen. Rose hatte ihm in ihrem Testament eine Summe mit fünf Nullen zugedacht, wie sie ihm vor einiger Zeit eröffnet hatte. Auch wenn sie kleine Scherze liebte, war sie doch kein Fuchs wie Erika. Was sie versprach, hielt sie, darin war Sven sich so gut wie sicher.

»Wer kommt?«, rief Rose von ihrem Sitzplatz vor dem Fenster. Sie sah nicht mehr gut, das eine Auge war blind, das andere schwach. »Oh, mein Guter, warum hast du nicht angeklopft?«

Er nahm die Schale mit dem Törtchen aus seiner Tragetasche und stellte sie auf den Tisch. Vor ihr stand ein Teller mit einer halben Scheibe trockenen Kuchens. Sie beugte sich über ein kleines Buch, das sie gegen die Tischkante gelehnt hielt. Ihr Gesicht schien das Papier beinahe zu berühren. Sie schrieb etwas, das Sven nicht erkennen konnte, die Nase und die linke Hand versperrten ihm die Sicht.

»Eine Gaumenfreude für dich«, erklärte er. »Mit extra wenig Zucker.«

»Das kommt wie gerufen. Der trockene Kuchen schmeckt nicht besonders, und Abendessen gibt es nicht vor sieben.« Sie hob den Kopf und schob die Brille, die auf der Nasenspitze saß, hoch. »Aber du stehst ja noch! Hol dir den Stuhl heran, Junge, und setz dich zu mir.«

Während sie weiterschrieb, trug Sven den Stuhl hinüber zum Tisch. Das Buch, das sah er nun, war ein Taschenkalender, der für jeden Tag eine ganze Seite Platz bot. Sie setzte mit Nachdruck einen Punkt, klappte den Kalender zu und hob einen Zipfel der Tischdecke an. Darunter befand sich der Knauf einer Schublade, in der sie das Büchlein verstaute.

Er saß ihr gegenüber. Sie ist hässlich, redete er sich ein, ein verschrumpelter Apfel auf einem breiten Stecken. Das half. Es musste helfen. Sie nahm die kleine Gabel, die er ihr reichte, und stach in das cremige Törtchen. Es war ein winziges Stück, das an der Gabel hängen blieb. Sie schob es in den Mund und kaute.

»Eine Art Krokantcreme ... Selbst gemacht?«

Er nickte beklommen. Der erste Schritt schien zu klappen.

»Wenn ich nur nicht bei allem, was ich esse, an mein Spritzchen denken müsste ... Mit dem Pen ist es nicht so schlimm, aber – sag mal, warum ist heutzutage alles englisch?«

In seiner Kehle schien ein dicker Kloß zu sitzen, er versuchte, ihn zu ignorieren. »Wenn du magst, gebe ich dir dein Insulin. Ich weiß, wie es geht. Ich habe Gesa dabei zugeschaut.«

»Gesa ist auf Dienstreise in … wenn ich das jetzt wüsste. Weit weg jedenfalls.«

»Na, siehst du. Und ich bin da.«

»Ich mach's so ungern selbst. Es ist lächerlich, aber ich fürchte mich vor dem Pieks. Man muss hier alles, was man noch kann, selbst machen. Es fehlt an Personal.«

»Sieht mal einer nach dir? Ich meine, um diese Zeit?« Er sprach abgehackt, es klang fahrig.

»Wenn ich nicht klingele, äußerst selten. Montags kommt oft eine Dame vom Hörstudio, die ist hier gewesen, kurz bevor du gekommen bist.« Rose musterte ihn. »Ist dir nicht wohl, mein Guter?«

Nun hatte sie also gemerkt, dass er die Anspannung in Person war. Spätestens in zehn Minuten musste er hier raus sein. Sein Rücken war schweißnass.

»Vergiss nicht, weiterzuessen«, erinnerte er sie.

Sie sah auf das buttrige Innere des Törtchens, das ihre Gabel zerteilt hatte. »Hoffentlich bekommt mir das.«

Eine Viertelstunde später verließ er sie. Die Schale und die Gabel hatte er vorher im Waschbecken des kleinen Badezimmers gründlich gesäubert und in seiner Tragetasche verstaut. Er schloss die Tür und fühlte sich gut. Viel besser, als er für möglich gehalten hatte.

# Achtundzwanzig Jahre zuvor

Lotte hatte ihren Füller bereits in der Hand, als sie im Flur an dem großen Spiegel vorbeikam und hineinblickte. Das vermied sie für gewöhnlich, und leider entsprach das, was sie sah, ihren Befürchtungen: Ihr Gesicht und ihre Körperhaltung wirkten müde, kränklich und erschöpft. Das zweite Jahr nach Manfreds Tod hatte mehr an ihr gezehrt als das erste. Zweiundfünfzig war sie jetzt, und ihre Freunde, soweit sie überhaupt noch welche hatte, wurden nicht müde, sie zu ermahnen. *Hör endlich auf damit. Du verschwendest deine besten Jahre.*

Ohne nachzulassen, hatte sie sich durch die Stadtviertel gefragt, die an das Melbtal grenzten. Poppelsdorf, Ippendorf, Venusberg. Wie ein Wurm durch einen Apfel hatte sie sich Tag für Tag nach der Arbeit durch die Anwohnerschaft gebohrt, an Haustüren geklingelt und Menschen auf der Straße, auf den Wegen des Tals, in Geschäften, in Lokalen und vor den Kirchen angesprochen. Sie hatte die Pächter der Schrebergärten, die Angestellten und Patienten des Marienhospitals, Lehrer und Schüler der Realschule sowie Besucher des Guts und der Sportanlagen der Universität und Mitglieder der ansässigen Vereine mit ihren Fragen verfolgt, immer in der Hoffnung, dass einer von ihnen etwas von Bedeutung bemerkt haben könnte. Sie war nahe daran gewesen, ihren Freunden recht zu geben.

Nun aber war etwas passiert. Es wühlte sie auf, kribbelte in ihren Gliedern und würde sie nach zwei schlaflosen Nächten heute wieder nicht zur Ruhe kommen lassen, obwohl Mitternacht nicht fern war und in den Häusern rundherum die Lichter ausgingen. Sie musste es jemanden mitteilen, wusste aber zugleich, dass keiner ihrer Freunde zuhören mochte, sie waren es gründlich leid. Es gab nur einen, an den sie sich wenden konnte. Ihr Briefblock lag unter der Stehlampe bereit.

*Lieber Manfred,*
*wie versprochen schreibe ich Dir nur einmal im Jahr. Denn als Du noch lebtest, pflegten Dir allzu viele Briefe lästig zu sein.*

*Wir wissen so wenig über unsere Toten. Möglicherweise sind sie nicht anders als im Leben. Deshalb nehme ich Rücksicht.*
*Vor ein paar Tagen habe ich die Andeutung einer Spur entdeckt. Ein alter Gärtner, der mich von meinen Nachforschungen kannte, hatte mir eine Frau, die ungefähr mein Alter haben muss, von Weitem gezeigt. Er habe gehört, sie sei vorletzten Sommer öfters zur Behandlung im Marienhospital gewesen, vielleicht sei sie zufällig zur fraglichen Zeit die Straße hinuntergefahren. Fragen koste ja nichts und schöne Grüße, er habe früher mal die Hecke ihrer Eltern gestutzt, der Name fiele ihm nicht ein, es sei eine Ewigkeit her.*
*Ich war ihr nachgegangen und hatte sie am Poppelsdorfer Platz eingeholt. Ihre Erwiderung auf meine Frage entsprach allen bisherigen Antworten: Sie wisse nicht genau, ob es jener Tag war, als sie mit dem Fahrrad den Wingert herunterkam. Jedenfalls sei ihr nichts aufgefallen. Wenn sie bergab fahre, habe sie immer nur die Fahrbahn im Blick.*
*Nichts unterschied diese Frau von den übrigen Befragten. So jedenfalls sähe jeder Kommissar die Sache. Aber mir fiel das Flackern in ihren Augen auf, als loderte in ihrem Innern eine unruhige Flamme. Die anderen hatten mich teilnahmsvoll, betroffen, mitleidig oder verstört angesehen, manche auch gleichgültig. Sie aber schaute weg mit diesem ahnungsvollen unsteten Blick.*
*Ich bat sie, mir ihren Namen zu nennen, für meine Liste. Uschi Schmitz, sagte sie. Wir lachten ein bisschen, weil wir denselben Nachnamen hatten. Kurz darauf rief ich den zuständigen Kommissar der Mordkommission an. Ich gab ihm den Namen durch und beschrieb ihr Äußeres: mittleres Alter, mittlere Größe, mittelblondes Haar – hervorstechende Merkmale waren mir leider nicht aufgefallen. Heute erklärte er mir, dass es laut Auskunft der Ärzte des Marienhospitals keine Patientin dieses Namens gegeben habe. Auch die Beschreibung habe nicht weitergeholfen. Für eine Personenfahndung seien meine Angaben zu dünn; er bat mich, diesbezüglich vorbeizukommen.*
*Nun bin ich mir sicher, dass diese Frau etwas wusste. Sie war auf der Hut und hat den Namen erfunden. Auf die Schnelle hat sie meinen Nachnamen genommen, ich hatte mich ja vorgestellt.*

*Das ärgert mich maßlos, ich fühle mich verhöhnt und betrogen. Ich muss sie aufspüren. Die frühen Abendstunden habe ich damit verbracht, überall in Poppelsdorf nach ihr zu fragen. Der alte Gärtner liegt seit gestern im Krankenhaus, musste ich erfahren, ein Hirntumor, er wird sterben.*
*Erst spätabends ist mir der Gedanke gekommen, dass diese Frau aus Not gelogen hat. Wahrscheinlich wusste sie sich nicht anders zu helfen. Ich vermute einen triftigen Grund, der mit Liebe, Verwandtschaft oder Abhängigkeiten zu tun hat. Oder mit Angst. Auch mich plagt zuweilen die Angst – vor Deinem Mörder, der mir irgendwann begegnen wird, und vor mir selbst. Ich fürchte, ich werde ihn umbringen. Meine Wut verschlingt alle Bedenken, sie wird ihn töten. Ihn und jeden, der ihm bei seinem Teufelswerk geholfen hat.*

*In Liebe*
*Mama*

Sie legte den Brief in die Dokumentenmappe, in der sich bereits der vom letzten Jahr befand. Jetzt konnte sie zu Bett gehen.

# 3
# Donnerstag

Birgits Hände waren feucht, ihr war ein bisschen schlecht. Warum war sie so aufgeregt? Vielleicht sollte sie ihre zukünftige detektivische Mitarbeit lieber aufs Büro beschränken.

Von ihrer Wohnung in der Lotharstraße war sie zu Fuß gegangen, parallel zum Venusberghang, und überquerte nun einen kleinen Platz, den sie besonders mochte. Die schmucken alten Häuschen am Rande kamen ihr vor wie die Kulisse zu einem historischen Film. Auch wenn das Kriegerdenkmal mit der Namensliste der Gefallenen bedrückend wirkte, hatte die Friedenslinde in der Mitte etwas Versöhnliches, und über dem Ganzen thronte behäbig die alte Pfarrkirche Sankt Nikolaus mit dem Friedhof am Berghang. Als Herbert noch kein mürrischer alter Miesepeter gewesen war und sie selbst keine examinierte Krankenschwester, waren sie einmal zusammen über diesen Friedhof geschlendert, hatten die Inschriften der verwitterten Grabsteine aus vergangenen Jahrhunderten studiert und sich von einer Anwohnerin erklären lassen, dass die Kirche auf einen Saalbau des 11. Jahrhunderts zurückgehe.

Birgit folgte der Nikolausstraße und warf im Vorübergehen einen trauernden Blick auf die Tische des spanischen Restaurants, wo sie um Ostern herum mit Freddy, Pilar und Richard Tapas genossen hatte. Sie bog in die Karthäuserstraße ein, um zur Bergstraße zu gelangen, und meinte den leichten Lakritzgeruch wahrzunehmen, der von der Haribo-Fabrik herüberwehte und ihr in Kessenich nicht zum ersten Mal auffiel. Wenige Minuten später stand sie vor dem weit geöffneten Gittertor der Villa Wohlfühl. Zuletzt war sie mit ihrer Mutter hier gewesen, als Herbert Geburtstag hatte. Warum machte sie dem kauzigen Onkel nicht öfter eine Freude, indem sie ihn besuchte?

Sie ging auf die Eingangstür zu, in deren Glas sie sich spiegelte. Ihr Rock war zu kurz, die Absätze zu hoch – jedenfalls für ein Altenheim. Aber was sie mehr störte, war ihre Nervosität. Sie wollte ihre Sache so gut wie möglich machen und fürchtete, sie könnte es falsch anpacken. Würde Onkel Herbert merken, dass dies kein gewöhnlicher Besuch war, und vielleicht sogar darauf kommen, dass sie im Auftrag des Detektivs Stieger hier war?

An der Rezeption saß eine grauhaarige Frau, die den Blick nicht von ihrem Bildschirm hob, als Birgit vorbeiging. Sie wandte ihre Schritte nach rechts und erreichte den Aufenthaltsraum, in dem auch Herberts Geburtstagsfeier stattgefunden hatte. Einige Frauen und ein paar Männer saßen in Sesseln vor den großen Fenstern und schauten in den Garten. Als Birgit eintrat und Guten Tag sagte, drehten sich nur manche von ihnen nach ihr um.

»Seht euch das Wesen ohne Rock an – ist das meine Nichte?«

Unwillkürlich zog Birgit am Rocksaum, als sie auf ihren Onkel zuging. Er war stark gehbehindert, schon das Stehen schien ihm Probleme zu bereiten. Mit seinen langen Armen stützte er sich auf die Platte des vor ihm stehenden Tisches. In dieser Haltung wirkte er wie ein Menschenaffe, dem einiges nicht passte.

»Warum wunderst du dich, Herbert? Ich hatte dich doch angerufen.«

»Ich wundre mich, seit ich gestern den Hörer abgenommen habe. Warum kommst du her? Was willst du?«

»Ich dachte, du freust dich.«

»Bist du in geheimer Mission unterwegs? Sollst du gucken, wie lang der Alte es noch macht?«

»Herbert …«

»Gibt nix zu erben, sag den andern das, da bleibt nix übrig.«

Nun wusste Birgit, warum sie den Onkel nicht öfter besuchte. So ähnlich hatte er sich auch beim letzten Mal geäußert. Sie blickte um sich. Die ganze Sesselrunde hörte zu oder schien es zumindest zu versuchen.

»Schön haben Sie es hier«, bemerkte sie. »Bestimmt fühlen Sie sich sehr wohl.«

Die Köpfe über den Sessellehnen bewegten sich leicht.

»Wie man's nimmt …«, sagte ein schmaler Herr mit feinen Gesichtszügen und einer stark zitternden Hand.

»Es net datt, watt et emol wor«, meinte eine rundliche Dame mit strassverzierter Brille.

»Warum nicht?« Birgit schenkte der Runde ihr bewährtes Krankenpflegelächeln.

»Mer senn aal, watt wellste maache.«

»Unsere Rose ist von uns gegangen«, murmelte eine Frau im Rollstuhl vor sich hin. »Die Schönste war sie, eine Augenweide.«

Birgits Lächeln erstarb. *Es ist niemand gestorben*, hatte Pilar versichert.

»Das kam ganz plötzlich«, sagte der Herr mit der zitternden Hand. »Gestern Abend. Wir haben es beim Frühstück gehört.«

»Es lag am Wetter«, ertönte es gebrochen aus dem Mund einer mageren Frau, die einen Faltenrock trug, unter dem ihre Unterschenkel wie Holzlatten hervorschauten. »Gestern war es schlimm.«

»Der März ist der Mörder der Kinder und Alten«, kam es aus dem Rollstuhl.

»Olga, wir haben Juni«, knurrte Onkel Herbert.

»Rose«, wiederholte Birgit den Namen der Verstorbenen. *Plötzlich. Gestern Abend.* Freddy und seine Klientin konnten es noch nicht wissen. »Wie weiter?«

Onkel Herbert musterte sie von der Seite.

»Bolte«, sagte die dünne Frau. »Haben Sie sie gekannt?«

Birgit nickte tonlos. Im Lügen hatte sie keine Übung.

»Woher willst du die kennen?«, raunzte Onkel Herbert sie an.

»Ich bin Krankenschwester. Da lernt man viele Leute kennen«, verteidigte sich Birgit.

Ein paar von den weißhaarigen Köpfen wackelten, begleitet von anerkennendem Gemurmel.

Als Freddys Mitarbeiterin musste sie sich jetzt wohl zusammenreißen und weiterfragen. »Woran ist sie denn gestorben?«

»Der Herrgott gibt's, der Herrgott nimmt's«, erwiderte die Frau im Rollstuhl.

»Zucker, Bluthochdruck, das Herz … Wer weiß, was sie sonst noch hatte.« Der schmale Herr schob die unruhige Hand unter seine Jacke, die ihm zu weit war. »Manchmal geht es eben schnell, das hat was für sich. So einen Tod wünscht man sich doch.«

Die anderen nickten, langsam wie in Zeitlupe.

Nur die Dünne im Faltenrock schüttelte den Kopf. »Rose hatte noch was vor, die wollte noch nicht gehen. Am Morgen hat sie eine Nummer im Telefonbuch gesucht. Ich hab ihr geholfen, das ist ja so klein gedruckt. Sie wollte eine Bekannte von früher anrufen, Anna Altenberg oder so ähnlich.« Sie beugte sich zu Birgit herüber. »Kennen Sie die auch?«

Birgit verneinte die Frage. Anna Altenberg, den Namen sollte sie sich vielleicht merken.

»Tja, und nu?«, blaffte Onkel Herbert, dem Birgits Anwesenheit offenbar lästig wurde. »Kein Sitzplatz frei, das siehst du ja. Und zum Rumspazieren ist Onkel Herbert nicht der Richtige.«

»Wänn disch keen Minsch besöke deet, es et net jot, on wänn ene kütt, es et och vekiet«, stellte die Strassbrille fest.

»Und was machen Sie sonst so?« Birgit versuchte, alle der Reihe nach aufmerksam anzuschauen. Rose Boltes Tod hatte sie völlig aus dem Tritt gebracht.

»Es dauert Stunden, bis man in Gang kommt, und dann ist bald Mittagessen«, ließ sich eine Frau mit männlichen Gesichtszügen aus einer Ecke vernehmen, die von einem Gummibaum halb verdeckt war. Ihr Haar glänzte unnatürlich in Mahagonibraun, wahrscheinlich eine Perücke. »Dienstags ist Sitzgymnastik, und heute sollen wir singen.«

»Steht alles am Schwarzen Brett«, grummelte Onkel Herbert in Birgits Richtung. »Tu nicht so, als wolltest du nächste Woche hier einziehen.«

»Eine Patientin«, log Birgit nun schon selbstsicherer, »hat mich neulich nach der Villa Wohlfühl gefragt.«

»Die soll lieber wegbleiben.« Onkel Herbert wedelte mit der Hand, als wollte er einen Schwarm Mücken verscheuchen.

»Ist hier was nicht in Ordnung?«

»Öde ist es vor lauter Ordnung, man sollte das Haus abfackeln. Dann wäre mal richtig was los.«

Birgit gab es auf. Mit einem Onkel wie Herbert war die Sache hoffnungslos.

»Kommen Sie mal her«, sagte die Dame mit der mahagonibraunen Perücke in der Ecke und winkte Birgit näher zu sich heran.

Jetzt kommt's, dachte Birgit, sie vertraut mir etwas an, was hier keiner zu sagen wagt. Sie trat neben den Gummibaum.

Die Frau gab ihr ein Zeichen. Birgit beugte sich zu ihr hinunter.

»Hier ist kein Platz mehr frei«, flüsterte die Frau in Birgits Ohr. »Die Warteliste ist lang. Weil man sich hier wohlfühlt. Aber sagen Sie das bloß nicht laut! Sonst erhöhen sie die Preise.«

Das Heim ist okay, dachte Birgit, als sie eine halbe Stunde später wieder an dem schönen alten Haus des spanischen Restaurants vorbeikam. Nachdem sie die Sesselrunde verlassen hatte, war sie noch durch die Flure gegangen, hatte mit Mitarbeitern gesprochen, die teils für Pflege, teils für Kultur zuständig waren, und hatte insgesamt einen guten Eindruck von der Einrichtung. Eine Pflegerin hatte ihr – sozusagen unter Kolleginnen – anvertraut, sie sei im Zimmer gewesen, als der Arzt Frau Boltes Leichnam untersucht habe; im Sessel friedlich einzuschlafen sei doch ein schöner Tod. Auch insoweit schien alles in Ordnung.

Nur Birgits Gefühl, dass mit dem Auftrag der falschen Gräfin etwas nicht stimmte, hatte sich verstärkt. Sie konnte nicht glauben, dass Frau Uhlgass eine Unterkunft in einem solchen Heim in Betracht zog. Sie und ihr Mann waren hundertmal rüstiger als die angeknacksten Gestalten in der Villa Wohlfühl, und sofern sich das ändern sollte, könnten die beiden sich wahrscheinlich eine exklusivere Seniorenresidenz oder eine erstklassige Pflege in den eigenen vier Wänden leisten.

Und wenn sie sich nun doch geirrt hatte? Wenn die Gräfin gar nicht Frau Uhlgass war? Birgit stöhnte auf. Das Schlimmste daran wäre, dass sie Freddy Unrecht getan hätte. Sie musste mit Pilar sprechen. Oder sollte sie direkt Freddy anrufen? Nein. NEIN. Birgit nahm ihr Handy aus der Handtasche und wählte Pilars Nummer.

»Scheint alles normal, Pilar.«

»Nichts Besonderes?«

»Hm … Ich weiß nicht, ob es was Besonderes ist. Eine Bewohnerin ist gestern Abend gestorben.«

»Oh …«

»Sie war zuckerkrank und insgesamt nicht so fit.«

»Nichts Auffälliges also?«

»Vermutlich nicht«, meinte Birgit. »Es kam unerwartet, wurde aber als Lauf der Dinge dargestellt.«

»Freddy muss der Klientin ja nichts davon sagen«, schlug Pilar vor. »Das scheint ihre fixe Idee zu sein, dass man in einem Seniorenheim abgemurkst wird.«

Wieder hatte Birgit die kratzige Stimme im Ohr, und mit einem Mal war sie sich wieder ganz sicher: Freddys Klientin *war* Frau Uhlgass, die Frau des Darmpatienten auf ihrer Station. Sie hatte dort einen angespannten Eindruck gemacht. Vielleicht befürchtete sie, dass ihr Mann ein wenig zu nett zu einer der Krankenschwestern oder der Stationsärztin sein könnte. Er dagegen hatte viel lockerer und liebenswürdiger gewirkt. Und er sah sogar im Schlafanzug super aus, das schafften nur wenige alte Männer. Schließlich besuchten die meisten auch nicht dreimal die Woche ein Fitnessstudio, wie er es tat. Allerdings hatte er keine Gelegenheit ausgelassen, sich als eine der bedeutendsten Bonner Persönlichkeiten darzustellen, und wenn ein Patient mit so etwas anfing, ergriff Birgit regelmäßig die Flucht.

Warum gab seine Frau sich Freddy gegenüber als Gräfin aus? Warum als Witwe? Hatte sie sich vorgenommen, Freddy an der Nase herumzuführen, sich über ihn lustig zu machen oder in irgendwas Fieses zu verwickeln? Aber warum?

Oder es war ganz anders, überlegte Birgit, als sie vor ihrer Haustür in der Lotharstraße angelangt war. Möglicherweise hatte die Frau ein echtes Problem und suchte auf Umwegen … Birgit konnte die diffuse Idee, die ihr durch den Kopf ging, nicht recht packen, sie war es nicht gewohnt, in solchen Bahnen zu denken. Gleichzeitig drängten sich frühere Ermahnungen ihrer Mutter in ihre Gedanken: *Misch dich nicht ein, sonst kommst du noch in Teufels Küche!* Und wie immer, wenn ihr ein Ratschlag ihrer Mutter einfiel, regte sich in ihr Protest. Sie bekam unwiderstehliche Lust, genau entgegengesetzt zu handeln.

***

Als seine Klientin anrief, war Freddy von Pilar bereits über Birgits Besuch in Kessenich informiert. Ansonsten war es ein ungünstiger

Moment. Denn kurz vorher hatte er festgestellt, dass Billy sich auf der Waldrunde anscheinend in Fuchskot gewälzt hatte. Seit der Hund aus dem Gestrüpp neben dem Weg aufgetaucht war, hatte er einen eigentümlich scharfen Gestank an sich, den es auf der Stelle zu beseitigen galt. Nun war Freddy dabei, den strampelnden Beagle-Mix im Duschbecken mit Babyshampoo einzuseifen, und konnte ihn unmöglich loslassen. Das Telefon hatte er zwischen Schulter und Ohr geklemmt, was befürchten ließ, dass es im nächsten Moment ins seifige Wasser abstürzte. Vernünftiger wäre es gewesen, nicht dranzugehen, als im Flur die ersten Töne von »In The Ghetto« erklangen. Aber da er immerzu hoffte, dass Birgit anriefe, hatte Freddy sofort die Tür des Badezimmers aufgerissen, den tropfenden rechten Arm durch den Spalt gestreckt und das Telefon vom Garderobentisch geangelt, während der linke Arm den nassen Billy in Schach hielt.

»Ich bin mitten in einem Klientengespräch, Gräfin. Kann ich Sie zurückrufen?« Falls sie Billys Plantschen hörte, musste sie denken, dass Freddy und sein Klient im Schwimmbad standen.

»Ich wollte nur sagen, dass ich gleich vorbeikomme«, krächzte sie. »Bin in fünf Minuten da.«

Das war zu früh, doch Freddy war abgelenkt, weil der shampoonierte Billy sich wie ein glitschiger Fisch unter seiner Hand hin und her wand. Die Gräfin deutete sein Schweigen anscheinend als Zustimmung und legte auf. Billy nutzte den Moment, in dem Freddy das Telefon ablegte, flutschte aus seinen Fingern und schoss durch die halb offene Tür.

»Hiergeblieben!«

Der Hund fegte die Treppe hoch und Freddy hinterher. Billy sprang ins Bett, schmiss sich auf den Rücken und wälzte sich vergnügt im gelben Bettzeug. Freddy blieb japsend an der obersten Stufe stehen. Verdammte Sch… Der Hund sah so fröhlich aus, dass Freddy es nicht übers Herz brachte, ihn auszuschimpfen. Billy sprang von selbst aus dem Bett und raste die Treppe hinunter. Freddy folgte ihm langsam.

Während er seine Gummischürze auszog, hörte er auf der Straße ein Auto näher kommen und abbremsen. Er trat aus der Haustür. Am Bordstein hielt das vertraute Taxi mit dem dunkelhäutigen Fahrer. Freddy ging der sich öffnenden Beifahrertür entgegen. Er reichte der alten Dame seinen Arm zum Aussteigen und half ihr samt ihrem Rollator über die Schwelle seines Häuschens und um alle Ecken und Kanten herum in die Küche. Es krachte nur zweimal, am Kühlschrank und am Abfalleimer. Der feuchte Billy lag inzwischen zart duftend in der Hundehängematte und knurrte, ohne den Kopf zu heben. *Schon wieder die.*

Die Klientin setzte sich auf ihren gewohnten Platz und sank zusehends tiefer in die Polster. »Was ist denn heute mit Ihrem Büro?«

»Kleiner Wasserrohrbruch«, antwortete Freddy.

Die Wahrheit war weniger vorzeigbar: Am Abend vorher hatte er im Büro ein Rumoren vernommen und hinter dem Regal einen seit Langem vermissten Turnschuh entdeckt, in den eine Mäusefamilie eingezogen war. Entlang der Fußleiste fand er deren kleine schwarze Hinterlassenschaften und wusste endlich, woher das Büro seinen typischen Geruch hatte.

»Wasserrohrbruch«, rief die Gräfin. »Wie scheußlich! Ihnen bleibt ja nichts erspart.«

Freddy nickte leidend. Er nähme einen fünffachen Rohrbruch und fünfzig Mäuse in Kauf, wenn Birgit endlich zurückkäme.

»Was hat Ihre Mitarbeiterin denn ermittelt, Herr Stieger?«

Bildete er es sich ein, oder war da wirklich Spott zu hören? Er schlug den Aktenordner auf, zog ein bedrucktes Blatt heraus und fasste zusammen, dass seine Mitarbeiterin zufriedene Bewohner vorgefunden habe, die sich nur ein bisschen langweilten.

»Wann war Ihre Mitarbeiterin dort?«

»Heute Morgen.«

»Und das da«, sie deutete auf das Papier, »ist alles?«

»Sieht so aus.«

»Ich habe es befürchtet.«

Freddy rutschte beinahe das Blatt aus der Hand. »Was haben Sie befürchtet?«

»Dass Ihre Mitarbeiterin nichts merkt. Sie scheint nicht die Schlauste zu sein. Hoffentlich haben Sie nicht Ihre Putzfrau losgeschickt.«

Es war wie ein Pieks zwischen die Rippen.

»Spielen Sie darauf an, dass gestern Abend eine Frau gestorben ist?«

Die Gräfin verzog den kirschrot bemalten Mund und ähnelte einen Moment lang einem müden Mephisto. »Hat sie es doch mitbekommen?«

»Selbstverständlich. Aber wie haben Sie es erfahren, Gräfin?«

»Ich war heute gegen zehn in der Villa Wohlfühl. Ich wollte Rose Bolte aufsuchen, um ... etwas mit ihr zu besprechen. Warum haben Sie ihren Tod verschwiegen?«

»Da er die Bewohner nicht beunruhigt hat, haben wir angenommen, er würde Sie ebenso wenig beunruhigen. Ich hatte keine Ahnung, dass Sie auch diese Verstorbene kennen.«

Jedenfalls ist das ein verflixt merkwürdiger Zufall, stellte Freddy fest. *Ich wollte dir nur raten, deiner Gräfin auf den Zahn zu fühlen* ... Sollte Birgit womöglich recht behalten? War hier wirklich etwas faul?

»Ich frage mich, warum meine Mitarbeiterin sich in dem Heim für Sie umsehen sollte, wenn Sie Frau Bolte kannten und sich bei ihr erkundigen konnten.«

»Rose kam kaum noch aus ihrem Zimmer. Was hätte sie mir schon sagen können?«, erwiderte die Gräfin. »Ist sie denn friedlich im Bett eingeschlafen?«

»Im Sessel, hat meine Mitarbeiterin berichtet. Gestern Abend.«

»Und niemand bestellt die Polizei?«

»Nicht, wenn der Arzt einen natürlichen Tod bescheinigt.«

»Hat er das?«

»Offenbar. Es gab keine Anzeichen von Gewalt.«

»Vielleicht hat ihr jemand vergiftete Pralinen gegeben.«

»Wer sollte das tun?«

Sie zögerte ein paar Sekunden. »Die Erben zum Beispiel.«

»Das riskiert doch keiner. Die meisten Menschen«, fuhr er leichthin fort, »haben zum Glück eine natürliche Hemmschwelle.«

»Seien Sie nicht einfältig«, fuhr sie ihn an. »Die Menschen sind allenfalls zu feige. Gibt es nicht irgendein Gerede?«

»Nichts dergleichen.«

Ich setze die Zukunft meiner Ente aufs Spiel, dachte Freddy. Es wird kein Öffnen der Handtasche und keine Scheine auf dem

Tisch geben, wenn ich ihr nicht zurede, weitere Möglichkeiten auszuschöpfen, weil die Sache doch etwas fragwürdig sei.

»Mich wundert, wie einfach das Morden ist.« Die alte Dame stemmte sich ächzend hoch. »Jedenfalls solange der Täter nicht so blöd ist, eine Waffe zu benutzen.«

Freddy erhob sich vom Korbsessel, um ihr zu helfen, doch sie lehnte es mit energischem Kopfschütteln ab. Während sie sich Schrittchen für Schrittchen vom Sofa zum Rollator bewegte, fiel ihm auf, dass ihre Handtasche ein wenig offen stand. An einem Ende des etwa zwei Zentimeter breiten Spaltes lugte ein aufgerissener Briefumschlag heraus. Er neigte den Kopf. Nun konnte er den aufgedruckten Adressaten erkennen. »Charlotte Uhl–«, las er. Der Rest verschwand in einem Knick.

Es war wie ein Schlag ins Gesicht. Freddy ließ sich zurück in den Sessel fallen. Die Räder des Rollators rappelten bereits im Flur. *Frau Uhlgass*, hatte Birgit gesagt. Ihre Behauptung traf also zu. Dieser verdammte Streit! Wenn er im Unrecht war, stand die Sache besonders schlimm. Pilar hatte nichts davon gesagt, dass Birgit ihm verziehen habe, nur dass sie den Gang in die Villa Wohlfühl übernommen hatte, womöglich mit Zähneknirschen, mit Sicherheit sogar. Wahrscheinlich hatte sie schon einen anderen. Einen richtigen Kerl, der mindestens einen Meter neunzig maß, breite Schultern hatte und Schuhgröße sechsundvierzig. Und schwarze Haare hatte er oder germanisch blonde, nicht so ein Straßenköterbraun wie Freddy.

»Ich muss jetzt wissen, wie Sie wirklich heißen«, rief Freddy der Klientin nach und sprang auf. »Das brauche ich für meine Unterlagen.«

Sie hatte die Haustür schon fast erreicht und drehte sich um. Ihre Augenbrauen waren hochgezogen. »Sind Sie in Ihrem Alter schon vergesslich? Mein Name ist Gräfin Steinbutt.«

Verärgert stampfte Freddy mit dem Fuß auf. Steinbutt mochte der Fisch heißen, den sie zum Mittagessen verspeist hatte, aber nicht sie selbst! »Warum täuschen Sie mich?«

Ihr Blick schien ihn zerschneiden zu wollen. Wortlos wandte sie sich ab und drückte die Türklinke herunter. Freddy war nun hinter ihr, kam aber zwischen dem Rollator und der Garderobe nicht durch. Er zwängte seinen Arm an ihr vorbei und schob seine Hand in die schmale Öffnung der Handtasche, die im Gepäckfach des Rollators stand. Seine Finger ertasteten ein Brillenetui.

»Was tun Sie da, junger Mann?«

»Verzeihung, ich habe in Ihrer Tasche einen Brief mit einem anderen Namen gesehen.«

»So?«, krächzte sie erbost. »Das war der Brief an eine Freundin! Was geht Sie das an?«

Großartig, Freddy Stieger, knurrte er im Stillen, du vergeigst mal wieder alles. Niemand empfiehlt einen Detektiv weiter, der seinen Klientinnen in die Handtasche greift.

»Name und Adresse gehen mich sehr wohl etwas an«, bemerkte er. »Die gehören in jeden Ermittlungsauftrag.«

Sie streckte ihren Arm aus, zog die knarrende Tür auf und verließ das Haus ohne ein weiteres Wort.

Warte, dachte Freddy wütend, das haben wir gleich. In Windeseile holte er sein Fahrrad aus der Nische neben dem Badezimmer, tauschte seine Brille gegen eine Sonnenbrille aus, zog die braune Regenjacke seiner Mutter an und stülpte sich einen altmodischen beigefarbenen Fahrradhelm über, der ihm viel zu weit war und einmal seinem Vater gehört hatte. Mit diesem Pilzkopf fühlte Freddy sich nahezu unkenntlich. Er schnallte sich seine Bauchtasche um, in der er einige Utensilien aufbewahrte, die sich unterwegs bewährt hatten.

Als er hörte, wie das Taxi losfuhr, schob er rasch das Fahrrad aus dem Haus. Der helle Wagen mit dem Schild auf dem Dach war noch zu sehen. Der Abstand war groß genug, um risikolos hinterherzuradeln.

Es ging die Reichsstraße entlang, dann am Kreisel durchs Katzenloch hinab und nach Ippendorf hinauf. *Quasi um die Ecke*, hatte die Klientin am Dienstag gesagt! Und nun musste er hier den verdammten Berg hochstrampeln. Wenn er zu seinem Job am Biostand auf dem Venusberg fuhr, machte er oft einen Riesenumweg durch den Wald, nur um sich diesen Hang zu ersparen. Freddy war zu langsam, der Abstand vergrößerte sich schnell, er verlor das Taxi aus den Augen. Das Fahrrad aus seiner Studentenzeit hatte mal drei Gänge gehabt und sein Körper kräftige

Muskeln, doch das war lange her. Die brave Ente hatte ihn zu sehr verwöhnt. Erst seit dem Tag, an dem sie still am Straßenrand ausgerollt war, benutzte er wieder regelmäßig sein altes Rad.

Als Freddy die Höhe erreichte, konnte er gerade noch sehen, dass der helle Mercedes geradeaus fuhr, bevor er hinter einem Lastwagen verschwand, der auf der Fahrbahn vor dem Edeka parkte. Freddy trat stärker in die Pedalen. An dem Fachwerkhaus einer Gaststätte, wo die Straße sich verengte, holte er auf. Das Taxi ließ einen Bus aus der Gegenrichtung durch und bog kurz darauf in die Ferdinandstraße ein. Freddy legte sich in die Kurve. Hinter den Dächern der Einfamilienhäuser linker Hand sah er die Kronen hoher Bäume hervorschauen. Dort unten musste das Melbtal sein, von dem Pilar einmal erzählt hatte.

Das Taxi schwenkte in eine Seitenstraße ein und hielt einige Meter weiter vor dem hohen Gitterzaun eines weiß verputzten Hauses von stattlichen Ausmaßen. Freddy schoss mit gesenktem Kopf an dem Mercedes vorbei, dessen Beifahrertür sich im selben Moment öffnete. Im Geiste hörte er schon das Krächzen seiner Klientin: *Herr Stieger, was machen Sie denn hier?* Wie aber sollte er feststellen, ob die Frau, die in seinem Rücken aus dem Taxi stieg, hier zu Hause war und nicht zu Besuch? Umkehren war zu auffällig, stehen bleiben und sich umschauen ebenfalls.

Die Lösung kam in Form einer grau getigerten Schönheit, die einige Meter weiter vor den gegenüberliegenden Grundstücken auf einer niedrigen Mauer saß und ihm aus grünen Augen entgegenblickte. Freddy bremste ohne Hast und lehnte das Fahrrad gegen die Mauer. Er beugte sich zu dem Tier hinab und streckte vorsichtig die linke Hand aus. Mit der rechten fischte er den Rasierspiegel, der sich schon oft als nützlich erwiesen hatte, aus seiner Bauchtasche. Während er mit der einen Hand über den Rücken der schnurrenden Katze strich, bewegte er mit der anderen den Spiegel vor seiner Brust, bis er die richtige Position hatte, um einzufangen, was hinter ihm auf der anderen Straßenseite vor sich ging.

Er traute seinen Augen nicht. Vor Verblüffung vergaß er, die Katze weiterzustreicheln. Seine Hand blieb schwer auf ihrem schmalen Rücken liegen. Die Frau, die das Taxi verließ, war nicht seine Klientin. Sie war mindestens zehn Jahre jünger und hatte glattes dunkles, nur teilweise ergrautes Haar. Sie trug einen maisgelben Blazer und keine Brille. Aufrecht und beschwingt ging sie auf das schmiedeeiserne Tor zu. Ohne Rollator.

Freddy, du Pflaume. Du bist dem falschen Taxi gefolgt! Er konnte sich denken, was passiert war: Das richtige Taxi war, nachdem es seinem Sichtfeld entschwunden war, abgebogen, bevor er selbst die Höhe erreicht hatte. Dieses Taxi hier musste in der Zwischenzeit aus einer Seitenstraße gekommen sein. Wie sollte man die Fahrzeuge auch unterscheiden?

Na schön, dann konnte er sich umdrehen, gemächlich wieder zurückradeln und sich dabei über sich selbst ärgern.

»Ist jetzt genug«, sagte er zur Katze und sah noch einmal in den Spiegel. »Moment mal …«

Früher hatte Freddy nie auf die Accessoires anderer Leute geachtet, aber seit seiner Ausbildung zum Detektiv schenkte er ihnen mehr Aufmerksamkeit. Diese Frau trug an der ihm zugewandten Seite die vertraute Lackledertasche, aus der seine Hundert-Euro-Scheine stammten. In der anderen Hand hielt sie eine große Modehaustüte. Darin konnten sich die schwarze Jacke und die Perücke befinden, die sie als »Gräfin« getragen hatte. Als sie das Tor aufschloss, glaubte er, trotz der Entfernung auch ihre Hakennase zu erkennen. Freddy atmete tief durch. Diese Frau hatte mehr getan, als ihren Namen zu verheimlichen. Sie hatte sich verkleidet und war in die Rolle einer anderen geschlüpft. Niemand außer dem Taxifahrer ihres Vertrauens sollte erfahren, wen sie aufsuchte.

Na und?, sagte er sich im nächsten Augenblick. Der Grund dieses Bedürfnisses konnten ein gestrenger Ehemann oder missgünstige Bekannte sein. *Deiner Gräfin auf den Zahn fühlen …* Nein, das würde er nicht! Er hatte sich hinreißen lassen, seine eigene Klientin zu beschatten, nun war es genug. Auch wenn ihr Gebaren auf den ersten Blick Birgits Vermutung, dass sie etwas zu verbergen hatte, zu bestätigen schien, glaubte er nicht, dass es sich um eine Straftat handelte. Wenn sie meinte, ihren Besuch beim Detektiv durch eine Verkleidung verheimlichen zu müssen, warum nicht? Und wenn sie Spaß daran fand, sich als Gräfin auszugeben, warum nicht? *Wenn man alt ist, kann man sich manche Dummheit erlauben.* Na bitte, das passte doch.

Freddy schwang sich aufs Rad und fuhr zur nächsten Biegung, um zurück auf die Röttgener Straße und dann heimwärts zu gelangen. Warum machte er sich noch Gedanken? Es war sicherlich alles in Ordnung. Außer dass seine Klientin ihn nie wieder aufsuchen würde. Schade um die Ente, für deren Sanierung das Geld nicht reichen würde. Es war ja auch grundfalsch, sein Herz an einen Haufen französischen Blechs zu hängen.

***

Diesmal hatte Sven sich durchgesetzt. Er musste nicht wieder teures Fahrgeld bezahlen oder schwarzfahren, er konnte zu Fuß gehen. Kein Treffen unten in der Stadt. Olli hatte eingesehen, dass seine Raucherlunge etwas Waldluft und seine Beinmuskeln mehr Bewegung gebrauchen konnten.

Sven hatte ihm das Melbtal schmackhaft gemacht. »Das ist ideal, Olli, das Tal liegt genau zwischen uns: Du kommst von Poppelsdorf herauf und ich vom Venusberg herunter.«

Olli hatte daraufhin breit gegrinst. »Treffen wir uns, wo früher die Melbbude war. Dort ist mal eine Schauertat geschehen, den Täter haben sie nie geschnappt. Das hat was Inspirierendes.«

Sven erinnerte sich an die Bude, die jetzt in einen Pferdestall umgewandelt war. »Ohne mich, Olli, ich latsch nicht bis ans unterste Ende des Melbtals, das ist mir zu weit.«

Sie hatten sich darauf geeinigt, sich ungefähr in der Mitte zu treffen, anschließend ein Stück zusammen zu gehen und eine Bank zu suchen. Die hatten sie nun gefunden. Sie saßen im Schatten beachtlicher Baumriesen in einer runden Schutzhütte mit Sicht nach allen Seiten.

Olli rauchte eine Zigarette und musterte seine ausgelatschten Turnschuhe. Plötzlich hob er den Kopf und sah Sven ins Gesicht. »Wieso sagst du nichts?«

Sven zuckte mit den Achseln.

»Ich will wissen, wie es war«, forderte Olli.

»Wie so was eben ist.«

»Alles reibungslos?«

Sven zögerte.

»Nicht ganz, wie?«, bohrte Olli. »Hat dich jemand gesehen? Mann, sag was! Sie ist doch tot, oder?«

»Ja.«

»Hast du es abgewartet?«

»Nein.«

»Aber sie ist tot? Definitiv?«

»Ja«, brüllte Sven.

»Soll man dich bis Ippendorf hören? Woher weißt du es, wenn du nicht bis zum Schluss geblieben bist?«

»Mensch, ich bin ihr Patensohn. Die Tochter ist vom Heim verständigt worden und hat mich angerufen. Aus China. Sie kommt heut Nacht zurück.«

»Du wirkst so gestresst. Willst du dich verdächtig machen? Reiß dich zusammen, oder du sitzt bald im Knast.«

»Ich komme nicht in den Knast.« Sven war jetzt ganz ruhig. Er war im richtigen Fahrwasser. Endlich.

»Hast du Beziehungen zur Justiz?«, forschte Olli.

Sven sah prüfend in alle Richtungen, vier Wege trafen sich hier. Aber niemand schien sich zu nähern. Zu hören war nur der Schrei eines Bussards über den Baumkronen.

»Ich habe sie nicht getötet.«

Olli starrte ihn an. »Hä?«

»Ich war's nicht.«

»Bitte?«

»Von dem Schlafmittel-Törtchen hat sie nur einen Happen gegessen, und das Insulin … Ich hab ihr genau die Dosis gegeben, die sie mir genannt hat. Mehr nicht.«

»Warum nicht?«

»Ich konnte nicht. Wollte nicht.«

Olli ballte eine Hand zur Faust. »Sag nicht, sie sei einfach so gestorben«, zischte er. »Eines natürlichen Todes, wie es so schön heißt.«

»So muss es aber gewesen sein«, erwiderte Sven.

Als Gesa anrief, hatte er im ersten Moment geglaubt, es müsste an dem Schlafmittel gelegen haben. Aber das war unmöglich. Das Stückchen, das Rose zu sich genommen hatte, war winzig gewesen. Anschließend hatte sie den trockenen Kuchen, der noch vor ihr gestanden hatte, verzehrt, der Bekömmlichkeit wegen, wie sie erklärt hatte, das Cremetörtchen enthalte zu viel Fett.

Olli sah ihn prüfend von der Seite an, während er mit seinem Schuh die Kippe austrat.

»Das Unheimliche daran ist«, fuhr Sven fort, »dass es bei Erika genauso war.«

Olli ließ ein raues Lachen ertönen. »Auch die olle Erika starb, nachdem du da warst. Richtig?«

»Ich hab sie nicht umgebracht.«

»Nicht möglich! Die ist auch von selbst gestorben? Welch teuflischer Zufall! Oder war es Magie? Was für düstere Mächte stehen dir zur Seite, Svennilein?«

»Erika hat von mir überhaupt nichts bekommen. Nicht mal ein winziges Stück Törtchen. Ich hab das Zeug im Klo entsorgt.«

Ollis Gesicht veränderte sich. Die langen Furchen wirkten wie aus Stein gemeißelt. Er packte Sven mit beiden Händen an den Schultern. »Und das soll ich dir glauben? Bist du bescheuert?«

Sven sah sich rasch um. Sie waren noch immer allein. »Wenn es kein natürlicher Tod war, ist einer nach mir gekommen.«

Olli lachte und schlug sich auf die mageren Schenkel. Es war ein fieses, dreckiges Lachen. Er sah dabei aus wie fünfundsiebzig, die Haut im Gesicht und am Hals schlug dicke Falten, als ob sie ihm zu weit geworden wäre. Er zerrte ein Päckchen Gauloises rouge aus der Innentasche seiner Windjacke und zündete sich eine neue Zigarette an.

»Verständlich, dass du es so hinstellst, als ob das alles nichts mit dir zu tun hat. Das Morden ist eine heikle Sache, und du gehst auf Nummer sicher. Aber erstens ist die Geschichte, die du mir da andrehst, ziemlich unwahrscheinlich, und zweitens kenne ich dich. Ich glaub dir kein Wort. Du hast einfach Schiss, dass alles rauskommt.«

»Du liegst völlig daneben.«

»Ich bin von dir enttäuscht, Sven. Denn ich kenne den Grund für deine Lügen.« Ollis Stimme war leise, dafür umso eindringlicher. »Du willst das ganze Geld für dich behalten. Es hat dich von Anfang an genervt, dass du mir was abgeben sollst. Aber ich sag dir noch mal: Das ist nur fair, denn ohne mich hätte es den Plan nie gegeben.«

Sven hörte den drohenden Unterton, der nie seine Wirkung verfehlte. »Unsinn, Olli, du bekommst die Hälfte von dem, was sie mir hinterlassen haben, ganz egal, wie sie gestorben sind.«

»Schön.« Der Freund lachte heiser auf und warf die halb gerauchte Zigarette in die Pfütze neben der Hütte. Auf seinem Gesicht erschien ein schiefes Grinsen.

Dieser Ausdruck irritierte Sven. Ein ganz neuer Gedanke durchzuckte ihn wie Wetterleuchten. Es war kein natürlicher Tod gewesen. Olli hatte die Tanten umgebracht. Die notwendigen Details waren ihm bekannt. Er hatte zwar behauptet, er sei am Montag in Düsseldorf und am Mittwoch in Köln gewesen, aber das musste nicht stimmen. Es kam Sven sowieso komisch vor, dass Olli auf zwei Bewerbungsterminen innerhalb einer Woche gewesen sein sollte, das war ja ganz neu. Viel wahrscheinlicher war, dass er in Bonn geblieben war. Er hatte sich nicht auf Sven verlassen wollen, hatte bald nach Svens Besuch bei den alten Damen hereingeschaut, dort festgestellt, dass nichts geschehen war, und selbst Hand angelegt, am Montag bei Erika, am Mittwoch bei Rose. Vielleicht war er als neuer Pfleger gekommen, vielleicht als Handwerker oder Fensterputzer. Es konnte nicht schwer gewesen sein.

Sven sah Erikas kleine Augen vor sich und hörte die sanfte Stimme von Rose. *Mein Guter.* Sein innerer Kampf, sein Rücktritt vom mörderischen Plan, seine Rückkehr zur Moral, zur Nächstenliebe, alles, was sein Freund wahrscheinlich Feigheit nannte, war sinnlos gewesen.

»Was ist denn mit dem Geld? Erikas zwanzigtausend Kröten müssten doch bald kommen.«

Sven zuckte mit den Schultern. Er hatte Olli noch nicht eröffnet, dass von Erika keine Kröten, sondern zweihundert alte Bücher kommen würden. Diese unangenehme Wahrheit musste auch noch auf den Tisch. Es ließ sich nicht mehr lange aufschieben.

## Siebenundzwanzig Jahre zuvor

Der Tag, an dem Manfred Geburtstag hatte, war der schwierigste im ganzen Jahr. Schon in den Wochen davor, in denen sie das Datum Stunde um Stunde heranschleichen sah, war Lotte in der Stimmung für einen tödlichen Unfall. Sie hatte sich angewöhnt, nachlässig über die Straße zu gehen, doch die hupenden und schimpfenden Autofahrer hatten es jedes Mal geschafft, rechtzeitig zu bremsen. Auch im Übrigen ging sie mit ihrer Gesundheit leichtfertig um, aß kaum etwas anderes als Pommes frites und Schokolade, trank zu viel Kaffee und schlief zu wenig, ohne indessen Schaden zu nehmen. Aber sobald sie drastischere Maßnahmen erwog, wurde ihr bewusst, dass sie in diesem Leben noch eine Aufgabe zu erfüllen hatte.

Heute wäre er siebenundzwanzig Jahre alt, dachte Lotte, als sie vom Clemens-August-Platz den Nachtigallenweg bergan stieg. Unerwartet heftig spürte sie den beißenden Schmerz, der zum Grundton ihres Daseins geworden war.

Sie überquerte die Straße »Im Wingert« und ging ein Stück weit bergab. Hier kam von links ein Weg aus dem Melbtal, daneben war das Buschwerk, das die Bude umgeben hatte und nun gelichtet war. Ihr Blick traf eine Wiese, das war neu. Nun sah sie auch die Hütte. Die aufklappbare Vorderwand war entfernt. Unter dem Wellblechdach schauten zwei Ponys hervor. Das größere der beiden machte ein paar Schritte, hielt den Kopf in eine Zinkwanne, die neben dem Stützpfosten aufgestellt war, und trank. An dieser Stelle hatte der Regenbottich gestanden, in dem Hildegard ihren Tod gefunden hatte.

Ein jäher Zorn auf die Inhaberin der Melbbude überfiel sie. Wenn Hildegard sich nur nicht so dämlich verhalten hätte! Gleichgültig, woran es letztlich lag – wenn Hildegard das geforderte Schutzgeld bezahlt, nicht wahllos mit Männern geflirtet und über den bösen Verdacht gegen den unbekannten Ministerialbeamten die Klappe gehalten hätte, könnten sie und Manfred noch leben. Dann würde Lotte heute einen runden Kuchen backen, kleine

Päckchen schnüren und sich darauf freuen, ihrem Sohn in seiner kleinen Wohnung, in der er nun leben würde, von Herzen ihre Glückwünsche auszusprechen.

Solche Schuldzuweisungen waren natürlich Unfug. Sie wusste nicht einmal, ob Hildegard wirklich einen Fehler begangen hatte. Als öffneten sich Schleusen, strömten nun andere, ebenso sinnlose Gedanken auf sie ein: Wäre Manfred nicht Reiter gewesen, hätte er sich an jenem Morgen nicht im Melbtal aufgehalten. Warum Reiten, warum hatte sie ihren Sohn in diese Richtung gelenkt, statt dafür zu sorgen, dass er wie viele andere Jungs in einen Fußball- oder Schwimmverein eingetreten war? Sie hätte sich nur informieren müssen, das hätte ihr auch als berufstätige, alleinerziehende Mutter, die wenig Zeit für ihr Kind hatte, gelingen müssen. Soweit sie sich erinnerte, hatte sie nicht einmal daran gedacht, ihn zu fragen. Stattdessen hatte sie den bequemsten Weg gewählt und den kleinen Manfred zum Reiten, ihrem eigenen Hobby, mitgenommen. Er hatte Spaß daran gefunden und war dabei geblieben, ohne zu ahnen, dass es seinen frühen Tod bedeuten sollte. Es hätte alles anders kommen können. Hatte er überhaupt eine glückliche Kindheit gehabt? Hatte sie genug für ihn getan? Waren da nicht allzu viele Versäumnisse gewesen?

Sie kniff sich in den Arm, um den Strom der zerstörerischen Überlegungen aufzuhalten, und zwang sich, hinaufzuschauen zu den vom Wind bewegten Kronen der Buchen, die wie graue Säulen aus alter Zeit zwischen den borkigen Stämmen anderer Bäume emporragten. Den unteren Bereich, der nach dem Förderer der Talwege »Troschel-Park« benannt war, hatte sie bereits hinter sich. Das Tal war nun tiefer eingeschnitten. Und dort war die Brücke. Den Anblick der drei mächtigen Bogen fürchtete sie. Er drohte sie jedes Mal in einen kalten seelischen Abgrund zu ziehen.

Eine Hand an der bemoosten Ziegelbrüstung, ging sie mit geschlossenen Augen vorwärts, versuchte, an nichts zu denken, und dachte doch ständig an jene Sekunden vor drei Jahren, als Manfreds Körper am Fuß des östlichen großen Pfeilers zerschellte, zwei Tage vor seinem vierundzwanzigsten Geburtstag.

Als sie die andere Seite der Melb erreicht hatte, öffnete sie die Augen und bog in den Wanderweg ein. In die Baumkronen über ihr fuhr eine geräuschvolle Windböe. Die Äste knarrten und rieben sich aneinander, sodass ein Quietschen entstand. Deshalb hörte sie das lachende Kind erst, als sie schon sah, wie es mit einem langen Stock im Wasser herumstocherte. Dort, fast genau dort, war sie mit dem kleinen Manfred auch einmal gewesen, er hatte sich die Hosentaschen voll Steinchen gestopft, schwarze, gelbe, braune Kiesel. Eine Frau in ihrem Alter stand zwischen Weg und Bach und ermahnte das Kind, zurückzukommen. Der Junge war vermutlich ihr Enkel. Diese Frau, durchfuhr es Lotte, hatte sie noch nicht befragt. In den drei Jahren nach Manfreds Tod hatte sie Hunderte von Menschen mit ihren Fragen überfallen, aber diese breit geratene, blasse Frau war nicht dabei gewesen.

»Entschuldigung, erinnern Sie sich an den ersten Donnerstagmorgen im Juni vor drei Jahren? Waren Sie da zufällig hier im Tal?«

Es klang so lächerlich. Im ersten Jahr hatte die Frage noch vernünftig geklungen, aber inzwischen konnte kein Mensch mehr genau angeben, wo er sich damals aufgehalten hatte.

»Frühjahr und Sommer 1983«, sagte die Angesprochene, während der Junge weiter im Wasser herumplatschte. »Das war die schlimme Zeit meiner Depression. Ich habe damals in Ippendorf gewohnt.«

Der Blick dieser Frau schien etwas sonderbar, irgendwie … Lotte wollte später in Ruhe darüber nachdenken. Jetzt musste sie weiterfragen. »Es war ein Morgen mit schönem Wetter«, erklärte sie.

»Für mich war ein Tag wie der andere. Ich lag viel im Bett. Wenn ich hier war, saß ich auf Baumstümpfen und grübelte.« Die Frau starrte auf die Blätter am Boden. »Es ging mir nicht gut. Ich war nicht arbeitsfähig.«

»Wenn Sie auch an jenem Donnerstag hier waren, haben Sie vielleicht ein Stück von der Brücke gesehen oder von dort etwas gehört. Wenn Sie etwas bemerkt haben, dann – bitte! Ich bin die Mutter des jungen Mannes, der mit dem Pferd auf der Brücke –« Sie schluckte.

»Tut mir leid, ich kann Ihnen nicht helfen«, sagte die Frau leise. Das klang traurig und Anteil nehmend, wie bei den anderen, mit denen sie über Manfred gesprochen hatte.

»Wären Sie so nett, mir Ihren Namen zu nennen?«

Die Frau wandte sich abrupt dem Bach zu. »Moritz, komm her, wir müssen gehen!«

Der kleine Junge stapfte durch raschelnde Blätter auf sie zu.

»Vielleicht fällt Ihnen noch was ein«, setzte Lotte nach.

»Nein, sicher nicht.« Sie nahm das Kind an die Hand und eilte mit ihm talaufwärts.

Der Junge konnte kaum Schritt halten und versuchte sich ihrem Griff zu entwinden. »Oma, warum müssen wir so rennen?«

Lotte blieb wie betäubt zurück. Mit einem Mal fand sie das Tal unerträglich dunkel. Sie kehrte zum Melbweg zurück, vermied den Blick zur Brücke und bog in einen Weg ein, der zur helleren Ippendorfer Allee hinaufführte. Wie in Trance ging sie die Straße bergauf.

In Ippendorf betrat sie den ersten Laden, der ihr auffiel. Es war eine Bäckerei. Sie fragte nach der Frau, mit der sie gesprochen hatte, und beschrieb sie.

Die grauhaarige Frau hinter der Theke, vermutlich die Inhaberin, schüttelte den Kopf. »Känn isch net.«

»Das könnte die Mimi gewesen sein«, schaltete sich eine greise Kundin mit zittriger Stimme ein. »Die Eltern sind gestorben und nix als Schulden. Weiß gar nicht, wo die hin ist.«

»Mimi?«, fragte Lotte. »Und wie weiter?«

Die Inhaberin warf der alten Frau einen strengen Blick zu. »Du bess am phantasiere, Karla! Me känne heh keen Mimi.«

»Nicht?« Die Greisin hob verwundert den Kopf. »Dann hieß sie wohl anders.«

Lotte hatte den Eindruck, dass die Inhaberin Fragen dieser Art nicht schätzte, wenn Fremde sie stellten. Auch wenn Lotte den hiesigen Tonfall ein bisschen angenommen hatte, merkten echte Bonner sofort, dass sie von weiter nördlich, vom Niederrhein, stammte.

Sie fragte noch in einem weiteren Laden und in der Apotheke, ohne dass etwas dabei herauskam. Danach gab sie auf. Es ging nicht mehr so wie in den ersten Jahren. Das Gefühl, sich lächerlich zu machen, und ihr Gespür für den Unwillen der Leute waren stärker geworden. Sie fuhr mit dem Bus nach Hause, goss sich ein Glas Rotwein ein und holte den Briefblock hervor.

*Lieber Manfred,*
*wieder ist ein Jahr um. Ich bin nur einen Schritt vorwärtsgekommen, und dieser Schritt ist winzig. Heute habe ich eine Frau kennengelernt, die etwas wissen könnte, aber nichts preisgeben wollte, so ähnlich wie die andere, von der ich Dir erzählt habe, und doch gab es einen Unterschied. Diese hier hatte kein Flackern in den Augen, vielmehr lag ein ruhiges Brennen darin. Als pflege sie das Flämmchen ihrer Erinnerung aus einem besonderen Grund. Das klingt weit hergeholt, aber so kam es mir im Nachhinein vor. Verliere ich allmählich den Boden der Realität unter meinen Füßen? Ist alles nur Einbildung?*
*Sie war eine sympathische Frau, ungefähr mein Alter. Vielleicht hat man ihr etwas gewährt, damit sie schweigt, Geld oder andere Vorteile, die für sie lebenswichtig sind. Oder auch sie hat Angst. Ich glaube, Angst wirkt am stärksten. Wer sich fürchtet, schweigt am zuverlässigsten. Wem aber gelingt es in dieser Stadt, mehr als einer Person solche Angst einzuflößen? Mafia? Terroristen? Warum nicht? Bonn ist Bundeshauptstadt. Wir, die schlichten Bürger, die hier leben, vergessen das oft. Alles ist möglich. Und irgendwann kann der Grund des Schweigens wegfallen, irgendwann kann diese Frau beschließen, sich zu öffnen. Nur nicht mir gegenüber. Ich bin eine Fremde für sie, jemand, der ihr eine Falle stellen könnte.*
*Ach, Manfred. Über die Jahre bin ich mutlos geworden. Aber nun habe ich diesen Namen, da kann ich doch nicht aufhören. Mimi. Das ist eigentlich kein Name. Wie heißt man, wenn man Mimi genannt wird? Marie? Ich werde nach einer Marie suchen.*

*In Liebe und Gedenken*
*Deine Mama,*
*die so sehr hofft, dass Du in Deinen letzten Sekunden nicht bereut hast, ihr geglaubt zu haben, dass das Glück der Erde auf dem Rücken der Pferde liegt, wo es nichts zum Festhalten gibt …*

# 4
# Freitag

Als Freddy am nächsten Morgen das Küchenfenster öffnete, um zu lüften, stieg ihm der Geruch frischer Farbe in die Nase. Schräg gegenüber sah er die korpulente Gestalt seiner Nachbarin in grauer Strickjacke über den Gartenzaun gebeugt, der zu einem Drittel in leuchtendem Blau glänzte. Ist nicht wahr, dachte Freddy, sie streicht schon wieder ihren Zaun.

Offenbar hatte Frau Wildhuhn das Knarren seines Fensters gehört, denn sie drehte sich um. »Guten Morgen, Herr Stieger«, rief sie herüber. »Das Rot kam mir ein wenig aufdringlich vor, als wollte ich auf mich aufmerksam machen.«

»Ich fand es sehr schön«, erklärte Freddy.

»Blau ist viel dezenter. Die Farbe des Meeres, nach dem wir in Bonn uns immer sehnen. Wenn es Ihnen an manchen Stellen lila vorkommt, liegt es daran, dass das Rot von gestern nicht überall trocken war.«

Freddy kam der neue Anstrich nicht stellenweise lila, sondern in erster Linie merkwürdig vor. Doch die himmelblauen Kleckse auf den Platten des Bürgersteigs brachten ihn zum Lächeln, ähnelten sie doch den Tupfen auf Birgits weißem T-Shirt … Am Abend hatte er mit einer Prachtpackung belgischer Pralinen, für die er extra in die Stadt geradelt war, vor dem Malteser-Krankenhaus gestanden, um Birgit vom Spätdienst abzuholen. Es war eine Versöhnung wie im Liebesroman gewesen. In der Nacht hatten sie nur wenig geschlafen.

Hinter sich hörte er Birgit aus dem Badezimmer kommen. Er drehte sich um. Sie sah hinreißend aus, frisch und ausgeschlafen, mit glänzenden Augen, während er den Eindruck hatte, dass seine eigenen Augen vor Müdigkeit kleiner als Rosinen waren.

»Ich habe noch einmal über Frau Uhlgass nachgedacht«, begann Birgit. »Sie muss einen gewichtigen Grund dafür gehabt haben, bei dir quasi inkognito aufzutauchen.«

Freddy runzelte die Stirn. Er hatte beschlossen, sich keine

weiteren Gedanken über die Frau zu machen, und sah diesen Plan durchkreuzt. Er murmelte etwas Unbestimmtes und stellte die Teller fürs Frühstück auf den Tisch.

»Wenn ich deinen Beruf hätte und genauso viel Zeit, würde ich mal nachforschen.« Birgit blickte ihn an. Sie schien sein Desinteresse zu bemerken. »Oder bist du nur Detektiv geworden, um dich mit Ehebruch und Schwarzarbeit zu beschäftigen?«

Wieder so ein Seitenhieb! In so was war seine Freundin leider gut.

»Diese Frau Uhlgass«, fuhr Birgit fort, »könnte eine Ahnung von irgendwas haben, das möglicherweise faul ist im Umfeld der Verstorbenen. Sie ist vorsichtig, will niemanden anschwärzen, kein Aufsehen erregen. Ihr Mann ist ein bekannter Rechtsanwalt, und kennt, soviel ich weiß, auch selbst furchtbar viele Leute. Da hat sie es vorgezogen, die Sache gewissermaßen hinten herum anzugehen, und gehofft, dass du drauf abfährst wie ein Fernsehdetektiv. Was nicht geklappt hat.«

»Und das soll ich deiner Meinung nach tun – darauf abfahren wie ein Fernsehdetektiv?«, schnaufte Freddy. Vorsicht! Streit in Sicht! Das war es nun wirklich nicht wert.

»Ich denke mir nur, sie wird einen ernst zu nehmenden Grund gehabt haben, zu dir zu kommen, und der war nicht, dass sie in ein Heim ziehen will. Vielleicht hat sie dir nicht genug vertraut, um mit dem wahren Grund herauszurücken. Fahr doch mal bei ihr vorbei und rede mit ihr Klartext.«

Freddy lachte bitter auf. »Selbst wenn du mit deiner Vermutung richtigliegst – du hast keine Ahnung, wie schwierig es ist, mit der Klartext zu reden.«

»Dann musst du ein bisschen baggern.«

»Die wird mir keine Gelegenheit dazu geben.«

Er hielt die Nase über den dampfenden Espresso, den Birgit ihm reichte. Unter dem Tisch klopfte Billys Rute auf den Dielenboden. *Jetzt gehen wir bald raus.* Eigentlich war die Idee, dort vorbeizuschauen, doch nicht so schlecht, überlegte Freddy, während er den ersten Schluck nahm. Vielleicht sollte er es auf einen Versuch ankommen lassen. Möglich, dass er die Erwartungen der Klientin erfüllen könnte, wenn er es schaffte, ihr volles

Vertrauen zu gewinnen – vorausgesetzt, ihre Verärgerung hatte sich inzwischen gelegt.

»Ihr Mann hat uns auf Station erzählt, dass er noch immer jeden Morgen ins Büro geht, er mag nicht aufhören mit der Arbeit«, erklärte Birgit und blickte zur Küchenuhr über dem Sofa. »Das wäre eine günstige Zeit, um sie allein anzutreffen.«

Freddy leerte seine Tasse. Sollte er das wirklich tun? Hatte er nicht schon beschlossen, sich nur noch mit Obst und Gemüse zu befassen? Außerdem musste er gleich mit dem Hund raus.

Birgit schien seinen Gedanken und vor allem seinen Augen zu folgen. »Mit Billy gehe ich«, sagte sie. »Bis ich zum Spätdienst muss, kriegen wir noch eine große Waldrunde hin.«

Das Telefon klingelte. Freddy ging dran. Ein Herr Winter wollte einen Detektiv engagieren.

»Worum geht es?«

»Um mein neues japanisches Teehäuschen im Garten. Es soll der Ruhe dienen, dem Genuss der Stille. Und nun legt mir da einer Knallfrösche rein. Ich muss wissen, wer das ist.«

Freddy erwiderte, da müsse Herr Winter erst einmal vorbeikommen.

»Winter?«, raunte Birgit ihm zu. »Ist das nicht Pilars Nachbar?« Sie legte ihr Ohr neben Freddys an den Hörer.

»Zuerst müssen wir über die Kosten reden«, sagte Herr Winter mit blecherner Stimme. »Ich hatte an dreißig Euro pauschal gedacht. Sind Sie einverstanden?«

»Nein«, entgegnete Freddy. »Für dreißig Euro legt sich kein Detektiv auf die Lauer.«

»Sind Sie nicht der Freund von Frau Álvarez-Scholz? Ich hatte vermutet, ein Detektiv, der so häufig Zeit findet, seine Bekannten zu besuchen, wäre froh, wenn er mal was zu tun hat.«

Kackfreundliches Arschloch, ärgerte sich Freddy. »Ich hab inzwischen eine Warteliste«, erklärte er kühl. »Soll ich Sie eintragen? Sie hätten dort Platz dreizehn.«

»Platz dreizehn? Wann wären Sie dann wieder frei?«

»Das kann dauern. Bis dahin könnte ihr Teehäuschen explodiert sein.«

Herr Winter schien nach Luft zu schnappen. Vielleicht war

er drauf und dran, sein Dreißig-Euro-Angebot noch einmal zu überdenken.

Freddy verabschiedete sich. »Ich muss Schluss machen. Akuter Zeitmangel, Herr Winter.«

»Freddy, du warst großartig«, rief Birgit und verpasste ihm einen langen Kuss.

***

Der erste Anruf kam morgens um kurz nach zehn. Die nassforsche Stimme einer jüngeren Frau.

»Sind Sie Frau Scholz? Ich rufe wegen der schwarzen Mischlingshunde aus Spanien an. Ich möchte so einen für meinen Bruder haben.«

»Warum ruft Ihr Bruder nicht selbst an?«, fragte Pilar.

»Es soll ein Geburtstagsgeschenk sein, der hat ja sonst schon alles. Der Toledo mit dem längeren Fell, der könnte ihm gefallen. Wenn nicht, kann er ihn ja umtauschen.«

»Nehmen Sie einen Artikel aus der Geschenkabteilung eines Warenhauses, dann ist der Umtausch einfacher.« Ohne Gruß legte Pilar auf.

Ihre Anzeige war seit gestern Abend mit einigen Fotos im Internet, und dies war die erste Reaktion darauf. Geschenk! Umtausch! Das kam überhaupt nicht in Frage. Manche Leute hatten zu Tieren eine Einstellung, die sie maßlos ärgerte.

Der zweite Anruf kam zwanzig Minuten später. Eine etwas ältere Frau. Sie interessiere sich für den kurzhaarigen Tajo. Für ihren cremefarbenen Teppich sei der besser als der andere. Wegen der Haare. »Aber hören Sie – in Ihrer Anzeige steht was von Schutzgebühr, wie Sie das nennen. Kriegt man das Tier nicht was billiger? Ich meine, wenn ich schon so ein armes Schwein aus Spanien nehme –«

»Ich vermittele keine Schweine, sondern Hunde«, unterbrach Pilar und legte auf.

Der dritte Anruf kam gegen elf. Eine Männerstimme, die weich und schüchtern klang. Der ist richtig, dachte Pilar, so leise spricht nur ein Mann mit Gefühl. Sie musste dreimal »Wie bitte?«

fragen, weil sie nicht jedes seiner Worte verstehen konnte. Er hieß Stephan, interessierte sich für Toledo und wollte den Hund sofort haben.

»Das geht nicht«, sagte Pilar. »Es muss erst eine Vorkontrolle bei Ihnen stattfinden. Das fordert mein Tierschutzverband.«

»Wir könnten doch schon alles festmachen, damit es dann schneller geht, ja?«

»Wollen Sie den Hund nicht erst mal sehen?«

»Ach ja, natürlich.«

Dass er ans Kennenlernen nicht gedacht hatte, kam Pilar seltsam vor. Aber sonst klang der Mann wie ein echter Tierfreund. Sie verabredeten sich für Samstag gegen drei Uhr.

Es fiel Pilar nicht leicht, die andalusischen Brüder an fremde Leute zu vermitteln. Womöglich würde sie im letzten Moment ein fürchterliches Misstrauen befallen. Trotz der von Richard zu erwartenden Beschwichtigungen würde sie vermutlich denken, dass die Abnehmer Grobiane, Verhaltensgestörte oder abgestumpfte Menschen wären, die die Tiere misshandelten, vernachlässigten oder ihr Dasein an einer Kette fristen ließen. Ihr entfuhr ein Seufzer. Sie hatte nicht bedacht, dass die beiden ihr so ans Herz wachsen könnten und die Abgabe ihr solche Probleme bereiten würde. Aber da nützte jetzt kein Zaudern – sie hatte Richard versprochen, dass es Hunde auf Zeit waren. Und dem Kater natürlich, der seine Mahlzeiten nur noch in der oberen Etage einnahm, um in der gewohnten Ruhe speisen zu können.

***

Freddy hätte die Sache lieber telefonisch erledigt, statt an der Haustür seiner Klientin zu klingeln und ihr vis-à-vis erklären zu müssen, warum er bei ihr auftauchte. Aber ihre Nummer stand nicht im Telefonbuch, und er wollte auf keinen Fall, dass Birgit in der Patientenkartei des Malteser-Krankenhauses unter »Uhlgass, Alwin« nachsah und die dort gespeicherte Rufnummer unrechtmäßig an ihn weitergab. So quälte er sich wieder mit seinem alten Fahrrad die Röttgener Straße hinauf nach Ippendorf.

Als er vor dem großen weißen Haus ankam, in dem Frau

Uhlgass tags zuvor verschwunden war, stellte er sein Fahrrad vor dem schmiedeeisernen Zaun ab. Die mannshohen senkrechten Eisenstreben liefen am oberen Ende in spitze Pfeile aus und erinnerten Freddy an die Zäune von Bonner Villen, die mehr als hundert Jahre älter waren. Nichts zum Drüberklettern, dachte er. Aber vermutlich hatte das Haus ohnehin eine Alarmanlage.

Er drückte auf die Klingel an dem kleineren der beiden Tore, das größere gehörte zur Garagenauffahrt. Als ein Summen ertönte, schob er es auf und folgte dem gepflasterten Fußweg, der sich durch leuchtend rote Blumenrabatten zum Haus schlängelte. Hinter ihm fiel das Tor ins Schloss. Fünf breite Stufen führten zu einer dunkel gebeizten Holztür hinauf. Er hielt nach einem Namensschild Ausschau und fand keines. Die Fenster im Parterre waren vergittert und mit Stores verhängt. Freddy beschlich das Gefühl, von drinnen beobachtet zu werden. Die Tür hatte einen Spion.

Auf der anderen Seite des massiven Holzes entstand ein metallenes Geräusch, als lege jemand eine Sicherheitskette vor. Das passte zu der Frau! Kein Risiko eingehen. Die Tür öffnete sich Zentimeter für Zentimeter, sodass Freddy genug Zeit blieb, ein Lächeln aufzulegen, um die falsche Gräfin mit seinem Charme einzuwickeln. Als der Spalt breiter wurde, erstarrte sein Gesicht zur Maske.

Hinter der Kette stand ein hochgewachsener, sehr schlanker grauhaariger Mann. Sein längliches Gesicht war sonnengebräunt und wies zahlreiche Knitterfältchen auf. Er wirkte auf den ersten Blick jünger als mancher Sechzigjährige, nur die knotigen Finger und die fleckigen Handrücken, die Freddy links und rechts des Türspalts sah, legten nahe, dass er wesentlich älter war. Wenn dies das richtige Haus war, musste er der Ehemann sein, der Patient von Birgits Station.

Freddy erneuerte sein Lächeln. Am besten wäre jetzt die Ausrede, er habe sich in der Hausnummer geirrt. Stattdessen hörte er sich sagen: »Guten Tag. Sind Sie Herr Uhlgass persönlich?«

Der alte Herr nickte. Ein kurzes Leuchten erhellte die grünlichen Augen.

Nun gab es kein Zurück mehr. »Dürfte ich Ihre Frau kurz sprechen? Mein Name ist –«

Freddy hatte ein Pseudonym auf der Zunge, doch Uhlgass winkte ab. Der Name schien ihn nicht zu interessieren.

»Kommen Sie herein.« Uhlgass löste die Kette und hielt die Tür einladend auf. »Sie sind natürlich vom Verlag.«

Verwirrt trat Freddy über die Schwelle. *Verlag.* Besser hätte er es sich nicht ausdenken können. Aber was für ein Verlag?

»Man hat Sie sozusagen angekündigt.«

Freddy blieb verdutzt stehen. »Nicht möglich …«, entfuhr es ihm.

Uhlgass lachte. »Der Verleger hat mir zugesagt, demnächst jemanden vorbeizuschicken. Und voilà – da sind Sie!«

»Ja, genau«, murmelte Freddy.

Wie sollte das weitergehen? Richtig kompliziert konnte es werden, wenn gleich seine Klientin um die Ecke böge. Er sollte lieber verschwinden, bevor er sich in ein Gespinst von Lügen verstrickte.

»Das ganze Projekt gefällt mir ungemein«, sagte Uhlgass. »Es war die Idee meiner Frau. So ist sie.«

Wenn ich nur genauer wüsste, wie sie ist … Freddys Unbehagen steigerte sich. Vor allem fragte er sich, wie der Besuch jetzt noch seinen eigentlichen Zweck erfüllen sollte. Dazu musste er Frau Uhlgass allein sprechen. Klartext war nicht gut möglich in Anwesenheit ihres Mannes, vor dem sie den Besuch beim Privatdetektiv vermutlich geheim halten wollte.

»Ich freue mich jedenfalls, dass Sie hier sind.«

Der alte Herr hatte Charme und sah gut aus. Sein farbig gemustertes Hemd war tailliert, seine schmal geschnittene Hose aus weichem Leder. Um den Hals baumelte ein exotisch anmutender Anhänger, an seinem Handgelenk ein Armband.

»Ist Ihre Frau nicht da?«

»Sie ist in der Stadt.«

Verdammt, dachte Freddy. Hätte er die Frage nur eher gestellt, dann wäre er gar nicht eingetreten! Statt sich noch weiter hineinzureiten, musste er hier weg. Doch wie an einer Schnur gezogen folgte er Uhlgass durch die mit Tierfellen ausgestattete Diele und trat hinter ihm in ein Wohnzimmer von beeindruckender Größe. Breite Fenster gaben den Blick auf einen parkartigen Garten frei.

»Nehmen Sie bitte Platz, ich hole uns schnell einen Kaffee aus der Küche.«

»Danke, nicht nötig«, sagte Freddy.

Uhlgass schien es nicht gehört zu haben. Er verschwand mit raschem Schritt durch eine Tür, die er hinter sich schloss.

Ich hätte sagen können, dass ich nicht viel Zeit hätte und nur mal kurz reinschauen wollte, ärgerte sich Freddy. Aber jetzt an die Küchentür zu klopfen und zu behaupten, seine Zeit reiche nicht, wäre unmöglich. Und schließlich konnte sich alles noch fügen, wenn Frau Uhlgass in den nächsten Minuten durch die Haustür treten, ihn in ihr persönliches Zimmer führen und mit ihm unter vier Augen sprechen würde – schon hätte sich der Einsatz gelohnt. Falls sie nicht auf der Stelle der Zorn packte, weil er hier aufgetaucht war …

Freddy ließ sich in einem der vier mächtigen braunen Ledersessel nieder, die im Halbrund um einen Tisch mit schwarzer Granitplatte gruppiert waren. Gegenüber stand ein Sofa, auf dem mindestens fünf Leute Platz fänden. Darüber hing ein riesiges quadratisches Gemälde, das einen Tiger mit aufgerissenem Maul zeigte.

Hinter der Tür ertönte das Geräusch eines Kaffeeautomaten. Als es verstummte, vernahm Freddy noch etwas anderes: Uhlgass sprach mit jemandem. Offenbar war er in der Küche nicht allein. Freddy setzte sich rasch auf einen anderen Sessel, der näher an der Tür stand, um etwas verstehen zu können. Vergebens – der Kaffeeautomat schnarrte ein zweites Mal los. Danach war es in der Küche still, bis auf ein paar Schritte und das darauf folgende Knacken der sich öffnenden Tür. Uhlgass trat ins Wohnzimmer. Er trug ein Tablett, auf dem zwei Kaffeebecher, ein Milchkännchen und ein Zuckerstreuer standen. Die Tür ließ er hinter sich offen stehen. Freddy sah niemanden in dem übersichtlichen Raum mit den dunkelbraunen Einbaumöbeln. Am anderen Ende war allerdings eine Tür, durch die jemand die Küche verlassen haben konnte.

Wahrscheinlich hat er telefoniert, sagte sich Freddy. Vielleicht mit seiner Frau. Hoffentlich nicht mit dem Verlag! *Nein, wir haben niemanden geschickt, das muss ein Irrtum sein.* Was war er für ein

Dummkopf! Die Sache mit dem Verlag hatte ihn überrumpelt, er hatte sich zu schnell entscheiden müssen.

Uhlgass stellte das Tablett auf die Granitplatte und setzte sich aufs Sofa. »Bedienen Sie sich. Ich bin bereit.«

Das kann schön schiefgehen, dachte Freddy. Er goss Milch in seinen Kaffee, gab mehrfach Zucker hinein und rührte gründlich um. Irgendwie musste er jetzt anfangen.

Der alte Herr lächelte, wobei seine weißen Zähne sichtbar wurden. »Es ist mir eine ungeheure Ehre«, betonte er. »Ich kann Ihnen verraten, dass schon eine Menge Leute meine Biografie mit Spannung erwarten.«

Beinahe hätte Freddy laut aufgeatmet. Jetzt wusste er endlich, um was es ging. Ein Buch über den namhaften Rechtsanwalt, sein Leben, seine Arbeit. »Ich bin der Assistent der Autorin«, begann er. »Ich soll nur erste Informationen sammeln.«

»Sehr seriös, so geht es bei den großen Verlagen heutzutage. Wo fangen wir an?«

»Ich möchte Sie zunächst nach Ihren Vorstellungen fragen.«

»Ach so. Ich dachte, es gäbe schon ein Konzept?«

»Hat Ihre Frau das angedeutet?«

»Sie sagte nur: *Liebling, da kommt alles dran. Nicht nur, dass du ein hervorragender Strafverteidiger warst, sondern auch vielerlei Privates.* So ähnlich drückte sie sich aus. Sie weiß ja nicht einmal die Hälfte davon.«

Was meint er damit?, überlegte Freddy.

Uhlgass schien seinen verständnislosen Ausdruck zu bemerken. »Voilà: mein Privatleben heute.« Mit einer ausladenden Geste deutete er von Wand zu Wand. »Das kennt sie natürlich.«

Das eindrucksvolle Tigerporträt über dem Sofa hatte Freddy abgelenkt. Jetzt sah er, dass die übrigen Wände mit Frauenbildern geradezu übersät waren. Gemälde, Zeichnungen, Fotos in jeder Größe, Abbildungen von Frauen jeden Alters, angefangen beim jungen Mädchen im Sommerkleid. Huiuiui! So sah also das Wohnzimmer eines Casanovas aus. *Die eine oder andere Liebesaffäre*, hatte Birgit gesagt. Offenbar bevorzugte Uhlgass einen bestimmten Typ. Die Frauen waren alle dunkelhaarig, hatten feine Gesichtszüge und kamen Freddy teilweise bekannt vor.

»Lotte, meine Frau«, erklärte Uhlgass. »Wir sind seit sechsundzwanzig Jahren verheiratet.«

Jetzt erkannte Freddy sie. Es war immer dieselbe Frau. Seine Klientin ohne die gräfliche Ausrüstung. Das ganze Zimmer wirkte wie eine einzige Anbetung. Neben den Lotte-Bildern aus mehreren Jahrzehnten geriet die Tonfigur der heiligen Maria auf dem Hausaltar in der Ecke völlig in den Hintergrund. Für Alwin Uhlgass schien es nur diese eine Frau zu geben. Liebesaffären? Nicht sehr wahrscheinlich.

»War es Ihre erste Ehe – in fortgeschrittenem Alter?«, fragte Freddy. Für eine Biografie musste man das schließlich wissen.

Uhlgass nickte. »Sich erst in den Fünfzigern zu binden hat etwas für sich. Die meisten Männer in diesem Alter suchen sich eine junge Frau. Das hat keinen Stil. Ich habe immer Frauen geliebt, die in etwa gleichaltrig waren.«

»Damit spielen Sie wohl auch auf frühere Beziehungen an«, meinte Freddy.

Der alte Herr lächelte schwach. »Anscheinend haben Sie das eine oder andere darüber gehört.«

»Natürlich«, behauptete Freddy.

»Leider leben nicht mehr alle diese Gefährtinnen.« Uhlgass seufzte. »Erika zum Beispiel ist diese Woche gestorben.«

Erika! Sekundenlang fragte sich Freddy, ob er richtig gehört hatte. *Diese Woche gestorben.* Uhlgass musste Erika Frost meinen. Seine Klientin hatte sie als Bekannte bezeichnet, aber auf den Gedanken, dass es sich bei ihr um eine frühere Freundin des Ehemannes handeln könnte, war Freddy bisher nicht gekommen. Schlagartig bekam der Besuch der falschen Gräfin ein anderes Gewicht.

»Das hat mich sehr erschüttert, selbst nach all den Jahren«, bekannte Uhlgass. »Erika war eine ganz besondere Frau.«

Sie bedeutet ihm noch etwas, folgerte Freddy. Hatte Charlotte Uhlgass womöglich doch einen Grund zur Eifersucht gehabt, gab es ein verborgenes Drama, hing ihr Ermittlungsauftrag damit zusammen?

»Aber Trudi, Gabriele, Ursula, Elisabeth, Anna, Carola und Lydia erfreuen sich meines Wissens noch bester Gesundheit«, sagte Uhlgass.

Freddy beschloss, sich noch einen weiteren Schritt vorzuwagen. Auch bei der zweiten verstorbenen Bekannten seiner Klientin konnte es sich um eine Verflossene ihres Mannes handeln. Ob Uhlgass das genauso freimütig zugab?

»Vorgestern starb eine Frau namens Rose Bolte«, erklärte Freddy. »Gerüchten zufolge standen Sie sich sehr nahe.«

Uhlgass zog die Augenbrauen hoch. »Auch Rose ist verstorben? Wie traurig. Das war mir nicht bekannt.« Er schien für einen Moment in Erinnerungen zu versinken. »Sie war nicht meine Lebensgefährtin«, fuhr er fort, »nur eine Art gute Freundin, rein kameradschaftlich und keineswegs eng.«

Das muss nicht stimmen, dachte Freddy. Aber auch wenn es zutraf, konnte Charlotte Uhlgass gleichwohl eifersüchtig gewesen sein. War es denn denkbar, dass sie selbst die beiden Frauen ins Jenseits befördert hatte? Einerseits war sie ihm nicht wie der Typ Frau erschienen, der sich, von krankhafter Eifersucht getrieben, zu extremen Handlungen hinreißen ließ, andererseits hatte sie ihm die ganze Zeit Theater vorgespielt. Insofern schien die Vermutung nicht so abwegig, dass sie nach vollbrachter Tat einen Detektiv aufsuchte, um überprüfen zu lassen, ob jemand Verdacht geschöpft hatte.

Der alte Herr strich sich mit der Hand über die Stirn. »Lassen Sie uns das Thema wechseln. Da kommt zu viel hoch, verzeihen Sie. Es sind schon viele gestorben, mit denen ich zu tun hatte. Das ist normal, wenn man so alt ist wie ich.« Er wirkte bewegt.

Freddy wartete einen Moment, bevor er weiterfragte. »Sie sind gern Rechtsanwalt?«

»Mit ganzer Seele. Obwohl die Zeit der großen Strafverfahren für mich lange zurückliegt und ich aus Altersgründen nur noch zivilrechtliche Kleinigkeiten bearbeite, sind mir meine Mandanten immer noch in Dankbarkeit zugetan. Sie schreiben Weihnachtskarten, gratulieren mir zum Geburtstag und machen sogar Geschenke. Manche Gans in unserem Backofen hat vorher auf dem Hof eines Mandanten gegackert.«

»Erstaunlich.«

»Eigentlich nicht. Schauen Sie mal: Ein paar Jahre Gefängnis, und die Leute wären finanziell ruiniert und gesellschaftlich erledigt gewesen. Das habe ich ihnen erspart. Ich darf wohl sagen: Als Strafverteidiger war ich eine Legende.«

»Toll.« Freddy nickte in echter Bewunderung. Was dieser Mann erreicht hatte, war ungefähr das, was er sich für sich selbst vorgestellt hatte, als er vor rund dreißig Jahren begonnen hatte, Jura zu studieren.

»Die Liebe zur Gerechtigkeit war meine beständigste Liebe«, bekannte Uhlgass. »Ich sage Ihnen bestimmt nichts Neues, wenn ich behaupte, dass die Zahl der Fehlurteile beträchtlich ist. Denn obwohl unsere Justiz sich wacker Mühe gibt, tappt sie oft mehr oder weniger im Dunkeln. Ihre Diener lernen die Menschen, die im Gerichtssaal vor ihnen stehen, niemals richtig kennen, stecken sie aber hoheitsvoll ins Gefängnis – ich bitte Sie, welche Hilflosigkeit. Da braucht es gute Anwälte.«

Freddy fühlte, dass er hier ganz falsch war. Der Mann wirkte zwar eitel, aber offen und engagiert und nicht halb so durchgeknallt wie seine Frau.

»Ich glaube, das reicht für eine erste Kontaktaufnahme. Vielen Dank für die Einblicke.« Freddy erhob sich aus dem Ledersessel. »Ich melde mich, um einen längeren Termin für unsere Autorin auszumachen. Oder haben Sie schon einen Vorschlag?«

»Möglichst bald«, erwiderte Uhlgass.

Der Rechtsanwalt begleitete ihn zur Tür. Freddy fühlte sich fast wie ein richtiger Verlagsmitarbeiter, vielleicht wäre die Branche etwas für ihn.

Uhlgass blickte ihn von der Seite an. »Sind Sie hier aus der Gegend?«

»Nein, wieso?«

»Ich meine, ich hätte Sie gestern hier in der Straße gesehen, als meine Frau mit dem Taxi von ihrer Gymnastik kam. Sie richteten wohl gerade Ihren Sturzhelm. Ich stand im Vorgarten, als der Reflex Ihres Spiegels aufblitzte.«

Ach du Schreck. Freddy blieb wie angewurzelt stehen. »Gestern? Unmöglich, da war ich in Köln.«

Uhlgass öffnete die Haustür. Sie traten beide auf den gepflasterten Fußweg. Freddys Blick fiel auf einen Mann hinter dem Zaun, der sein Smartphone hochhielt.

»Was haben Sie da zu suchen?«, rief Uhlgass.

Der Mann hob grüßend die Hand. »Nichts für ungut, Herr Uhlgass, kleines Foto für die Vereinszeitung.« Er verschwand rasch auf dem Fahrersitz des schwarzen Toyotas, vor dem er gestanden hatte.

»Diese Gauner!« Uhlgass lachte. »So geht es seit meinem Achtzigsten fast jeden Tag.«

»Aber ohne mich!« Freddy rannte zum Tor, rüttelte daran und winkte dem Fahrer. »He!« Nein, das gefiel ihm nicht. Ihm wurde mulmig bei der Vorstellung, dass Frau Uhlgass ihren Privatdetektiv neben ihrem Ehemann in irgendeiner Vereinszeitung wiederfand.

Das Gitter öffnete sich nicht. Der Fotograf ließ den Motor an.

»Ich muss von innen drücken«, sagte Uhlgass, ging zur offenen Haustür zurück und streckte den Arm nach irgendeinem Schalter aus.

Das Auto fuhr an. Freddy konnte noch sehen, dass es ein Bonner Kennzeichen hatte, dann verschwand es in einer Biegung der Straße.

»Wo erscheint das?«, fragte Freddy scharf.

»Keine Ahnung. Ich bin in mehr als vierzig Vereinen. Was regen Sie sich auf? Haben Sie was zu verbergen?«

Er lachte schallend. Freddy gelang nur ein falsches Kichern. Er sah zu, dass er nach einem kurzen Händeschütteln rasch auf die Straße kam, er fühlte sich durchschaut und entsprechend unwohl. Womöglich wusste der Alte, wer er war, vielleicht wusste er sogar, dass seine Frau einen Detektiv aufgesucht hatte, er würde ihr von Freddys Besuch erzählen, und beide würden sich über sein Versteckspiel köstlich amüsieren. Und schließlich wäre es in ihrem Alter nicht ungewöhnlich, dass sie tatsächlich eine Bleibe in einem geeigneten Seniorenheim suchten, sich aber durch Erikas plötzlichen Tod veranlasst fühlten, solche Einrichtungen einer gründlichen Prüfung zu unterziehen. Die Verkleidung der Klientin konnte ganz allgemein bezweckt haben, von anderen Leuten möglichst nicht erkannt zu werden, weil es so leicht Gerede gab. Falls Frau Uhlgass sich in Hinblick auf den Auftrag nicht nur den Spaß gegönnt hatte, sich etliche Jahre älter zu geben …

Ja, dachte Freddy, während er die getigerte Katze streichelte, die ihn erspäht hatte und auf ihn zugelaufen war, so einfach konnten seltsam anmutende Aufträge sein. Man musste immer überlegen, was das Wahrscheinlichste war. Pilars Zweifel und Birgits Phantasie hatten ihn zu sehr beeinflusst.

»Diese Frauen«, sagte er zu dem Tier, das sich an seinem Bein rieb und seiner Einschätzung nach ein Kater war. Er wendete sein Fahrrad langsam, um den kleinen Kerl nicht zu erschrecken. Die Sache war für ihn erledigt. Er wollte Frau Uhlgass nicht mehr sprechen.

***

Sven und Olli hatten sich wieder auf dem Talweg in der Nähe der Melbbrücke getroffen. Außer ein paar Leuten mit Hunden begegnete ihnen nur ein Läufer in Sportkleidung, als sie nun zusammen talaufwärts gingen. Wie schon beim letzten Mal bogen sie in den kleinen Weg ein, der den Hang hinauf und nach einem Knick an der Pferdeweide entlangführte, die von Gebüsch und Bäumen eingerahmt war. Eine herrliche Stelle, fand Sven, aber Olli schien nur zu interessieren, dass der Weg wenig benutzt wurde und sie in einem Bogen bequem zur Schutzhütte leitete, ohne dass sie die steile Treppe hinaufsteigen mussten, die einige Meter weiter von der Talsohle herauf an den Hang gebaut war.

Als sie die Hütte erreichten, setzte Nieselregen ein. Weit und breit war niemand mehr zu sehen. Sie setzten sich auf die hölzerne Sitzbank. Olli streckte seine langen Beine aus. Er zog ein zerknautschtes Päckchen und ein Feuerzeug aus der Jacke und legte beides neben sich.

Sven schielte zur Seite, ohne den Kopf merklich zu drehen. Ollis Gesicht schien unbewegt, seine Augen waren auf die Stämme der imposanten Bäume gerichtet, die vom Tal weit hinauf in den Himmel wuchsen. Auf den Blättern war das leise Geräusch feiner Tropfen zu hören.

Er war's, dachte Sven, er muss es gewesen sein. Natürlich tut er so, als hielte er mich für den Mörder. Was für ein Trick! Ich sag nichts mehr dazu. Es ist wahrscheinlich am besten, wenn er vorerst nicht weiß, was ich darüber denke.

»Svenni«, hob Olli mit sanfter Stimme an. »Ich warte auf mein Geld. Du weißt jetzt sicher, wann du die Zwanzigtausend von Tante Erika bekommst?«

»Nie.«

»Wie bitte?«

»Ich bekomme sie nicht.«

»Was soll das?«, kam es scharf von der Seite.

Sven blieb sehr ruhig. »Es gibt kein Vermächtnis zu meinen Gunsten.«

»Nun ist es mal gut, ja?«, brüllte Olli. Sein Gesicht verzog sich zu einer Fratze, die an verwitterte Wasserspeier erinnerte. »Du lügst!«

»Prüf es nach, wenn du mir nicht glaubst.«

»Du versuchst jetzt andersrum, mich von der Kohle wegzukriegen! Hätte ich mir ja denken können.«

»Sie hat ihr Testament geändert, Olli. Was kann ich dafür? Ich hätte es dir eher sagen sollen, aber ich musste das erst selbst verdauen.«

Olli stieß laut die angehaltene Luft aus. »Dann hoffe ich schwer, dass Tante Rose Dir ein Vermögen hinterlässt! Was kommt da raus?«

»Eine Eins mit fünf Nullen.«

Der Freund grinste breit. »Nicht schlecht.«

Sven blieb ernst. »Zwei Nullen sind hinter dem Komma.«

Olli schnellte in die Höhe, als hätte ihn eine Wespe gestochen. Seine Arme schienen länger zu werden und seine Hände riesig.

Er beugte sich herunter und schloss seine Finger um Svens Hals. »Tausend? Nur tausend? Ein Almosen?«

»Lass los – das – bringt nichts«, würgte Sven heraus.

Die Hände lockerten sich etwas.

»Erklär mir das«, fauchte Olli.

»Ich war auch geschockt. Aber Gesa hat es mir gezeigt, schwarz auf weiß, handgeschrieben mit Datum, alles gültig.«

»Wer einmal lügt …«

»Ich lüge nicht. Du kriegst fünfhundert. Das ist die Hälfte und besser als nichts.«

Der Druck am Hals wurde wieder stärker. Der bringt mich um, dachte Sven, der kennt da nichts. Hoffentlich kommt ein Spaziergänger.

»Die dritte Tante«, knurrte Olli. »Bei der gibt es mehr, stimmt's?«

»Nimm die Pfoten weg!«

Olli nahm die Hände von Svens Hals, blieb aber dicht vor ihm stehen. »Wie war das mit deiner dritten Patin?«

Sven rieb sich die Druckstellen, die Ollis Hände hinterlassen hatten. »Das kannst du vergessen. Bei Anna bin ich nur Ersatzerbe.«

»Das heißt?«

»Ich bin Ersatzspieler, Mann! Ich erbe, wenn der eigentliche Erbe zur Zeit ihres Todes nicht mehr lebt.«

»Hä? Wenn die Tante heute stirbt, gehst du leer aus, weil der andere erbt? Du kriegst keinen Cent?«

»So ist es.«

»Was ist das für eine Scheiße?«

»Jetzt geh mir aus der Aussicht, dein Atem stinkt.«

Olli ließ sich neben Sven auf die Bank fallen. Er nahm das zerknautschte Päckchen und zog eine Zigarette heraus. »Wer ist der Glückliche?«

»Ihr Sohn Gernot.«

»Und dieser Sohn erfreut sich bester Gesundheit?«

»Er wiegt zu viel, hat hohen Blutdruck, Gallensteine und Schuppenflechte, aber sonst scheint er einigermaßen fit.«

»Dann ändere das mal schnell!«

»Bist du verrückt? Der ist höchstens Mitte sechzig und treibt sogar ein bisschen Sport.«

»Sport kann gefährlich sein. Da passieren manchmal Dinge … Wenn er Rennrad fährt, hätte ich eine Idee.«

»Er joggt. Nach der Arbeit von Poppelsdorf durchs Melbtal nach Ippendorf. Meine Tante macht sich Sorgen, dass es zu hart ist, jeden Tag den Berg da rauf.«

Ich muss einen Schaden haben, dachte Sven. Warum sage ich ihm das? Ich weiß doch, worauf es hinausläuft.

»Jeden Tag, sagst du?«

»Er ist Immobilienverwalter und lebt wie ein Beamter. Schlag fünf Uhr macht er Feierabend. Und dann läuft er. Bei jedem Wetter, das hält er für gesund.«

»Bluthochdruck, Übergewicht. Hervorragend.«

»Was willst du damit sagen?«

»Erst er, dann die alte Dame.«

»Nein. Ich hab eine andere Idee.«

»Was wird das schon sein?«

»Tante Anna hat eine ganz bestimmte Schwäche.«

»Das will ich hoffen.«

»Nicht so, wie du denkst. Sie ist vernarrt in Hunde. Und sie hat immer gesagt: Sven, wenn du dir mal ein Hundchen anschaffst, helfe ich dir.«

»Sie fährt mit ins Tierheim.«

»Ach was. Sie wollte mich mit Geld unterstützen.«

»Bei Hundesteuer und Wurmkur.«

»Ich erkläre ihr, dass ich eine größere Wohnung, ein Auto, Hundekörbe und Spielzeug brauche, damit das Tier es gut hat, dazu kommen Hundeschule, Versicherung, Tierarzt und gutes Futter. *Anna, gib mir einfach etwas Geld, dann krieg ich das schon hin.* Ist doch genial!«

»So was Bescheuertes habe ich lange nicht mehr gehört.«

»Warte ab. Ich hab mich schon für einen Hund angemeldet. Ein armes Viech aus Spanien. Irgendeine Tierschutzfrau vermittelt den. Meine Tante wird begeistert sein und ein paar Tausend springen lassen, ich wette mit dir.«

»Und dann hast du den Hund am Hals. Viermal täglich Gassi gehen.« Olli schob die Zigarette zwischen die Lippen und beugte sich über die Flamme seines Feuerzeugs.

»Da findet sich eine Lösung«, meinte Sven.

Olli stieß den Rauch durch die Nase aus. »Du bist nur zu feige, was Richtiges anzupacken.«

Von der Talsohle her erklang das Stampfen vieler Füße. Eine Kindergruppe kam lachend und kreischend die Holzstufen der Treppe heraufgestürmt. Das lieferte Sven einen guten Grund, sich von Olli zu verabschieden. Er erhob sich. Olli blieb sitzen, als dächte er über irgendwas intensiv nach.

»Reden wir morgen noch mal drüber«, sagte Olli. »Treffen wie gehabt. Jeder geht um zwölf bei sich los.«

Sven nickte und folgte dem breiten Weg, der am Zaun der Universitätssportanlage entlangführte. Noch immer spürte er Ollis Hände am Hals, als hätte der ihn gerade erst losgelassen. Er musste sich von Olli abgrenzen, das wusste er nicht erst, seit er die Cremetörtchen durch die Toilette gespült hatte. Warum fiel es ihm so schwer? Er könnte es zum Bruch kommen lassen, sich ganz von ihm lösen, frei sein … Wahrscheinlich würde er vor Langeweile sterben.

***

Nun klang der Vortrag schon besser! Pilar hatte zwei, drei Stunden Zeit gefunden, um daran herumzufeilen. Das Telefon hatte sich seit Mittag nicht gemeldet, und die andalusischen Brüder dösten ausgestreckt in der Sonne, die nach stundenlangem Nieselregen überraschend durch die Wolken gebrochen war und ganz ungewohnt auf die Terrasse brannte. Aus dem Garten der Nachbarn waren heute nur Spatenstiche zu hören gewesen, und Lukas, der sonst gern mit Diskussionsthemen an Pilars Arbeitsplatz auftauchte, lag mit einem Buch in der Hängematte, die sich neben der Thujahecke zwischen Birke und Eberesche spannte, und war vermutlich eingeschlafen.

Pilar verließ ihren Schreibtisch und gönnte sich nun auch noch etwas von dem seltenen Sonnenschein. Außerdem wollte sie endlich ihre Neugierde befriedigen. Zwei Wochen lang hatten die Arbeiten auf dem Nachbargrundstück sie genervt, und die letzten Tage hatte sie kein einziges Mal nachgesehen, was da drüben entstand.

Um Lukas nicht zu stören, ging sie ans Ende des Gartens, wo sich hinter hohem Gras und Weidenbüschen versteckt ihr fast vergessener Teich befand. Sie stellte sich dort auf einen Erdbuckel und linste über Winters wandartige Hecke, die im Zuge der Gartenrenovierung auf etwa ein Meter achtzig gestutzt war.

»Sagenhaft«, entfuhr es ihr.

Es war ein Anblick, den sie bisher nur aus Gartenheften kannte, die sie im Wartezimmer ihres Zahnarztes zur Hand nahm: ein lieblicher Wasserlauf mit Kieselufern und geschwungenem Brückchen, sanft gewundene Wege und Stege zwischen Hügelchen, gerundeten Steinen, Gräsern, Koniferen und kleinen Bambuswäldchen. Die Seitenwand des aus Holz gestalteten Teehäuschens, dessen Pagodendach ihr schon vertraut war, befand sich direkt hinter Zaun und Hecke. An der Grenze hatten die Hunde bereits ein Loch gegraben, das ausreichend schien, um ihnen ungehinderten Zutritt zu den japanischen Anlagen zu ermöglichen. Auwei, dachte Pilar, das kann Ärger geben.

Jenseits der Hecke knarrte es leise. Die unter einem Vordach angebrachte Laterne bewegte sich sachte, und aus dem Teehaus trat jemand heraus. Pilar reckte sich unwillkürlich und erblickte Eva Winter, wie meistens in helles Beige gekleidet, »meine Farbe«, wie sie oft erläuterte.

Pilar winkte ihr von ihrem Erdbuckel aus zu. »Hallo Frau Winter! Ihre neue Gartengestaltung ist einfach umwerfend.«

Der wohlfrisierte blonde Kopf der Nachbarin hob sich über die Thujahecke und lächelte Pilar an. »Ja, nicht wahr? Wir sind sehr glücklich darüber.«

Pilar erwiderte das Lächeln. Sie war froh, in letzter Zeit ein entspanntes Verhältnis zu den Nachbarn zu haben. Das war einmal anders gewesen, als sich bei der Premiere ihrer Theatergruppe eine Bluttat ereignet hatte und Winters sie mehr oder weniger dafür verantwortlich machten, dass in dieser friedlichen Gegend so etwas passieren konnte. Doch zu ihrer Überraschung war das Ehepaar an Silvester mit einer Flasche Champagner herübergekommen, um auf die nachbarliche Zukunft anzustoßen, und Pilar hatte das als Friedensangebot verstanden.

»Es gibt sicher nicht viele, die das so vollendet hinkriegen«, meinte Pilar.

»Da mögen Sie recht haben«, erwiderte Frau Winter immer noch lächelnd. »Zu diesem Gärtner müssen wir uns wirklich gratulieren. Unsere Bekannte Charlotte Uhlgass hat ihn uns vermittelt. Manchmal habe ich den Eindruck, dass ihr kleiner Park ihr fast wichtiger ist als das Wohnzimmer.«

Der Name ließ Pilar zusammenzucken. Sie war erschrocken,

mit dem Kompliment ganz zufällig einen Volltreffer gelandet zu haben. Am Abend vorher hatte Freddy ihr am Telefon erzählt, dass Birgit recht gehabt hatte und die Gräfin eine Frau Uhlgass war, die sich verkleidet und verstellt hatte. Wer so viel Aufwand trieb, musste einen besonderen Grund haben. Ob Freddy inzwischen noch mehr recherchiert hatte, wusste Pilar nicht. Aber sie konnte selbst die Gelegenheit beim Schopfe packen!

»Ich fürchte, ich muss unser nettes kleines Gespräch beenden«, erklärte Frau Winter und lächelte zu ihrem Haus hinüber. »Ich habe Christophs Wagen gehört. Neuerdings kommt er manchmal früher nach Hause. Im Vertrauen gesagt: Er schreibt ein Buch.«

»Ah! Worüber?«

»Die achtziger Jahre in Bonn, als er jung und schon äußerst erfolgreich war.« Frau Winter lächelte ein wenig intensiver als sonst. »Christoph ist seit 1979 Rechtsanwalt. Gleich zu Anfang hatte er hochinteressante Prozesse und sehr zufriedene Mandanten.«

»Da Sie eben Charlotte Uhlgass erwähnten«, sagte Pilar rasch, ehe Frau Winter sich umdrehen konnte, »war deren Mann nicht auch Rechtsanwalt?« Sie zog die Stirn kraus, als überlegte sie, woher sie diese Information habe.

»Oh ja. Ihr Gatte war vor Jahren ein glänzender Strafverteidiger. Ohne ihn hätte so mancher Unschuldiger lebenslang bekommen.« Frau Winter schenkte diesem Umstand ein besonderes Lächeln. »Wir kennen Alwin ganz gut, er ist Corpsbruder meines Mannes. Beide sind Alte Herren der Ubia Bonnensia.«

Sie sprach es so aus, als ob es sich um eine edle Rosensorte handelte, die für jemanden wie Pilar höchst unpassend wäre. Pilar wusste natürlich, dass die Ubia Bonnensia eine der konservativen Studentenverbindungen für Männer war, die auf Lebenszeit zusammenhielten. Während ihres Studiums hatte sie in der Südstadt manchmal eine Gruppe Corpsbrüder mit farbigen Mützen gesehen, aber seit sie in Ückesdorf lebte, war sie sich nicht sicher, ob es solche Vereinigungen noch gab. Schon damals waren sie ihr so vorgekommen, als gehörten sie in eine andere Zeit.

»Wir Frauen sehen uns deshalb gelegentlich. Ich bin überzeugt davon, dass Charlotte so etwas auch gern hätte.« Lächelnd vollführte Frau Winter eine Armbewegung über die neue Gartenanlage. »Alwin erfüllt ihr beinahe jeden Wunsch, und wenn sie das hier erst einmal gesehen hat … Die meisten Frauen geben ja klein bei, wenn ihre Männer etwas für unnötig halten«, das ewige Lächeln ihrer Nachbarin schien sich zu verbreitern, »aber Charlotte Uhlgass … ist ganz Frau, sie hat ihre kleinen Geheimnisse.«

Blödsinnige Formulierung, dachte Pilar. Klingt so, als hätte die Dame besondere Tricks auf Lager, um den Alten rumzukriegen. Oder gehörte es zu ihren Geheimnissen, ab und zu eine steinalte Gräfin zu mimen, um sich mehr Freiraum zu verschaffen?

»Was macht sie denn so?«

Einen winzigen Moment lang erlosch das Lächeln auf Frau Winters Gesicht, leuchtete aber sofort wieder auf. »Nichts Besonderes. Doch neulich war sie in Düsseldorf, angeblich in ihrer Lieblingsboutique. Ob sie nicht eher den berühmten japanischen Garten besichtigt hat? Vielleicht hat sie den Entwurf für ihren eigenen schon fertig!«

Ein helles Lachen rollte in Kaskaden über die Stimmbänder der Nachbarin, und Pilar stimmte ein, bis Frau Winter von der Hecke wegtrat.

Langsam ging Pilar ins Haus zurück. Das Gespräch war ein unsinniger Small Talk gewesen, und das Lachen hatte auf beiden Seiten der Hecke aufgesetzt geklungen. Sie hatte den Eindruck, dass ihrer Nachbarin etwas durch den Kopf gegangen war, über das sie als Ehefrau eines Corpsbruders lieber nicht reden sollte.

Pilar berichtete Richard davon, der in der Küche Tomaten und Mozzarella auf einer Platte schnitt.

Er seufzte tief. »Nein, Pilar, bitte. Nicht schon wieder. Du bist genial in deiner Phantasie, die ich wirklich bewundere. Aber die damit verbundene Einbildungskraft ist schrecklich. Lass die Frau lachen, wie sie will.«

»Hoffentlich hat sie es nicht merkwürdig gefunden, dass ich mich für ihre Bekannte Charlotte Uhlgass interessiert habe.«

Richard dekorierte die Platte mit Basilikumblättern und warf Pilar einen fragenden Blick zu.

»Das ist Freddys Klientin, die sich als Gräfin ausgegeben hat«, erläuterte sie und sog den Duft des Basilikums ein.

»Pilar, die Frau ist als Gräfin aufgetreten, weil sie eine Meise hat. Ich dachte, das wäre klar. Und wenn Freddy was anderes meint, dann –«

»Meint er ja nicht«, unterbrach sie ihn.

»Du kennst ja die alten Irren-Witze, wo sich der eine als Napoleon, der andere als Papst –«

»Richy, das kann man nicht vergleichen! So, wie Freddy sie schildert, ist sie völlig klar im Kopf.«

»Denkt er eher an die Kategorie Wolf im Schafspelz?«

»Freddy denkt überhaupt nichts.«

»Ah, denken liegt ihm nicht, das hatte ich vergessen.«

»Aber Birgit und ich, wir finden die Sache etwas … na, verdächtig wäre wohl übertrieben …«

»Ah, ihr wittert eine Frau aus der Unterwelt. Jaja, Altersgrenzen gibt's da nicht, die könnte noch was vorhaben.« Richard zwinkerte ihr mit einem Auge zu. »Aber in dem Fall, Pilar, lass bitte die Finger davon!«

»Frau Winter brachte sie selbst ins Gespräch. Ich frage mich nur, ob sie mein Interesse bemerkt hat.«

»Und ich frage mich, ob du dich nicht ein bisschen zu viel fragst.«

Von der Terrasse her kamen schlurfende Schritte durchs Wohnzimmer. Ein achtzigjähriger Greis, hätte Pilar gedacht, wenn sie nicht genau gewusst hätte, dass es ihr neunzehnjähriger Sohn Lukas war.

»Also, diese Winters«, grummelte er, als er in die Küche kam. »Nächstens montiere ich die Hängematte nicht so nah an die Hecke. Sagt die Frau zu ihrem Mann: *Hör mal, unsere Nachbarin wollte etwas über Charlotte wissen.*«

»Ich habe es geahnt.« Pilar warf Richard einen Blick zu.

»*Na und?*, meint der Mann dazu«, fuhr Lukas fort. »Und Frau Winter sagt: *Findest du das nicht auffallend?*«

Pilar stand wie erstarrt am Küchentisch. »Jetzt geht das wieder los. Klatsch und Tratsch auf meine Kosten. Und diesmal bin ich selbst dran schuld.«

Richard stöhnte auf. »Deine ewige Schwarzseherei …«

»Wenn irgendwen aus dem Hause Uhlgass ein Unglück

ereilt, meinen Winters mit Sicherheit, dass ich was damit zu tun habe.«

Richard schüttelte den Kopf und verdrehte die Augen. »Wie kann man auf solche Ideen kommen?«

»Das war noch nicht alles«, sagte Lukas. »Winter wollte wissen, wieso das auffallend sein sollte.«

»Vernünftiger Mann, hätte ich an seiner Stelle auch gefragt«, warf Richard ein.

»Frau Winter antwortet: *Weil ihr Jugendfreund doch Privatdetektiv ist.* Und darauf Herr Winter: *Der hat jetzt angeblich jede Menge Aufträge, das ist seltsam.*«

»Der meint doch nicht Freddy«, rief Richard belustigt.

»Und sie wieder: *Frag deinen Corpsbruder mal nach dem.* – Dann sind sie in ihr albernes Teehaus verschwunden.«

Was habe ich da angerichtet?, schoss es Pilar durch den Kopf. Auwei ... Sie lehnte sich gegen den Küchenschrank und schloss die Augen. Der Corpsbruder Uhlgass würde womöglich darauf kommen, dass seine Frau einen Detektiv beauftragt hatte, was er vermutlich nicht wissen sollte. Oder er würde argwöhnen, seine Frau sei das Objekt einer Ermittlung, was ebenfalls Probleme bereiten konnte. Eine dritte, aber unwahrscheinliche Möglichkeit war, dass er von gleichmütigem Wesen war wie Richy und ihn die Sache nicht weiter interessierte.

Ein scharfer Knall ertönte.

Sekundenlang hielten alle drei den Atem an.

»Draußen hat einer geschossen«, rief Pilar.

»In unserem Garten?«, fragte Richard ungläubig.

Pilar stürzte ins Wohnzimmer zur Terrassentür, die noch offen stand. Richard und Lukas hechteten hinterher, und die Hunde überholten sie alle.

Noch ein Schuss. Gefolgt von dem gellenden Schrei einer Frau. Es musste im Nachbargarten sein. Bei Winters. Pilar sah die Leiche mit Kopfschuss bereits vor sich. Frau oder Herr Winter. Oder jemand, der zu Besuch war.

»Ist das nicht furchtbar?«, hörte sie die Nachbarin schreien. »Schon wieder so ein Ding!«

»Sie sind draufgetreten«, sagte Lukas leise zu Pilar. »Die neuen

Knallteufel aus Amsterdam sind echt Wahnsinn. Durch das Loch unterm Zaun kann man sie mit ausgestrecktem Arm unter die Tamani-Matten am Eingang bugsieren.«

Pilar atmete tief durch. Das durfte nicht wahr sein! Im nächsten Moment musste sie grinsen. Lukas hatte den Nachbarn noch nicht verziehen, dass Herr Winter sich letztes Jahr so schadenfroh über den Tod ihres Katers Schiller geäußert hatte. Aber mit Knallteufeln zurückzuschlagen bedeutete für den nachbarlichen Frieden ein enormes Risiko.

»Bitte, Lukas, lass es.«

»Die waren nicht billig, Mutter.«

»Lukas!« Das klang so vorwurfsvoll, wie es sollte.

»Na, meinetwegen«, sagte er. »Aber zwei oder drei könnten da drüben noch liegen.«

Pilar bemühte sich um einen strengen Blick.

»Guck nicht so, Mutter. Ich hol sie nicht zurück. Da müssen die Winters durch.«

## Sechsundzwanzig Jahre zuvor

Das Haus war groß. Nicht zu vergleichen mit der Etagenwohnung, die sie mit Manfred in der Südstadt bewohnt hatte. Lotte war sich noch immer nicht darüber im Klaren, ob sie richtig entschieden hatte. Dieses Haus war ein Problem. Es stand in Ippendorf, ausgerechnet in dem Teil des Ortes, der sich dem Melbtal zuneigte. Wenn sie aus den Fenstern im Obergeschoss blickte und die Kronen der Bäume sah, von denen sie wusste, wo sie wurzelten, fühlte sie jedes Mal einen Stich in der Brust.

Das Haus war luxuriös. Niemals hätte sie sich träumen lassen, einmal in einem solchen Gebäude zu wohnen. Sie kam sich vor wie in einem Hotel, nicht wie im eigenen Heim. Die Einrichtung entsprach nicht ihrem Geschmack, aber es war ihr gleichgültig. Nur Bilder tauschte sie hier und da aus. Sie war in dieses neue Leben gefallen wie eine reife, ein bisschen angefaulte Frucht und fühlte sich wohl darin.

Der Garten ähnelte einem Park; dieses Wunder vollbrachte ein Gärtner. Bei gutem Wetter konnte sie auf der Bank unter der Kastanie sitzen, ohne ans Unkrautjäten oder Rasenmähen zu denken. Vor der Bank stand ein Tischchen für ihre Teetasse und ihren Briefblock. Wieder einmal jährte sich Manfreds Geburtstag.

*Lieber Manfred,*
*viel ist passiert, seit ich Dir das letzte Mal schrieb. Manchmal frage ich mich, ob all das Böse, das geschieht, von einem einzigen üblen Gewächs abstammt, das unterirdisch gedeiht und seine giftigen Triebe an den verschiedensten Orten der Welt ans Tageslicht schickt. Wir können nie wissen, ob es im nächsten Moment nicht neben uns aus der Erde schießt. So wie vor vier Jahren im Melbtal. Und im vergangenen Oktober in Ippendorf, in der Buchholzstraße, hundert oder zweihundert Meter von unserem Grundstück entfernt. Ein Mord auf offener Straße, das Opfer war fast zu Hause. Gerold von Braunmühl, enger Mitarbeiter des*

*Außenministers, Ehemann und Vater, ist tot, und die Täter laufen frei herum. Zu diesem Mord hat sich die Rote Armee Fraktion bekannt. Für Deinen Tod, Manfred, übernimmt niemand die Verantwortung. RAF – das wäre wenigstens ein Name, den ich hassen könnte. Er gäbe Deinem Tod in den Augen der Leute Bedeutung. Du würdest in Büchern erwähnt, in Akten und Zeitungsartikeln.*

*Das Leben geht weiter mit all den unfassbaren Dingen, die dazugehören. Ich habe viele wunderliche Menschen kennengelernt, Freunde gefunden und Freunde verloren. Und ich habe mich verliebt. Das ist sonderbar mit Mitte fünfzig und anders als früher, nicht solche Hitze, mehr gleichmäßige Wärme. Es lenkt mich auf wohltuende Weise ab.*

*»Nimm das Leben leichter«, hat mein Mann mir geraten. »Du bist doch Rheinländerin.« Zu Beginn unserer Beziehung haben wir viel über Dein Schicksal gesprochen, und ich habe es ausgenutzt, dass er so viele Leute kennt. Auf unseren Spaziergängen ist von links und rechts überall ein Grüßen, das allein ihm gilt. Er ist nicht nur ein bekannter Anwalt, sondern auch Mitglied von zahlreichen Vereinen und Gesellschaften, darunter Sportvereine, Stadtsoldaten, CDU, Rotes Kreuz und allerlei zur Förderung von Kunst, Musik und Denkmalpflege. Ich war froh, dass er mein Problem von Anfang an ernst genommen hat. »Der Wald hat seine Geheimnisse«, meint er, »und manche behält er in alle Ewigkeit für sich.« Der Satz gefällt mir, führt er mir doch vor Augen, wie klein und unbedeutend mein Problem ist im Vergleich zum Alter und zur Majestät des Waldes.*

*Mein Mann – nun ist es heraus! Ja, ich habe geheiratet und bin zu ihm in dieses Haus gezogen. Ich kannte ihn bereits flüchtig aus den Fluren und der Kantine des Gerichts, und als er einmal Karnevalsprinz war, hat er mich sehr beeindruckt. Sein gut geschnittener Kopf mit der Kappe, an der die langen Fasanenfedern schwangen, und das viele Weiß und Gold mit dem Blau des Stadtwappens – göttlich! So ein Bild bleibt im Gedächtnis haften. Näher kennengelernt habe ich ihn vor Monaten auf einer Party, die unsere Kanzlei gegeben hat. Er ist Corpsbruder von Christoph Winter, dem jungen Kollegen, den Buttmeier kürzlich für die*

*Bearbeitung unserer Strafsachen eingestellt hat, ein Gebiet, auf dem sich Winter erstaunlicherweise bereits einen Namen gemacht hat. Seine Frau ist ein netter Hohlkopf mit einem Dauerlächeln, das mir unbegreiflich ist. Ich weiß nicht, ob Du Winter gekannt hast. Als es passierte, hielt er sich oft bei seiner Großmutter in der Sternenburgstraße auf. Er gehört zu denen, die ich im ersten Jahr befragt habe, und ich erinnere mich, wie verächtlich er sich über die Melbbude äußerte; das Ding kenne er nur vom Hörensagen, er sei nie dort gewesen, und über die Wirtin wisse er nichts.*

*Seit meiner Heirat sehe ich Winter ab und zu auch privat, aber jedes Mal erweckt er in mir ein Gefühl von Unbehagen. Er redet immer zu laut, es klingt wichtigtuerisch, als lege er Wert darauf, seinen Zuhörerkreis bis aufs nächste Stockwerk auszudehnen. Meinen Mann bewundert er offensichtlich, und unter Kollegen wird gemunkelt, Winter habe lange darauf spekuliert, dass Alwin ihm eine Stelle in seiner Kanzlei anböte. Aber mein Liebster wollte Einzelkämpfer bleiben, wie er das nennt.*

*Ach je, warum schreibe ich das alles? Es hat ja nichts mit Dir zu tun, wie unachtsam von mir. Ich neige zur Ichbezogenheit, vor allem seit ich beschlossen habe, meinen Beruf an den Nagel zu hängen, um mehr Zeit für mich zu haben. Es steht zu befürchten, dass ich mich zur typischen Gattin eines reichen Mannes entwickele, die nutzlos, aber gepflegt das Ambiente genießt und um ihre Bildung bemüht ist, um auf den abendlichen Veranstaltungen einen guten Eindruck zu machen, zum Beispiel auf den kleinen und großen Festen im Corpshaus der Ubia Bonnensia. Wie haben wir uns früher lustig gemacht über die Korporierten, ihren Bierkonsum und ihre Mensuren, und nun fühle ich mich in diesem Kreis so wohl und geborgen.*

*Im Januar habe ich – das wage ich kaum zu schreiben – Deine Akte geschlossen. Der Ordner ist zehn Zentimeter dick. Es ist genug. Dennoch komme ich mir vor wie eine Verräterin. Als gäbe es noch irgendetwas, das ich tun müsste …*

*In Liebe,*
*Deine Mama*

# 5
# Samstag

»Ich weiß nicht, wo die ganze Woche geblieben ist«, seufzte Pilar am Samstagmorgen beim Frühstück in der Küche. »Was habe ich nur die ganze Zeit gemacht?«

»Du hast dich über japanischen Baulärm geärgert, über eine suspekte Gräfin spekuliert, dich Birgits Liebeskummer gewidmet und die Hunde daran gehindert, unsere besten Schuhe und unsere letzten Telefone zu fressen und …«

»… mit Lukas besprochen, ob er nach Chile geht oder Philosophie studiert, die Hörgeräte meiner Mutter unterm Schrank gesucht und der Darstellung ihrer hundert Sorgen gelauscht.«

»Und ein bisschen hast du wohl auch an deinem Vortrag gebastelt. Hoffe ich jedenfalls.«

»Über all das hätte ich beinahe das Treffen meiner Jahrgangsstufe vergessen. Das ist schon morgen, und ich muss die geplante Wanderstrecke noch mal abgehen. Das hatte ich versprochen, damit wir wissen, wie lang der Ausflug schätzungsweise dauert. Kommst du mit? Das Wetter ist verlockend.«

Er schüttelte der Kopf. »Ich muss arbeiten, die Rede für den parlamentarischen Staatssekretär muss fertig werden. Frag lieber Freddy, der muss sowieso seinen Billy ausführen.«

»Wenn er nicht Obst und Gemüse verkauft.«

Pilar nahm das Telefon in die Hand. Tajo und Toledo folgten jeder ihrer Bewegungen mit ihren tiefbraunen Augen. Ihnen schien das Wasser im Maul zusammenzulaufen, als hielte Pilar ein Wurstbrot in der Hand. Sie hatte es immer noch nicht geschafft, den Hunden klarzumachen, dass Telefone für sie tabu waren.

Freddy war zu Hause und sagte zu. »Wo treffen wir uns?«

»Ich hol dich mit dem Auto in Röttgen ab. Wir fahren zusammen nach Ippendorf und gehen von oben ins Tal rein. Parken können wir an der Engelsbachschule.«

»Wo ist die?«

»Am Waldrand. Engelsbach ist ein andrer Name für die Melb.«

»Du willst ins Melbtal?« Er klang erschrocken.

»Was ist daran so furchtbar? Wenn du was dagegen hast, bleib zu Hause.«

»Ich war noch nie im Melbtal, aber …«

»Höchste Zeit, es nachzuholen.«

»Das Ehepaar Uhlgass wohnt dort in der Nähe. Nicht, dass sie denken, ich würde ihnen nachspionieren. Ich war gestern bei ihnen.«

»Donnerwetter, du gehst ran.«

»Ich wollte meine Klientin sprechen, weil … Es war mehr Birgits Idee, mit der Frau noch ein klärendes Gespräch zu führen. Aber es war nur der Ehemann im Haus.«

»Alwin Uhlgass. Der ist im selben Corps wie mein Nachbar Winter.«

»Ist nicht wahr. Die beiden singen?«

»*Das* Corps, nicht *der* Chor. Kein Männergesangverein, sondern eine Studentenverbindung. Ubia Bonnensia. Sagt dir der Name was?«

»Ein bisschen. Einer von denen wollte mich im ersten Semester unbedingt anwerben. Wäre ich mal eingetreten! Die Alten Herren tun eine Menge für die Jungs. Dann hätte ich das Staatsexamen natürlich bestanden und säße jetzt auf einer gut bezahlten Stelle, die ich einem Bonner Ubier verdankte.«

»Wie ist Alwin Uhlgass denn so?«

»Sehr nett. Er hat angenommen, ich käme von dem Verlag, der ein Buch über ihn plant. Das Dumme ist, dass er mich schon vorgestern vor seinem Haus gesehen hat.«

»Er wird inzwischen wissen, dass du nicht vom Verlag bist, möglicherweise sogar, dass du Detektiv bist.«

»Das fürchte ich auch.«

»Wenn er weiß, dass deine Tätigkeit hauptsächlich untreue Ehepartner umfasst, denkt er vielleicht: Meine Charlotte glaubt, ich gehe fremd, und schickt mir einen dämlichen Schnüffler hinterher.«

»Na, danke.«

»Verzeihung.«

Freddy lachte unfroh. Pilar dachte mit Unbehagen an ihr Gespräch an der Thujahecke. Wie man als Schnüffler unauffällig Erkundigungen einholen sollte, war ihr ein Rätsel.

»Wenn es dir lieber ist, parken wir woanders, Freddy. Es führen viele Wege ins Melbtal. Deine Klientin wirst du dort nicht treffen. Mit dem Rollator kommt man da nicht weit.«

»Sie braucht keinen Rollator«, sagte Freddy.

»Ach ja, hatte ich vergessen. Man gerät so leicht durcheinander.«

Pilar entschloss sich, in Poppelsdorf zu parken und das Melbtal von unten zu betreten, so wie es auch für das Stufentreffen geplant war. Mit Tajo, Toledo und Billy an der Leine starteten sie am Clemens-August-Platz. Sie stiegen den Nachtigallenweg hoch, folgten ihm nach Überquerung der Straße »Im Wingert« aber nicht weiter, sondern gingen einige Meter abwärts an den Hecken und Zäunen der Schrebergärten entlang. Diese Straßenseite war weitgehend unbebaut und gab den Blick auf ein paar Pferde frei, die auf einer Wiese grasten. Pilar fand den Pfad sofort. Sie war in der nicht weit entfernten Südstadt aufgewachsen, daher kannte sie die Gegend.

»Hier geht es zum Tal«, erklärte sie Freddy. »Und da vorn war früher ein herrlich primitives Lokal, die Melbbude. Eigentlich eher eine Bruchbude.«

Freddy zuckte mit den Achseln. »Nie gehört.«

»Die Wirtin war ein Bonner Original, zum Kugeln. Aber vermutlich wollte sie nicht witzig wirken. Wenn sie sich in ihre *Vezällsche* reinsteigerte, war ihr Gesicht todernst.«

»Das hätte ich gern für den Rückweg, ein Lokal, wo man problemlos mit drei Hunden einkehren kann«, meinte Freddy.

»Bei Hildegard wäre das in Ordnung gewesen, frisches Wasser und Wurstzipfel inklusive. Aber damit ist es seit dreißig Jahren vorbei, weil sie ermordet wurde. Ich war damals in Spanien. Später hat mir irgendwer erzählt, es sei die Mafia gewesen.«

»Komisch …«, sagte Freddy. »Als ich die Gräfin zum ersten Mal sah, hab ich einen Moment lang gedacht, sie könnte die *Mama* von ein paar Mafiosi sein.«

»Wieso?«

»Ihre Haltung, ihr Blick, ihr Schmuck, die schwarze Samtjacke, ihre überlegene, herrische Art.«

*Kleine Geheimnisse*, fiel Pilar ein. Was mochte es mit dieser Frau nur auf sich haben?

Sie erreichten den Zaun des Melbbads und gingen weiter bergan in den Wald mit Blick auf den Bach, der sich zu ihrer Rechten dahinschlängelte. In den Kronen der hohen Bäume wogte der Wind durch die noch frühlingsgrünen Blätter.

Freddy war beeindruckt. »Toll … so schön wild. Und wer hat sich denn den komischen Namen *Melb* ausgedacht?«

»Das ist keltisch. Heißt so viel wie gelbbraunes Wasser.«

»Und was ist das für eine Brücke?«

»Die stammt aus der Mitte des 19. Jahrhunderts.«

Billy sprang auf die geziegelte Brüstung, auf der sich allerlei Moose, Gräser und andere Pflänzchen angesiedelt hatten.

»Vorsicht! Pass auf deinen Hund auf, Freddy. Die Brüstung ist ein wenig nach außen geneigt.«

Auf der nördlichen Seite der Brücke blieben sie stehen und schauten nach unten. Der Abgrund war enorm. Am Fuß der breiten Pfeiler floss die Melb nicht frei durchs Erdreich wie im übrigen Tal, sondern durch eine steinerne Rinne. Auch der unterste Teil der Hangseiten war mit Beton und Basaltstücken verstärkt.

»Wäre nicht gut, da runterzufallen«, bemerkte Freddy schaudernd.

Pilar fiel ein, was ihre Mutter ihr damals, als sie in Sevilla gewesen war, aufgeregt am Telefon erzählt hatte. »Das ist vor langer Zeit einem Reiter passiert«, erklärte sie Freddy. »Das Pferd hat sich aufgebäumt und ihn über die Brüstung geworfen.«

Sie folgten der Straße, die zum Gut Melb hinaufführte, bis zu einem dunkleren Weg, auf dem sie hintereinander gehen mussten. Mächtige Stämme entwurzelter Baumriesen lagen neben allerlei Ästen kreuz und quer über dem gewundenen Bach, der hier murmelte und dort plätscherte und an anderer Stelle ruhig über lehmigen Untergrund dahinfloss.

»Ich hab so ein Urwaldgefühl«, sagte Freddy. »Schön, dass man das Totholz liegen lässt.«

Auf dem breiteren Hauptweg liefen die Hunde an ihren langen Schleppleinen vorweg. Toledo fraß Pferdeäpfel, Billy wälzte sich in einem Haufen faulender Blätter, und Tajo war fasziniert von einem Bussard, den er bei seinem niedrigen Flug beobachtete. An einer Brücke mit Eisengeländer wählte Pilar einen Nebenweg, der den Hang hinaufführte.

»Nehmen wir den statt der steilen Juffeletrepp.«

»Was für ein Ding?«

»Jungfrauentreppe. Die ist uralt und soll schon von den Nonnen des Klosters Engeltal benutzt worden sein, das im Mittelalter im Melbtal einiges an Land besaß.«

Freddy blickte sich um. »Kloster?«

Pilar lachte. »Das Kloster der Augustinerinnen befand sich nicht hier, sondern unten in der Stadt, dort ist noch ein kleiner Rest, in der Nähe der Engeltalstraße.«

Der Pfad machte einen Knick und führte hoch über dem Tal an einer von Bäumen gesäumten Wiese vorbei, auf der ein paar Pferde standen und die Köpfe hoben. Pilar spürte plötzlich, dass sie zum Frühstück reichlich Kaffee getrunken hatte. Sie sah sich um und fuhr sich ratlos mit der Hand durch die Locken.

»Du, ich muss mal in die Büsche«, sagte sie.

»Hier?«, fragte Freddy entsetzt. »Das Gebüsch ist zu dünn, und der Hang fällt fast senkrecht ab.«

»Von der Schutzhütte an geht es noch schlechter, da ist der Wald lichter.«

»Es sind einige Leute unterwegs«, gab Freddy zu bedenken. »Liegt wohl am guten Wetter.«

»Lass mich mal schauen.«

Einige Schritte weiter bemerkte Pilar etwas abseits eine Stelle, die möglicherweise in Frage kam. Sie übergab Freddy die Leinen ihrer Hunde und verließ den Pfad. Hinter dem elefantengrauen Stamm einer alten Buche ragte der breite Wurzelteller eines anderen Baumes auf, der kopfüber am Hang lag. Dazwischen befand sich eine Vertiefung, eine längliche Kuhle, die groß genug war, um sich hineinzuhocken und nicht gesehen zu werden.

»Nicht, dass du da abrutschst«, rief Freddy vom Weg her.

»Geh ruhig vor, Freddy. Über das Brückchen des Nebenbaches und dann auf dem breiten Weg geradeaus.«

Freddy zuckte mit den Achseln und folgte weiter dem Pfad. Pilar kletterte in die Vertiefung und lachte leise. Die ideale Toilette! Im Stehen war sie von der Jungfrauentreppe aus, die sich mit ihren Holzbohlen am nächsten steilen Hang hinaufschlängelte, zwar zu sehen, aber dort hielt sich im Moment niemand auf. Und wenn sie in die Hocke ging, verdeckte der Wurzelteller sie auch nach dieser Seite vollständig.

Freddy musste das Brückchen bereits erreicht haben oder sogar noch ein Stück weiter sein, denn sie konnte seine Schritte und die kleinen Geräusche der Hunde nicht mehr hören. Was sie aber deutlich vernahm, war etwas anderes: Männerstimmen. Sie näherten sich auf dem Pfad, den sie selbst eben mit Freddy entlanggegangen war.

Das war nicht der richtige Moment, um aufzustehen und sich die Hose hochzuziehen. Sie duckte sich so tief wie möglich in die Kuhle hinein. Es roch nach Erde und Wurzeln. Vom Weg aus war sie sicher nicht zu sehen.

»So bald wie möglich«, vernahm Pilar eine raue Stimme, die nach häufigem Zigarettenkonsum klang. »Erst den Sohnemann, den alternden Trottel, der sich jeden Tag auf derselben Strecke abkämpft. Lass ihn stolpern und gegen einen Stein fallen, klassische Unfallsituation, das hast du schnell erledigt.«

Ich hab mich verhört, dachte Pilar. Meine Ohren sind mit achtundvierzig Jahren zu alt, um wie ein Luchs zu hören.

»Dann kommt die Mutti dran. Sie wohnt allein, ihr Haus steht frei, da kriegen die Nachbarn nichts mit. Zeitlich muss natürlich ein Abstand bestehen.«

Der andere Mann erwiderte etwas, das Pilar nicht verstehen konnte. Sie gingen weiter, entfernten sich aber nur langsam.

»Bei Regen ist ein dunkles Tal verschwiegen«, hörte sie wieder die rauere Stimme. »Du meinst ja, der Sohnemann läuft bei jedem Wetter.«

»Um drei guck ich mir den Köter an, Olli«, erklärte der andere.

»Vergiss es.«

»Wenn ich ihn sofort bekomme, haben wir bald Geld.«

»Einen Fünfziger oder Hunderter nenn ich nicht Geld. Mehr gibt das nicht, ich sag's dir.«

Die nächsten Worte waren nicht zu verstehen. Gleich darauf nahm Pilar auch den Klang der Stimmen nicht mehr wahr. Vermutlich schlugen sie den Weg ein, der an der Schutzhütte vorbei am Nebenbach hinaufführte.

Pilars Muskeln schmerzten von der zusammengekauerten Haltung. Sie erhob sich und zog ihre Hose hoch. Sie war geschockt und verwirrt. Was hatte sie da gehört? Sie wiederholte im Geiste die Sätze, die sie vernommen hatte. Ihr erster Eindruck konnte nicht falsch sein – es ging um Mord! Erst der Sohn, dann die Mutter. Wer waren Mutter und Sohn? Das war ja gruselig, man musste sie warnen! Und was war mit dem Hund? Was hatten sie mit dem vor?

Ihre Hände zitterten und schwitzten, sodass sie den Hosenknopf nicht auf Anhieb durchs Knopfloch bekam. Während eines erneuten Versuchs blickte sie hinüber zur Jungfrauentreppe. Sie erstarrte.

Die Männer waren nicht zur Hütte gegangen und hatten auch nicht den Weg geradeaus eingeschlagen. Sie stiegen gemächlich die Stufen der gewundenen Treppe hinunter und befanden sich auf derselben Höhe wie sie selbst, genau gegenüber, etwa zwanzig oder dreißig Meter entfernt. Der größere und dünnere von beiden blieb stehen, drehte den Kopf in ihre Richtung und sah ihr direkt ins Gesicht. Für einen kurzen Moment blickten sie einander an.

Schnell wandte Pilar sich ab. Hoffentlich war den Männern nicht klar, dass sie sich nur wenige Schritte neben dem Weg aufhielt, auf dem sie eben noch über den verbrecherischen Plan gesprochen hatten! Auch wenn sich alles in ihr dagegen sträubte, zwei Spaziergänger für potenzielle Gewalttäter zu halten, schrillten die Alarmglocken in ihrem Kopf überlaut. Mörder, die sich belauscht fühlten, würden mit Zeugen kurzen Prozess machen! Was also tun? Pilar stürzte auf den Pfad, raste über das Brückchen des Nebenbaches, verschnaufte, schloss endlich den Knopf ihrer Jeans und rannte oberhalb der Treppe auf den breiten Wanderweg.

»Pilar«, hörte sie Freddy in ihrem Rücken rufen. »Ich sitz in der Schutzhütte.«

Na, prima, nun wussten die Männer ihren Vornamen, der in Bonn wahrscheinlich nicht so häufig war. Sie drehte sich um und blickte zur Treppe, konnte den unteren Teil, auf dem die beiden vermutlich schon angelangt waren, aber nicht sehen. Freddy trat aus der Hütte. Die drei Hunde liefen ihr entgegen und begrüßten sie, als sei sie tagelang fort gewesen.

»Freddy, hast du die beiden Männer bemerkt, die die Treppe hinuntergegangen sind?«

»Nee, ich hab die Schmierereien in der Hütte studiert.«

»Als ich dort oben zwischen den Bäumen war, habe ich ihr Gespräch mit angehört. Sie planen zwei Morde! An einem Sohn und seiner Mutter.«

Pilar versuchte, den Inhalt der Unterhaltung möglichst genau wiederzugeben.

Freddy sah sie belustigt an. »Wer geht denn hier spazieren und diskutiert Mordpläne? Dein Gehör in Ehren, Pilar, aber was sie gesagt haben und was du gehört hast, muss nicht dasselbe gewesen sein.«

»Ich finde das nicht lustig.«

»Hast du sie gesehen?«

»Nur von Weitem, als sie auf der Treppe waren. Und die haben mich auch gesehen.«

Da war noch was anderes, grübelte Pilar. Diese Sache mit dem Hund …

Sie bekam eine Gänsehaut. »Freddy! Der Mörder kommt heute zu mir.«

»Was soll der bei dir wollen?«

»Einen Hund. Ich hab doch heute Nachmittag diesen Termin. Und der Kerl, der den Mord begehen soll, hat eben gesagt, er schaut sich um drei einen Hund an. Das muss mein Interessent sein! Auch der näselnde Klang der Stimme passt.«

»Perfekt. Wenn er zu dir kommt, kannst du ihn später der Polizei genau beschreiben.«

»Den lasse ich nicht rein! Er will den Hund zu Geld machen. Vielleicht verkauft er ihn an ein Labor als Versuchstier oder an

Leute, die Opfer für Kampfhunde brauchen. Falls da die Preise gestiegen sind, kann sich das trotz der Schutzgebühr lohnen. Seit ich im Tierschutz aktiv bin, halte ich alles für möglich.«

»Ruf ihn an und sag ihm ab.«

Pilar überlegte, wo sie den Zettel mit der Nummer des Anrufers hingelegt hatte. Sie müsste zu Hause danach suchen.

»Freddy, ich geh erst mal zur Polizei.«

»Hoffentlich interessieren die sich für deine Geschichte. Normalerweise finden sie zuerst die Leiche und dann den Mörder. Nicht umgekehrt.«

Pilar beugte sich zu Tajo, Toledo und Billy hinab und strich allen dreien über den Rücken. Freddy schien das alles nicht im Geringsten aufzuregen. Ob sie es über sich brächte, die Sache nicht weiter zu beachten? Es wäre so viel einfacher.

Hoch über den Baumkronen schrie ein Raubvogel. Auch er kreiste über einem ahnungslosen Opfer.

***

Birgit hatte nach dem Frühdienst noch ein paar Einkäufe gemacht. Nun fuhr sie in ihrem blauen Twingo zum Kurfürstenplatz, der – eigentlich mehr Straße als Platz – ruhig und friedlich im Sonnenschein des frühen Nachmittags dalag.

Sie öffnete die Wagentür, um auszusteigen, und hielt mitten in ihrem Schwung inne, einen Fuß schon auf dem Bordstein. Vor Freddys Haus stand jemand und blickte zu den beiden Fenstern im ersten Stock hoch. Freddys Schlafzimmer. Ein Mann unbestimmten Alters in einem grauen Mantel und mit einer gleichfarbigen Kappe auf dem Kopf. Gegenüber kam Frau Wildhuhn aus der Tür, in der Hand einen Farbeimer und einen Pinsel. Sie schien den Mann zu bemerken und blieb ruckartig stehen. Wachsame Nachbarin, dachte Birgit.

»Suchen Sie Herrn Stieger?«, rief die alte Dame über die Straße.

Der Mann drehte sich um. Er trug eine stark getönte Brille. »Ich hab gehört, das Haus steht zum Verkauf.«

»Ach? Fragen Sie die Freundin des Eigentümers, die ist gerade gekommen.« Frau Wildhuhn wies auf Birgits Auto.

Die kriegt auch alles mit, dachte Birgit. Sie hatte nicht die geringste Lust, von dem Fremden angesprochen zu werden, und beugte sich über ihre Einkaufstaschen auf dem Beifahrersitz, als suchte sie etwas darin.

»Schon gut«, hörte sie den Mann sagen.

Birgit spähte über die Taschen hinweg durchs Fenster. Der Graue entfernte sich rasch in Richtung Reichsstraße. Obwohl ihr das sehr recht war, kam es ihr seltsam vor.

»Spekulant«, schimpfte Frau Wildhuhn, als Birgit aus ihrem Twingo stieg. »Oder ein Immobilienmakler, die suchen ja ständig Häuser zum Anbieten.«

Birgit zuckte mit den Achseln. »Das ist halt eine begehrte Wohngegend.«

Hinter sich vernahm sie Motorengeräusche. Ein älteres gelbes Fiestamodell näherte sich und hielt an. Die Beifahrertür öffnete sich. Etwas Braun-Weißes sprang heraus, dann folgte, etwas langsamer, die nicht allzu große schmale Gestalt von Freddy.

»Billy, hiergeblieben«, rief er, während sein Hund über Frau Wildhuhns Zaun setzte und durch ihre Staudenbeete tobte.

Der gelbe Wagen fuhr wieder an, wendete und verschwand. Durch das Heckfenster sah Birgit zwei schwarze Hundeköpfe mit auf und ab wackelnden Ohren.

Freddy deutete auf den Farbeimer in Frau Wildhuhns Hand. »Streichen Sie schon wieder?«

»Muss ja sein. Das Blau sieht aus wie bei einem holländischen Ferienhaus! Ich mach den Zaun jetzt braun, das passt zu den Fliesen vor der Tür.«

Birgit nahm Freddys Arm. »Komm, lass uns reingehen.«

»Übrigens, Herr Stieger: Da hat eben einer gemeint, Ihr Haus stünde zum Verkauf.«

»Irgend so ein Mann«, bestätigte Birgit, die den Grauen fast schon vergessen hatte.

»Ich hab einen Blick für das Böse im Menschen, und je länger ich darüber nachdenke, umso sicherer bin ich mir, dass der als Mitglied einer Einbrecherbande zum Ausbaldowern hier war. Ich bin im richtigen Moment aus der Tür gekommen.«

»Danke, Frau Wildhuhn.«

»Ich halte eben die Augen offen, Herr Stieger. Sollten Sie mal Hilfe brauchen, sprechen Sie mich an. Ich habe unbestreitbar ein Gespür für solche Dinge.«

»Schick *sie* doch in die beiden Seniorenheime«, raunte Birgit Freddy zu, als sie beide die Straße überquerten. »Die kriegt aus den Leuten mehr raus als Pilar und ich.«

Freddy grinste. »Und was ihr keiner sagt, erspürt sie.«

***

Pilar fuhr nach Hause und gab erst mal den Hunden etwas zu fressen. Richard stand in der Küche und faltete gerade eine Filtertüte für die Kaffeemaschine.

»Ist die Rede fertig?«, fragte Pilar, während Tajo und Toledo ihr Trockenfutter verschlangen.

»Noch lange nicht. Sobald ich ein paar Sätze schreibe, fallen mir die Augen zu. Ich brauche erst mal starken Kaffee.« Er nahm die Dose aus dem Regal und begann den Filter zu füllen.

»Worum geht es diesmal?«

»Die Bedeutung internationaler Lebensmittelstandards für den globalisierten Handel mit Tieren und tierischen Erzeugnissen. Der deutsche Fleischmarkt will sich ja ausdehnen. Macht keinen Spaß, wenn die eigene Familie aus Vegetariern besteht.«

»Du Armer. Die letzte Bratwurst hatten wir vor einem Jahr in der Pfanne.«

»Und die hast du anbrennen lassen.«

»Richy, wenn man von einem geplanten Mord erfährt, ist man verpflichtet, den anzuzeigen, oder?«

Er ließ das Kaffeemaß sinken. »Paragraf 138 Strafgesetzbuch. Sag nicht, dass du es warst, die davon erfahren hat.«

»Ich war in den Büschen zum Pinkeln und hörte zwei Männer darüber reden. Das erste Opfer soll auf seiner täglichen Laufstrecke ermordet werden.«

Richard stöhnte. »Ich hoffe, du hast dich verhört.«

»Ich weiß nicht, wer die Männer sind, wer die Opfer sein könnten und wann und wo es geschehen soll. So hat die Anzeige nicht viel Sinn, oder?«

»Kannst du die Typen beschreiben?«

»Ich habe sie von Weitem gesehen – einen von hinten und einen von vorn.« Sie zuckte ratlos mit den Schultern.

»Meine Frau«, sagte Richard lächelnd und schloss sie in die Arme, »ist die tollste. Sie geht zum Pinkeln ins Gebüsch und belauscht ganz zufällig zwei Mörder. Davon träumen Tausende von Krimifans ihr Leben lang.«

»Ich muss jetzt wohl zur Polizei fahren«, meinte Pilar.

»Wollte nicht gleich ein Hunde-Interessent kommen?«

»Dem sage ich ab.«

Sie war bereits dabei, in dem Papierstapel neben der Ladestation den Zettel zu suchen, auf dem sie die Telefonnummer notiert hatte. Er musste unter dem Berg Post und der dicken Samstagzeitung verschwunden sein.

»Wieso willst du dem absagen?«

»Der Kerl, den ich nur von hinten gesehen habe, ist vermutlich der Hunde-Interessent. Auch darüber haben sie gesprochen.«

»Donnerwetter!« Richard schüttelte den Kopf. »Da hast du endlich einen Hundefreund an der Angel, und dann entpuppt er sich als Mordbube! Aber was hast du dagegen, ihn von vorn zu sehen?«

»Richy, ich will nicht, dass er herkommt. Sag mal, fressen Hunde auch Papier?«

»Von Hunden hab ich keine Ahnung. Katzen tun so was nicht.«

»Ich suche ein großes weißes Blatt, auf dem ganz oben eine Handynummer steht.«

»So was flog gestern in der Küche herum.«

»Ah, jetzt fällt es mir ein: Ich hab das Blatt auf den Tisch gelegt.«

»Es lag aber auf dem Boden. Eine Nummer hab ich darauf nicht gesehen.«

»Und wo ist es jetzt?«

»Ich hab darin die tote Maus eingewickelt, die Goethe heute Nacht angebracht hat, und das Ganze in die Mülltonne befördert.«

»In unsere?«

»In Winters. Unsere ist voll. Aber hol es lieber nicht heraus, die Nummer wird nicht mehr lesbar sein. Die Maus bestand aus zwei Teilen.«

»Mensch, Richy! Du bückst dich doch sonst nie nach Papier auf dem Boden!« Pilar schrie es fast. Sie rannte in die Diele und wieder zurück. Die Hunde tauchten verschreckt unter die Küchenbank ab. »Nun kommt der Fiesling hierher! Womöglich hat auch der mich von der Treppe aus gesehen, dann erkennt er mich und denkt sich, dass ich zu viel weiß, kommt wieder, wenn ich allein bin, bringt den Kumpel mit, und dann –« Sie hielt inne, weil ihr der Atem ausging.

»Nun mal ganz ruhig, Pilar. Ich mach dir einen Vorschlag: Du fährst zur Polizei. Und wenn der Kopf dieses Menschen hier im Türfenster erscheint, schieße ich mit dem Handy unauffällig ein Foto von ihm, das du der Kripo später per E-Mail schicken kannst. Vorausgesetzt, du meinst, es ist einer der beiden, die du belauscht hast.«

»Die Idee ist nicht schlecht.« Pilar lächelte erleichtert. »Hauptsache, du gibst ihm keinen Hund.«

»Ich öffne kurz die Tür und erkläre ihm, dass die Hunde vor einer Stunde für je zweitausend Euro den Besitzer gewechselt hätten.«

Wenige Minuten später setzte Pilar sich in ihren Fiesta und fuhr Richtung Stadt. Sie hatte im Internet gelesen, dass die Polizeiwache an der Bornheimer Straße auch am Wochenende geöffnet war. Während der Fahrt rekapitulierte sie die Worte, die sie im Melbtal belauscht hatte. Sie stellte sich vor, wie die Polizisten grinsten, wenn sie ihnen die Situation schilderte. Merkwürdigerweise waren die Beamten in ihrer Vorstellung ausnahmslos männlich. Wie albern! Es gab inzwischen eine Menge weiblicher Polizisten, deren Lächeln vielleicht ein bisschen höflicher ausfallen würde. Vorurteile! Sie lachte laut auf. Zugleich spürte sie, dass sich alles in ihr sträubte, die Polizeiwache aufzusuchen.

Ihr fiel ein, dass sie im Polizeipräsidium jemanden kannte, den sie mochte: Frau Ahrbrück vom KK11, das für Tötungsdelikte zuständig war. Die Hauptkommissarin, die sie schon mal mitten in der Nacht als Zeugin vernommen und in der größten Unordnung in ihrer Diele gestanden hatte, war für unklare Sachverhalte genau die Richtige. Vielleicht wollte es der Zufall, dass sie an diesem Samstagnachmittag Dienst hatte.

Pilar fuhr an den Straßenrand. Sie rief im Polizeipräsidium an und fragte, ob Frau Ahrbrück im Hause sei.

»Da haben Sie aber Glück«, rief der Mann am Telefon gut gelaunt. »Ich verbinde.«

Sekunden später war die Kommissarin am Apparat. Sie erinnerte sich an Pilar und hörte sich geduldig an, was sie zu berichten hatte.

»Gut, dass Sie sich melden, Frau Álvarez-Scholz. Können Sie die beiden Männer beschreiben?«

»Ich habe sie nur von Weitem gesehen. Der eine ist etwas untersetzt, hat einen runden Kopf mit kurzem braunen Haar, der andere ist größer und dünner, sein Kopf schmaler, das Haar schütter und ergraut. Sein Begleiter hat ihn Olli genannt.«

»Wie alt schätzen Sie die beiden?«

»Dieser Olli sah aus wie um die sechzig oder noch älter, der Rauch seiner Zigarette verdeckte einen Teil des Gesichts. Der Dickere dürfte rund zehn Jahre jünger sein.«

»Kleidung?«

»Jeans und unauffällige Jacken in unterschiedlichem Grau.«

»Ich habe Ihre Angaben aufgenommen und leite sie an die Kollegen weiter.«

»Was werden Sie in der Sache tun?«

»Das kann ich Ihnen noch nicht sagen. Es erscheint fraglich, ob es sich wirklich um ein ernst gemeintes Mordkomplott handelt und nicht nur um eine Phantasieplanung, eine Art Gedankenspiel. Denkbar wäre auch, dass es um das Vorgehen bei einem Computerspiel ging. Aber falls sie die beiden noch einmal sehen, rufen Sie bitte an.«

Die Männer noch mal sehen, dachte Pilar erschrocken. Darauf legte sie absolut keinen Wert.

»Ich hatte den Eindruck, dass die zwei es ernst meinten«, murmelte sie, war aber verunsichert.

»Die Sache ist nicht konkret genug. Wenn die Rede von einem bestimmten Tag und einem genauen Ort gewesen wäre, könnten wir entsprechende Maßnahmen einleiten«, erklärte die Kommissarin. »Aber letztlich entscheiden die zuständigen Kollegen. Die werden sicher auf Sie zukommen.«

Das ist immerhin ein Anfang, sagte sich Pilar. Als sie aufgelegt hatte, sah sie auf dem Display ihres Handys, dass es zwanzig nach drei war. Ob Richard ein brauchbares Foto hinbekommen hatte? Sie wählte ihre Festnetznummer.

»Richy, war er da?«

»Gerade weg.«

»Und? Gutes Foto?«

»Hm … Ich hab mein Handy nicht gefunden. Und während ich noch überlegte, wo es sein könnte, klingelte er bereits an der Haustür.«

»Oh Mann.«

»Als ich das Handy in Tajos Korb entdeckt hab, war der Kerl natürlich fort.«

»Mist.«

»Aber als er am Küchenfenster vorbeigekommen ist, hab ich ihn von der Seite erwischt.«

»Profilfoto? Auch nicht schlecht.«

***

Sven traf mit einiger Verspätung in der Pizzeria auf dem Venusberg ein. Er war von Ückesdorf zu Fuß herübergewandert, um nicht eine halbe Stunde an der Bushaltestelle stehen und dann noch Fahrgeld bezahlen zu müssen. Vor lauter schlechter Laune war er sehr langsam gegangen, obwohl er zunehmend hungriger geworden war. Eine Banane war alles gewesen, was er sich gegönnt hatte, bevor er sich am Vormittag mit Olli im Melbtal getroffen hatte, und später hatte er gehofft, dass man ihm bei der Hundevermittlung etwas anbieten würde.

Olli saß vor einem Pils und einer bunt belegten, nach Salami duftenden Pizza, von der schon die Hälfte fehlte.

»Na?«, fragte er kauend, als Sven sich an den Tisch setzte.

»Sie hat mich abserviert.«

»Wer? Deine neue Flamme?«

»Die mit den Hunden. Ihr Mann hat gesagt, sie sind jemand anderem versprochen.«

Olli lachte mit weit geöffnetem Mund. Ein Maiskorn landete auf dem Tischtuch. »Die haben gemerkt, dass du nicht das Geringste für solche Köter übrighast, Svenni. Tierschützer haben für so was eine Antenne.«

»Ich leih mir einen Hund. In der Nachbarschaft wohnt eine alte Frau mit etwas Kurzbeinigem. Die würde mir sicher –«

»Hör auf damit«, unterbrach Olli ihn scharf. »Das ist Käse.«

»Das andere will ich nicht.«

»Du willst nicht. Aha.« Der gewohnte drohende Unterton war auch diesmal nicht zu überhören. Olli hatte viele Fähigkeiten, und eine davon war, sein Gegenüber allein durch seine Stimme einzuschüchtern. Eigentlich wäre er der ideale Vorgesetzte. »Ich sag dir jetzt mal, wie es weitergeht: Tante drei und Sohnemann sind ab jetzt mein Job. Ich zieh das allein durch und krieg am Zahltag die Hälfte. Und du, Svennilein, siehst einfach nur zu, dass du nichts Falsches sagst und tust, wenn irgendwer meint, mit dem Damensterben stimme was nicht.«

»Wer soll das denn meinen?«

»Wenn eine von den Tanten eingeäschert werden soll, gibt es eine zweite Leichenschau, die der Amtsarzt oder ein Rechtsmediziner durchführt. Mit dem Insulin und den Pillen, die sie sowieso immer genommen haben, sollten wir zwar auf der sicheren Seite sein, aber man weiß ja nie.«

Er lehnte sich zurück und leerte sein Glas. »Guck nicht so meschugge, Sven. Ich versteh keinen Spaß. Ab heute nicht mehr.«

Olli war verändert. Er wirkte härter, entschlossener.

»Hängt das mit der Frau am Hang zusammen?«, forschte Sven.

Als sie verschwunden war, hatten sie den Nebenweg noch einmal aufgesucht, um die Stelle zu finden, wo die Frau gestanden haben musste. Danach gab es kaum Zweifel, dass sie einen Teil des Gesprächs mitbekommen hatte.

»Wenn du glaubst, sie hat zu viel gehört, dann lassen wir den Plan einfach fallen, Olli.«

Warum sagte er immer noch *wir*? Er war doch dabei, sich zu befreien!

»Ich lass den Plan nicht fallen, ich überleg mir was. Deine Tante ist ein fetter Braten. Ein Haus in Ippendorf, eins in Koblenz, ihr Bankkonto dürfte entsprechend erfreulich aussehen. Sie hat Beschwerden in den Knien, den Hüften, im Rücken. Ich hab sie beobachtet, als sie im Schneckentempo zum Edeka ging, und mit angehört, wie sie der Kassiererin von ihrem schwachen Herzen erzählt hat. Nicht, dass sie uns vor dem Sohnemann abnippelt! Und den mit seinem Gewicht und seinem Bluthochdruck sollte man wirklich nicht erben und uralt werden lassen, was hätte das für einen Sinn?«

Sven entfuhr ein leiser Fluch. Das Beste wäre, sich von Olli vollständig loszusagen. In seinem Leben musste sich einiges ändern, und zwar ganz schnell. Er war noch nicht so alt, er konnte das Ruder noch herumreißen! Wenn er nur die Kraft dazu fände … Und erst mal brauchte er Geld. Das würde es viel leichter machen, ganz neu anzufangen. Ohne Geld war es kaum zu schaffen.

## Fünfzehn Jahre zuvor

Es war später Nachmittag, als Lotte nach Hause kam. Sie hatte Tennis gespielt auf einem der schönen Plätze hinter der Engelsbachschule und war mit sich und der Welt zufrieden. Als sie den Schläger auf der Bank neben der Garderobe ablegte, fiel ihr Blick auf den Kalender, der am Aufgang der Treppe hing. Um Gottes willen! Sie hatte es vergessen! Jahrelang hatte sie stets beim ersten wachen Atemzug des Tages daran gedacht, und jetzt benötigte sie dazu den Wandkalender, auf dem sie das Datum mit einem dicken Ausrufezeichen hervorgehoben hatte. Heute war Manfreds Geburtstag. Seit fünfzehn Jahren und zwei Tagen war er tot. Am Anfang hatte sie geglaubt, kein weiteres Jahr leben zu können, und nun waren es so viele geworden.

Sie zog die angelehnte Tür auf und blickte ins Wohnzimmer. Die Terrassentür stand offen, die Markise war ausgefahren. Sie sah einen wippenden hellen Slipper an einem überschlagenen Bein. Ihr Mann war also schon da, an einem Montag eine Seltenheit. Von dort, wo sie seinen Kopf vermutete, den die Lehne des Terrassenstuhls verdeckte, stieg eine dünne Rauchfahne auf.

»Ich dusche schnell, dann komme ich zu dir«, rief sie in seine Richtung und lief die Treppe hinauf.

Manfreds Geburtstag! Sie konnte ihm jetzt nicht schreiben, sie musste es auf später verschieben. Alwin legte Wert darauf, dass seine Frau sich auf ihn einstellte, wenn er zu Hause war, und sie respektierte das. In Eile streifte sie die verschwitzten Tennissachen ab und warf sie in den Wäscheschacht. Das Badezimmerfenster war gekippt. Von der Terrasse klang schwach die Stimme ihres Mannes herauf, in der besonderen Tonlage, die sie nur beim Telefonieren hatte.

»Wieso ist sie wieder da?«, hörte sie ihn fragen. »Ich dachte, sie bleibt den Rest ihres Lebens in Manhattan.«

Lotte war schon ins Duschbecken gestiegen, ihre Hand griff nach dem gelben Vorhang. Nun aber hielt sie inne.

»Konsequent beobachten«, fuhr ihr Mann fort. »Das Übliche. Lass dir von Mike helfen. Der schuldet mir noch was. Informier mich. Vielleicht machen wir uns umsonst Sorgen.«

Lotte starrte auf den gelben Plastikstoff und bewegte sich nicht. Dass sie fror, nahm sie erst wahr, als sie zu zittern begann. Wer war *sie*? Was war *das Übliche*? Was waren das für Sorgen? Mit einem Ruck zog sie den Vorhang zu und stellte das Wasser an. Weiter zuzuhören wäre ihr unwürdig vorgekommen.

Unter dem warmen Prasseln entspannte sie sich. Sie würde keine Fragen stellen. Etwas zufällig Aufgeschnapptes musste sie nicht klären. Wahrscheinlich hing das Gespräch mit seiner Arbeit zusammen, da war es ohnehin nicht angebracht, danach zu fragen.

Als sie sich angekleidet hatte und die Treppe hinunterging, fiel ihr etwas anderes ein, wonach sie ihren Mann schon seit Langem fragen wollte.

»Alwin«, sagte sie, nachdem das Hausmädchen ihre Teetassen gefüllt hatte. »Hast du eigentlich keine Fotoalben?«

Er warf drei Stück Würfelzucker in seine Tasse. »Meinst du so dicke Schinken, in die man die Bilder einklebt? Die sind für mich der Inbegriff der Spießigkeit! So was wollte ich nie.«

Lotte spürte Verärgerung in sich aufsteigen, denn für sie waren Fotoalben Heiligtümer. »Aber du hast doch sicher alte Fotos.«

»Kennst du die noch nicht?« Alwin nahm einen Schluck Tee.

»Immer wenn ich dich danach fragen wollte, kam etwas dazwischen«, entgegnete Lotte.

»Wenn ich nur wüsste, wo sie sind … Dieser neue Earl Grey hat übrigens ein fabelhaftes Aroma.«

»Einer meiner alten Freunde sammelt sie in einem Schuhkarton, der im Schreibtisch steht.«

»Ach ja, so eine Kiste habe ich irgendwo.«

»Wenn du mir sagst, wo ich nachschauen soll, kann ich sie holen. Dann wird dein Tee nicht kalt.«

Er stellte die Tasse ab und erhob sich. »Nein, nein, warte.«

Lotte folgte ihm in sein Arbeitszimmer, in dem sie sich

seltener aufhielt als die Putzfrau. Er öffnete die kleine Tür im linken Schreibtischblock, zog eine Schublade heraus und entnahm ihr eine große rote Schachtel von flachem, länglichem Format. »India«, las Lotte, und »Sprengel«. Sie hatte früher Pralinen enthalten. Alwin trug sie hinaus zum Terrassentisch, und gemeinsam beugten sie sich über die Fotos. Lotte befiel ein befremdliches Gefühl. So viele unbekannte Menschen! Und doch hatten sie alle in irgendeiner Beziehung zu ihrem Mann gestanden. Soweit er selbst zu sehen war, hatte sie das Gefühl, dieser Fremde müsse ein jüngerer Bruder sein, den sie nie kennengelernt hatte.

Sie griff nach einem der Bilder. »Wer ist der kleine dicke Junge? Dort ist noch eins von ihm, schon etwas älter.«

»Ein Nachbarssohn, als ich in Endenich wohnte. Natürlich ist er längst erwachsen.«

»Warum hast du Fotos von ihm?«

»Ich hab mit ihm Fußball gespielt.« Während er sich Tee nachschenkte, drehte sie das Schwarz-Weiß-Bild um.

»Sven heißt er«, bemerkte sie.

In seinem Gesicht zuckte es. »Woher weißt du das?«

»Steht hinten drauf.«

»Jetzt wühl bitte nicht alle durcheinander«, sagte er gereizt.

»Sind sie denn geordnet?«

»Das nicht, aber …« Alwin blickte sie an. »Was hast du?«

Lotte hatte das Nachbarskind bereits weggelegt und der Schachtel ein anderes Foto entnommen. Es wippte in ihrer Hand auf und nieder. Sie konnte das Zittern nicht abstellen.

»Wer ist das?«, stieß sie hervor.

Was sie vor sich sah, war das Gesicht einer Frau, die sie befragt hatte. Sie war eine von vielen Hunderten, aber ohne dass sie etwas Besonderes an sich gehabt hätte, war sie ihr so deutlich im Gedächtnis geblieben, als hätte sie erst gestern mit jenem Flackern in den schmal geschnittenen Augen vor ihr gestanden. Es war die angebliche Uschi Schmitz, von der sie annahm, dass sie etwas gesehen hatte, was mit Hildegards Tod zusammenhing.

»Das ist Erika«, antwortete Alwin.

Lotte brauchte einen Moment, um sich von der Überraschung zu erholen. Ihr Mann kannte diese Frau! Und womöglich ziemlich gut.

»Sei ehrlich – war es Liebe?«

»Bei mir nicht allzu sehr, bei ihr wohl schon. Es erledigte sich, als sie nach Amerika ging.«

*Manhattan*, fiel ihr ein. Sie bemühte sich, nicht den Atem anzuhalten. »Ist sie – dort immer noch?«

»Sie ist kürzlich zurückgekommen«, erklärte er.

Und ich hatte ihm eine Lüge zugetraut, dachte sie betroffen. Was war in ihr vorgegangen? Sie sagte ihm, dass sie im Badezimmer Teile seines Telefongesprächs vernommen hatte.

»Ja«, seufzte er. »Das macht mir und Werner Sorgen. Wir müssen Erika beschützen.«

Auf Stiftungsfesten der Ubia Bonnensis hatte sie immer wieder gehört, Alwin opfere sich für seine Mandanten auf und Werner unterstütze ihn dabei selbstlos. Er war für Alwin so etwas wie ein Bürovorsteher. In jungen Jahren hatte er die Baustofffirma seines Vaters in den Ruin getrieben, seitdem arbeitete er für Alwin, dem er es zu verdanken hatte, dass ein Strafverfahren gegen ihn mit einem Freispruch geendet hatte und ein zweites eingestellt worden war.

»Beschützen?«, fragte Lotte erstaunt. »Weshalb?«

»In Bonn gibt es etwas Ähnliches wie die Mafia.«

»Bonner Mafia«, erwiderte sie ungläubig. Ihr fiel ein, dass ihr der Gedanke nach Manfreds Tod selbst schon einmal gekommen war, sie ihn aber wieder verworfen hatte.

»Im Bereich der organisierten Kriminalität hat man es nicht mit der Caritas zu tun. Manche meiner Mandanten sind Opfer von Erpressungen der übelsten Art. Und ich als ihr Anwalt bin für die Täter ein Feind. Denn ich suche Beweise, die vor Polizei und Gericht standhalten.«

»Was hat das mit Erika zu tun?«

»Sie war Journalistin. Wir haben uns früher gelegentlich Informationen zugespielt. Sie sah sich gezwungen, nach Amerika zu gehen, weil sie Angst hatte. Es gab einen Anschlag auf sie. Ihr Haus stand eines Nachts in Flammen. Zum Glück hatte sie nach einem Opernbesuch bei einer Freundin übernachtet. Verstehst du jetzt? Sie braucht Schutz. Diese Leute sind extrem gefährlich.«

Mit solchen Dingen war Lotte als Rechtsanwältin nie in Berührung gekommen, und dass ihr Mann damit zu tun hatte, war eine beunruhigende Vorstellung. Wie harmlos waren dagegen ihre Mietstreitigkeiten, Scheidungen und Erbschaftssachen gewesen. Aber auch um wie viel langweiliger …

»Du hattest doch vor, dich aus den Strafsachen zurückzuziehen«, meinte sie.

»Ich bin schon dabei, und deshalb wünschte ich, sie wäre drüben geblieben. Auf solcherlei Komplikationen habe ich keine Lust mehr. Aber was soll man machen? Sie hat Gesundheitsprobleme und will in der Nähe ihres Sohnes wohnen.«

»Was hat sie für Informationen über diese Mafia?« Lotte hoffte, dass sie den Mord an der Meldebude betrafen.

»Es hängt mit einem Ring von Mädchenhändlern zusammen«, erklärte Alwin. »Und bitte« – er sah sie eindringlich an – »halte dich fern von ihr. Niemand darf auf die Idee kommen, Erika und ich hätten noch Kontakt.«

»Geht es um laufende Ermittlungsverfahren?«

»Das ist ein einziger Wust.« Er strich sich mit den Fingern durchs Haar. »Bisher ist es nicht gelungen, die Bosse hinter Gitter zu bekommen.«

»Kann auch Hildegards Tod damit zusammenhängen?«

Erstaunt sah er sie an. »Wie kommst du darauf?«

Lotte hatte ihm früher nie etwas von der Frau mit dem Flackern in den Augen erzählt und nichts von ihrer monatelangen Suche nach ihr, bei der sie manches böse Wort hatte einstecken müssen. Die Annahme, diese Frau hätte etwas verschwiegen, basierte nur auf einem Gefühl und vertrug sich nicht mit dem Bild der sachlichen, seriösen Rechtsanwältin, das sie in Alwins Augen erhalten wollte.

»Bitte antworte auf meine Frage«, bat sie.

»Die Budenwirtin hatte sicher nichts mit diesen Leuten zu tun«, meinte Alwin. »Aber wer weiß. Die schrecken ja vor nichts zurück.«

»Erika weiß es vielleicht.«

Er nahm ihre Hand in die seine. »Versprich mir, nicht den Kontakt zu ihr zu suchen. Du könntest in die Schusslinie geraten.«

Es hätte auch keinen Zweck, sagte Lotte sich. Wenn Erika so gefährdet war, würde sie ihr keine Auskunft geben, selbst wenn ein Zusammenhang bestände. Sie drückte Alwins feste, trockene Hand und versprach es. Sie hätte ihm alles versprochen, was dazu beitragen konnte, ihn vor den Launen dieser Mafia zu bewahren.

Alwin führte seine Teetasse zum Mund. »Leg das Bild bitte zurück.« Er verschluckte sich.

Während er hustete, blickte sie verstohlen auf die Rückseite des Fotos. »Erika Frost«. Nichts hinderte sie daran, sich den Namen zu merken.

Als Alwin sich nach dem Abendessen mit der Zeitung auf die Toilette zurückzog, nahm Lotte ihren Briefblock und schrieb.

*Lieber Manfred,*
*es geht mir gut.*

Großer Gott, dachte sie, warum schreibe ich das? Warum schreibe ich überhaupt? Schreibe ich gegen das Vergessen an? Hoffe ich, meine Erinnerung an den Sohn dadurch lebendig zu halten, dass ich ihm jedes Jahr einen Brief schreibe?

*Ich habe Gefallen daran gefunden, das Leben einer sorglosen und verwöhnten Frau zu führen, deren einzige Verpflichtungen aus ein paar ehrenamtlichen Aufgaben in der Kirche und bei Wohlfahrtsverbänden bestehen. Der Mann an meiner Seite ist nach wie vor sehr beschäftigt. Das ist nicht schlimm, denn jedes Mal, wenn er mich in den Arm nimmt, fühle ich mich wie an jenem längst vergangenen Tag, an dem wir zwei ein Liebespaar wurden. Er trägt mich auf Händen, wie man so sagt. Wenn ich in den Spiegel schaue, denke ich: Er hat allen Grund dazu. Wir gelten immer noch als schönes Paar, obwohl unser sechzigster Geburtstag schon eine Weile zurückliegt.*

*Findest Du mich oberflächlich? Aber weißt Du, ich muss mich an dem festhalten, was ich sehen und greifen kann. Sonst kippe ich um. Denn tief in mir ist noch immer dieser fürchterliche, finstere, geradezu unheimliche Zorn.*

*In Liebe*
*Mama*

Kein Wort von dieser Erika. Dabei wäre sie gewiss das Einzige, das ihn interessiert hätte.

## 6
## Sonntag

Birgit und Freddy blieben bis mittags im Bett und verließen es erst, als Billy leise jaulend im Flur stand und kurz danach vor die Garderobe pinkelte. Freddy schickte ihn in den zwanzig Quadratmeter großen Garten. Erst nach dem Frühstück, das gegen zwei Uhr stattfand, kam der Hund zu seinem Recht: Sie brachen zu einer großen Runde durch den Kottenforst auf. Freddy fühlte ab und zu leichten Schwindel, ob vor Glück, Birgit an seiner Seite zu haben, oder wegen der entscheidenden Wendung, die sein Leben genommen hatte, wusste er nicht, wahrscheinlich beides – sie hatten Heiratspläne geschmiedet.

Als sie das Haus verließen, stand Frau Wildhuhn vor ihrem nunmehr braunen Zaun und bemerkte sie sofort.

»Wie finden Sie die Farbe, Herr Stieger?«

»Fabelhaft.«

»Sie sind nicht ehrlich.«

»Doch, Frau Wildhuhn, der braune Farbton passt hervorragend.«

»Zu alten Schachteln, meinen Sie?«

»Diese Erdfarbe passt gut in die Gegend.«

»Apropos Gegend. Wollen Sie Ihr Haus jetzt doch verkaufen?«

»Niemals.«

Sie nickte. »Ich wusste, dass es andere Gründe hat, dass heute schon wieder jemand das Haus gemustert hat. Der Zweite an diesem Wochenende. Der hier sah aber anders aus als der Erste.«

Billy hob sein Bein an den frisch gestrichenen Latten.

Frau Wildhuhn schien den feuchten Strahl nicht wahrzunehmen. Ihr grauer Dauerwellenkopf wackelte auf und ab vor Aufregung. »Ich war jahrelang als Schöffin am Landgericht tätig, Große Strafkammer, wenn Ihnen das was sagt. Kapitalverbrechen und so. Da erkennt man die Herren an ihrer ganzen Art. Den einen oder anderen hat man ja schon mal am Gericht gesehen.

Deshalb kann ich Ihnen verraten, dass der Mann ein Kommissar der Kripo war.«

Freddy hob erstaunt die Augenbrauen. »Warum sollte die Kriminalpolizei mein Haus in Augenschein nehmen?«

»Das liegt auf der Hand, Herr Stieger. Natürlich wegen der Dame, die bei Ihnen war! So stellt man sich eine Mafia-Großmutter vor, nicht wahr?«

»Machen Sie sich keine Sorgen«, schaltete sich Birgit ein. »Diese Klientin ist Herr Stieger los.«

»Es kann aber nichts schaden, wenn die mal unter die Lupe genommen wird! Deshalb habe ich mir erlaubt, eine Anzeige gegen sie zu erstatten. Eine Stunde mit Bus und U-Bahn bis zum Polizeipräsidium, in meinem Alter keine Kleinigkeit, aber ich wollte, dass der Fall ernst genommen wird und nicht mir nichts, dir nichts zwischen den Aktendeckeln verschwindet. Es hat sich gelohnt, wie Sie sehen.« Sie nickte stolz.

»Haben Sie den Mann angesprochen?«, fragte Freddy.

»Ich habe mich lieber zurückgehalten und bin hinter der Gardine geblieben. Man kann in solchen Dingen nicht vorsichtig genug sein, die Dame ist nämlich kein unbeschriebenes Blatt.« Die kleinen hellen Augen blickten triumphierend. Das Doppelkinn bebte.

»Den Eindruck hatte ich allerdings auch.« Birgits Interesse war nicht zu überhören.

»Bibi«, drängte Freddy und sah besorgt auf Billy hinunter. »Wenn wir nicht weitergehen, liegt hier gleich ein Häufchen, das farblich zum Zaun passt.«

»Ich bin sehr für Diskretion«, erklärte die Nachbarin, die Freddys Bemerkung offenbar nicht gehört hatte. »Doch unter gewissen Umständen muss man eine Ausnahme machen.«

Sie schaute um sich, als müsse sie sich überzeugen, dass außer Freddy und Birgit niemand zuhörte. »Ich glaube, ich kenne die Frau. Sie ist zwar unglaublich gealtert, aber bei manchen geht das eben flott. Früher war ihr Haar dunkel, sie trug nicht so eine scheußliche Brille und war dezenter zurechtgemacht. Während meiner Zeit als Schöffin habe ich mal in Poppelsdorf, mal in Ippendorf gewohnt und als MTA im Marienhospital gearbeitet.

Wer Ohren hatte, konnte damals überall hören, dass diese Dame monatelang auf der Jagd nach den Namen und Adressen zweier Frauen war, die beide mal was mit ihrem späteren Mann gehabt hatten.«

»Na, so was«, äußerte sich Birgit. »Das hätte ich ihr nicht zugetraut.«

Was ist von solchen Gerüchten schon zu halten, dachte Freddy und warf seiner Freundin einen vorwurfsvollen Blick zu.

Frau Wildhuhn nickte Birgit zu, war aber sichtlich enttäuscht, dass Freddy kaum eine Reaktion zeigte. »Es hat niemand verstanden, die Heirat fand ja erst viel später statt«, fuhr sie mit vibrierendem Kinn fort. »Von dem Tag an hat sie jedenfalls Ruhe gegeben. Das ganze Theater war sowieso für die Katz. Die Ippendorfer haben zusammengehalten, und bei den Poppelsdorfern wird es ähnlich gewesen sein. Erst als ihre Opfer im Seniorenheim lebten, hat die Dame sie erwischt. Wegen ihres Alters hat ja kein Mensch mehr damit gerechnet.«

Billy zog nun allzu deutlich an seiner Leine in Richtung Wald, sodass Freddy und Birgit sich rasch verabschiedeten.

»Was sagst du dazu?«, fragte Freddy, als sie um die Straßenecke bogen.

»Ich hab mir angewöhnt, die Menschen immer ernst zu nehmen«, sagte Birgit. »Wenn einer über Schmerzen klagt, hat das einen Grund, und wenn jemand einen Verdacht äußert, kann da was dran sein.«

»Bei Krankheiten und chirurgischen Eingriffen magst du richtigliegen, aber was sie da geäußert hat, ist ein handfester Mordverdacht«, meinte Freddy. »Wir haben es hier mit einem Symptom zu tun, unter dem deine Patienten wohl weniger leiden: der Lust am Gerücht.«

»Stimmt«, räumte Birgit ein. »Man muss sich also fragen, in welchem Teil ihrer Erzählung etwas Wahrheit steckt.«

»Ich muss mich das nicht fragen.« Freddy spürte eine Spur Ärger in sich aufsteigen. »Ich habe damit abgeschlossen.«

***

»Wie steht es?«, fragte Sven, als er Olli gegenüber an einem kleinen Tisch in der hintersten Ecke einer Südstadtkneipe saß.

Olli hatte ihn angerufen und ihm erklärt, wo er sich befand. Nun lief es wieder so, dass Olli den Treffpunkt bestimmte, da das Melbtal nicht mehr in Frage kam. Sven hatte auf den Anruf gewartet und war sofort losgegangen. Selten war er so flott am Sendemast vorbei durch den Wald den Nordhang des Venusbergs hinuntergeeilt. Er musste wissen, wie es weiterging, auch wenn er noch nicht sicher war, wie er sich verhalten würde.

Dass es mit seinem Hundeplan nicht gut aussah, wollte er Olli lieber nicht erzählen. Die Dackelbesitzerin in seiner Nachbarschaft hatte ihm erklärt, ihr Henry gehe nicht mit fremden Männern. Im Internet hatte er zwar weitere Hunde entdeckt, die in Frage kamen, aber dann war die Katastrophe eingetreten: Er hatte Tante Anna angerufen und ihr erzählt, dass er sich einen Hund als Gefährten zulegen wolle, ihm aber das nötige Geld fehle, und sie hatte erwidert: *Dann lass es lieber.* Es lag etwas Endgültiges in diesem Satz, sodass er es nicht geschafft hatte, sofort nachzusetzen: *Aber du hattest mir doch versprochen …* Wahrscheinlich hätte sie sich nicht daran erinnert, es war einige Jahre her. Sie schien nicht einmal Wert auf seinen Besuch zu legen, denn als er seine Absicht geäußert hatte, in den nächsten Tagen bei ihr vorbeizuschauen, hatte sie entgegnet, das solle er ruhig lassen, sie sei so gut beschäftigt, dass kaum Zeit übrig bleibe, er denke hoffentlich nicht, sie sei einsam.

Sven rieb sich die Stirn. Es war eine miese Erfahrung gewesen. »Hast du rausbekommen, wer die Frau im Melbtal war, Olli?«

»Witzbold«, knurrte Olli gereizt. »Wie soll ich das rausgekriegt haben? Du warst doch da und hast gesehen, wie die verdammten Köter sich nach mir umgedreht haben, als ich ihr unauffällig folgen wollte, sie selbst hätte gar nichts gemerkt. Seitdem hab ich das Früchtchen nicht mehr gesehen.«

»Dann gib den Plan auf.«

»Halt dich raus, Sven. Das ist mein Part.«

»Aber es sind meine Tante und ihr Sohn.«

»Willst du mich verpfeifen?« In Ollis Augen blitzte es.

Sie kannten sich so gut, dass Olli nicht deutlicher zu werden brauchte. Es war eine unmissverständliche Drohung. Vor vielen Jahren hatte sich ihr Rangverhältnis etabliert. Wie bei Wölfen. Das ließ sich nicht in ein paar Tagen umwerfen.

»Ich geh auf Nummer sicher, ich knöpf mir das schwarze Lockenköpfchen vor«, erklärte Olli. »Irgendwie erfahre ich schon, wo sie wohnt, so weit weg wird das nicht sein, notfalls kommt der alte Polo zum Einsatz.«

Die Kellnerin setzte die bestellten Weizenbiere auf den Tisch, nickte ihnen lächelnd zu und verschwand hinter dem Tresen.

»Weiß sie denn so viel?« Sven schüttelte zweifelnd den Kopf. »Sie kann doch nicht alles gehört haben, während wir auf dem Weg waren.«

»Woher soll ich wissen, wie viel sie mitgekriegt hat und was sie damit anstellt? Ich hab doch nicht geahnt, dass jemand im Unterholz sitzt, sonst hätte ich das Maul gehalten und vor allem nicht den Vornamen der Tante herausposaunt, als wir hinter dem Knick waren, wo es an der Wiese langging.«

»Das war ja noch ein Stück von ihr entfernt.«

»Trotzdem kann sie den Namen aufgeschnappt haben, der verdammte Wald war still genug. Und danach war von dem Sohn die Rede, vom Umlegen oder so, und das hat sie deutlich gehört, darauf geh ich jede Wette ein.«

»Wahrscheinlich kennt sie meine Tante nicht, und Frauen namens Anna, die einen Sohn haben, gibt es viele.«

»In Bonn kannst du nie wissen, wer wen kennt, das hast du auch schon erlebt«, sagte Olli grimmig. »Und wenn das so ist, erzählt sie ihnen so bald wie möglich, was sie weiß. Zum Glück ist Sohnemann gestern mit Mutti und Ehefrau zu einem Familienfest nach Hamburg gefahren. Voraussichtliche Rückkehr: heute am späten Abend.« Olli nahm einen großen Schluck Bier und wischte sich mit der Hand über den Mund.

Sven hielt sich sein halb volles Glas an die Stirn, um sie zu kühlen. Das war ihm alles zu viel. Olli schien mitten in den Vorbereitungen zu sein. Nichts würde ihn bremsen.

»Morgen bin ich bei Tante drei wieder auf Beobachtungsposten, Svenni, und praktischerweise wohnt der Sohn ja in der Nähe. Wenn die Kleine sie nur anruft, wär's natürlich schwierig, davon Wind zu kriegen. Aber wenn sie bei denen vorbeifährt, dürfte klar sein, was sie da will. Dann ist Lockenköpfchen fällig. Ich lass mir nicht in die Suppe spucken.«

Sven verkniff sich die Bemerkung, wie überspannt ihm das vorkam. So was sagte man zu Olli nicht.

***

Als sie am Abend von ihrem Stufentreffen nach Hause kam, rief Pilar bereits an der Tür ihr gewohntes »Hola Richy!«, aber nichts rührte sich. Es war auch kein Hund zu sehen. Sie stieg die Treppe hoch zu Richards Arbeitszimmer. Durch die offen stehende Tür sah sie, dass ihr Mann ziemlich schräg in seinem Schreibtischstuhl hing.

Herzinfarkt!, durchfuhr es sie.

Tajo und Toledo, die auf dem Boden lagerten, sprangen auf, um sie zu begrüßen. Der kleine Teppich flog zur Seite, die Krallen kratzten über den Holzboden.

Richard schrak zusammen und drehte sich blinzelnd zu ihr um. Gott sei Dank! Er war nur über seinem Fleischhandel eingeschlafen.

»Was ist los?« Er rieb sich die Augen und blickte sie verstört an.

»Hast du Besuch gehabt?«, fragte Pilar. »Aus der Parktasche, die meistens leer ist, fuhr ein Auto heraus. Hätte ja sein können, dass jemand hier war.«

»Möglich, dass ich das Klingeln nicht gehört habe.«

»Oder es war jemand drüben bei Sylvia Ebel«, überlegte Pilar. »Sie will ihr Haus verkaufen, seit der Hund tot und ihr Mann bei einer anderen ist.«

»Genau diesen Eindruck hatte ich gestern. Die Leute schauten hier herüber, man will eben wissen, wer die Nachbarn sind. Wie war's denn auf dem Stufentreffen?«

»Sehr schön. Aber …«

Richard sah sie forschend an. »Ja?«

»Das, was ich gestern gehört habe, konnte ich den ganzen Tag völlig ausblenden …«

»Na, siehst du.«

»… bis ich das Auto aus der Parktasche fahren sah. Plötzlich war alles wieder gegenwärtig. Ich hatte den Eindruck, dass der Fahrer mich beobachtet.«

Richard stöhnte auf. »Pilar, in dieser Straße wohnen genug Leute, die sonntags auch mal Besuch haben. Und du bist keine graue Maus, sondern eine auffallende Erscheinung, da guckt ein Mann schon mal genauer hin. Ach, übrigens …« Er drückte eine Taste seines Laptops. Auf dem Bildschirm erschien ein Foto. »Über die Vorbereitung deines Stufentreffens hast du wohl vergessen, dir deinen Hundefreund anzuschauen. Ist das der Mordbube?«

Pilar beugte sich vor. Das Bild war unscharf und zeigte den Mann in der hellgrauen Jacke nur im Profil, aber sie erkannte genug. Ein weißliches, etwas schwammiges Gesicht und einen untersetzten, stämmigen Körper. Braunes kurzes Haar.

»Ja, der Figur nach muss er es sein, Ollis Begleiter im Melbtal. Und wenn ich mir überlege, was für ein Zufall da mitgespielt hat und dass ich ihm womöglich unseren Toledo überlassen hätte …«

»Im Augenblick ist es sinnvoller, darüber nachzudenken, was wir heute Abend kochen wollen.«

Es war ein spätes Abendessen an diesem Sonntag. Pilar mochte das, weil es sie an die südliche Heimat ihres Vaters erinnerte. Im Haus von Onkel José und Tante Mercedes in Sevilla saß man nie vor zweiundzwanzig Uhr am Tisch. Bei Pilar und Richard war es heute halb zehn, und sie hatten das Glück, genau die Zeit abgepasst zu haben, in der ihre Söhne Damian und Lukas nach Hause kamen, von denen sie in letzter Zeit selten wussten, ob sie überhaupt auftauchen würden oder lieber woanders zu Abend aßen, bei Freunden oder in der Stadt.

Richard hatte die Teller mit einem bunten Gemüseauflauf gefüllt und verteilte sie. Als sie einander guten Appetit wünschten, ertönte die spanische Nationalhymne. Pilar stürzte los, um eine Schnauzenlänge vor den Hunden am Telefon zu sein, aber die beiden hoben nicht einmal die Köpfe. Pilar blieb verblüfft stehen.

»Sind sie krank?«

Richard schüttelte den Kopf. »Sie fühlen sich nicht mehr als Spanier und bevorzugen jetzt stillere Apparate. Zum Beispiel mein lautlos gestelltes Handy, das ich gestern gesucht habe. Einer von den Rackern muss es mir aus der Tasche gezogen haben.«

»War aber noch ganz, oder?«

Richard nickte. »So ein altes Modell schmeckt eben nicht.« Er warf seinen Söhnen einen Blick zu. »Eure Smartphones wären vermutlich leckerer.«

Die beiden griffen erschrocken an ihre Hosentaschen.

»Meins ist noch da«, sagte Damian.

»Meins auch«, erklärte Lukas. »Aber ohne die Hunde war das Leben hier einfacher.«

»Aber auch langweiliger«, gab Damian zu bedenken.

Am Telefon meldete sich Birgit. »Entschuldige, dass ich so spät anrufe, Pilar, ich wollte erst warten, bis Freddy mit dem Hund auf die Nachtrunde geht. Nicht, dass ich Geheimnisse vor ihm hätte, aber er will nichts mehr mit der Sache zu tun haben.«

»Mit welcher Sache?«, erkundigte sich Pilar und ging ins Wohnzimmer hinüber, um ihre Familie nicht beim Essen zu stören.

»Freddys Nachbarin, Frau Wildhuhn, kennt Charlotte Uhlgass von früher, und die habe, sagt sie, vor ihrer Heirat früheren Freundinnen ihres Mannes nachgestellt, sie wollte wohl die Namen und Adressen rauskriegen. Und nun sagt die Wildhuhn – ich zitiere wörtlich: ›Erst als ihre Opfer im Seniorenheim lebten, hat die Dame sie erwischt.‹ Wie findest du das, Pilar?«

»Hört sich wie üble Nachrede an.«

»Das klingt doch wie ein Mordverdacht. Und offensichtlich geht es um Erika und Rose!«

»Könnte aber auch ein Hirngespinst sein.« Pilar gähnte. Sie war viel zu müde, um sich durch die Worte einer Nachbarin, die Freddy noch vor Kurzem als sonderbar bezeichnet hatte, in Aufregung versetzen zu lassen. Sie wunderte sich, dass Birgit so viel darauf gab.

»Mir ist dazu was eingefallen, das ich völlig vergessen hatte, Pilar. In der Villa Wohlfühl hat eine Bewohnerin erzählt, sie habe Rose Bolte an ihrem Todestag geholfen, eine Nummer im Telefonbuch herauszusuchen.«

Die Unruhe in Birgits Stimme hatte zugenommen und ließ Pilar nun doch aufmerksamer zuhören.

»Rose habe mit einer alten Bekannten Kontakt aufnehmen wollen, die Frau wusste sogar noch deren Namen. Meinst du nicht, man sollte sich mit dieser Bekannten mal in Verbindung setzen?«

»Kann vermutlich nichts schaden.« Pilar überwand ihre Müdigkeit und fischte das Telefonbuch aus der Schublade ihrer Wohnzimmerkommode. »Wie soll die heißen?«

»Anna Altenberg.«

Pilar ließ ihren Zeigefinger durch die Spalten gleiten. »Eine Frau dieses Namens gibt es auf den Bonner Seiten nicht. Könntest du dich verhört haben?«

»Ganz bestimmt nicht.« Birgit seufzte. »Hoffentlich wohnt sie nicht außerhalb von Bonn oder ganz woanders. Dann können wir lange suchen.«

»Oder die Frau im Heim hat sich den Namen nicht richtig gemerkt.« Pilar blickte auf die Namensreihe vor ihr und lachte auf. »Was ist das Gegenteil von Berg?«

»See.«

»Tal, oder? Was anderes kommt hier nicht in Frage. Altenthal, Anna, eine Straße in Ippendorf. Was hältst du davon?«

»Eine Menge«, erwiderte Birgit. »Übernimmst du sie? Ich hab morgen Frühdienst und danach eine Fortbildung.«

## Drei Jahre zuvor

Silke Weber mochte ungefähr so alt sein wie Manfred, wenn er noch leben würde. Lotte hatte sie erst vor ein paar Wochen auf einer Veranstaltung kennengelernt. Die beiden Frauen waren sich auf Anhieb sympathisch gewesen, und als Lotte erwähnte, dass sich der Geburtstag ihres Sohnes, der vor siebenundzwanzig Jahren gestorben sei, nun wieder jähre, schlug Silke vor, gemeinsam zum Friedhof zu gehen. Die schlichte Art, wie sie gefragt hatte, gefiel Lotte. Sie machten sich also zu zweit auf den Weg. Es war das erste Mal, dass Lotte das Grab in Gesellschaft aufsuchte. Alwin hatte es immer für besser gehalten, sie nicht zu begleiten, weil er meinte, Manfred, der vielleicht – wer wisse es denn? – vom Himmel herabschaue, um seine Mutter zu sehen, müsse irritiert sein, einen fremden Mann an seinem Grab zu sehen. Lotte war es recht gewesen, im Gedenken an Manfred allein zu sein.

Sie erzählte ihrer Nachbarin, unter welchen Umständen ihr Sohn den Tod gefunden hatte und wie sie den Vorfall einschätzte. An diesem Punkt ihrer Darstellung hatten sie den Stationsweg erreicht, der sie zum freien Ende des Ippendorfer Höhenrückens, dem Kreuzberg, führte. Sie näherten sich den beiden Ausblicken auf die tiefer liegende Stadt: zuerst dem an der großen Wiese, dann dem zweiten jenseits der Kirche, von wo aus das Auge zum Vorgebirge, zum Rheintal und zum Kölner Dom schweifen konnte.

Lotte liebte es, hier ihre Gedanken durch die Jahrhunderte zurückeilen zu lassen. Der Legende nach sollte sich einst eine vorchristliche Kultstätte auf dem Berg befunden und später ein Paulus-Jünger, der heilige Crescentius, hier das Evangelium verkündet und ein Kreuz errichtet haben. Bereits im Mittelalter war der Kreuzberg als Wallfahrtsstätte weit über Bonn hinaus bekannt. Im 17. Jahrhundert ließ ein Kölner Kurfürst zur Abwendung der Pest die Kirche errichten. Dem etwas jüngeren Vorbau mit der Heiligen Stiege gönnte Lotte heute nur einen kurzen Blick. Wann immer sie die lebensgroße Figur des gefesselten, dornengekrönten Christus neben Pilatus und einem Soldaten auf dem Balkon der barocken Fassade sah, fühlte sie sich allen Müttern nahe, die je ihren Sohn durch einen Mord verloren hatten.

Die beiden Frauen gingen schweigend den Stationsweg am Nordhang des Kreuzbergs hinunter. Nach wenigen Metern kam ihnen ein Läufer entgegen, der in seiner schwarz-weißen Kleidung wie eine zu groß geratene Elster wirkte. Als er näher kam, hörte Lotte ihn keuchen, sein Gesicht war hochrot und schweißnass. Der Weg lag zwar im Schatten hoher Bäume, aber er war steil. Lotte erkannte den Mann: Christoph Winter. Sie grüßte freundlich. Zu ihrem Erstaunen grüßte die Frau an ihrer Seite ihn ein wenig herzlicher.

»Er war mein Kollege, als ich noch Rechtsanwältin war«, erklärte Lotte, als zwischen ihnen und dem Läufer einige Meter lagen. »Mein Mann und er sind Corpsbrüder.«

»Für mich war Christoph … nicht direkt ein Freund, eher ein Bekannter«, sagte Silke Weber. »Wir haben im selben Haus gewohnt, sind uns aber selten begegnet. Ich hatte gerade mit dem Schuldienst begonnen, und er war bereits Rechtsanwalt.«

Sie waren am oberen Eingang des Friedhofs angekommen und traten durch die Eisenpforte. Der Urnenhain dahinter war mehr als hundert Jahre alt, aber dennoch viel jünger als der untere Teil des Friedhofs, der im Jahr 1800 eingeweiht worden war, wie Lotte kürzlich gelesen hatte. Die kleinen Urnengräber lagen nicht in starren Reihen, sondern verstreut zwischen den Bäumen. Wenn sie allein war, studierte sie die Namen und das Alter der Verstorbenen auf den Steinen und Platten. Rechts des Weges hatte sie die Inschriften »Wolfgang Macke« und »Gisela Macke, geborene Thuar« entdeckt. Die Kinder der befreundeten Bonner Maler. August Macke, dessen Mörder der Erste Weltkrieg war, war nicht viel älter geworden als Manfred.

»Miteinander ins Gespräch gekommen sind Christoph und ich erst in der Melbbude«, fuhr Silke fort.

Abrupt blieb Lotte stehen. Sie spürte, wie ihr das Blut aus dem Gesicht wich.

»Entschuldigen Sie, wenn ich Ihnen wehgetan habe«, sagte

Silke hastig. »Ich hätte das Lokal nicht erwähnen dürfen. Sie haben mir ja die Zusammenhänge erklärt und …« Sie zuckte hilflos mit den Schultern.

»Sie haben mir nicht wehgetan. Ich bin nur erstaunt, weil Sie Winter in der Melbbude getroffen haben. War er öfter dort?«

»Eher selten. Er passte nicht so recht dorthin. Man merkte ihm an, dass ihm das Ganze zu primitiv war. Aber schließlich gingen wir alle dorthin, die Melbbude war Kult.«

»Wissen Sie noch, ob er auch Anfang Juni 1983 dort war?«

»Das ist lange her, Frau Uhlgass«, erwiderte Silke Weber. Sie runzelte ihre Stirn und schien zu überlegen. »Ah, doch … Das war kurz nach meinem Rigorosum. Irgendwer hatte Christoph überredet, mit in die Melbbude zu kommen. Als ich dorthin kam, war Christoph einer der Ersten, die mir gratuliert haben.«

Lotte verließ den Weg und ging auf eine Eiche zu. Der Boden federte unter ihren Füßen. Nach ein paar Schritten blieb sie vor einem rötlichen Sandstein stehen. »Manfred Neumann, * 1959 in Bonn, † 1983 im Melbtal«.

Winter hat mich angelogen, dachte Lotte mit zusammengebissenen Zähnen. Er hatte gesagt, er sei nie in der Melbbude gewesen, er habe nur davon gehört. Wer einem so dreist ins Gesicht lügt, hat einen Grund dazu. Sie war derart aufgewühlt, dass sie es kaum schaffte, ihres Sohnes zu gedenken, wie sie es sonst immer tat. Beinahe hätte sie sogar vergessen, das mitgebrachte Blumentöpfchen aufs Grab zu setzen.

Schweigend gingen sie denselben Weg zurück, den sie gekommen waren. Als sie die Höhe erreichten und zwei ungleiche Findlinge betrachteten, die auf einem Grasstück lagen, stellte Lotte die Frage, die ihr schon eine Weile auf der Zunge lag: »Wie war Winter so?«

Sie hörte ein leises Lachen neben sich. »Ehrgeizig. Und entsetzlich fleißig. Er nahm sich Berge von Arbeit mit nach Hause und erhielt ganz ordentliche Honorare dafür. Das war ein Nebenverdienst bei einem Bundesbeamten, der Beiträge zu einem juristischen Kommentar und Aufsätze in Fachzeitschriften veröffentlichte.«

»Bundesbeamter …« Lotte war, als ob es in ihrem Kopf klirrte.

Der Mann, den die Melbbudenwirtin des Mordes an seiner Tochter verdächtigt hatte, sollte ein Bundesbeamter gewesen sein, erinnerte sie sich.

»Ein Ministerialrat im Justizministerium«, fügte ihre Freundin hinzu.

»Wie hieß er?« Lottes Stimme klang heiser.

»Das weiß ich nicht.« Silke Weber schien zu grübeln. »Ist das wichtig für Sie?«

Sie hat nicht richtig zugehört, dachte Lotte, sonst wüsste sie, was Hildegard über einen Ministerialbeamten gesagt hatte. Vermutlich hatte dieser Mann nicht selbst in der Melbbude gesessen, aber einer der jungen Gäste konnte ihm erzählt haben, was Hildegard von sich gegeben hatte. Das konnte Winter gewesen sein. Vielleicht war Winter sogar selbst derjenige, der, um den Mann zu schützen, an jenem Morgen zu der ahnungslosen Hildegard – Quatsch. Sie verbot sich den Gedanken.

»Ich weiß nur, dass der Mann tolle Feste in seiner Villa gegeben hat. Da war alles eingeladen, was Rang und Namen hatte«, meinte die Frau an Lottes Seite.

Lotte sah nicht mehr die große Wiese vor sich, an der sie gerade vorübergingen, sondern das Parkett, die Stuckdecken und die Kronleuchter einer herrschaftlichen Altbauvilla. Sie sah Leute *mit Rang und Namen* in Grüppchen zusammen plaudern, darunter den bis auf das pomadige Haar durchaus attraktiven Winter mit einem Sektglas in der Hand. Inmitten einer kleinen Runde tat er sich mit einer Anekdote hervor, die von der Melbbude und ihrer geschwätzigen Inhaberin handelte. Lotte hörte seine blecherne Stimme, die alles durchdrang, und stellte sich vor, wie im Hintergrund der Gastgeber stand und sich sagte, dass es nur eine Frage der Zeit wäre, bis nicht nur diese Geschichte, sondern auch sein Name in aller Munde wäre. Wenig später nahm er den jungen Winter beiseite und bot ihm ein Honorar, das dessen Augen aufleuchten ließ. *Schaffen Sie das Ärgernis aus der Welt. Im Übrigen haben Sie freie Hand.* – Nein!, ermahnte Lotte sich, wie komme ich darauf?

Es strömte so viel durch ihren Kopf, als hätte jemand ein Ventil geöffnet. Zu viel. Sie musste es ordnen und durchdenken. Aber in einem Punkt war sie sich zum ersten Mal sicher: Hildegard hatte den Beamten nicht erfunden.

»Es tut Ihnen nicht gut, dass ich das alles gesagt habe«, stellte Silke Weber fest.

Nein, es tat ihr nicht gut. Warum hatte sie nach Winter gefragt? Weil er ihr unsympathisch war. Sie wollte etwas Fieses über ihn hören, und nun hatte sie ihr Fett weg.

An diesem Tag war sie nicht mehr in der Lage, an Manfred zu schreiben.

## 7
## Montag

Pilar stocherte in ihrem Müsli und überlegte, was sie Anna Altenthal bei ihrem Anruf sagen wollte. Sie haderte mit ihrer Zusage, diese wildfremde Frau anzurufen, die Bekannte einer Verstorbenen, die sie ebenso wenig kannte. Ging das nicht ein bisschen zu weit? Dass Birgit beunruhigt war, weil Freddys Nachbarin sich zu gewissen Behauptungen verstiegen hatte, war nun wirklich kein ausreichender Grund, sich so eine Aufgabe aufhalsen zu lassen. Warum hatte sie nicht Nein gesagt?

Das Telefon riss sie aus ihren Gedanken. Es war Rita, ihre um einige Jahre ältere Freundin, ehemalige Küsterin und Urbonnerin, die mit einem Norddeutschen verheiratet war. In ihrem Bemühen, sich für alle verständlich auszudrücken und trotzdem am geliebten Bönnsch festzuhalten, bediente sie sich eines melodischen Kompromisses, der Pilar sofort in bessere Laune versetzte.

»Sarens, Pilar, du häss zwei Hönd uss Spanien, hann isch jehürt? Kannste mie die net emol vüeställe?«

Schlagartig befiel Pilar ein schlechtes Gewissen. Seit Tajo und Toledo im Haus waren, hatte sie Rita völlig vergessen. Sie hätte daran denken müssen, dass die Freundin eine Hundenärrin war. »Ich könnte mit den zweien heute bei dir vorbeikommen, Rita.«

»Ävve dänk dran, datt mer ömjezoore senn!«

Oje, auch das hatte Pilar vergessen. »Hm ja«, murmelte sie betroffen. »Ich weiß die Adresse nicht mehr.«

»Ippendorfer Allee«, sagte Rita und fügte die Hausnummer hinzu.

Pilar warf einen Blick auf den angestrichenen Namen in dem Telefonbuch, das aufgeschlagen vor ihr lag. »Ist das weit von der Straße ›Im Acker‹?«

»Datt es öm de Äck!«

Sie verabredeten sich für drei Uhr.

Pilar rang sich nun dazu durch, die Nummer von Frau Altenthal zu wählen. Sie war sofort am Apparat. Der Stimme nach zu urteilen, handelte es sich um eine sehr alte Dame. Vorsicht, bremste sich Pilar und verwarf auf der Stelle die Worte, die sie sich zurechtgelegt hatte. Sie durfte nicht mit der Tür ins Haus fallen, und der Zusammenhang durfte nicht zu kompliziert klingen. Rose gleich zu Anfang zu erwähnen konnte unklug sein. Besser war es sicherlich, erst einmal eine Einladung in Anna Altenthals Haus zu erlangen, um mit ihr von Angesicht zu Angesicht zu sprechen. Und das klappte vermutlich nur mit Flunkern.

»Hallo?«, fragte die alte Dame ungeduldig. »Wer ist da, bitte?«

»Guten Tag, Frau Altenthal«, sagte Pilar schnell, bevor sie auflegen konnte. »Ich bin von der örtlichen Kirchengemeinde und möchte Sie gern aufsuchen wegen einer Umfrage, die wir bei allen älteren Gemeindemitgliedern durchführen.«

Himmel, wie leichtsinnig!, durchfuhr es Pilar. Jede kleine Betrügerin hätte das besser gemacht. Hoffentlich war Frau Altenthal nicht aus der Kirche ausgetreten.

»Nein danke, ich bin nicht so für Umfragen«, kam es zittrig aus dem Hörer.

»Dieser Besuch hat auch den Zweck, mit den Gemeindemitgliedern persönlich über dies und das zu sprechen«, erklärte Pilar. »Sie würden uns einen großen Gefallen tun.«

Wenn sie bloß nicht mit dem Pfarrer oder der Pfarrerin befreundet ist, dachte sie. Ich weiß ja nicht mal, ob sie evangelisch oder katholisch ist.

»Wie war noch Ihr Name?«

»Scholz«, erwiderte Pilar. Den spanischen Teil ihres Namens fand sie im Moment zu umständlich.

»Na gut, Frau Scholz. Ist Ihnen vier Uhr recht?«

Pilar bedankte sich und legte auf. Puh, das war noch mal gut gegangen. Den kleinen Schmu wollte sie der alten Dame bei passender Gelegenheit beichten. Hoffentlich rief sie nicht in der Zwischenzeit zur Kontrolle im Pfarrbüro an.

»Also schön«, sagte Pilar vor sich hin. Die Hunde standen vor ihr und spitzten die Ohren. »Rita um drei, Anna Altenthal um vier. Ihr kommt mit, wir gehen zu Fuß.«

Möglich, dass der Besuch bei der alten Dame verschwendete Zeit bedeutete, die sie besser in ihren Vortrag investieren sollte.

Aber schließlich war da noch ihre Theaterrolle, für die jede Studie nützlich sein konnte.

***

Früher war Freddy nicht klar gewesen, dass auch Tomaten einen Duft haben. Leicht herb, aber angenehm. Der von Frühlingszwiebeln war schärfer, und sogar Möhren hatten einen wundervollen Geruch, sanft und süßlich. Am meisten liebte er den Duft von Basilikum und Zitronenmelisse, die heute beide in kleinen Töpfen neu eingetroffen waren. Er musste sich beherrschen, nicht an den frischen grünen Blättern herumzuschnüffeln. Das war doch viel schöner, als die Nase in fremde Angelegenheiten zu stecken. Freddy hatte Nele, der Biohof-Besitzerin und Inhaberin des Stands, bereits zugesagt, einige Stunden mehr in der Woche zu arbeiten. Er war mit dieser Entscheidung zufrieden.

Zwei Kunden, eine Frau und ein Mann, die nicht zusammengehörten, ließen ihre Blicke über die Auslage und die Schiefertäfelchen mit den Preisen schweifen.

»Ein großes Körbchen Erdbeeren«, sagte die Frau. »Und haben Sie noch von den eingelegten Gurken?«

Freddy wies auf einen Tontopf. »Wie viele möchten Sie?«

Manchmal kam er sich vor wie ein Kind beim Kaufladenspielen. Kein schlechter Beruf, fand er, wenn nicht gerade solche Sturzbäche niedergingen wie vor einer Stunde und der Regen so schräg kam, dass er nur mit Mühe die Kartoffeln unters Dach hatte retten können. Aber jetzt schien wieder die Sonne, als wäre nichts gewesen, und da, wo es eben noch feucht geglänzt hatte, war alles beinahe trocken.

»Macht fünf sechzig.«

Nun war der Herr dran. Freddy blickte von der Kasse auf und sah sich dem breiten Grinsen eines sommersprossigen Gesichts gegenüber.

»Bin ich froh, dass du nicht Jurist geworden bist, Freddy. Dem Einzelhandel hätte was gefehlt.«

Freddy rang sich ein Lächeln ab. Die ältesten Freunde konnten ihm immer die tiefsten Verletzungen zufügen! Klaus Kohl war zur

Polizei gegangen und nun Kriminalhauptkommissar. Sie hatten sich lange nicht gesehen, Monate oder Jahre. Freddy wusste, dass Klaus in der Nähe wohnte, und hatte seinen rotblonden Haarschopf einmal in der Apotheke schräg gegenüber verschwinden sehen.

»Ich mach das nicht so oft. Ich bin ja Privatdetektiv«, sagte Freddy, obwohl er erst am Wochenende beschlossen hatte, bald keiner mehr zu sein.

»Ah, verstehe. Du observierst, während du Tomaten abwiegst. Raffiniert …«

Was für ein mieser Kerl! Er wusste sicher ganz genau, weshalb Freddy hier stand – weil die Detektei Billy und ihn nicht mal ansatzweise ernährte.

»Und du, was machst du so?«, fragte er den Freund aus der Schulzeit.

»Das übliche Geschäft mit dem Tod, der so oft für die falschen Leute arbeitet.« Sein Grinsen wurde noch etwas breiter.

»Ist das so komisch?«

»Ach, ich dachte gerade an das neueste Kantinengespräch. Leider war ich an dem Tag nicht im Haus. Schon davon gehört?«

Als wenn Freddy im Polizeipräsidium ein und aus ginge! »Ich hatte letzte Woche Stress im Büro«, gab er vor.

»Ich nenne natürlich keine Namen«, betonte Klaus. »Ich sage nur: alte Fregatte.«

Plustere dich nicht so auf, du arroganter Stiesel, dachte Freddy. Klaus Kohl war früher ein wirklich guter Kumpel gewesen, aber seit etwa zwanzig Jahren stimmte der Ton zwischen ihnen nicht mehr.

»Die Alte kommt also ins Präsidium, will eine Anzeige aufgeben und faselt irgendwas von Mord und Mafia. Das muss man natürlich aufnehmen, Anzeige ist Anzeige.«

»Klar«, stimmte Freddy zu und beugte sich über die Obstkörbchen, um eine matschige Erdbeere zu entfernen. Na, dachte er, da hat Frau Wildhuhn im Präsidium wohl für Abwechslung gesorgt.

»Sie habe, sagt sie, am Kurfürstenplatz eine Frau gesehen, die sich schon vor Jahrzehnten verdächtig verhalten habe. Das ist bei dir, oder? Dann präsentiert sie eine Lovestory, die im Seniorenheim mit zwei Morden endet, und auf die Frage, wie das über die Bühne gegangen sein soll, sagt sie den Kollegen: ›Das rauszukriegen ist doch wohl Ihre Aufgabe.‹« Klaus schüttelte amüsiert den Kopf.

»Was haben deine Kollegen mit der Anzeige gemacht?«

»Natürlich nichts. Akte mit Vermerk zur Staatsanwaltschaft. Wir haben das nicht zu entscheiden. Die Staatsanwälte sollen auch mal lachen dürfen. Die Frau ist ja plemplem.«

Meine Freundin sieht das anders, hätte Freddy beinahe entgegnet, aber er schluckte es herunter. Stattdessen vollführte er eine elegante Handbewegung über sein duftendes Angebot. »Was darf's denn Schönes für dich sein?«

Während Klaus Kohl noch zwischen mehlig- und festkochenden Kartoffeln schwankte, sah Freddy zum wiederholten Mal zur Bushaltestelle auf der anderen Straßenseite. Dort ging ein Mann mit Strohhut auf dem Kopf und dunklen Gläsern vor den Augen schon ziemlich lange auf und ab. Er hatte drei Busse durchfahren lassen, ohne einzusteigen, und machte den Eindruck, als wollte er jemanden abholen. Während des Regens war er in die Venusberg-Apotheke gegangen, und seit einer Viertelstunde wartete er erneut, schaute ab und zu auf die Uhr und telefonierte mit seinem Handy. Freddy überlegte, ob er mit Klaus darüber sprechen sollte, weil ihm die Sache allmählich seltsam vorkam. In dem Moment betrat der Mann die Fahrbahn und näherte sich dem Stand.

»Festkochend«, entschied Klaus. »Und ein Bund Radieschen, bitte.«

Der Fremde sah mit unbewegtem Gesicht auf die letzten fünf Erdbeerkörbchen. Klaus zahlte, hob die Hand zum Gruß und schritt über die Wiese hinter dem Stand. Freddy wollte den anderen Mann nach seinen Wünschen fragen, als der sich abwandte und im Haager Weg um die Ecke verschwand. Nahezu gleichzeitig erschien vor der Reinigung jenseits der Kreuzung ein anderer Mann, der eine Schirmkappe und eine Sonnenbrille trug, die einen Großteil seines Gesichts verdeckten. Er blickte, sein Handy am Ohr, wie zufällig herüber.

Plötzlich kam Freddy ein Gedanke. Er blähte die Backen auf und stieß leise die Luft aus. War es möglich, dass er beschattet wurde? Warum? Und von wem? Gut, er war unter falscher Flagge ins Haus Uhlgass gesegelt, doch eine Persönlichkeit wie der alte Rechtsanwalt musste das eher zum Lachen finden. Wenn seine Frau allerdings erfahren hatte, dass jemand, der aussah wie ihr Detektiv, bei ihr zu Hause aufgetaucht war, wenn sie sich von ihm verraten fühlte oder ihm sonst misstraute … Wäre es der falschen Gräfin denn zuzutrauen, einen anderen Detektiv damit zu beauftragen, ihn zu beobachten? Vielleicht musste bald ein dritter Detektiv den zweiten überwachen, wenn auch er in Ungnade fiel!

Freddy lachte auf. Die Idee, dass sie ihn bespitzeln ließ, schien ihm allzu phantastisch. Wahrscheinlich hatte er sich ganz einfach getäuscht.

***

Auf der Treppe des Dreifamilienhauses, in dem Rita und ihr Mann Dieter seit Kurzem wohnten, roch es nach Bohnerwachs, wie in dem Altbau, in dem Pilar ihre Kindheit verbracht hatte, und auch ein wenig nach gekochtem Kohl. Im ersten Stock stand die füllige Rita in rosa Plüschpantoffeln vor ihrer Wohnungstür. In der Hand hielt sie einen Beutel Hundeleckerli. Pilar, die im Geiste schon die zerfetzte Tüte vor sich sah, rief Tajo und Toledo einen spanischen Befehl zu. Prompt setzten sich beide hin und gaben Pfote. Rita war begeistert und belohnte sie reichlich. Im Wohnzimmer durften die zwei sogar auf dem Sofa sitzen. Pilar hatte das Gefühl, dass die Hunde ihr triumphierende Blicke zuwarfen. Bei ihr zu Hause war das Sofa tabu.

Nachdem Rita von ihrem Umzug erzählt und mehrmals betont hatte, wie nett sie die spanischen Brüder fände und dass sie leider keinen Hund halten könnten »wäje däm Dieter sing Allerjie«, stellte Pilar fest, dass es bereits zehn vor vier war.

»Ich muss los, Rita. Ich habe hier um die Ecke was zu erledigen.«

Rita grinste, als hätte sie sich so etwas schon gedacht. »On wännde die zwei emol e Stündsche losswäde wellst, Pilar, küttste met denne heh vorbei. Ävve net, datte öm de Äck e Fisternöllsche häss!«

Was das Wort bedeutete, fiel Pilar erst ein, als sie mit Tajo und Toledo in den Hausflur trat und die Tür sich hinter ihr schloss: Liebesverhältnis. Na, so was!

Es waren nur wenige Schritte bis zu Anna Altenthals Haus, das von einem hübschen kleinen Garten umgeben war. Alles hier wirkte überaus gepflegt und ließ vermuten, dass die Eigentümerin regelmäßig einiges Geld investierte, um das Gebäude, den Rasen und die Beete in Schuss zu halten. Als sich die Tür öffnete, stand, auf einen Gehstock gestützt, eine Frau vor Pilar, deren ganze Erscheinung sie an jene Omas erinnerte, die sie aus alten Bilderbüchern kannte. Ihren schmalen Kopf zierten weiße Löckchen, sie trug eine Brille mit runden Gläsern und eine rosa Bluse mit Streublümchenmuster.

»Ah, Sie sind die junge Frau, mit der ich heute Morgen telefoniert habe. Kommen Sie bitte herein«, sagte sie mit freundlichem Lächeln und einladender Geste. »Wie gut, dass Sie so pünktlich sind! Ich habe gerade unseren Tee fertig.«

*Unseren Tee.* Der Tee für die Gemeindemitarbeiterin. Pilar fühlte sich schäbig, sich auf solche Weise eingeschlichen zu haben.

Die alte Dame ging mit steifen Bewegungen voran, jeder Schritt schien ihr Schmerzen zu bereiten. Pilar folgte ihr in ein geräumiges Wohnzimmer. Auf dem Couchtisch lag Strickzeug, daneben ein Päckchen Patiencekarten. Frau Altenthal goss den bernsteinfarbenen Tee in zierliche Porzellantassen.

Pilars Blick wanderte über die polierten Möbel im Biedermeierstil und die Orientteppiche bis hin zu dem großen Fenster, vor dem in weißen Porzellantöpfen pastellfarbene Orchideen blühten.

»Wohnen Sie schon lange in diesem schönen Haus, Frau Altenthal?«

»Oh ja, es sind jetzt mehr als fünf Jahrzehnte! Als wir hier einzogen, war mein Sohn Gernot elf Jahre alt.«

»Wohnt er auch hier?«

»Nein, er lebt mit seiner Frau in einem eigenen Haus in der Nähe, nicht weit von der Schule. Ich bin ganz allein, mein Mann ist bereits zwei Jahre nach unserem Einzug gestorben. Sehen Sie das Aquarell dort?« Sie deutete auf die Wand neben einem Sekretär aus glänzendem Mahagoni. »Das hat er gemalt, so sah unsere Straße damals aus.«

Pilar warf einen anerkennenden Blick auf das kleine Bild im silbernen Rahmen. »Sehr hübsch.«

Ehe das Gespräch nun so weiterlief, sollte sie lieber ihre Frage vorbringen, ein weiteres Aufschieben machte die Sache nicht leichter. »Frau Altenthal, ich bin vor allem hier, um Sie zu fragen, ob eine Dame namens Rose Bolte sie kurz vor ihrem Tode telefonisch erreicht hat. Eine der Mitbewohnerinnen des Seniorenheims sagte, dass sie das vorgehabt habe. Die Dame macht sich nun Sorgen, ob es noch geklappt hat.«

Anna Altenthal schien blasser zu werden. Ihre rechte Hand, die die Teetasse hielt, zitterte. »Was sagen Sie da? Rose … ist tot?«

»Sie starb vor knapp einer Woche.« Pilar fühlte sich mit einem Mal elend. Sie hatte nicht damit gerechnet, dass Frau Altenthal noch nichts davon wusste.

»So ist das in unserem Alter. Einer nach dem anderen.« Die alte Dame seufzte.

»War sie eine nahe Freundin?«, fragte Pilar so sanft und mitfühlend, wie es ihr möglich war.

Das Zittern hatte aufgehört. Frau Altenthal setzte ihre Teetasse mit einem harten Geräusch auf dem Couchtisch ab. »Sie war keine Freundin, nicht im Geringsten.« Ihre Stimme war rauer geworden. »Wir hatten ein gemeinsames Patenkind, das war alles. Seit der Taufe habe ich sie nicht mehr gesehen. Nein, sie hat mich nicht angerufen. Ich hätte mich auch sehr gewundert.«

Sackgasse, dachte Pilar. Es war eine blödsinnige Idee gewesen, hierherzukommen. Was hatte sich Birgit davon versprochen? Eine Verbindung zu Freddys geheimnisvoller Klientin? Sollte sie die alte Dame einfach danach fragen?

»Roses Mitbewohnerin ist sehr daran gelegen, etwas über die letzten Kontakte der Verstorbenen zu erfahren, und in dem Zusammenhang hat sie auch eine Frau Uhlgass erwähnt. Sie kennen diese Dame nicht zufällig?«

Das freundliche Großmutterantlitz verhärtete sich für einen Moment, bevor es wieder lächelte wie zuvor. »Uhlgass?«

Pilar meinte aus der Betonung eine leichte Verwunderung herauszuhören. »So hieß sie wohl.«

»Tut mir leid, Frau Scholz. Der Name sagt mir nichts.« Anna Altenthal schüttelte den Kopf und wandte ihren Blick dem Teppich zu, wo Tajo und Toledo einträchtig nebeneinanderlagen. »Nette Tiere sind das. Und so brav.«

»Ich habe sie nur in Pflege. Sie sind zu vermitteln.« Wie immer, wenn sie das sagte, spürte Pilar ihr schlechtes Gewissen gegenüber ihren Zöglingen. Die beiden schienen sich darauf eingestellt zu haben, ihr ganzes Hundeleben an ihrer Seite zu verbringen.

»Ist es heutzutage sehr teuer, sich so einen Hund zu halten?«, erkundigte sich Frau Altenthal mit nachdenklichem Gesicht.

»Nicht sehr, aber es kommt einiges zusammen. Die Schutzgebühr und Anschaffungen wie Hundekorb, Leine und Brustgeschirr, ferner Hundesteuer, Haftpflichtversicherung, Impfungen, Wurmkur und andere Tierarztkosten, eventuell Hundeschule –«

»Das gab es früher nicht«, warf Frau Altenthal ein.

»Gutes Futter, Kauknochen, Spielzeug …«

»Früher bekam der Hund Essensreste und zum Spielen einen alten Pantoffel. Übertreibt man heute nicht ein wenig? Mein Patensohn meint sogar, er müsste umziehen wegen des Tieres! Er hat mir von einem bildhübschen Mischling aus Südspanien erzählt, aber um sich so ein Tier zu halten, bräuchte er Geld.« Sie blickte auf die andalusischen Brüder. »Er hätte wohl gern so was Schwarzes wie Ihre zwei.«

Mit Südspanien könnte Andalusien gemeint sein, schoss es Pilar durch den Kopf.

»Er spekuliert darauf, dass ich ihm etwas dazugebe. Leider hält er für mein Gefühl allzu oft die Hand auf, und ich will Gernots Erbe nicht schmälern, er geht bald in Rente. Sven ist jünger, der kann noch mehr als fünfzehn Jahre arbeiten.«

Der Mann, der sich bei ihr wegen des Hundes gemeldet hatte, hieß Stephan, überlegte Pilar. Oder hatte sie sich verhört, hatte er Sven gesagt? Sie durchlief ein Kribbeln, als wären in ihrem Rücken Hunderte von Ameisen erwacht, um gleichzeitig an die Arbeit zu gehen.

»Habe ich Ihren Patensohn schon mal kennengelernt? Mir kommt das fast so vor.«

Lausige Lügnerin! Aber sie konnte Anna Altenthal unmöglich erklären, was sie vermutete. Dass Sven sie als Interessent für Toledo angerufen hatte und sie ihn auf Richards Handyfoto als den Mann erkannt hatte, der im Melbtal mit seinem Bekannten Olli anscheinend zwei Morde geplant hatte … Sie würde die alte Dame unnötig verwirren und beunruhigen.

»Ich sehe ihn selten«, erwiderte Frau Altenthal. »Aber wenn ich Ihnen ein Foto zeige, können Sie selbst feststellen, ob Sie ihn kennen.« Sie erhob sich mit einiger Mühe, trat an den Sekretär und zog zwei kleine Schubladen über der Schreibplatte auf. Sie waren vollgestopft mit Krimskrams. »Hier irgendwo muss es sein.«

Pilar bemerkte, dass das Stehen der alten Frau schwerfiel. »Bitte machen Sie sich keine Mühe, Frau Altenthal.«

»Vielleicht dauert es zu lang. Sie haben sicher nicht viel Zeit.«

»Bitte lassen Sie es. Wissen Sie denn noch, wann Ihr Patensohn von dem Hund gesprochen hat?«

»Das ist mindestens eine Woche her. Die Zeit vergeht ja wie im Flug.«

Pilar spürte, wie ihre Anspannung nachließ. Am vergangenen Montag hatte sie die Anzeige noch nicht aufgegeben. Der Patensohn konnte kaum ihr Anrufer sein. *Schwarz, bildhübsch, Südspanien …* Sicher gab es jede Menge solcher Exemplare. Unzählige Hunde warteten auf ein Zuhause, man brauchte nur ins Internet zu schauen.

Es klingelte an der Haustür. Frau Altenthal griff nach ihrem Stock und ging in den kleinen Flur. »Das könnte Gernot sein.«

Pilar leerte rasch ihre Teetasse und stand auf. »Dann verabschiede ich mich schnell.«

Ein nicht allzu großer Mann, der Anfang oder Mitte sechzig sein mochte, trat ins Haus. Sein helles Hemd spannte über dem gewölbten Bauch, sein volles Gesicht verriet Lebensfreude. Pilar hatte den Eindruck, dass die Beziehung zwischen Mutter und

Sohn sehr eng war. Sie umarmten sich, wechselten Wangenküsse und liebevolle Begrüßungsworte. Anschließend wandte er sich Pilar zu und reichte ihr die Hand. In seiner sanften Art war der rundliche Gernot Pilar auf Anhieb sympathisch.

»Meine Mutter hat nicht oft Besuch«, meinte er lächelnd.

»Und du wirkst so, als wärest du nur auf der Durchreise«, sagte die alte Dame zu ihm.

Pilar sah, dass er eine Sporttasche mit sich führte.

»Ich war nebenan beim Arzt, Mutter.«

»Ist alles in Ordnung?«, fragte sie besorgt.

»Er rät mir zum Abspecken.« Gernot Altenthal grinste. »Sonst nichts Besonderes, es war nur eine Kontrolluntersuchung. Ich wollte mich jetzt bei dir umziehen.«

»Willst du schon wieder laufen?«

»Nur eine kleine Runde. Hanna kommt gleich hierhin, dann wollen wir zusammen in die Stadt fahren.« Er nickte Pilar zu und verschwand hinter einer Tür.

Frau Altenthal zuckte mit den Schultern. »Da kann man nichts machen. Er läuft, wann immer es geht. Aber schlanker wird er davon nicht. Ihm schmeckt es zu gut.«

Pilar reichte ihr die Hand.

»Sie wollen mich schon verlassen?«, fragte die alte Dame. »Aber was ist mit Ihrer Umfrage?«

»Rufen Sie mich einfach an, wenn Sie wieder Zeit für mich haben«, erwiderte Pilar ausweichend; sie brachte es nicht über sich, ihre kleine Lüge zuzugeben.

»Und wenn ich das Foto gefunden habe«, sagte Frau Altenthal lächelnd.

Pilar schrieb ihre Telefonnummer auf einen Zettel, den sie in ihrer Umhängetasche gefunden hatte. Sie verabschiedete sich und trat aus dem Haus. Während sie durch den sorgfältig mit kleinen Blumen bepflanzten Vorgarten zur Straße ging, wurden beide Hunde langsamer, stellten ihre Ohren auf und wandten ihre Köpfe der anderen Straßenseite zu.

»Kommt, ihr zwei, wir müssen nach links«, sagte Pilar und zog sachte an den Leinen.

Ruckartig blieb sie stehen. Auf der anderen Straßenseite ging jemand, dessen leicht vorgebeugte Haltung ihr bekannt vorkam. Sie meinte, den großen Dünnen aus dem Melbtal zu erkennen, den der andere Olli genannt hatte. Er griff in seine Jackentasche und zündete sich eine Zigarette an. Im nächsten Moment sah sie ihn nur noch von hinten, mit hochgeklapptem Kragen. Aber der magere Rundrücken, das schüttere ergraute Haar … Das war er, kein Zweifel. Er verschwand um die Ecke. Vielleicht wohnte er hier irgendwo?

So langsam nimmt meine alte Dame Gestalt an, dachte Pilar drei Stunden später, als sie den anderen aus der Theatergruppe Katzenbuckel ihre Version vorführte, die sich an Anna Altenthal orientierte. Zu ihrem Schrecken nahm sie wahr, dass sich in dem kleinen Raum des Gemeindezentrums hier und da verstohlenes Gähnen bemerkbar machte.

»Nimm es mir nicht übel, Pilar«, sagte Georg, den alle als Leiter der Gruppe anerkannten, weil er mit vierzig aktiven Jahren auf Bonns Amateurbühnen eine unschlagbare Erfahrung hatte. »Aber das ist langweilig.«

Pilar ließ mutlos die Schultern sinken. »Ich wollte keine Karikatur einer alten Frau spielen, das ist so klischeehaft«, verteidigte sie sich.

»Schon klar, aber du spielst sie wie eine Sechzigjährige, die Muskelkater von einer Wanderung im Gebirge hat«, meinte Ute, die kürzlich sechzig geworden war. »Man kann das nicht mit Perücke, geschminkten Runzeln und Rollator auffangen.«

»Und wie denkt ihr euch die Agathe?«, fragte Pilar gereizt.

»Sie ist etwas Besonderes«, erklärte Georg. »Sie hat etwas Herrisches, sehr Bestimmtes, fast Arrogantes. Sie eckt an, nicht nur mit dem Rollator, das ist rein symbolisch. Ihre Gedankengänge erscheinen verworren, aber sie ist klug, und man merkt, dass sie viel erlebt hat.«

»Ihre Stimme ist kratzig. Ansonsten sieht sie gut aus und hat noch einen gewissen Schick«, ergänzte Ute.

»Vor allem hat sie einen Hauch von Mafia an sich«, fügte Georg hinzu.

Pilar starrte die beiden an. Die Beschreibung passte exakt auf das, was Freddy von seiner Gräfin berichtet hatte. »Habt ihr so eine mal gesehen?«, fragte sie.

Ute lachte. »Bei uns in Kessenich. Sie stieg gerade aus dem Taxi und sprach mit dem Fahrer.«

»Wo in Kessenich?«

»In der Bergstraße. Da ist so ein kleines Seniorenheim.«

»Wann war das?«

»Mittwoch oder Donnerstag letzter Woche. Genau weiß ich es nicht mehr. Ich gehe da jeden Morgen mit dem Hund lang.«

»Ist das wichtig?«, mischte Georg sich ungeduldig ein. »Wir müssen weitermachen. Die Zeit drängt.«

»Ich glaube, ich kenne sie«, murmelte Pilar.

Es sprach einiges dafür, dass es sich um die Gräfin handelte. Mittwoch oder Donnerstag … Rose war am Mittwochabend gestorben. Sollte da ein Zusammenhang bestehen? Pilar glaubte es nicht, auch wenn sie erneut das Gefühl hatte, dass sich hinter der Rolle der falschen Gräfin etwas Ungewöhnliches verbarg. Irgendein kleines, böses Geheimnis.

Zögernd, aber nach und nach Sicherheit gewinnend, schaffte sie es, den gewünschten Typus darzustellen.

»Super«, rief Ute. »Der Blick einer verhinderten Mörderin, das ist gut!«

Damit beendeten sie den Probenabend. Es gab noch höllisch viel zu tun bis zur Premiere, aber an diesem Abend waren alle zu müde, um noch weitere Szenen durchzuspielen. Während Pilar den halb offenen Innenhof des Gemeindezentrums überquerte, fiel ihr Blick auf die Silhouette eines breitschultrigen Mannes mit einer Kopfbedeckung, die sie an die Lederhüte von Westernreitern erinnerte. Er stand vor der Grünanlage und sah ihr entgegen. Als sie sich näherte, verschwand er die Fußgängerzone hinunter. Sie blieb mit einem mulmigen Gefühl zurück. Einen weiteren Mann sah sie auf ihrem Weg zum Auto vor der Litfaßsäule stehen und im Dunkeln Plakate lesen – das war nun wirklich seltsam. Wurde sie beschattet? Von wem und weshalb? Sie lachte nervös auf. Ja, sie hatte Talent, sich solche Dinge einzubilden.

An der Haustür wurde Pilar stürmisch von Tajo und Toledo begrüßt. Während sie die Köpfe der Hunde streichelte und ihre Pfoten abwehrte, dröhnte die Marcha Real durchs Parterre, als hätte Richard ein kleines Orchester eingeladen. Vielleicht sollten sie sich bald mal um dezentere Klingeltöne kümmern.

»Kannst du drangehen, Pilar?«, nuschelte ihr Mann aus dem Badezimmer. Offenbar war er gerade beim Zähneputzen.

»Mach ich«, rief sie der geschlossenen Tür zu.

Sie eilte zur Ladestation in der Küche und nahm ab. Im ersten Moment traute sie ihren Ohren nicht. Frau Altenthal? Um kurz vor elf? Nicht gerade die Zeit, zu der Damen über achtzig gern zu telefonieren pflegten.

»Verzeihen Sie, Frau Scholz, es ist so spät. Ich hoffe, ich störe nicht. Normalerweise schlafe ich um diese Zeit längst. Aber heute finde ich keine Ruhe, ich werde die ganze Nacht wach liegen, denn –« Sie brach ab.

Pilar vernahm nur noch ein Keuchen. »Kann ich Ihnen helfen, geht es Ihnen nicht gut?«, fragte sie in der Vorstellung, dass Frau Altenthal Sohn und Schwiegertochter nicht erreicht hatte.

»Er ist sein Sohn«, rief die alte Dame aus.

»Wer?« Pilar dachte an Gernot. »Wessen Sohn?«

»Ich – es war nicht – die Wahrheit«, kam es stoßweise. »Die – die Frage war – zu überraschend.«

»Welche Frage?«

»Die nach Frau Uhlgass. Ich kenne ihren Mann. Ich – wir – hatten ein Verhältnis.«

»Oh«, entfuhr es Pilar. »Aber ich finde es völlig in Ordnung, dass Sie das für sich behalten wollten.«

»Wir haben ja auch über Sven gesprochen …« Ihre Stimme war nun leiser, sie klang belegt.

Pilar tat es leid, dass die alte Dame sich so aufregte, weil ein neugieriges Wesen wie sie eine Frage gestellt hatte, die es sich wohl besser hätte verkneifen sollen.

Frau Altenthal räusperte sich. »Ich nehme an, bei Ihnen kann ich mir sicher sein, dass Sie es nicht verbreiten.«

»Natürlich, Frau Altenthal …« Pilar hatte den Eindruck, dass die alte Dame eine Geschichte loswerden wollte.

»Es könnte ein paar Minuten dauern. Sie sind sicher zu müde und wollen ins Bett.«

»Ich nicht, Frau Altenthal. Aber Sie sollten lieber schlafen.«

»Das kann ich jetzt nicht.«

»Ist es dann nicht besser, ich komme schnell vorbei, als hier so am Telefon –«

»Unmöglich. Ich bin im Nachthemd.«

»Das stört mich nicht. Ziehen Sie sich ein Jäckchen über.«

»Wenn Sie meinen …« Frau Altenthal schien erleichtert.

»Richy, ich bin noch mal weg«, rief Pilar der Badezimmertür zu und stürmte nach draußen.

Als sie den Fiesta anließ, sah sie, wie das erleuchtete Küchenfenster sich öffnete und Richards verwuschelter Kopf sich in den Spalt schob. Sie ließ die Scheibe herunter.

»Hast du was im Probenraum liegen lassen?«, rief er durch die nächtliche Stille der Wohnstraße, in der die übrigen Häuser schon dunkel waren.

»Ich erklär's dir später.«

Sie wusste, dass Richard diesen Satz hasste. Aber mit Rücksicht auf schlafende Nachbarn ließ sich über eine Distanz von acht Metern keine nachvollziehbare Erklärung abgeben. Sie hätte aussteigen und zum Küchenfenster gehen müssen, wollte aber lieber sofort losfahren, um die alte Dame nicht lange warten zu lassen und auch bald wieder zu Hause zu sein.

In einem grünseidenen Schlafrock öffnete Anna Altenthal die Tür ihres Hauses. Sie schien verlegen.

»Es wäre wirklich nicht nötig gewesen, dass Sie extra kommen. Ich hätte ein starkes Schlafmittel nehmen können.«

»Kein Problem. Eine Fahrt von fünf Minuten.«

Kurz darauf saßen sie sich im warmen Schein der Stehlampe im Wohnzimmer gegenüber.

Frau Altenthal rückte die mit schrumpeligen Äpfeln gefüllte Obstschale auf dem Couchtisch zurecht. Sie sagte etwas zum Wetter, das die Schlaflosigkeit begünstige, und zu ihrem Blutdruck, der sehr schwankend sei.

»Sie wollten mir etwas erzählen«, erinnerte Pilar sie in einer

Atempause. »Hängt es mit Herrn Uhlgass oder mit Ihrem Patensohn zusammen?«

»Mit beiden.« Sie nestelte an ihrem Schlafrock herum. »Er … ist Alwins Sohn.«

»Ihr Patensohn ist der Sohn von Herrn Uhlgass«, stellte Pilar fest, um sicherzugehen, dass sie das richtig verstanden hatte. »Sven Uhlgass also.«

»Nein.« Frau Altenthal schüttelte den Kopf, als hätte Pilar etwas ganz und gar Abwegiges gesagt. »Sven Nümbrecht.«

»Stammt er aus einer früheren Ehe?«

»Er ist unehelich, Alwin hat ihn niemals anerkannt. Nur einer Handvoll Menschen ist überhaupt bekannt, dass er einen Sohn hat. Nicht einmal Sven selbst weiß es.«

»Es hat ihm nie jemand gesagt?« Pilar war geradezu entsetzt.

»Wir, die es wussten, mussten Alwin hoch und heilig versprechen, dass wir Sven nichts sagen.«

»Der ist ja herzlos.«

»Nun ja, man kann das verstehen. Alwin war damals ein junger aufstrebender Anwalt. Er hatte gesellschaftliche und anfangs auch politische Ambitionen. Und die Mutter des Kindes war unterste Kategorie, wenn Sie verstehen, was ich meine.«

»Hm …«, murmelte Pilar unbestimmt.

»Sie war Alkoholikerin und eine ordinäre Person, wie man früher sagte. Genaueres weiß ich nicht.«

»Warum hat er sich dann mit ihr eingelassen?«

»Das muss am Karneval gelegen haben. Ich stamme nicht von hier, aber Sie wissen sicher, wie das ist: die rauschenden Kostümfeste, die langen Nächte, die besondere Musik, das Schunkeln, das Bützen, und alles mit reichlich Schnaps und Bier. Da kommt so was wohl vor.«

»Hat die Mutter nicht darauf bestanden, dass Uhlgass die Vaterschaft anerkennt? Dafür gibt es gerichtliche Verfahren.«

»Ihr hat es gereicht, dass er gezahlt hat. Und er hat noch etwas getan: Er hat die Mutter veranlasst, das Kind taufen zu lassen, und ihm drei Patinnen verschafft.«

Pilar sah ihr Gegenüber aufmerksam an. »Und Sie sind eine davon, Frau Altenthal.«

»Unser Verhältnis war zwar längst beendet, aber Alwin und ich standen noch lose miteinander in Verbindung. Ich sah keinen Grund, die Patenschaft abzulehnen, zumal mein Mann kurz vorher gestorben und ich mit Gernot allein war. Aber ich bin nicht warm geworden mit meinem Patensohn, und Gernot hat ihn von Anfang an nicht gemocht. Immerhin habe ich dafür gesorgt, dass Sven ein Gymnasium besuchte, er war begabt. Als er das Abitur geschafft hatte und zu studieren begann, dachte ich, der Junge ist auf einem guten Weg. Aber bald darauf stellte sich heraus, dass er mit dem Leben nicht klarkam. Ich hatte immer gehofft, Alwin würde sich ihm noch zuwenden, aber er hat es nicht getan.«

»Hat er ihn öfter gesehen?«

»Nie. Er hat ihn beobachten lassen.«

»Auwei«, entfuhr es Pilar. »Durch wen?«

»Ich glaube, es war ein Mandant, der ihm zu Dank verpflichtet war. Jedenfalls kam Alwin zu dem Schluss, dass Sven nicht würdig sei. ›Man sucht sich seine Kinder nicht nach Katalog aus‹, habe ich gesagt, ›man nimmt sie, wie sie sind.‹ Aber er blieb dabei, dass Sven zu viele schlechte Eigenschaften von der Mutter habe und er sich nicht zu ihm bekennen könne.«

»Wer sind die beiden anderen Patinnen?«

»Eine davon war Rose Bolte, nach der Sie fragten.«

Pilar hielt den Atem an. Ungeahnte Zusammenhänge …

»Und auch die andere Patin ist letzte Woche gestorben. Ich kannte sie kaum, habe aber ihren Namen unter den Todesanzeigen in der Zeitung gelesen.« Durch Frau Altenthals schmalen Körper lief ein Zittern, als ob sie sehr fröre. »Deshalb war ich so geschockt, als Sie mir sagten, dass Rose tot ist.«

»Und die andere – wie hieß die?« Pilar verschluckte sich fast vor Anspannung. Sie glaubte zu wissen, wie die Antwort lauten würde.

»Ihren Nachnamen weiß ich nicht. Sie war Alwins damalige Freundin. Später ist sie in die USA übergesiedelt.« Die alte Dame zog den Schlafrock enger um sich. »Sie ist als Rentnerin zurückgekehrt, hat mir Sven erzählt. Mit Vornamen hieß sie Erika.«

In Pilars Kopf begann es zu rauschen. »Sie sind jetzt Svens einzige Patin?«

Frau Altenthal nickte. »Das war noch nicht alles, Frau Scholz. Alwin hatte uns damals noch um etwas gebeten. Da wir alle Wachs in seinen Händen waren, haben wir es versprochen. Heute begreife ich das nicht mehr.« Anna Altenthal machte eine Pause und schien ihren Gedanken nachzuhängen.

»Um was ging es?«

»Svens Mutter war arm wie eine Kanalratte. Alwin hat uns Patinnen gebeten, Sven in irgendeiner Form im Testament zu berücksichtigen.«

Pilars Gedanken schienen Saltos zu schlagen. Sie hatte Mühe, sich nichts anmerken zu lassen. »Hat er von Erika und Rose etwas bekommen?«

»Das ist anzunehmen. Von mir jedenfalls erbt er nur ersatzweise, also nur dann, wenn meinem Sohn zu meinen Lebzeiten etwas zustoßen sollte. Etwas anderes konnte ich Gernot nicht antun.«

Das Gespräch im Melbtal! Pilar biss sich auf die Lippe, um nicht laut aufzuschreien. Das, was sie davon belauscht hatte, passte genau! *Erst den Sohnemann … Dann kommt die Mutti dran.* Dieser Sohn konnte Gernot sein, die Mutter Anna Altenthal. Wenn beide in der richtigen Reihenfolge starben, erbte Sven Annas Vermögen. *So bald wie möglich.* Natürlich – wenn die Täter zauderten, konnte ihnen eine Änderung des Testaments oder der Tod der alten Frau einen Strich durch die Rechnung machen.

Frau Altenthal gähnte hinter vorgehaltener Hand. Nun, da sie ihre Geschichte mit Pilar geteilt hatte, gewann die Müdigkeit offenbar die Oberhand. »Ich danke Ihnen, dass Sie so lieb zugehört haben. Es hat gutgetan.«

Pilar stand auf. »Ich danke Ihnen auch.«

»Wofür?«

»Dass Sie sich mir anvertraut haben.« Hoffentlich gehe ich in der richtigen Weise mit diesem Wissen um, fügte sie in Gedanken hinzu, es war seltsam genug, auf welchem Weg sie daran gekommen war. Ob das Telefongespräch, das Rose mit Anna hatte führen wollen, Sven, Alwin oder Charlotte Uhlgass betraf?

»Übrigens habe ich das Foto gefunden – möchten Sie es sehen? Das wäre lustig, wenn Sie beide sich kennen würden!«

Frau Altenthal zog ein Foto in Postkartengröße unter der Obstschale hervor. Es zeigte einen dicklichen jungen Mann, der auf einem Sofa saß und sich um ein natürliches Lächeln zu bemühen schien.

»Nun?«

»Er ist zu jung …«, murmelte Pilar und nahm das Foto in die Hand.

»Das Bild ist sicher fünfundzwanzig Jahre alt«, erklärte Frau Altenthal.

Er konnte es sein. Körperbau und Kopfform schienen zu dem Mann zu gehören, den Pilar mit seinem Freund Olli im Melbtal gesehen und den Richard vom Küchenfenster aus fotografiert hatte.

»Und er hat Ihnen vor einer Woche von dem spanischen Hund erzählt?«, fragte Pilar.

»Habe ich das gesagt? Mein Zeitgefühl ist in letzter Zeit nicht zuverlässig, aber so lange kann das nicht her sein. Vielleicht Ende der Woche. Es war abends während der Nachrichten, am Freitag oder Samstag.«

Das passte also auch! Die Schlussfolgerungen schossen wie angriffslustige Insekten auf Pilar zu. Konnte es denn sein? Hatte dieser schlapp aussehende Mensch Erika und Rose umgebracht, um an Geld zu kommen, das ihm im Testament versprochen war? Hatte er sich von seinem Freund Olli überreden lassen, nun auch Gernot und Anna zu ermorden, nachdem der Plan, mittels eines Hundes Geld von Anna zu bekommen, gescheitert war?

Unwillkürlich schüttelte Pilar den Kopf, als sie Frau Altenthal die Hand reichte. Sie konnte ihr nichts davon sagen. Es würde verworren klingen und die alte Dame furchtbar aufregen. Was besonders misslich wäre, wenn Pilar sich täuschte und das Gespräch im Melbtal doch nicht ernst gemeint gewesen war und Svens andere Patentanten auf natürliche Weise zufällig in derselben Woche gestorben waren.

Während Pilar durch die Nacht nach Hause fuhr, rekapitulierte sie noch einmal, was sie am Samstag im Melbtal gehört hatte. Weil es so unglaublich, so unvorstellbar war, hatte sie immer wieder daran gezweifelt. Aber mit ihrem zweiten Besuch bei Anna Altenthal hatte das Bild sich vervollständigt. Als sie eine halbe Stunde nach Mitternacht zu Hause die Tür aufschloss, war sich Pilar nahezu sicher: Es handelte sich um ein echtes Mordkomplott – mit einem viel größeren Ausmaß als ursprünglich angenommen.

Richard kam in seinen schlabbernden Hauslatschen aus dem Wohnzimmer angeschlurft. Offenbar hatte er sich noch etwas im Fernsehen angesehen. Er blieb vor ihr stehen.

»Du schuldest mir noch eine kleine Erklärung.«

»Ich weiß jetzt, wer die Opfer sind, und kenne das Motiv des Täters«, erwiderte sie.

»Klingt, als sei meine Frau neuerdings bei der Kriminalpolizei beschäftigt. Aber vielleicht sprichst du ja von einem Buch, das du unterwegs gelesen hast.«

»Ich meine das Gespräch, das ich im Melbtal belauscht habe. Es drehte sich tatsächlich um zwei geplante Morde. Anna Altenthal und ihr Sohn Gernot, die ich heute kennengelernt habe, sollen die Opfer sein. Und ich fürchte, dass Erika und Rose auch ermordet worden sind. Denn die beiden sind ebenso wie Anna Patentanten desselben jungen Mannes, der von ihrem Tod finanzielle Vorteile hat. Außerdem ist er der uneheliche Sohn des Ehemannes von Freddys Klientin.«

»Der falschen Gräfin«, sagte Richard.

»Vielleicht macht sie mit den Jungs aus dem Melbtal gemeinsame Sache.«

»Ich kann deinen Ausführungen nicht restlos folgen, habe aber begriffen, dass du von zwei, möglicherweise drei Kriminellen ausgehst. Mich gruselt es.«

»Ich werde die Morde verhindern.«

»Hoffentlich wirfst du dich nicht selbst dazwischen, sondern wendest dich vertrauensvoll an unsere bestens dazu ausgebildete und meistens erfolgreiche Kriminalpolizei.«

»Ich weiß nicht, ob es für offizielle Ermittlungen reicht.«

»Du hast die Namen, die Opfer und das Motiv, richtig? Sie müssen das wohl prüfen und den Sachverhalt eventuell weiter aufklären.«

»Den Patensohn treibt die Geldgier. Und seinen Freund Olli

wohl auch, wahrscheinlich bekommt er was vom Kuchen ab. Er scheint der Motor des Gespanns zu sein.«

»Verstehe. Es sind vage Vermutungen.«

Pilar nickte. »Ich kann damit ziemlich blöd auf die Nase fallen. Und Sven erfährt dann vielleicht, wer die Polizei informiert hat.«

»Mit der Folge, dass deine Mörder ihre Pläne fallen lassen wie heiße Kartoffeln. Du hättest die Morde verhindert und dein Ziel erreicht.«

»Wenn sie es so unauffällig hinkriegen wie bei Erika und Rose –«

»Wovon du nicht das Geringste weißt …«

»… hat Gernot vielleicht ein paar Monate später einen tödlichen Unfall, den niemand als Mord erkennt, und seine Mutter Anna stirbt nach weiteren Wochen, und alle sagen, es geschah aus Kummer. Dann hätte ich nichts erreicht.«

Richard gähnte herzhaft.

»Außerdem würde nie geklärt, ob sie Erika und Rose umgebracht haben«, fügte Pilar hinzu.

»Trau der Polizei ruhig etwas mehr zu und ruf morgen die nette Kommissarin mit dem Pferdeschwanz an. Der fällt schon das Richtige ein. Wir müssen jetzt jedenfalls schlafen.«

## Zwei Jahre zuvor

»Nun bist du wirklich alt«, sagte Lotte zu ihrem Spiegelbild.

Schon wieder hatte ein Kind auf der Straße sie mit »Hallo alte Oma« begrüßt. Manfred würde sie gar nicht wiedererkennen. Zwar war ihr Haar noch fast so dunkelbraun wie früher, wenn man über die vielen weißen Fäden darin hinwegsah, aber die Alterung ihres Gesichts war in den letzten Jahren stark fortgeschritten. Auch ein Lächeln vermochte es kaum noch zu verschönern. Vor allem fühlte sie sich oft schlecht. Vielleicht habe ich etwas Ernstes, dachte sie. Warum sollte der Krebs, der so viele dahinrafft, vor mir haltmachen? Ich habe ein Alter, das viele schon nicht mehr erreichen, es wäre also gerecht.

Alwin arbeitete jetzt nur noch stundenweise, meistens vormittags. In der übrigen Zeit traf er sich mit Freunden, besuchte das Fitnessstudio oder las zu Hause eine der fünf Zeitungen, die er abonniert hatte. Sie beide verbrachten auch viel gemeinsame Zeit auf seiner Finca in Dénia an der Costa Blanca, wo es nun allmählich heiß wurde. Mitte Mai waren sie nach Bonn zurückgekehrt. Bald darauf hatte Lotte begonnen, die Schränke und Kommoden des großen Hauses der Reihe nach auszumisten. Sie war der Meinung, dass es endlich einmal notwendig war, wollte sich aber dafür Zeit lassen.

»Wir können nicht ewig leben«, hatte sie ihrem Mann erklärt. »Und wir haben keine Kinder, die es für uns tun, wenn wir gestorben sind. Sollen wir das Fremden überlassen?«

Die meisten Dinge, die sich in den Schubladen und Schrankfächern stauten, gehörten ihm.

»Von mir aus«, hatte er nur gebrummt. »Wirf weg, was du für richtig hältst.«

Auch an Manfreds Geburtstag begab sich Lotte ans tägliche Ausmisten. Gerade heute wollte sie damit ganz weit kommen, um nicht so tief in den Sumpf ihrer Erinnerungen einzutauchen, sonst würde es wieder Tage dauern, bis sie sich vom Schlamm der Selbstvorwürfe und der Schwermütigkeit befreit hätte. Zudem litt sie darunter, dass sie nicht mehr fähig war, einen Brief an Manfred zu verfassen. Dieses Schreiben war ein kleiner, kostbarer Rest Glück gewesen. Doch es war vorbei. Sie hatte ihm nichts mehr zu sagen. Auch sah sie keinen Sinn darin, ihm mitzuteilen, dass ihr jegliches Weiterforschen zwecklos erschien. Sie hatte sich ihre besten Jahre verdorben und hätte doch nicht anders gekonnt.

Das Vertiko im Gästezimmer war ein altes Möbel, dessen Nussbaumfurnier stellenweise abgeplatzt war, sodass seine Oberfläche streifig wirkte. Die große Schublade unter der Deckplatte klemmte und ließ sich erst nach mehreren Versuchen mit einigem Kraftaufwand aufziehen. Sie enthielt nichts als einen Berg Ansichtskarten aus aller Welt, darunter mehrere schwarz-weiße, die mehr als fünfzig oder sechzig Jahre alt waren. Lotte nahm alle nach und nach in kleinen Stapeln heraus.

Zu viele Namen, die sie nicht kannte, zu viele Gegenden, die sie nie bereist hatte, stellte sie fest, als ihr Blick hin und wieder an einer einzelnen Karte hängen blieb. Es waren auch aufklappbare Schmuckkarten darunter, zum Teil ohne Umschläge. Bei ihnen handelte es sich um Geburtstagsglückwünsche und Weihnachtsgrüße. Aus einer dieser Karten fiel ein farbiges Foto heraus und segelte auf den Parkettboden. Lotte hob es auf. Eine unbekannte Frau lachte ihr entgegen, hinter ihr waren Palmen und ein altes Gemäuer zu sehen. Lotte legte das Bild beiseite, um es später Alwin zu zeigen, der lesend auf der Terrasse saß, und nahm einen Stapel weiterer Karten in die Hand.

Aber halt … Ihre Augen wanderten zurück zu dem Foto. Irgendetwas kam ihr an dem Gesicht der Frau nun doch bekannt vor. Nicht das Lachen, nein. Diese Frau kannte sie nicht lachend, nicht so gelöst. Eher verkrampft. Sie drehte das Bild um. »Nochmals tausend Dank und Grüße aus Dénia! R. B., Dezember 1982«. Das war ein halbes Jahr, bevor Manfred starb. Und jetzt fiel es ihr ein: Diese Frau war diejenige, die sie im Melbtal mit ihrem Enkel getroffen hatte.

Wie lang mochte das her sein? Fünfundzwanzig Jahre? Sie wusste es nicht mehr. Forschend schaute sie der Frau in die Augen. Was weißt du? Sie war sich damals so sicher gewesen, dass diese Frau ihr etwas verschwiegen hatte. Es war irgendetwas in ihrem Verhalten gewesen, sie bekam es nicht mehr zusammen. R. B. … In einer Bäckerei hatte eine alte Frau, die sicherlich nicht mehr lebte, gesagt, das müsse die Mimi sein.

Lotte nahm das Foto und ging hinaus auf die Terrasse. Alwin erhob sich gerade aus seinem Sessel. »Ich wollte mir einen Kaffee machen. Willst du auch einen?«

»Alwin, möchtest du dieses Bild aufheben?«

»Ich hab doch gesagt: Wirf weg, was du für richtig hältst.«

»Schau erst mal.« Sie reichte ihm das Foto. »Sieh auch mal auf die Rückseite.«

»Nochmals tausend Dank …«, las er. »R. B. Hm.« Er blickte wieder auf die Vorderseite. »Der hatte ich für ein paar Wochen meine Finca vermietet. Zu einem günstigen Preis.«

»Duzt du deine Mieter manchmal?«

»Ich hatte sie im Justizsportverein kennengelernt. Sie kam eine Zeit lang zum Tischtennis. Im Verein duzt man sich natürlich.«

»Was bedeuten die Initialen?«

»Du, das ist mehr als dreißig Jahre her! Wenn ich mich nicht irre, hieß sie Renate. Wirf es ruhig weg, wir haben keinen Kontakt mehr.«

Renate. Das passte nicht zu Mimi. Die alte Frau in der Bäckerei konnte sich geirrt haben.

»Und wie weiter?«

»Bäcker, Baumann, Breuer, irgendwas Gängiges. Warum interessiert dich das?«

Sie erzählte es ihm. »Würdest du diese Renate wiederfinden?«, drängte sie ihn. »Gibt es gemeinsame Bekannte, die noch Kontakt zu ihr haben könnten?«

»Ach«, seufzte er und nahm sie in den Arm. »Geht es wieder los?«

Lotte lehnte sich an ihn. Es tat so gut.

»Lass es bitte sein, es hat keinen Zweck«, murmelte er dicht an ihrem Ohr, während er über ihren Rücken strich. »Du machst dich nur unglücklich.«

Er hatte nie wahrhaben wollen, dass sie auch ohne ihr Grübeln und Forschen immer ein wenig unglücklich war. Tief in ihr saß ein kleiner schwarzer Dämon.

»Du kennst so viele Leute«, meinte sie. »Kannst du dich nicht nach ihr umhören?«

»Ja, das mache ich.«

Sie drückte ihm einen Kuss auf die magere Wange, ging zurück ins Gästezimmer und warf die übrigen Karten achtlos in einen Karton, den Alwin mit ins Büro nehmen würde. Werner, sein treuer Bürovorsteher, der ebenso wie Alwin schon lange im Rentenalter und dennoch täglich zur Stelle war, würde alles in den Reißwolf werfen. Das Foto von R. B. aber steckte sie in eines der Reißverschlussfächer ihrer Handtasche.

## 8
## Dienstag

*Wir müssen jetzt jedenfalls schlafen*, hatte Richy gesagt. Für Pilar war das in dieser Nacht nicht so einfach gewesen. Sie war immer wieder aufgewacht, und jedes Mal hatte das Geträumte in ihrem Kopf nachgehallt.

*Es kann nicht sein*, hatte die Traum-Pilar zu jemandem gesagt, der hinter einer Thujahecke stand. *Nicht in unserer Gegend*, raunte ihr ein anderer zu, den sie nicht sehen konnte, weil sich der schwarze Talar des Gemeindepfarrers ins Bild schob. *Heute hat Gott, der Allmächtige, den von uns allen geschätzten Gernot Altenthal im Alter von zweiundsechzig Jahren zu sich gerufen*, war die düstere Botschaft seiner Stimme, die in einem hohen Kirchengewölbe seltsam verloren klang. *Es war Mord, ich wusste es vorher*, gestand ihm die Traum-Pilar, die plötzlich merkte, dass das gotisch anmutende Gotteshaus ein Wald war und unter ihr ein Bach gluckerte. *Selig sind die Unwissenden*, entgegnete der verblassende Pfarrer. An seiner Stelle sah Pilar einen rettenden Engel mit einem Becher Kaffee neben der Bettkante stehen.

»Morgen, Pilar«, sagte Richard. »Sechs Uhr. Ich muss weg.«

Trotz des Kaffees, den sie im Bett trank, fühlte sie sich erschöpft, als sie schließlich aufstand. Richard war längst mit seinem Köfferchen zur Bushaltestelle und zum Flughafen aufgebrochen und hatte ihr aus der Diele noch zugerufen, er komme am Mittwoch gegen Abend zurück, die Ankunftszeit habe er nicht im Kopf. Als sie sich in der Küche einen zweiten Kaffee holte, verließ Damian, ihr Ältester, in der üblichen morgendlichen Hast das Haus und verkündete, er bleibe die nächsten zwei Nächte bei Simone, seiner Freundin, sie habe sturmfrei.

Pilar räumte das Frühstück ab, füllte die Spülmaschine und nutzte die Ruhe, um laut zu überlegen, was sie der Kommissarin sagen wollte. Sie erzählte es den Hunden während der Morgenrunde und wiederholte es ein letztes Mal, als sie das Telefon bereits in der Hand hielt. Es half nichts – sie hatte immer mehr den

Eindruck, dass die Story nach dem Hirngespinst einer phantasiebegabten Hausfrau mit krankhaften detektivischen Ambitionen klang. Wie sie Frau Ahrbrück einschätzte, wäre diese wohl in der Lage, ihre Überlegungen nachzuvollziehen, dennoch empfand Pilar ein großes Unbehagen. Schließlich tippte sie die Ziffern der Durchwahl.

»Möller«, meldete sich eine männliche Stimme.

Pilar nannte ihren Namen und erklärte, sie wünsche Hauptkommissarin Ahrbrück zu sprechen.

»Ah, die Frau Álvarez-Scholz! Wir kennen uns von dieser sonderbaren Geschichte im letzten Jahr, bei der sie sich übel in Lebensgefahr geritten hatten, ich erinnere mich gut daran.«

»Ich mich auch.« Pilar merkte, dass sie mit den Zähnen knirschte. Die Stimme des Kommissars löste in ihr unangenehme Erinnerungen aus. Er hatte zu viel gegrinst, spöttische Kommentare abgegeben und ständig in Ohren, Nase und an den Fingernägeln herumgefummelt. »Könnten Sie mich bitte mit Frau Ahrbrück verbinden?«

»Was täte ich lieber als das?«, rief er. »Aber es geht beim besten Willen nicht. Meine Kollegin hat seit gestern Urlaub und sonnt sich an irgendeinem portugiesischen Strand. Was haben Sie auf dem Herzen?«

»Frau Ahrbrück hat am Samstag meine Meldung aufgenommen.«

»Ah, das Melbtal-Komplott! Gibt es inzwischen was mit Hand und Fuß?«

»Ich habe die Namen«, sagte Pilar.

»Soso! Haben Sie noch mehr?«

»Ein mögliches Motiv.«

»Donnerwetter! Das ist fleißig. Und?«

Er nimmt mich nicht ernst, dachte Pilar, das hat mir noch gefehlt. Am liebsten hätte sie sofort aufgelegt, aber sie beherrschte sich.

»Es sieht nach Habgier aus. Der zukünftige Täter ist Ersatzerbe des Opfers.«

»Spannend! Das müssen Sie mir unbedingt erzählen. Können Sie vorbeikommen?«

»Ich hab nicht viel Zeit. Reicht es nicht erst mal telefonisch?«

»Schön, dann kommen Sie später. Geben Sie mir die Namen Ihrer Verdächtigen.«

Sie nannte sie ihm.

Er wirkte belustigt. »Sven Nümbrecht und Olli Unbekannt treffen sich im Melbtal und planen einen Mord.«

Es hörte sich an wie die Einleitung zu einem Witz. *Treffen sich zwei Männer im Tal. Sagt der eine: Was machen wir heute? Sagt der andere: Lass uns mal ein bisschen morden.*

»Sind Sie eigentlich weit- oder hellsichtig, Frau Álvarez-Scholz? Sie müssen beides sein. Schließlich haben Sie die Männer nur von Weitem und den einen sogar nur von hinten gesehen.«

»Von Nümbrecht gibt es Fotos«, erwiderte Pilar.

Sie versuchte, die Zusammenhänge zu schildern: die Situation des Patensohnes, den Tod seiner Patinnen Erika und Rose, die potenziellen Opfer Gernot und Anna Altenthal, die dritte Patin, in deren Testament Sven als Ersatzerbe benannt sei. Sie wartete, bis Möller alles aufgenommen hatte.

»Wer erben will, muss morden. Ist das Ihre Ansicht?«, unkte er. »Hört sich jedenfalls so an.«

»Sie glauben mir nicht.«

»Doch, doch, ich schätze Ihre Meinung«, beteuerte er. »Sie sind Krimiexpertin, da kennt man das Leben!«

Es reichte. Pilar war nicht bereit, seinen Spott auch nur eine Sekunde länger zu ertragen. Sie legte auf. Warum zog er alles, was sie sagte, ins Lächerliche? Möllers jüngerer Bruder war ein bekannter Romanschriftsteller, wie sie von Frau Ahrbrück wusste – war das ein Problem für ihn, aufgrund dessen er Menschen, die sich beruflich mit Unterhaltungsliteratur befassten, nicht ernst nehmen konnte? Nicht so schlimm, sagte sich Pilar, sie hatte ihm genug mitgeteilt. Auf dieser Basis war die Polizei in der Lage, die erforderlichen Schritte einzuleiten. Trotz seiner Skepsis würde Möller die Sache an seinen Vorgesetzten oder an die Staatsanwaltschaft weiterleiten. Irgendetwas würde in dieser Sache geschehen, das war immerhin beruhigend.

Jetzt musste sie sich endlich mit ihrem Vortrag befassen. Den Anfang hatte sie schon im Kopf, aber das Weitere … Sie ging zum Schreibtisch, schaltete den Laptop ein, las einige E-Mails und öffnete dann die Datei mit dem Text ihres Vortrags. Sie brütete eine Weile über dem Mittelteil, der ihr zu oberflächlich erschien, und ergänzte hier und da ein paar Sätze, bis das Telefon sie aufschreckte und ihre Mutter ihr mitteilte, dass sie sich nicht gut fühle und dringend jemanden brauche, der ihr einen Tee koche und Zwieback besorge …

Es war fast zwei Uhr, als Pilar die Datei »Von der Küste zu den Alpen, erster Teil« erneut aufrief. Sie starrte lange auf die Zeilen. Es schien der Text einer Fremden zu sein, sie fand keine Beziehung dazu. Ihre Gedanken kreisten um andere Dinge, da war kein Raum für das Böse am Eifelsteig und an der Ahr, in Städtchen, die Gmünd oder Schleiden hießen, für Leichen am Ufer der Maare und in einsamen Waldhütten, für schrullige Förster und verdächtige Ferienhausbesitzer. Es war zwecklos. Sie hatte noch bis morgen Abend Zeit, um den Text kritisch durchzusehen und schließlich auszudrucken. Jetzt aber hatte sie das dringende Bedürfnis, bei Frau Altenthal vorbeizuschauen und nachzusehen, ob bei ihr alles im Lot war und wie sie die verkürzte Nacht überstanden hatte.

»Kommt, ihr zwei«, sagte sie zu Tajo und Toledo und stellte ihren Laptop auf Ruhemodus, »ihr fahrt doch gern Auto.«

Ein paar Minuten später betrat sie das geräumige Haus in Ippendorf. Anna Altenthal schien sich nicht daran zu erinnern, was sie Pilar am Vorabend erzählt und in welch überreiztem Zustand sie sich dabei befunden hatte.

»Bis nach Mitternacht? Haben wir so lange geplaudert? Natürlich geht es mir gut, warum denn nicht? Trinken Sie eine Tasse Tee mit mir?«

Und ich Kamel lasse alles stehen und liegen, um hierhinzufahren, dachte Pilar, während sie der alten Dame zur Sofaecke folgte. Wenn Sie ein wenig senil war, dann schmälerte das ihre Glaubwürdigkeit natürlich beträchtlich.

Frau Altenthal schien nun andere Sorgen zu haben. »Stellen Sie sich vor: Gernot und Hanna sind gestern erst mitten in der Nacht nach Hause gekommen, und heute Morgen ist er mit dem

Bus um kurz vor sechs zur Arbeit gefahren. Das kann doch nicht gesund sein!«

»Er ist eben fleißig.«

»Dass seine Frau das zulässt! In einer Hausverwaltungsfirma ist es doch gleichgültig, ob er erst gegen Mittag kommt oder überhaupt nicht. Warum macht er sich denn ständig kaputt – nur für andere Leute!«

»Immerhin sorgt er für einen sportlichen Ausgleich«, meinte Pilar.

Frau Altenthal nickte, aber ihr Gesichtsausdruck wirkte bekümmert. »Er läuft jeden Tag von seinem Büro aus nach Hause. Aber dort geht es ständig bergauf! In seinem Alter kann das nicht gut sein. Noch dazu ist er bei jedem Wetter unterwegs, gleichgültig, ob es wie aus Kübeln schüttet oder schneit. Er wird sich noch den Tod holen.«

»Hat er eine bestimmte Strecke?«

»Auf die Minute Punkt fünf läuft er am Poppelsdorfer Platz los, die Straße entlang und hinter dem Schwimmbad in den Wald, das Tal hinauf, wo man kein Fleckchen Himmel sieht.« Frau Altenthal sah zum Fenster. Die Scheiben waren übersät mit Regentropfen. »Bei diesem Wetter ist es da so dunkel, dass er irgendwann stolpern muss und vielleicht nicht wieder aufstehen kann.«

So ist das also, schoss es Pilar durch den Kopf, Gernot läuft im Melbtal! *Bei jedem Wetter. Lass ihn stolpern.* Das waren Ollis Worte, als er auf Sven einredete. Wahrscheinlich hatten die beiden ihren Plan im Melbtal besprochen, weil sich dort der Tatort befinden sollte. Ihre Vermutungen schienen Pilar so folgerichtig, dass ihr einen Augenblick lang schwindelte. Oder war sie nicht mehr in der Lage, den Sachverhalt unvoreingenommen zu betrachten? *Bei Regen ist ein dunkles Tal verschwiegen.* Pilar holte tief Luft. Diesen Satz hatte sie bisher kaum beachtet, aber nun war seine Bedeutung klar. Bei Regen dürften dort kaum Spaziergänger unterwegs sein.

»Sie stimmen mir zu, nicht wahr, Frau Scholz?«

Pilar fühlte sich unwohl, sie wusste nicht, wie sie sich verhalten sollte. Sie blickte noch einmal zum Fenster. In strichdünnen

Bahnen liefen die Tropfen draußen an der Scheibe herunter. »Meinen Sie wirklich, er läuft auch heute?«

»Das bringt er fertig. *Die heiße Dusche macht dann doppelt Spaß*, sagte er immer.« Anna Altenthal lächelte gequält.

»Aber für Notfälle hat Gernot sicher ein Handy dabei.«

»Ach, nein! Er will kein Handy, weil er es ablehnt, immer erreichbar zu sein.«

Sollte sie die alte Dame nicht doch in ihre Gedanken einweihen?, überlegte Pilar. Sie hatte das sichere Gefühl, dass das nicht gut gehen konnte. Frau Altenthal würde es kaum verkraften, sie machte sich schon genug Sorgen um ihren Gernot. Aber untätig herumsitzen hielt Pilar keine Sekunde länger aus. In ihrem Kopf formte sich der Ansatz zu einem Plan. Eilig verabschiedete sie sich.

Als sie mit den Hunden auf die Straße trat, wandten sich die beiden so abrupt nach rechts, dass Pilar beinahe hingefallen wäre. Offenbar wollten die zwei sie schnurstracks in Richtung Ippendorfer Allee ziehen. Zu Rita und den Hundekeksen. Keine schlechte Idee, dachte Pilar. Sie nahm ihr Handy aus der Tasche und rief die Freundin an.

»Sag mal, Rita, hättest du jetzt Zeit und Lust, Tajo und Toledo für zwei Stündchen zu nehmen?«

Rita versicherte, dass ihr nichts lieber wäre als das. In einer Stunde habe sie einen Zahnarzttermin, den sie mit Wonne absage. Sie schien Pilar richtig dankbar zu sein, dass sie ihr einen Grund lieferte, den Termin nicht wahrnehmen zu müssen.

»Ich bin ganz in der Nähe und in zwei Minuten bei dir«, sagte Pilar.

»Beste widde en Acker?« Rita lachte anzüglich.

»Kein Fisternöllsche, Rita, es geht um – das erklär ich dir später.«

Als Pilar kurz darauf die nach Bohnerwachs duftende Treppe hinaufstieg, stand die Freundin vor ihrer Wohnungstür und musterte sie.

»On watt häste vüe?«

Aber da stürmten die Hunde bereits in die Wohnung, und Rita stürzte hinterher, weil, wie sie hastig erklärte, ihr Hackbraten auf dem Tisch stand. Pilar lief die Treppe hinunter, schlüpfte durch die Tür und eilte zurück zu ihrem Fiesta. Wenn sie Rita erzählt hätte, was ihr durch den Kopf geisterte, hätte die Freundin mit Sicherheit alles darangesetzt, ihr die Sache auszureden.

***

Freddy liebte es, ab und zu die Klingeltöne seines Handys zu wechseln. Seine neueste Version war auf dezente Weise durchdringend. Wenn sie zu Hause ertönte, sträubten sich Billy die Nackenhaare, und hier, am Obst- und Gemüsestand auf dem Venusberg, irritierte sie eine Kundin, die sich gerade für drei Kilo Spargel entschieden hatte. Sie sah unter den Tisch.

»Ist hier irgendwo eine Katze?«

»Mein Handy«, erklärte er und zog das miauende Ding aus der Hosentasche. Er sah auf das Display, es war Pilar. »Ja?«

»Ich bin jetzt vollkommen überzeugt, Freddy«, sagte sie ohne Begrüßung. »Es war Mord! In beiden Fällen. Und zwei weitere Morde sind geplant.«

Freddy fuhr zusammen. Mit solchen Schreckensnachrichten hatte er nicht gerechnet. Die Kundin sah ihn erstaunt an.

»Pilar, bitte ...«

»Sie sind ganz blass geworden«, sagte die Frau auf der anderen Seite des Tisches. »Haben Sie niedrigen Blutdruck? Eine Grippe womöglich? Oder ist es der Magen?«

»Freddy, du glaubst nicht, was ich alles herausgefunden habe! Ich bin bei einer Frau Altenthal gewesen, mit der Rose Bolte kurz vor ihrem Tod hatte telefonieren wollen. Dazu ist es nicht mehr gekommen, aber ich weiß nun, dass Anna Altenthal die Patentante von dem einen der beiden Männer ist, die ich im Melbtal belauscht habe, er heißt Sven.« Pilars Stimme klang aufgeregt, die Silben kamen in rasantem Tempo, als spräche sie nicht Deutsch, sondern Spanisch. »Er ist Frau Altenthals Ersatzerbe, wenn ihr Sohn Gernot vor ihr stirbt, geht ihr Vermögen mit ihrem Tod an Sven. Das passt zu dem, was ich belauscht habe. Zuerst wollen sie den Sohn umbringen, danach die Mutter, und dann ist der Weg zum Erbe frei. Es passt alles, Freddy!«

»Meine Lieferantin«, erklärte Freddy der Kundin, die ihn besorgt anblickte. »Leider drückt sie sich heute etwas kompliziert aus.«

Die Kundin nickte verständnisvoll und band ihre Kapuze unterm Kinn zu. Der Regen war stärker geworden und spritzte vom Dach des Stands.

»Auch Erika Frost und Rose Bolte sind Svens Patinnen gewesen und haben ihm was hinterlassen«, tönte es weiter aus dem Handy. »Was sagst du nun? Liegt doch auf der Hand, dass er denen ein ebenso schnelles Ende beschert hat, wie er es jetzt bei Gernot und Anna vorhat!«

Freddy reichte der Kundin die Tüte. Das Geld legte sie passend auf den Tisch.

»Sie sollten sich einen andere Beruf suchen«, meinte die Kundin. »Wo Sie schön warm in einem Büro sitzen.« Sie verabschiedete sich und wünschte ihm alles Gute.

Vom Haager Weg näherte sich unter einem großen schwarzen Schirm ein Mann, der noch unentschlossen schien.

»Ich hab nur die Hälfte kapiert«, sagte Freddy zu Pilar. »Aber es kommt mir alles arg phantastisch vor.«

Einen Moment lang hatte er den Eindruck, dass der Mann, der am Stand vorbeischlenderte und sich nur für die Auslage auf dem Tisch zu interessieren schien, aufmerksam zuhörte.

»Glaubst du, ich reim mir da was zusammen?«, drang es an Freddys Ohr.

»Logisch scheint es zu passen, aber ich wittere trotzdem einen Denkfehler.«

Der Mann entfernte sich langsam.

»Pilar, wie soll dieser Sven das bewerkstelligt haben?«, fuhr Freddy gedämpft fort. »Selbst wenn die Tanten alt waren, ist es für medizinische Laien nicht so einfach, jemanden ohne sichtbare Verletzungen zu töten. Du weißt nicht mal, ob er Erika und Rose zum richtigen Zeitpunkt aufgesucht hat. Wenn er zuletzt vor vier Wochen bei ihnen war, kannst du deinen Verdacht abhaken.«

»Freddy, ich komme mir vor wie eine Hummel, die dauernd gegen das Fenster fliegt und die offene Tür nicht findet. Ich wünsche mir sehnlich, dass nichts dran ist an der Sache, aber ich schaff es nicht, mich zu beruhigen! Du musst zugeben, dass viel auf dem Spiel steht, wenn ich recht habe.«

Ein älteres Paar in leuchtend gelben Regenjacken näherte sich dem Stand.

»Pilar, es geht jetzt nicht. Lass uns später drüber reden.«

»Ich will gar nicht recht haben«, hörte er sie noch sagen, bevor er auflegte.

***

Pilar saß im Auto, ein paar Meter von Frau Altenthals Haus entfernt, und schob ihr Handy in die Jackentasche. Freddy hatte ihr ganz schön den Wind aus den Segeln genommen. Habgier war doch ein häufiges Motiv für einen Mord, vielleicht das stärkste überhaupt! Wieso leuchtete ihm das nicht ein? Auf die vielen Neuigkeiten hatte er enttäuschend lahm reagiert. *Du weißt nicht mal, ob er Erika und Rose zum richtigen Zeitpunkt aufgesucht hat* – damit hatte er allerdings recht. Sie war ganz selbstverständlich davon ausgegangen, dass Sven an den Todestagen seiner Tanten bei ihnen war. So ging das natürlich nicht. Aber vermutlich ließ sich die Sache unschwer klären. Und hoffentlich versicherte ihr jemand glaubhaft, dass Sven an den fraglichen Tagen nicht dort gewesen war, das würde sie beruhigen. Denn wenn er Erika und Rose nicht am Montag beziehungsweise Mittwoch vergangener Woche besucht hatte, war er wahrscheinlich auch nicht der skrupellose Tantenmörder, für den sie ihn jetzt hielt, und in dem Fall wäre auch ein Angriff auf Anna Altenthal und ihren Sohn weniger wahrscheinlich; jedenfalls würde sie in Ruhe abwarten, bis die Polizei sich bei ihr meldete. Sie könnte sich ihren Vortrag vorknöpfen und endlich die vergessene Rezension eines Thrillers schreiben, nach der die Redakteurin einer Frauenzeitschrift sich am Morgen erkundigt hatte.

Zuerst zum »Haus am Wald«! Pilar startete den Motor und fuhr los. Als sie in den Ippendorfer Weg Richtung Lengsdorf einbog, sah sie im Rückspiegel, dass zwei weitere Wagen die Straße »Im Acker« verließen und hinter ihr den Berg hinunterfuhren. Dunkelgrau der eine, schwarz der andere. Wieso auch nicht?, sagte sie sich, normalerweise wäre mir das gar nicht aufgefallen. Aber ich bin in einer Art Ausnahmezustand, alle Antennen ausgefahren, das muss aufhören.

Aus einer Seitenstraße drängte sich ein Taxi hinter sie, an der Kreuzung kam ein Bus dazu. Der Verkehr nahm zu, sie achtete nicht weiter auf die Autos, die sie hinter sich gesehen hatte.

Bevor Pilar die Tür von Ediths Apartment erreichte, trat ihre Schwiegermutter aus dem Aufzug, eine stattliche Erscheinung in weißer Bluse mit Spitzenkragen und einer langen Kette aus Amethyststeinen, die über ihrem üppigen Busen herabhing. Dem frisch toupierten Haar und dem Duft von Haarspray nach zu urteilen, kam sie vom Friseur.

»Ist etwas passiert?«, rief sie Pilar entgegen. Ihre Stimme zitterte leicht, ihr Gesicht hatte sich gerötet. »Richard? Die Kinder?«

Pilar erklärte, es sei alles in Ordnung, aber sie habe eine Frage.

»Ach, dann hol uns erst ein Tässchen Kaffee, ja?«

Pilar ging zur Stationsküche, erhielt dort ein Tablett mit zwei Tassen Kaffee und trug es hinüber in Ediths Apartment. Edith hatte in der Zwischenzeit ihren großen Schrank halb ausgeräumt, weil sie eine Schachtel besonders guter Kekse suchte, ohne die der Kaffee ihrem Magen nicht bekomme.

»Bitte, Pilar, bück dich doch mal, vielleicht sind sie unten drin. Wenn sie da nicht sind, hat Richard sie ganz oben eingeräumt, wo ich nicht drankomme.«

Pilar beugte sich nach unten und reckte sich nach oben, aber sie fand nur eine geöffnete Tüte Plätzchen, die Edith als *mittelmäßig* bezeichnete. Als Pilar die Schrankfächer nach den genauen Anweisungen ihrer Schwiegermutter wieder eingeräumt hatte, war der Kaffee in den Tassen kalt.

Sie setzten sich an Ediths kleinen Tisch am Fenster, aßen die altbackenen Plätzchen und nahmen kleine Schlucke von dem kühlen Kaffee. Pilar fragte, ob Edith wisse, wer Erika Frost dann und wann besucht hatte. Edith schien sich nicht einmal zu wundern, dass ihre Schwiegertochter sich dafür interessierte.

»War ihr Patensohn mal da?«

»Oh ja! Den habe ich in letzter Zeit mindestens dreimal hier gesehen, während ich so selten Besuch bekomme.«

»War er auch an ihrem Todestag da? Montag vergangene Woche?«

»Ich selbst habe ihn nicht gesehen. Aber Frau Wagner von gegenüber hatte wieder einmal ihre Tür offen stehen. Sie ist so neugierig. Jedenfalls hat sie erzählt, dass er am späten Nachmittag bei ihr war. Wir haben alle gesagt, wie schön für sie, dass sie kurz vor ihrem Tode noch die Freude hatte, den jungen Mann zu sehen.«

Pilar stutzte. »Ist er noch jung?«

»Noch keine fünfzig, denke ich. Frau Frost soll ihn fürstlich im Testament berücksichtigt haben. Jedenfalls meinte ihre Nachbarin, dass er deshalb öfter gekommen sei. Mit Geld kann man eine Menge bewirken.«

Edith seufzte, als stellte sie sich vor, mit einem dickeren Bankkonto Richard, Pilar und die Enkel häufiger in ihr Apartment locken zu können.

Pilar verabschiedete sich. Als sie allein auf dem Flur stand, entwich ihrer Brust ein Stöhnen. Ihr Verdacht hatte sich nicht zerstreut. Im Gegenteil, er hatte sich erhärtet. Was nun? Sie musste in Erfahrung bringen, ob Sven auch bei Rose war.

Unten, im Foyer des Heims, zog sie sich in eine Ecke zurück und rief Birgit an.

»Pilar, was ist?«, meldete die sich unwirsch. »Ich hab mich gerade zum Pennen hingelegt, ich hatte Frühdienst.«

»Kannst du mal schnell deinen Onkel Herbert besuchen?«

»Nee, Pilar. Der Vormittag war der reinste Horror, und der Chef hatte die Laune eines Drachens. Ich kann nicht mehr.«

Pilar erklärte ihr, warum es wichtig war, möglichst schnell in Erfahrung zu bringen, ob Rose Bolte an ihrem Todestag Besuch von ihrem Patensohn hatte.

Birgit gähnte währenddessen mehrmals laut. »Pilar, einen Onkel wie Herbert kann man nur besuchen, wenn man fit ist.«

»Birgit, bitte. Du hattest die gute Idee, bei Frau Altenthal nachzuforschen. Sollen wir jetzt auf halbem Wege stehen bleiben?«

»Wäre blöd, hast recht. Ich ruf ihn an.«

»Wenn er es nicht weiß, könnten es andere wissen.«

»Mehr als einen Anruf krieg ich im Moment nicht gebacken.«

Pilar verließ das Haus am Wald und ging zum Parkplatz. Es regnete immer noch. Als sie grübelnd in ihrem Fiesta saß, fiel ihr Blick auf eine Reihe triefender Sträucher. Dahinter überquerte eine grau gekleidete Gestalt die Straße. War das nicht Olli? Oh, Frau, dachte sie im nächsten Moment, du siehst Gespenster! Sie schüttelte sich unwillkürlich. Und doch war sie sich fast ebenso sicher wie am Tag zuvor, dass er es gewesen war.

So, und jetzt? Sollte sie noch einmal Kommissar Möller anrufen und hören, was er dazu meinte? *Ah, unsere Krimiexpertin! Was haben Sie diesmal Schönes ausgebrütet? Nümbrecht hat seine Tante besucht, bevor sie starb? Was Sie nicht sagen! Im Ernst, Frau Álvarez-Scholz, wo kommen wir hin, wenn wir jeden verdächtigen, der einen Angehörigen besucht, in dessen Testament er berücksichtigt ist?*

Ehe sie die Szene weiter ausschmücken konnte, ertönte die klimpernde Melodie ihres Handys. »Birgit« zeigte das Display an.

»Pilar, Herbert weiß nicht, ob Roses Patensohn da war. Aber er hält es für reinen Zufall, wenn überhaupt jemand gesehen wird, weil jeder ins Haus kommen und direkt nach oben gehen kann. Einmal war ein Diebespärchen da. Das ist erst aufgefallen, als es mit vollen Tüten ins Auto stieg und eine davon platzte.«

»Danke, Birgit. Schlaf schön.«

Pilar drehte den Zündschlüssel und stellte die Scheibenwischer an. Sie sah auf die Autouhr. Kurz vor fünf. Gernot würde gleich Feierabend machen und laufen gehen. Sollte sie seiner Mutter ihre Überlegungen schnell mitteilen? Falls die alte Dame die notwendigen Erklärungen sofort verstand, konnte sie ihren Gernot vielleicht noch im Büro erreichen. Oje … Wieder hatte Pilar das Gefühl, dass sie unnötig die Pferde scheu machen würde. Wollte sie das wirklich? Ratlos starrte sie auf die feucht glänzenden Büsche, die den Parkplatz säumten. Die Scheibenwischer kratzten über die Windschutzscheibe. Es hatte aufgehört zu regnen. Wenn Gernot so pünktlich war, wie seine Mutter ihm nachsagte, lief er jetzt am Poppelsdorfer Platz los.

***

Eine elegante Dame Anfang fünfzig näherte sich Freddys Stand. Den akkurat geschnittenen Pagenkopf hielt sie ein wenig schief, als mustere sie nicht das Obst und Gemüse, sondern den Verkäufer unter der Zeltplane, auf die der Regen jetzt wieder stärker und lauter pladderte. Sie schloss ihren Schirm und trat unter das Vordach. Ein edles Leinenkostüm, stellte Freddy fest. Ihr würde es auf ein paar Euro mehr oder weniger nicht ankommen, ihr lag sicherlich an gesunder Ernährung, sie benutzte Naturkosmetik und lebte einigermaßen umweltbewusst.

»Verzeihung, Sie sind doch Herr Stieger? Ein Bewohner der Villa Wohlfühl hat von Ihnen gesprochen.«

Sagenhaft, dachte Freddy, schon wieder eine neue Klientin. Er sollte seine Zukunft noch mal gründlich überdenken.

Sie blickte sich nach allen Seiten um, als fürchte sie, beobachtet zu werden. Ihre linke Hand bewegte sich unruhig am Gurt ihrer Umhängetasche auf und ab.

»Klientengespräche führe ich nur in meinem Büro«, erklärte Freddy.

Die Frau trat so dicht an den Tisch heran, dass er Obstflecken auf dem hellen Kostüm befürchtete. Trotz des intensiven Dufts der Erdbeeren nahm er einen Hauch von Lavendel an ihr wahr. Ihr Gesicht wirkte angespannt.

»In Ihrem Büro habe ich Sie nicht angetroffen, und ich wollte nicht länger warten. Ich komme nicht als Klientin, sondern – wegen einer Entdeckung. Außer meinem geschiedenen Mann habe ich niemanden erreicht, und der war mitten in der Sprechstunde. Ich muss mit jemandem reden, sonst werde ich verrückt. Ihren Namen habe ich von Herrn Meister erfahren, von ihm weiß ich auch, dass seine Nichte Birgit Ihre Freundin ist und dass sie meine Mutter gekannt hat und …«

Da hat sich mein Schatz eine hübsche Flunkerei ausgedacht, amüsierte Freddy sich im Stillen. Begabt!

Mit zitternden Fingern öffnete die Frau ihre Handtasche aus hellem Leder und zog etwas heraus. Zur Straße hin hielt sie ihren tropfenden Schirm davor. Offenbar legte sie Wert darauf, dass niemand es sah. Es war ein kleines in schwarzes Leder gebundenes Büchlein.

»Ich habe vergessen, mich vorzustellen. Ich bin Gesa Ludwig. Die Tochter von Rose Bolte, die kürzlich in der Villa Wohlfühl verstorben ist. Der Name wird Ihnen nichts sagen.«

»Oh, doch. Birgit hat mir von ihr erzählt.« Irritiert sah Freddy auf das Büchlein. Das passte ihm nicht in den Kram, schließlich hatte er beschlossen, sich nicht weiter um die Seniorenheim-Geschichte zu kümmern. Aber gut, wenn die Tochter einfach nur reden wollte …

»Bei der Durchsicht der Sachen meiner Mutter hat mich vor allem interessiert, was sie in letzter Zeit in ihren Kalender geschrieben hat«, fuhr die Dame fort. »Sie schrieb ja alles und jedes auf: Sitzgymnastik mitgemacht, eine unmögliche Suppe gegessen, einen Knopf angenäht – manchmal schrieb sie viermal am Tag etwas hinein. Schauen Sie selbst, was sie an ihrem Todestag notiert hat.«

Er wollte noch einwenden, dass er sein Büro nach wie vor für den besseren Ort für solche Gespräche halte, doch da legte sie das Büchlein bereits aufgeschlagen auf die Brotlaibe. Die Doppelseite aus dünnem Papier wies mit fett gedruckten Buchstaben den Mittwoch der letzten Woche aus. Darunter drängten sich einige Zeilen in kleiner, steiler Handschrift.

»Lesen Sie nur den letzten Absatz«, sagte Gesa Ludwig.

Freddy beugte sich ein wenig vor, um jedes Wort entziffern zu können.

*S. ist gekommen und hat ein Cremetörtchen mitgebracht. Ich mache mir nichts aus solch süßem Schmadder, aber natürlich probiere ich es, es ist ja nett von ihm gemeint. Ich will ihn gleich fragen, ob er mir mein Insulin verpasst, ich habe mich nie dran gewöhnen können und werde immer ungeschickter.*

Es war der letzte Eintrag. Darunter war noch etwas freier Platz. Die nächsten Seiten waren unbeschrieben.

»Die Namen hat sie immer abgekürzt. *S.* ist ihr Patensohn Sven«, erläuterte Gesa. »Diesen *süßen Schmadder* hat niemand vom Personal gesehen. Ich habe mich erkundigt.« Sie warf Freddy einen langen Blick zu. »Nun frage ich mich: Besteht ein Zusammenhang zwischen diesem Besuch und dem unerwarteten Tod meiner Mutter? War irgendetwas in dem Törtchen?«

Freddy brach der Schweiß aus, als stände er nicht in der feuchten Kühle eines verregneten Juninachmittags, sondern in heißer, schwüler Sommerhitze. Er dachte an die Andeutungen seiner Klientin. *Vergiftete Pralinen.*

»Halten Sie den Patensohn denn für fähig, seiner Tante Gift zu verabreichen?«, fragte er.

»Eher ein starkes Schlafmittel. Denken Sie an den Insulinpen! Was hat er damit angestellt? Das Ding ist nicht mehr da, das Zimmer ausgeräumt, der Abfall entsorgt. Niemand weiß, wie viel er ihr davon verabreicht hat. Zuckerkranke können an einer vielfachen Überdosis Insulin sterben. Mein geschiedener Mann ist Arzt. Nachdem ich das hier gelesen hatte, habe ich ihn sofort angerufen. Normalerweise bemerken die Patienten die Symptome der Unterzuckerung rechtzeitig, sagt er. Wenn sie aber starke Schlafmittel zu sich nehmen, verschlafen sie unter Umständen die Warnzeichen und sterben. Selbst gemachte Törtchen und Insulin sind eine Kombination, die zu denken gibt.«

Sie hatte sich in Fahrt geredet und sah Freddy nun forschend an. Hinter ihr stand unter einem geblümten Regenschirm ein junges Mädchen mit betretenem Gesicht.

»Was möchtest du?«, fragte Freddy.

»Ein kleines Körbchen Erdbeeren«, flüsterte das Mädchen und hielt das abgezählte Geld über den Tisch. Sie ließ die Früchte in ihrer Tasche verschwinden und entfernte sich rasch.

Freddy legte die Münzen in die Stahlkassette. Er fühlte sich benommen. Diese Frau kam aufgrund eines an sich nichtssagenden Tagebucheintrags auf die Idee, der Tod ihrer Mutter gehe nicht mit rechten Dingen zu, was nicht nur zu den Mutmaßungen seiner Klientin, sondern vor allem verblüffend gut zu Pilars Thesen passte, die er noch deutlich im Ohr hatte.

»Sie scheinen nicht viel von diesem Sven zu halten«, bemerkte er.

»Ich will ihn nicht direkt verdächtigen und lieber das Gegenteil glauben, bekomme aber das hier nicht aus dem Kopf.« Sie klappte das Buch zu und klopfte mit der flachen Hand darauf. »Er ist ein armer Wicht und stammt aus unmöglichen Verhältnissen. Vater unbekannt, Mutter eine alkoholabhängige Nutte.«

Freddy warf ihr einen vorwurfsvollen Blick zu.

»Vorurteile, ich weiß«, räumte sie ein. »Trotz allem hat er ein gutes Abitur gemacht, das habe ich bewundert. Aber ich mag ihn einfach nicht und er mich auch nicht. Lange Zeit wussten wir nicht, ob er überhaupt noch in Bonn ist, und plötzlich taucht er wieder auf und zeigt reges Interesse an seiner alten, kranken Patentante …«

Sie schob den Kalender in ihre Tasche. Freddy blickte sich um. Das Wetter schien weitere Kunden abzuschrecken. Von der Plane tropfte das Regenwasser links und rechts neben den Stand.

»Was hat Sven laut Testament zu erwarten?«, fragte er.

»Meine Mutter hat ihm tausend Euro vermacht.«

»Dafür mordet eigentlich niemand.«

»Wenn es hunderttausend gewesen wären, hätte ich die Polizei aufgesucht.«

»Wollen Sie mir den Auftrag erteilen, mehr herauszufinden?« Die Frage war unüberlegt, er hoffte, sie würde sie verneinen.

Gesa Ludwigs Schultern hoben und senkten sich. »Lassen Sie uns noch mal telefonieren.« Sie klemmte eine Visitenkarte zwischen die Honiggläser. Nach einem kurzen Gruß wandte sie sich zur Straße und spannte ihren braunen Schirm auf.

Freddy sah ihr nach, wie sie auf halbhohen Absätzen in Richtung Haager Weg schritt. Was war von ihren Verdächtigungen zu halten? Auf der anderen Straßenseite bemerkte er nun noch jemanden – einen Mann im offenen Regenmantel, der langsam den Bürgersteig entlangging und durch dicke Brillengläser herüberschaute. Er kam hier nicht zum ersten Mal vorbei. Freddy versuchte, sich das Gesicht unter dem dunkel gemusterten Schirm einzuprägen, doch der Mann wandte den Kopf und trat an den Geldautomaten im gegenüberliegenden Gebäude.

In letzter Zeit geht wirklich allzu oft jemand vorüber, der quer über die Fahrbahn die Waren inspiziert, dachte Freddy. Gestern hatte er es nicht glauben wollen, nun schien es ihm eindeutig: Das konnte kein Zufall sein.

***

»Pass auf, Freddy!« Pilar war in Fahrt, sie hatte ihren Entschluss gefasst. Es war wichtig, dass ihr Freund informiert war, sie würde seine Hilfe brauchen.

»Hör du mir erst mal zu, Pilar! Eben war die Tochter der verstorbenen Rose Bolte hier. Sie zeigte mir einen Tagebucheintrag ihrer Mutter vom Todestag. Rose schrieb, ihr Patensohn Sven sei vorbeigekommen –«

»Na bitte. Ich hab's ja geahnt«, fiel Pilar ihm ins Wort.

»... und habe ihr ein Cremetörtchen mitgebracht, das sie probieren wollte. Außerdem hatte sie vor, ihn zu fragen, ob er ihr das Insulin spritzen könne.«

Es fügt sich alles so gut zusammen, dachte Pilar. »Freddy, könnte das Törtchen Medikamente enthalten haben?«

»Woher soll ich das wissen? Das Personal hat nichts von dem Gebäck bemerkt, hat die Tochter gesagt. Mag sein, dass Rose es restlos aufgegessen hat.«

»Auch Erika hatte an ihrem Todestag Besuch von Sven, das habe ich über meine Schwiegermutter rausbekommen. Ob mit oder ohne Törtchen, weiß ich nicht, spielt auch keine Rolle. Freddy, gib's zu – alles spricht dafür, dass Sven seine Tanten ins Jenseits befördert hat!«

»Nun übertreib nicht. Normalerweise sind Cremetörtchen, Insulinspritzen und der Besuch von Patensöhnen völlig unproblematisch.«

»Das findet Roses Tochter wohl nicht, sonst hätte sie dich nicht aufgesucht.«

»Sie kann Sven nicht leiden, das erklärt einiges. Moment mal, ein Kunde.«

»Freddy, denk an das, was ich belauscht hab! Wenn Sven Erika und Rose auf dem Gewissen hat, sind Gernot und Anna Altenthal die Nächsten«, fuhr Pilar fort. Sie konnte jetzt nicht warten, bis Freddy mit seinem Kunden fertig war! »In dem Gespräch hieß es: *so bald wie möglich*. Und die Schufte wissen bestimmt, dass Gernot meistens im Melbtal läuft. Da er gestern woanders unterwegs war, wie ich zufällig mitbekommen habe, kann es sein, dass Sven ihn heute dort abpasst.«

»Bei dem Wetter? Hinter mir triefen die Bäume vor Nässe.

Das wird da unten im Tal noch schlimmer sein. Vier sechzig, bitte.«

»Was ist?«

»Ich musste kassieren.«

»Im Wald dürfte es jetzt ziemlich einsam sein, und Gernot ist wohl keiner, der vor ein bisschen Regen zurückschreckt. Das werden sie ausnützen. Nach dem, was ich am Samstag gehört habe, ist das völlig klar.«

»Moment, eine Kundin. – Die Gemüsepaste? Die helle ist milder als die rote. Der Honig? Ja, selbst geschleudert.«

Pilar trommelte ungeduldig mit den Fingerkuppen gegen das Armaturenbrett.

»Acht neunzig, bitte.«

»Freddy, mach den Stand zu und komm ins Melbtal.«

»Bist du verrückt? Das kann ich nicht, ich bin Arbeitnehmer!«

»Gernot ist bereits unterwegs. Ohne Handy übrigens. Er müsste den Wingert erreicht haben und bald im Wald sein. Leider hab ich keine Ahnung, wo sie ihm auflauern wollen. Wenn du von unten ins Tal gehst, komme ich von oben. Im Notfall haben wir zwei Handys, um die Polizei zu rufen.«

»Pilar, ich kann hier nicht weg. Und Neles Mann holt den Kram erst gegen sieben ab.«

»Du willst auch nicht weg.«

»Na schön, ich finde deine Theorie, hm …«

»Sag es ruhig: abwegig.«

»Sicher, es ist nicht ganz von der Hand zu weisen, was du da …«

»Zusammenphantasierst.«

»So hart wollte ich es nicht ausdrücken. Ich kann einfach nicht glauben, dass heute wirklich etwas passiert.«

»Aber es ist möglich. Und wenn ich recht behalte, würde ich mir nie verzeihen, nichts dagegen unternommen zu haben.«

»Wenn du in Lebensgefahr gerätst, meld dich noch mal.«

Pilar hörte den Spott in seiner Stimme. »Höhö, sehr freundlich. Kann Birgit dich nicht vertreten? Dann könntest du nachkommen.«

Freddy grummelte eine halbe Zustimmung. Oder eine halbe

Ablehnung. Es konnte beides sein. Pilar fuhr aus der Parktasche und gab Gas. Vermutlich hatte Freddy recht mit seiner Skepsis. Aber das sollte sie am besten an Ort und Stelle überprüfen.

In Ippendorf parkte Pilar vor der Engelsbachschule, von wo aus es nur wenige Schritte bis zum oberen Teil des Melbtals waren. Jenseits einer kleinen Brücke erreichte sie einen Pfad, der sie bald zum Bodelschwinghweg führte, wo sie die Wahl hatte zwischen einem höher gelegenen Weg und einem schmaleren, der unten am Bach entlangführte. Sie entschied sich für diesen, weil sie sich vorstellte, der etwas übergewichtige Gernot müsse ihn für seinen Lauf bevorzugen.

Es regnete nun stärker, und Pilar bedauerte, dass sie ihren Schirm zu Hause stehen gelassen hatte. Ihre schwarze Sportjacke besaß nur eine kurze Kapuze, die ihre Locken nicht mal zur Hälfte bedeckte. Über ihr war das gleichmäßige Rauschen des Regens auf dem Blätterdach der hohen Buchen, Eschen und Erlen, unter ihr murmelte leise und nur stellenweise lauter der Engelsbach, oder wie die meisten sagten, die Melb. Dumpf klangen ihre Schritte auf den Holzstegen, die den Weg über den teils gewundenen Bach führten, der sie mal links, mal rechts begleitete. Sie bemühte sich, leiser aufzutreten.

Bald erreichte sie die Stelle, wo es linker Hand zum alten Ippendorfer Friedhof hochging und rechts zur Jungfrauentreppe, auf der sie Olli und Sven gesehen hatte. Unwillkürlich schaute sie nach oben, während sie über eine Brücke mit Eisengeländer ging, an der sich der Weg verbreiterte. Auf der Treppe war niemand, wie überhaupt kein Mensch im ganzen Tal zu sein schien, das sie kühl und dämmrig umgab wie ein mittelalterliches Gewölbe. Das Haar hing ihr in nassen Strähnen über Stirn und Wangen, sie ging leicht vorgeneigt, damit ihr die Tropfen nicht den Hals entlang unter den Kragen liefen.

Sie gelangte an eine weitere kleine Brücke. Der Weg gegenüber führte hoch zu der Stelle, an der sie das Gespräch belauscht hatte. Der Boden sah glitschig aus, dort würde Gernot heute bestimmt nicht laufen. Der breitere Talweg verlief oberhalb der linken Seite des Baches. Nachdem sie ein Stück dort entlanggegangen war, blickte sie sich um. Niemand. Sie sah wieder nach vorn und hielt sich zur Sicherheit am Rand, dicht neben den Bäumen. Die Sicht war durch herabhängende, tropfende Zweige und den Dunst, der die feuchten schwarzen Stämme umgab, ziemlich eingeschränkt. Ihre Ohren nahmen nichts anderes wahr als das gleichförmige Geräusch niederfallenden Regens.

Ihre Mission kam ihr mit einem Mal jämmerlich und nutzlos vor. Gernot müsste ihr bereits entgegengekommen sein, so lang war das Tal nicht. Möglicherweise hatte die Nässe ihn doch gestört, sodass er nach Hause gefahren war. Oder hatte Sven ihn schon unten im Tal erwischt? Je länger sie unter den triefenden Ästen und Blättern einhereilte, desto weniger wahrscheinlich erschien ihr ein Angriff von Sven auf Gernot. Als ihr das klar wurde, verspürte sie eine ungeheure Erleichterung. Endlich vermochte sie, ihre angespannten Muskeln zu lockern und gleichmäßig durchzuatmen. Ihre Vorsicht schien ihr übertrieben und albern.

Pilar verließ ihre Deckung, um in der Mitte des Weges weiterzugehen, und überlegte, ob es nicht sinnvoller wäre, einfach umzukehren. Plötzlich bemerkte sie, dass sich einige Meter vor ihr im hellen Dunst etwas Dunkles abzeichnete. Sie zuckte zurück. Da vorn war jemand. Groß und schmal, mit schiefergrauem Rücken, den Kopf unter einer Kapuze. Pilar ahnte, wer es war – nicht der, den sie hier erwartet hatte. Als ob er ihren Blick in seinem Rücken gespürt hätte, wandte er sich um. Nun wusste sie es.

Blitzschnell duckte sie sich dem Blättermatsch am Boden entgegen. Sie rutschte den Hang hinunter. Nicht weit von ihr lag ein toter Baumriese im fortgeschrittenen Stadium des Verfalls. Sie schob sich dorthin und griff nach einem vorspringenden Aststumpf. Das feuchte Holz bröselte unter ihrer Hand. Nichts zum Festhalten. Weiter unten, kurz vor dem Bachufer, wies der Stamm eine breite Höhlung von etwa anderthalb Metern Länge auf. Gut! Sie ließ sich dorthin gleiten und zwängte sich hinein. Unter ihr war teppichweiches, trockenes Moos, über ihr ein Dach aus Rinde. Falls der Mann umgekehrt war, würde er sie vom Weg aus nicht sehen können.

Der Mann war Olli. Die schiefe Haltung des Kopfes, als er

seinen schleppenden Schritt verlangsamte und sich umdrehte, war die gleiche, mit der er sich schon am letzten Samstag nach ihr umgesehen hatte. Mit dieser Kopfbewegung waren für sie alle Befürchtungen und Vermutungen greifbare Realität geworden.

Warum hatte sie nur mit Sven gerechnet? In dem belauschten Gespräch war Olli der Wortführer gewesen. Er war vermutlich der Urheber des Plans und überwachte die Durchführung. Und mit Sicherheit war er der Gefährlichere von beiden. Sie hatte ihn gestern und heute schon einmal in ihrer Nähe gesehen. Er musste beobachtet haben, wie sie bei Frau Altenthal und im »Haus am Wald« gewesen war, und daraus den Schluss gezogen haben, dass sie über alles Bescheid wusste und die zukünftigen Opfer gewarnt hatte. Aber wäre es dann nicht naheliegender, dass er seinen Plan aufgegeben hätte? Was machte er heute im Melbtal?

Pilar fühlte eine kalte Woge in ihrem Innern. Sie wollte es nicht wahrhaben, aber es wäre Wahnsinn gewesen, diese Möglichkeit zu ignorieren: Ging es Olli im Moment gar nicht um Gernot? Hatte er es auf sie selbst abgesehen? War er hier, weil er die Zeugin seiner bösen Pläne verschwinden lassen wollte?

Sie stöhnte leise auf. Und erschrak fast gleichzeitig, weil es deutlich zu hören gewesen war. Er konnte jetzt ganz in ihrer Nähe sein.

Vorsichtig schob sie den Kopf ein Stückchen vor und lugte aus ihrem Versteck. Auf dem Weg über ihr schien niemand zu sein, Schritte waren nicht zu hören. Offenbar war Olli weitergegangen. Wahrscheinlich hatte er sie in ihrer schwarzen Jacke zwischen den dunklen Stämmen nicht gesehen oder nicht erkannt.

Was nun? Hatte es einen Sinn, ihm zu folgen? Sie versuchte, kühl zu überlegen. Falls Olli nicht hinter ihr her war und auch nicht wusste, dass sie hier war, wartete er auf Gernot und träfe ihn, weil der den Talweg von unten heraufkäme, zuerst. Sie konnte nicht ungesehen an Olli vorbeikommen. Ihm offen zu begegnen sollte sie auf jeden Fall vermeiden, und irgendwo musste auch Sven sein. Der konnte hinter Gernot aus der anderen Richtung kommen. Möglicherweise wollten sie ihn in die Zange nehmen – in die sicherlich auch noch Pilar hineinpasste. Das durfte sie nicht riskieren.

Sie zog ihr Handy aus der Tasche und tippte auf Freddys Nummer. Gott sei Dank hatte sie Netz.

»Freddy, du musst schnell kommen«, flüsterte sie, als er sich meldete. »Es ist was im Gange. Ich bin am Bach, von oben kommend ein ganzes Stück hinter der langen Treppe. Man kann mich nicht sehen, ich hab mich versteckt. Geh den breiten Talweg. Sobald ich dich höre, zeig ich mich.«

»Pilar«, rief er erschrocken. »Birgit ist noch nicht da.«

»Ich warte hier«, raunte sie dem Handy zu.

Wie schön, dass auf den alten Freund Verlass war! Er hatte seine Freundin also tatsächlich angerufen, damit sie ihn am Stand vertrat. Und Birgit, die wahrscheinlich lieber weitergeschlafen hätte, hatte sich auf den Weg gemacht.

Aber ich bin zu konfus, sagte sich Pilar, als sie auflegte. Ich habe keinen Plan, wie es weitergehen soll. Nur die ungefähre Vorstellung, dass ich etwas tun, etwas verhindern und etwas aufklären muss. Und dass es verdammt gut wäre, dabei nicht allein zu sein.

***

»Svenni, hör zu!«

Sven wollte nichts weniger als das. Er lag rücklings auf seinem Bett und trank den Rest des Kräuterschnapses, der vom letzten Einkauf übrig geblieben war. Seine Zähne schlugen unangenehm gegen das Glas des Flaschenhalses. Stimmungsmäßig war er am Nullpunkt angelangt. Nicht das erste, eher das hundertste, aber hoffentlich das letzte Mal.

Ach, das hoffte er ja immer. Olli hatte natürlich längst gecheckt, dass es ihm mit dem Aussteigen ernst war und es in ihm gärte. Dabei wusste Sven nicht einmal selbst, wohin ihn das führte. Weg vom Nullpunkt war oberstes Gebot. Neues Land gewinnen. Aber wie?

Als seine verflucht lustige Handymelodie erklang, hatte er einen blödsinnigen Moment lang gedacht, es könnte Inga sein, die ihn kurz vor Weihnachten sitzen gelassen hatte, weil er *ätzend* sei, und die er seit Tagen zu erreichen versuchte. Inga mit ihrer ruhigen, warmen Stimme, die würde ihm helfen. Und stattdessen zischte nun diese Raucherstimme aus dem Handy wie ein giftiger gelber Geist.

»Du musst herkommen, Sven. Und zwar schnell!«

»Wo bist du?«

»Im Melbtal. Diese Frau, die wir von der Treppe aus gesehen haben –«

»Wer?«

»Die Kleine mit der schwarzen Matte auf dem Kopf, die ist hier. Als ich in Ippendorf auf der Lauer lag, hab ich gesehen, wie sie bei Sohnemanns Mutti reingegangen ist. Sie kennt die also, ich hab's geahnt, und sie weiß dann auch hundertprozentig, dass unser Plan kein Spielchen ist und wen wir auf der Liste haben. Heut war sie wieder dort und ist dann zum Brüser Berg gegurkt. Ich im Polo hinterher, und was sehe ich? Sie geht ins Erika-Heim. Dass die schwarze Ratte da herumschleicht, kann nur eins bedeuten: Die hat einen sechsten Sinn, das soll's ja geben.«

»Ich –« Sven wollte sagen, das sei nicht mehr sein Plan, aber er war nicht schnell genug, Olli feuerte seine Worte wie Revolverkugeln ab, da kam man mit Schnaps im Blut einfach nicht mit.

»Nimm flott den Hintern hoch, Svenni. Wenn Tante drei ihr erzählt hat, dass die anderen Patinnen letzte Woche himmelwärts gezogen sind, hat die Ratte bereits zwei und zwei zusammengezählt und weiß inzwischen auch, wann du die Tanten besucht hast. Willst du warten, bis sie das der Polizei präsentiert?«

»Vielleicht hat sie das schon.«

»Hier ist weit und breit kein Bulle und auch sonst kein Mensch. Wir müssen jetzt einfach schnell sein. Komm sofort ins Tal, ist ja quasi bei dir um die Ecke. Sie hat mich gesehen und sich versteckt. Geh den breiten Weg, schau unten am Bach nach, ein Stück hinter der Treppe. Bring sie zum Schweigen, aber richtig. Knall ihre neugierige Birne gegen einen Baum, bis sie still ist, oder drück ihr Gesicht in den Bach. Ist ganz easy und sieht nach Unfall aus, so rutschig, wie das hier ist. Wenn sie Probleme macht, komm ich dir zu Hilfe.«

»Ich will das nicht.«

»Wach auf, Svenni: Wenn die auspackt, landest du für Jahrzehnte hinter Gittern und kommst erst mit achtzig Lenzen wieder raus. Weil dir Freiheitsentzug droht, handelst du quasi in Notwehr.«

Wie groß war die Gefahr, dass die Bullen ihn für schuldig hielten? Ziemlich groß, fürchtete Sven, selbst wenn Olli die alten Tanten umgebracht hatte. Oder war das hier ein mieser Trick von ihm, um die Frau, die alles zu wissen schien, aus dem Weg zu räumen, ohne sich selbst die Hände schmutzig zu machen?

»Olli, ich komm nur, wenn du das mit Anna und ihrem Sohn sein lässt.«

»Klar, geht jetzt nicht mehr.«

Sven rappelte sich auf. Trotz des Kräuterschnapses war er noch gut drauf. Wahrscheinlich hatte Olli recht, das musste jetzt sein. Aber danach … Danach würde alles anders werden.

***

Das Versteck war unbequem. Es ermöglichte nur eine einzige, inzwischen schmerzhafte Lage, dicht an den modrigen Boden gekauert. Kleine Käfer krochen über ihren Arm. Im Gesicht kitzelte etwas, eine Spinne vermutlich. Die Nässe war durch die Kleidung auf ihre Haut vorgedrungen, sie fror und fürchtete, im nächsten Moment niesen zu müssen. Sie musste hier raus! Aber sie traute sich nicht, solange Freddy nicht da war. Vielleicht hatte Olli sie ja doch erkannt und wartete hinter einem dicken Baumstamm, bis sie wieder auftauchte. Die paar Minuten würde sie noch aushalten. Birgit war bestimmt inzwischen am Stand eingetroffen und Freddy sofort losgelaufen. Von der Ecke am Haager Weg bis hierhin war es nicht weit. Er musste bald kommen.

Nun hörte sie etwas: Schritte aus dem oberen Teil des Tals. Sie näherten sich stetig, schienen sich aber zu verlangsamen. Natürlich, er suchte sie. Der gute Freddy. Ihr entfuhr ein Seufzer der Erleichterung. Das war schneller gegangen, als sie für möglich gehalten hatte.

Pilar schob sich aus der Höhlung ihres Baumstamms. Sie kam auf die Knie, dann auf die Füße. Ihre Beine waren kalt und steif, ihr Rückgrat fühlte sich an wie ein hölzerner Bogen, sodass sie

Mühe hatte, sich vollständig aufzurichten. Beim ersten Schritt stolperte sie über eine Wurzel und knickte mit dem Knöchel um.

Die Tritte auf dem Weg waren verstummt. Es raschelte und knackte, er kam den Hang herunter. Sie hatte ihr Gleichgewicht wiedergefunden und hob den Kopf.

Nicht Freddy. Die Erkenntnis traf sie wie ein Schlag: Es war Sven, der Kerl von Richys Foto, Ollis Freund, dessen war sie sich ganz sicher. Und ebenso sicher war, dass er wusste, wer sie war. Pfeilschnell schoss ihr ein Gedanke durch den Kopf: Olli hatte ihm Bescheid gesagt. Er war hier, um sie auszuschalten. Es musste so sein. Seine kleinen dunklen Augen fixierten sie finster. Er hatte etwas von einem Stier. Beide Hände hielt er in den Hosentaschen. Er würde ein Messer hervorziehen, einen Schlagring oder was diese Leute eben benutzten. Pilar stand etwas tiefer als er und nur zwei Schritte vor ihm. Sie war wie hypnotisiert. Das Kaninchen vor der Schlange. Die Angst durfte sie nicht lähmen, sie musste etwas tun!

Laufen?

Der Boden war rutschig, ihre glatten Sohlen hatten kaum Halt. In seinen Taschen konnte sich eine Pistole und hinter den Bäumen sein Kumpel Olli verbergen.

Reden?

»Die Polizei«, stieß sie hervor, »weiß alles! Ist unterwegs! In zwei, drei Minuten sind sie hier.« Jetzt wurde sie zur Schlange. Sie musste reden, reden, reden, um Zeit zu gewinnen. »Zwei Morde. Die Beweise liegen vor.«

Das saß! Sein breites Gesicht verzerrte sich. Immerhin, ihr Bluff hatte ihn aus dem Konzept gebracht.

Sie bewegte sich ein Stück seitwärts, wo der Hang weniger steil war und ihr festeren Stand ermöglichte. »Ein schöner Patensohn«, zischte sie. »Alte Tanten meucheln!« Sie tat einen Schritt nach oben, bückte sich, ohne den Blick von ihm zu wenden, und nahm einen scharfkantigen Stein vom Boden auf.

Er schien erstarrt, war an derselben Stelle stehen geblieben und rührte sich nicht. Das musste eine Finte sein. Wenn er so gerissen war, wie zu befürchten stand, glaubte er ihr kein Wort. In seinen Augen glitzerte es gefährlich.

Oder waren das Tränen?

»Ich hab nichts gemacht, bitte glauben Sie mir.«

Wie überzeugend er log! Gleich würde er um ein Taschentuch bitten, um die falschen Tränchen abzutupfen, und sie, hilfreich, wie sie war, würde ihm eines reichen – der ideale Moment für seinen Angriff.

Er machte einen Schritt auf sie zu. Sie wich zurück und hob die Hand mit dem Stein.

»Ich bin nur schuld dran, weil … Es ist eine lange Geschichte.« Er blickte sich um und senkte die Stimme. »Der Mörder«, flüsterte er, »ist Oliver.«

Sie war verblüfft. Das war die Bestätigung: Die Tanten waren keines natürlichen Todes gestorben. Schlagartig war ihre Theorie Realität geworden. Was sie im Übrigen davon halten sollte, war ihr nicht klar. Der Mann vor ihr roch nach Hochprozentigem, seine Hände machten einen schwammigen Eindruck, als ob sie weder Sehnen noch Muskeln besäßen. Sein Freund Olli wirkte eher wie jemand, der einen Plan durchzog. Dennoch konnte Svens Verhalten eine Finte sein, um sie in Sicherheit zu wiegen. Vorsicht.

Er kam einen weiteren Schritt auf sie zu. Sie konnte nicht zurückweichen, hinter ihr lag ein Haufen Totholz.

»Olli wusste alles, was dazu nötig war«, sagte er so leise, dass sie ihn nur mit Mühe verstand. »Von mir. Ich sollte es ja tun. Nur konnte ich nicht. Er wollte auch, dass ich Sie jetzt … Immer soll ich es machen. Er glaubt, er hat Macht über mich. Aber er hat sich getäuscht. Das läuft nicht mehr. Ich bin doch ein Mensch, der noch was denkt und fühlt.«

Kraftlos sank er auf einen Baumstumpf hinunter und verbarg das Gesicht in seinen Händen. Pilar rieb ihre Finger an der Kante des Steins, den sie in der Hand hielt. Keine schlechte Waffe. Sie konnte es riskieren, ein Stück weiterzugehen, um den Weg zu erreichen. Dort würde sie schneller laufen können. Ohne ihn aus den Augen zu lassen, machte sie zwei große Schritte den Hang hoch. Nun stand sie auf dem festen Boden des Forstweges. Sven blieb zusammengekrümmt sitzen.

»Haben Sie Beweise dafür, dass Olli Ihre Tanten umgebracht hat?«, fragte Pilar in gedämpfter Lautstärke.

Seine Hände sanken herab. »Beweise? Es muss so sein!«

»Die Polizei braucht etwas mehr.«

»Meine Tanten wären sonst nicht im Abstand von zwei Tagen gestorben.«

»So was kommt vor.«

»Er war scharf auf ihr Geld, die Hälfte sollte für ihn sein. Und er hasst alte Leute. Sie stören, sie kosten, sie sind widerlich und nutzlos. Er ist besessen davon.«

Pilar sah auf den kauernden Mann hinunter. Sie war nahe daran, ihm zu glauben. Wenn das alles gespielt sein sollte, müsste er ein Profi-Schauspieler sein, wie mancher Regisseur ihn suchte.

Weiter unten im Tal quietschte etwas. Fahrradbremsen? Pilar sah den Weg entlang. Sie vernahm ein Knirschen auf dem Boden. Den Laut eines versprengten Kiesels. Ein Radfahrer näherte sich. Freddy! Warum hatte sie nicht bedacht, dass er das Fahrrad nähme und andersherum, über die Asphaltwege, käme?

Er hielt an und musterte Sven. Fragend blickte er zu Pilar.

Sie nickte ihm kurz zu. »Herr Nümbrecht«, begann sie, noch darüber nachdenkend, wie sie fortfahren sollte.

»Sven. Und ›du‹ natürlich.«

»Ich heiße Pilar.«

Freddy verdrehte die Augen.

Ich bin wirklich verrückt, dachte sie. Jetzt duze ich mich mit einem, den ich eben noch für einen Doppelmörder hielt. Das Du war eine plumpe Anbiederung. Darauf hätte sie nicht eingehen müssen.

»Sven, wenn du behauptest, Olli habe deine Tanten umgebracht, brauchst du erst mal Beweise oder zumindest Indizien«, erklärte sie. »Die besorgen wir uns jetzt gemeinsam.«

Freddy riss die Augen auf.

»Genauer gesagt: Du besorgst sie, und ich begleite dich.«

»Sprich leiser«, sagte Sven. »Was soll ich tun?«

»Wir fahren in die beiden Seniorenheime und versuchen rauszukriegen, ob Olli an den Todestagen deiner Tanten dort aufgetaucht ist.«

»Ich war ja auch da«, jammerte Sven. »Wenn's drauf ankommt, bin ich viel verdächtiger.«

Pilar überhörte die Bemerkung. Sie war sich jetzt sicher, dass kein Mörder vor ihr saß. Was sie wunderte, war, dass Olli ihn geschickt hatte. *Er glaubt, er hat Macht über mich …* Wie verbohrt musste der sein, dass er nicht merkte, mit was für einem Waschlappen er es zu tun hatte!

»Jedenfalls gibt das Personal dir eher Auskunft als mir. Du bist der Patensohn, das ist fast wie ein Angehöriger. Ich dagegen bin nur eine Schnüfflerin.«

Freddy grinste. Wahrscheinlich dachte er an ihre wiederholte Weigerung, für ihn die Schnüfflerin zu spielen. Das war erst eine Woche her.

»Und wenn er die Leute bequatscht hat, damit sie lügen?«

Svens dünner Jammerton ging Pilar auf die Nerven. »Wir könnten natürlich auch zur Polizei fahren«, überlegte sie.

»Kommt die nicht gleich?« Sven sah Pilar an.

»Ich habe mich geirrt«, sagte sie rasch.

Vom Hang gegenüber war ein Knacken zu hören, gleich darauf ein Rieseln, als wäre dort Erdreich losgetreten worden. Durch Sven ging ein Ruck, als ob er aus einem Traum erwachte.

»War da jemand?« Pilar versuchte, zwischen Laub und Stämmen hindurchzusehen.

»Könnte ein Tier gewesen sein«, meinte Freddy. »Reh, Hase, Wildschwein.«

Oder ein Beobachter, dachte Pilar, ein Zuhörer. Olli. Sie wandte sich erneut dem Mann auf dem Baumstumpf zu. »Sven, was habt ihr mit Gernot und Anna Altenthal vor?«

Sven erhob sich überraschend schwungvoll. »Ich – ist alles Blödsinn, was ich gesagt habe!« Er kicherte wie eine greise Märchenhexe. »Zu viel Jägerwein. Kann manchmal Traum und Wirklichkeit nicht auseinanderhalten. Und dann der Schreck wegen der Polizei. Wir haben immer so Spielchen gemacht, was wäre, wenn … Da geht schon mal was durcheinander.«

»Was springt für dich und Olli raus bei dem Tantensterben?«, fragte Pilar scharf.

»Nichts! Und Olli wäre die Hälfte von nichts echt zu wenig!«

»Wir wissen, dass du Anna Altenthals Ersatzerbe bist.«

Sven zuckte mit den Schultern. »Wenn sie's nicht geändert hat. Die mögen mich alle nicht.«

Ratlos blickte Pilar Freddy an. Was war die Wahrheit? Mit welcher Version legte er sie rein? *Phantasieplanung, Gedankenspiele*, hatte Frau Ahrbrück gesagt. Es war nicht ausgeschlossen. Außerdem war der Mann ganz schön alkoholisiert. Trotzdem war Pilar sich ziemlich sicher, dass an dem, was Sven zuerst gesagt hatte, etwas Wahres dran war. Als er das Knacken am Hang gehört hatte, war eine Veränderung in ihm vorgegangen. Ihm musste eingefallen sein, dass Olli in der Nähe war.

»Alles Blödsinn«, rief Sven noch einmal, als wollte er die Bäume ringsum überzeugen. »Da war nichts. Ich schreibe einen Krimi, das ist nicht so leicht, wie ihr denkt. Da brauch ich einen Haufen Überlegungen, davon habt ihr keine Ahnung!«

»Freddy, fahr sicherheitshalber das Tal ganz runter, um nach Gernot Ausschau zu halten. Eigentlich müsste er längst hier vorbeigekommen sein, aber …« Pilar hob müde die Schultern. »Es gibt noch mehr Wege hier.«

Sie wollte sich nicht mit Vermutungen aufhalten.

»Sag mir, wie der aussieht«, sagte Freddy.

Pilar beschrieb Gernot, wie sie ihn vom Vortag in Erinnerung hatte.

»Und wie sieht Olli aus?«

»Der ist nicht hier«, nuschelte Sven, während Pilar Olli zu beschreiben versuchte. »Der hat ein Vorstellungsgespräch.« Er kicherte in sich hinein.

Pilar war genervt. »Komm, Sven! Wenn wir uns beeilen, sind wir in ein paar Minuten an meinem Auto. Bis später, Freddy, ruf an.«

Freddy runzelte die Stirn. Hielt er es für riskant, dass sie mit dem Kerl ins Auto stieg?

Pilar trat neben Freddy und hob den Mund an sein Ohr. »Mit diesem Naturschwamm werde ich schon fertig. Zu meiner Schulzeit hab ich so manchen dicken Jungen aufs Kreuz gelegt.«

»Ich fände es besser, wenn wir zusammenbleiben, Pilar.«

»Fahr erst mal das Tal ab, dann telefonieren wir.«

Sie fühlte die scharfen Kanten ihres Steins in der Jackentasche.

Auch wenn sie am Lenkrad saß, würde sie noch drankommen. Sie schritt mit Tempo aus. Nach wenigen Metern schon war Sven ein Stück zurückgefallen. Das ging nicht, sie durfte ihn nicht im Rücken haben! Sie blieb stehen und drehte sich nach ihm um. Im Hintergrund sah sie Freddy, der noch nicht losgefahren war, sondern ihnen aufmerksam nachsah.

»Geh vor«, sagte sie zu Sven. »Bestimm du das Tempo.«

Er ging an ihr vorbei. Plötzlich rannte er los und war im Nu um die nächste Biegung verschwunden. Diese Geschwindigkeit hätte sie ihm nicht zugetraut. Weit oben am Ippendorfer Hang sah sie das Rostrot seiner Hose zwischen den Bäumen aufleuchten. Er war zum alten Friedhof hinaufgerannt, von wo aus man auf die Ippendorfer Allee kam. Pilar wandte sich nach Freddy um. Der hob die Hand und radelte in die andere Richtung.

Na gut, Sven zog die Flucht vor. Sie konnte auch ohne ihn in Erfahrung bringen, ob Olli an den fraglichen Tagen in den Seniorenheimen war. Danach sollte sie die neuesten Ereignisse der Polizei schildern. Immerhin war es möglich, dass sie heute jemand anders am Telefon erwischte als den Spötter Möller.

Nach wenigen Minuten hatte Pilar die letzte Weggabelung des Tals erreicht. Sie war die ganze Zeit gerannt und ziemlich atemlos, als sie den Weg zur Engelsbachschule einschlug, der sie ein letztes Mal über den Bach führte. Auf dem Brückchen stand ein Mann im Regenmantel und rauchte eine Zigarette. Er trug einen ledernen Hut, dessen Krempe so breit war, dass das Gesicht darunter offenbar trocken blieb. Nicht schlecht, so was, dachte Pilar. Sie spürte die unentwegt herabrinnenden Tropfen unangenehm auf Nase und Wangen und sogar an den Schultern unter dem längst durchnässten Stoff ihrer Jacke. In der Wegbiegung drehte sie sich halb um. Der Mann blickte aufs Wasser und schnipste die Asche hinein.

Was machte der hier bei strömendem Regen im Wald? Möglich, dass er in Bezug auf sie das Gleiche dachte. Vielleicht hatte er sogar den Auftrag, das herauszufinden! Hatte sie diesen Hut nicht unlängst schon gesehen? Im Dunkeln nach der Theaterprobe … Mit einem Mal wurden ihre düsteren Ahnungen zur Gewissheit: Sie wurde beobachtet. Und zwar nicht allein von

Olli. Hatte er Kumpane, die ihm halfen? Hatte Sven seinen Freund per Handy darüber verständigt, was sie vorhatte? Ihr war mulmig zumute. Sie hatte geglaubt, alles im Griff zu haben, nun war sie sich dessen nicht mehr sicher.

Was sollte sie jetzt tun? Den Kopf in den Sand stecken und zu Mama in die belebte Südstadt ziehen, bis sich der Fall von selbst erledigt hatte?

Pilar hatte die Engelsbachschule erreicht. Am Straßenrand sah sie ihr gelbes Auto leuchten wie einen fröhlichen dicken Punkt. Nein, so feige war sie nicht, sie wollte die Sache mit erhobenem Kopf abschließen. Olli war wohl kaum in der Lage, irgendwelche Leute hinter ihr herzuschicken. Der Mann mit dem Regenhut stand dort und rauchte, weil seine Frau es zu Hause nicht duldete, weil sein Hund im Gebüsch war oder aus einem anderen der hundert banalen Gründe, die denkbar waren.

## Ein Jahr zuvor

Renate. Immer wieder ging Lotte dieser Name durch den Kopf. Wenn sie allein im Haus war, nahm sie oft das Foto aus der Handtasche und sprach mit Renate, irgendwas, das ihr gerade einfiel. Meistens ging es um Manfred. Der Monolog begann ihr Spaß zu machen. An sich aber war es der Versuch, näher an diese Person heranzukommen. Renate musste etwa so alt sein wie sie selbst, inzwischen also Ende siebzig. Vielleicht würde sie dieser Frau im wirklichen Leben noch einmal begegnen.

»Heute ist ein besonderes Datum«, sagte Lotte eines Tages, als sie mit dem Foto allein auf der Terrasse saß und nach einer verregneten Woche zum ersten Mal die Junisonne genoss.

Die Handtasche lag auf ihrem Schoß, damit das kleine Bild rasch darin verschwinden konnte, falls Alwin früher als angekündigt nach Hause kommen sollte. Sie wusste, er sah es nicht gern, dass sie mit dem Thema immer noch nicht abgeschlossen hatte.

»Es ist der Geburtstag meines Sohnes, Renate.«

»Ich heiße nicht Renate«, erwiderte das Foto.

Das war zu überraschend. Es hatte noch nie zu ihr gesprochen! Das Bild rutschte ihr aus der Hand und landete neben dem Stuhl. Lotte beugte sich zum Boden hinab. Renate, die nicht Renate hieß, lächelte von unten herauf, als amüsiere sie sich über Lottes Reaktion.

Wahrscheinlich bin ich nicht nur alt, sondern auch verrückt, dachte Lotte. Hatte sie sich das nicht auch schon früher gefragt? Es musste nicht mit dem Alter zusammenhängen.

»Wie heißt du denn?« Es war etwas ungewohnt, von einem Foto eine Antwort zu erwarten. Aber sie kam.

»Mimi.«

»Wie die Frau im Bäckerladen gesagt hat? Aber sie bezog sich auf deine Kindheit, wenn ich richtig verstanden habe. Welcher Erwachsene heißt schon Mimi? Heißt du Marie, Maria, Marion oder Miriam?«

»Hätte ich dann mit ›R. B.‹ unterschrieben?«

»Vor welchen dieser Namen kann man denn ein R spannen? Ich denke mir Mimi als Kurzform für Marie. Mit einem R davor lande ich bei … Rosemarie.«

Das Bild antwortete nicht, es lächelte nur ein wenig intensiver als zuvor.

Alwin hatte im Laufe des Jahres sein Versprechen wahrgemacht, andere Mitglieder des Justizsportvereins nach Renate zu fragen – ohne Erfolg. Nun musste sie ihn bitten, diese Prozedur mit dem Namen Rosemarie zu wiederholen.

Spätabends, als Alwin ein Bad nahm, schrieb Lotte einen Brief an Manfred. Sie hatte ihrem Sohn seit Langem keine einzige Zeile geschrieben, sie hatte geglaubt, es nicht mehr zu können, und doch war es nun wieder so vertraut, als korrespondierten sie regelmäßig.

*Lieber Manfred,*
*Erstaunliches trägt sich zu, und ich weiß nicht, ob ich es will. Es ist nicht immer leicht, den eigenen Willen zu ergründen. Auch scheint mir, dass man sich im Alter mit Entscheidungen schwertut. Den Mann an meiner Seite habe ich heute gefragt, ob jene Renate, von der ich annahm, sie könnte damals im Melbtal etwas bemerkt haben, womöglich anders hieß, nämlich Rosemarie. Er schien verwundert.*
*»Du hast recht, so hieß sie! Jetzt erinnere ich mich sogar daran, dass sie Rose genannt wurde. Mit Winter, der ja auch ab und zu im Justizsportverein auftauchte, hatte ich schon überlegt, ob Renate der falsche Name ist. Wie bist du darauf gekommen?«*
*Ich erklärte es ihm und hoffte, dass ihm der dazugehörige Nachname einfiele. Das war zwar nicht der Fall, doch sagte er zu, sich erneut zu erkundigen.*
*»Wie steht es eigentlich um Erika?«, fragte ich Alwin anschließend, denn auch die Erinnerung an sie und ihren flackernden Blick war wieder in mir erwacht. »Vor langer Zeit hast du mal davon gesprochen, sie sei in großer Gefahr.«*
*»Bei organisierter Kriminalität kann man nie genau wissen, wann die Gefahr gebannt ist«, antwortete er. Werner, sein Bü-*

*rovorsteher, der ein Auge auf sie haben sollte, habe ihre Spur leider schon vor Jahren verloren. Es stehe zu befürchten, dass ihr etwas zugestoßen sei.*
*Erika und Rosemarie …. Mir ist, als hätte ich Deine Akte nie wirklich geschlossen, mein Sohn. Überraschend heftig spüre ich jetzt wieder, wie sehr ich mir von diesen beiden Frauen immer noch Erkenntnisse erhoffe. Doch weder ihnen noch mir verbleibt viel Lebenszeit – falls es nicht schon zu spät ist. Auf meinen wankelmütigen Willen kann ich keine Rücksicht nehmen. Wenn sie noch leben, muss ich sie finden.*
*Was aber wird sein, wenn ich ihnen gegenüberstehe? Bin ich in der Lage, sachlich zu fragen, wie bei unserer ersten Begegnung? Oder sehe ich rot vor Zorn, weil sie mich belogen haben, mich, die unglückliche Mutter? Erdrossele ich sie mit dem Gürtel, ersteche ich sie mit dem Briefmesser?*
*Besser wäre es, ich fände sie nicht.*
*Und vielleicht haben sie nicht gelogen. Man täuscht sich so leicht.*

*In Liebe*
*Deine Mutter*

## 9
## Dienstagabend

Bevor sie losfuhr, wählte Pilar die Nummer ihrer Schwiegermutter. Als Edith sich meldete, startete Pilar den Motor und verließ ihren Parkplatz. Den Rückspiegel hatte sie beinahe mehr im Blick als die Straße vor ihr, sah aber keinen Mann mit Regenhut darin auftauchen. Na also.

»Hallo Edith, hier ist noch mal Pilar. Ich habe gerade –«

»Sprich nicht so schnell, ich versteh dich kaum«, unterbrach ihre Schwiegermutter sie.

»… den Patensohn der verstorbenen Frau Frost kennengelernt.«

»Ach, wie nett, das freut mich.«

»Auf welcher Etage hat sie gewohnt?«

»Auf der ersten, Gruppe Erlenbusch. Meine heißt ja Birkenhain, obwohl ich nirgends eine Birke sehe, sondern nur halb vertrocknete Exemplare von Ficus Benjamini.«

Pilar bog in die Röttgener Straße ein. Der Verkehr war dichter geworden. Sie musste jetzt vor allem nach vorn schauen, während sie ihrer Schwiegermutter, so gut es ging, Ollis Aussehen beschrieb. Edith meinte, einen solchen Mann nie gesehen zu haben.

»Ich kann mich aber gern umhören, ob er am Montag vor einer Woche hier war«, bot sie an.

»Schaffst du das in zehn Minuten?«

»Mein Gott, Pilar, warum ist das so eilig?«

»Ich erklär's dir später.«

Endlich konnte Pilar wieder mit beiden Händen fahren.

Edith Scholz wartete im Parterre vor dem Aufzug.

»Alles erledigt«, rief sie Pilar entgegen. »Ich habe eine Informantin!«

Unglaublich, dachte Pilar, Freddy sollte meine Schwiegermutter als Mitarbeiterin einstellen.

»Frau Wagner von gegenüber war allerdings unergiebig, vielleicht hat sie ferngesehen, und Frau Groß von der Rezeption erinnert sich an nichts, weil sie am Sonntag davor ihre sechs Enkel gehütet hat und am Montag noch fix und fertig davon war. Sie meint, da hätte Angela Merkel auftauchen können, das hätte sie ebenso wenig bemerkt.«

Edith war im Begriff, Pilar zu umarmen, hielt aber erschrocken inne und zog die Augenbrauen hoch. »Wie siehst du denn aus? Wo bist du gewesen?«

Pilar sah an sich herunter. Sie war nicht nur tropfnass, sondern hatte an den Ärmeln, der Hose und den Schuhen reichlich Reste von Erde, Moos und welken Blättern.

»Ich bin vom Regen überrascht worden.«

»Das kann mir nicht passieren. Ich gehe nie aus dem Haus, ohne vorher den Wetterbericht zu lesen.«

Im Aufzug kam Edith zurück zum Thema. »Deinen Andeutungen habe ich entnommen, dass mit dem Mann etwas nicht stimmt. Aber ich glaube, du kannst beruhigt sein.«

Als sie auf der ersten Etage ausstiegen, sah Edith sich um. »Alina? Wo sind Sie?«, rief sie den hell gestrichenen Gang hinunter, an dessen Wänden in großen Abständen Farbdrucke von August Macke hingen. »Alina ist eine Pflegeschülerin«, erläuterte sie. »Im April war sie auch mal auf unserer Etage, sie ist wirklich auf Zack. Wenn die so weitermacht, wird sie noch Leiterin.«

Aus einer Tür auf der rechten Seite trat eine kräftige Blondine mit rosiger Haut und fröhlichen blauen Augen. Sie trug ein Tablett, auf dem eine Schnabeltasse und schmutziges Geschirr standen.

»Ah, da ist sie ja! Alina, das ist meine Schwiegertochter, von der ich Ihnen erzählt habe.«

»Tag.« Alina nickte. »Ja, also, an dem Montag, als die Frau Frost abends … Der Mann, nach dem Sie gefragt haben, der dünne Große, der schon ziemlich alt war …«

»Richtig, um den geht es«, bestätigte Pilar, die ihre Ungeduld kaum verbergen konnte.

»Also, der kam recht spät, als die alte Dame von der Kirche schon weg war.«

»Ups«, entfuhr es Pilar. »Alte Dame?«

»Solche Ehrenamtlichen von den Kirchen kommen hier öfter vorbei.«

»Kannten Sie die Frau?«

»Nee, ich bin noch nicht lange hier.«

»Woher wussten Sie, dass sie von der Kirche war?«

»Sie sah so aus. Eine feine, gut gekleidete mit ganz weißem Haar und einem Stock.«

Einen Moment lang verschlug es Pilar den Atem. Die falsche Gräfin! Den Rollator konnte sie zur Abwechslung durch einen Stock ersetzt haben.

»Können Sie sie näher beschreiben?«

Alina lachte. »Könnten Sie jemand beschreiben, der mal eben an Ihnen vorbeigeht, ohne Sie anzusehen? Ich jedenfalls nicht.«

»Pilar, du hattest doch nach dem schlanken Mann gefragt«, erinnerte Edith.

»Der Mann, der nach der Dame kam, war von der Apotheke«, sagte Alina. »Frau Frost hat ihre Bestellungen ja selbst aufgegeben. Dann ist gegen Abend immer einer gekommen und hat ihr das Zeug gebracht.«

»Den kannten Sie also?«

»Nicht direkt. Meistens kommt ja eine Frau, aber auch nicht immer dieselbe. Aber alle tragen so weiße Tüten mit dem Logo der Max-und-Moritz-Apotheke. Das kennt man halt.«

»Er war dünn, groß und schon älter«, rekapitulierte Pilar. Diese drei Merkmale trafen auf Olli zu.

»Er wirkte halt knittrig und ging etwas vorgeneigt, als er in dem Zimmer verschwand.«

»Wie alt war er wohl?«

»Irgendwas zwischen fünfzig und hundert.« Das rosige Gesicht wirkte plötzlich verärgert. »Warum stellen Sie überhaupt so komische Fragen?«

Pilar war um eine schnelle Antwort verlegen. Die Frage kam nicht unerwartet, aber was sie darauf hatte sagen wollen, war ihr völlig entfallen.

»Ach, ein Verwandter wird gesucht«, flötete Edith in die entstandene Pause. »Er geistert hier oft in der Gegend herum, Sie haben uns sehr geholfen, er ist nämlich krank und deshalb …«

»Ach so. Dann viel Erfolg.« Alina nickte ihnen zu und ging den Gang hinunter.

Pilar grinste. Sie war überwältigt von dieser neuen Seite ihrer Schwiegermutter. »Vielen Dank.«

Edith schüttelte sich. »Ausreden dieser Art sind ein bisschen ungewohnt für mich. Du brauchst das für euren Freund, den Privatdetektiv, nehme ich an? Ich hab's mir schon gedacht, als du das erste Mal hier warst.«

Pilar zog ein schuldbewusstes Gesicht.

»Aber das macht Spaß, Pilar. Hast du noch einen Auftrag?«

»Diese Kirchendame …«

»Ich versuche herauszubekommen, wer das war. Hab ich dafür wieder nur zehn Minuten?«

»Diesmal darf es etwas mehr sein.«

Pilar bedankte sich, sauste zum Parkplatz und setzte sich in ihren Fiesta. Ob der Mann wirklich von der Max-und-Moritz-Apotheke gekommen war, ließ sich leicht feststellen. Die befand sich in der Nähe. Pilar kannte sie, weil sie dort einmal für Edith ein dringendes Medikament besorgt hatte.

In der Fahrenheitstraße fand sie auf Anhieb einen Parkplatz und lief die wenigen Schritte zu dem Eckhaus an der Fußgängerzone. Durch die offene Tür sah sie drinnen zwischen zehn und zwanzig Leute vor der Theke warten. Alle Angestellten schienen beschäftigt, kleine Türme von Arzneimittelpackungen wurden aus dem rückwärtigen Raum geholt, der Apotheker selbst stand am Rand und war in ein Gespräch mit einer Kundin vertieft. Das war kein günstiger Zeitpunkt, um zu fragen, ob man am Montag vergangener Woche jemanden zu Frau Frost geschickt hatte. Das konnte sie auch später klären, notfalls telefonisch. Wichtiger war ihr im Augenblick, in Erfahrung zu bringen, ob man auch in der Villa Wohlfühl einen Mann gesehen hatte, der wie Olli aussah. Pilar wandte sich ab, um zum Auto zurückzugehen.

Nein! Sie sah ihn, bevor er hinter einer Gruppe Menschen auf der anderen Straßenseite verschwand. Die graue Kapuzenjacke, seine dürre Figur, der leicht vorgebeugte Gang – Olli! Sein Auftauchen nahm ihr sekundenlang den Atem. Womöglich war er ihr schon die ganze Zeit auf den Fersen. Er wusste oder ahnte, dass Sven ihn verraten hatte, und wollte sie nicht mehr aus den Augen lassen. Sicher hatte er beobachtet, wie sie zum zweiten Mal an diesem Tag das »Haus am Wald« aufsuchte. Und nun ihre Fahrt zur Max-und-Moritz-Apotheke! Das alles musste Olli, falls er der Mann mit der Tüte gewesen war, in höchste Alarmbereitschaft versetzt haben.

Etwas zittrig lenkte Pilar den Fiesta zum Konrad-Adenauer-Damm. Das Unternehmen wurde ihr langsam unheimlich. Während sie den Damm ganz hinunterfuhr und anschließend Richtung Röttgen abbog, um von dort über den Venusberg nach Kessenich zu gelangen, schaute sie, wann immer möglich, in den Rückspiegel. Es sah nicht so aus, als ob ihr jemand unmittelbar folgte. In dem dichten Verkehr hinter ihr hatte sie zwar gelegentlich den Eindruck, dass ein dunkelgrauer älterer Polo und ein schwarzer Toyota darunter waren, aber sie konnte nicht ausmachen, wer darin saß und ob es immer dieselben Fahrzeuge waren.

Pilar fand die Bergstraße und das in einer Kurve am Hang gelegene Seniorenheim ziemlich schnell. Doch der kleine Parkplatz vor dem Eingang war voll besetzt. Sie wendete, fuhr den Berg hinunter und fand schräg gegenüber der Einmündung einen Platz am Straßenrand. Als sie ausgestiegen war, klopfte sie sich, so gut es ging, die Spuren des Melbtals von der Kleidung und versuchte mit den Händen, ihr feuchtes Haar in Form zu bringen.

An der Rezeption der Villa Wohlfühl saß eine Dame mittleren Alters. Pilar trat mit einem Lächeln an das offene Fenster der Glasscheibe.

»Guten Tag. Ich bin die Tochter einer engen Jugendfreundin der verstorbenen Rose Bolte. Ich bin extra aus München angereist.«

Die Dame musterte Pilar, als könne sie nicht glauben, dass man auf der Strecke von München nach Bonn dermaßen schmutzig wurde.

»Wären Sie so freundlich, mir jemanden zu nennen, der mir über Roses letzte Stunden Auskunft geben könnte?«

»Da kann ich Ihnen nicht weiterhelfen. Frau Bolte legte keinen Wert auf Kontakte innerhalb des Heims.«

»Vielleicht weiß jemand, der auf demselben Flur wohnt, etwas oder jemand vom Personal?«, regte Pilar an.

»Das ist jetzt ungünstig, wir haben Abendessenszeit.«

»Ich gehöre zum selben Flur«, ertönte hinter Pilar eine brüchige Stimme.

Pilar drehte sich um. Die Frau, die auf sie zukam, hatte die neunzig wahrscheinlich schon überschritten und war sehr mager. Ihre Haut spannte sich wie dünner Stoff um ihren Schädel. Das Lächeln wirkte in diesem Gesicht etwas gespenstig, aber ihre kleinen Augen bewegten sich lebhaft hin und her.

»Das ist Frau Schuster, unsere älteste Bewohnerin«, raunte die Rezeptionsdame Pilar zu. »Frau Bolte bewohnte das Zimmer rechts neben ihr.«

»Was möchten Sie gern wissen?«, fragte Frau Schuster.

»Meine Mutter wüsste gern, wer Rose zuletzt lebend gesehen hat.«

»Das klingt fast so, wie man das aus Krimis kennt.« Frau Schuster ließ ein rasselndes Lachen ertönen. »Aber kommen Sie, in meinem Alter kann man nicht mehr so lange stehen.«

Sie steuerte mit überraschend schnellen Schritten ein Sofa an, das der Rezeption gegenüberstand, brauchte aber eine Weile, bis sie mit Hilfe zweier zusätzlicher Kissen bequem saß, und zupfte dann umständlich den Faltenrock über ihren Knien zurecht.

Geduld, Geduld, ermahnte sich Pilar, die sich auf einem Sessel niedergelassen hatte. Wenigstens war es hier so warm, dass ihre nassen Sachen schon ein bisschen trocknen konnten.

»Erst mal war die Dame vom Hörstudio bei ihr«, hob Frau Schuster schließlich an. »Vorher war die nämlich bei mir.«

»Eine ältere Frau?«, fragte Pilar.

»Nein, blutjung! Und sie hat auch nichts getaugt. Ich war nach der Hörgerätkontrolle auf der Dichterlesung und hab kein Wort verstanden. Als ich zurückkam, sah ich den Mann vom Sanitätshaus bei Rose reingehen. Aha, dachte ich, jetzt kriegt sie ihre Rheumawäsche. Da freut sie sich.«

»Kannten Sie den Herrn?«

»Das nicht. Die müssen fünfzig Angestellte haben, da kommt jedes Mal ein anderer. Man erkennt sie an der großen Leinentasche mit dem Aufdruck ›Sanitätshaus Sauer‹.«

Pilar fragte nach dem Aussehen dieses Mannes.

»Dazu kann ich nicht viel sagen. Ich habe ihn nur kurz von der Seite gesehen, als sich die Tür vom Aufzug öffnete, und dann verschwand er schon in Roses Zimmer. Er hat mich gar nicht bemerkt. Mir kam er groß und dünn vor. Auf dem Kopf hatte er so eine Schiebermütze, wie sie früher die ganz einfachen Männer trugen.«

»Welches Alter wird er gehabt haben?«

»Oh, der war noch jung.«

»Jung?« Pilar konnte ihre Überraschung kaum verbergen.

»Nicht so jung wie das Fräulein vom Hörstudio oder wie Sie. Er hatte schon Falten im Gesicht, war aber deutlich jünger als ich. Fragen Sie einfach im Sanitätshaus Sauer nach ihm.«

Frau Schuster tat Pilar noch den Gefallen, eine Pflegerin, die an jenem Mittwoch Spätdienst hatte, zu fragen, ob sie diesen Mann oder sonst jemanden bei Frau Bolte bemerkt hätte. Aber die Pflegerin verneinte und meinte, wenn ein Besucher nur ein paar Minuten lang da sei, bekomme sie das oft nicht mit. Die Dame an der Rezeption konnte dazu ebenso wenig sagen und erklärte, wenn sie, wie häufig, am Bildschirm zu tun habe, sei es schlechterdings unmöglich, sich auf die eintretenden Personen zu konzentrieren.

Pilar bedankte und verabschiedete sich. Wieder hatte sie den Eindruck, dass alles bestens zusammenpasste. Ein Mann, der seiner Erscheinung nach Olli glich, hatte sowohl Erika als auch Rose kurz vor ihrem Tode aufgesucht. Es sah so aus, als habe Sven die Wahrheit gesagt. Wenn Erika und Rose keines natürlichen Todes gestorben waren, musste Olli der Mörder sein.

Sie ging das Stück Bergstraße hinunter, das sie von ihrem Auto trennte. Als sie das Ende der langen Kurve erreicht hatte, wollte sie die Straße überqueren, hörte aber hinter sich einen Wagen den Berg herunterkommen. Sie drehte sich um und erblickte einen weißen Lieferwagen, der noch weit entfernt und zudem sehr langsam war. Sie betrat die Fahrbahn.

Der Motor heulte auf.

Das Fahrzeug schoss auf Pilar zu. Das war's, durchfuhr es sie. Ihre Muskeln spannten sich, sie sprang, sie flog fast – auf die Kühlerhaube des nächststehenden Autos. Geschafft. Die Kraft, die die Todesangst verleiht. Der Lieferwagen brauste vorbei. Der Fahrtwind schien sie mitreißen zu wollen. Taumelnd nahm sie ein verschmutztes, unlesbares Nummernschild wahr.

Sie kauerte sich auf die Motorhaube des Autos, presste die Stirn gegen das kühle blaue Blech und brach in Tränen aus. Das durfte doch nicht wahr sein! Sie zitterte, es wollte nicht aufhören.

»Beste bekloppt?« Im ersten Stock eines der Häuser hatte sich ein Fenster geöffnet. Aus dem Hintergrund war eine Fernsehsendung zu hören. »Nu ävve flöck von däm Jupp sing bässte Stöck eronde!«

»Mich wollte einer überfahren«, verteidigte sich Pilar.

»Esu?«, tönte es ungläubig. »On wi vell Rattsche senn do jetz dropp?«

»Kein einziger«, fauchte Pilar und glitt von dem glänzenden BMW hinunter. Was für ein Glück, dass sie Turnschuhe anhatte. Mit Absatzschuhen hätte sie keine Chance gehabt.

Mit weichen Knien ging sie die wenigen Schritte zu ihrem Auto, ließ sich hinters Lenkrad sinken und atmete erst mal tief und lange durch. Das Zittern legte sich allmählich, aber sie fror und fühlte sich kränklich in der immer noch feuchten Kleidung, die kalt auf ihrer Haut lag. Noch schwerer zu ertragen war der Zorn. Nicht nur auf den idiotischen, wahrscheinlich besoffenen Fahrer, sondern auch auf die dämliche Anwohnerin.

Das Handy klingelte. »Freddy«, las sie auf dem Display.

»Pilar, ich bin das Tal zweimal rauf- und runtergedüst. Kein Gernot, kein Olli.«

»Olli ist nicht im Melbtal. Ich hab ihn auf dem Brüser Berg gesehen«, sagte Pilar und blickte in den Rückspiegel.

»Hättest du mir nicht Bescheid geben können?«, knurrte Freddy verärgert. »Ich bin so nass, als wäre ich in Klamotten schwimmen gegangen.«

Pilar zuckte zusammen. Durch die Tropfen auf der Heckscheibe sah sie einen dunkelgrauen VW Polo die Bergstraße herunterkommen. Der längliche Kopf hinter der Windschutzscheibe war eindeutig Ollis.

»Jetzt ist er hier. Nähe Villa Wohlfühl. Er fährt gerade an mir vorbei. Und wartet vermutlich hinter irgendeiner Ecke auf mich.«

»Was soll das denn?«

»Stehst du auf der Leitung? Der ahnt, dass ich Zeugen für seine Besuche in den Seniorenheimen aufgetan habe!«

»Der war also auch dort? Und was will er jetzt von dir? Dich zur Schnecke machen?«

Sie sah auf die Autouhr. »Freddy, ich muss die Hunde abholen, Rita geht dienstags zum Kirchenchor. Und zuerst muss ich nach Haus. Ich ähnele einer Wildsau, so kann ich nicht in Ritas sauberer Wohnung auftauchen. Tu mir einen Gefallen, es eilt, womöglich haben sie schon zu. Bei Erika war ein Mann aus der Max-und-Moritz-Apotheke und bei Rose einer vom Sanitätshaus Sauer. Wenn du bei beiden noch jemanden erreichst, frag bitte nach, ob sie am Montag beziehungsweise Mittwoch letzter Woche jemanden geschickt haben. Mit dem Smartphone findest du die Nummern ja schnell.«

»Max und Moritz zu Erika, Sauer zu Rose«, wiederholte Freddy. »Erledige ich sofort, Frau Detektivin.«

»Mach dich nicht lustig über mich, es könnte ernst sein.«

Freddy hatte bereits aufgelegt. Sie hatte ihm nicht mal die Sache mit dem Lieferwagen erzählt! Besoffener Fahrer … Während sie am Fuß des Venusbergs entlangfuhr, dämmerte ihr, dass es anders sein konnte. Mörderischer Fahrer … Killerfahrer … Sie konnte sich nicht vorstellen, dass Olli Kumpane hatte, die so etwas für ihn erledigten. Aber wer konnte sonst dahinterstecken? Doch nicht etwa Frau Uhlgass? Ihr schwindelte. Auf was hatte sie sich da eingelassen? Sie war wahnsinnig. Das musste aufhören.

***

Verkaufen ist nicht so einfach, stellte Birgit fest. Beraten, abwiegen, zusammenrechnen, kassieren, Wechselgeld herausgeben. Wenn drei oder vier Kunden vor ihr standen, wurde sie nervös und geriet mit den Zahlen durcheinander. Ein Glück, dass das selten vorkam. Das Angebot war auch nicht allzu üppig, denn Nele, die Bäuerin, beschränkte sich überwiegend auf Produkte, die keine langen Wege zurückgelegt hatten. Manche Kunden waren nur an Neles Grünkernfrikadellen oder an ihrem Dinkelbrot interessiert, von dem Birgit gerade den letzten Laib verkauft hatte.

Eine schlanke Frau in einem eleganten hellen Kostüm blickte aus ungefähr zehn Metern Entfernung schon eine Weile herüber. Wenn sie auf den Bus wartet, dachte Birgit, müsste sie eigentlich in die andere Richtung schauen. Das Gesicht unter dem braunen Regenschirm wirkte sehr blass. Sie sah unentschlossen aus.

Als sich kein anderer Kunde näherte, rief Birgit ihr zu: »Die Erdbeeren sind heute super aromatisch! Möchten Sie probieren?«

Die Frau kam auf den Stand zu. Auch aus der Nähe und ohne den Schirm, den sie gerade zuklappte, sah sie so aus, als ob sie ein paar Vitamine gebrauchen könnte.

»Danke, mir ist nicht danach«, sagte sie leise. »Kommt Herr Stieger heute noch einmal?«

»Ja, bestimmt. Obwohl – ich bin mir nicht ganz sicher.«

Die Fremde blicke Birgit interessiert an. »Er ist wohl als Detektiv unterwegs.«

»Um was geht es denn? Ich bin seine … Freundin. Ich könnte ihm was ausrichten.« Sie hätte gern *Verlobte* gesagt, aber sie brachte das Wort nicht über die Lippen, es war so altmodisch.

Ein Leuchten erhellte das Gesicht der blassen Frau. »Sind Sie die Nichte von Herrn Meister?«

»So ist es. Birgit Nettekoven.«

»Es geht um …« Die Dame sah sich um. »Ich bin Gesa Ludwig, die Tochter der verstorbenen Rose Bolte.«

»Ah«, sagte Birgit, um zu signalisieren, dass ihr der Name vertraut war.

»Ich habe Herrn Stieger vorhin Aufzeichnungen meiner Mutter gezeigt, und nun …« – erneut sah sie sich um – »… habe ich noch mehr entdeckt.« Sie zog ein mattschwarzes Büchlein aus ihrer Handtasche und legte es im Schutze der Kartoffelkiste auf den Tisch. »Ich habe zurückgeblättert. Wie weit, weiß ich nicht genau, mir wird alles zu viel. Erst der Schock, dann all die schrecklichen Dinge, die man regeln muss, ich bin davon so fertig, mein Sohn ist in Australien, und ich …«

Birgit griff hinter sich nach der Thermoskanne. »Trinken Sie erst mal einen Schluck heißen Tee, das wird Ihnen guttun.«

Sie reichte Gesa den Becher. Der Tee dampfte und roch nach allerlei Gewürzen, ein Wintertee, aber für das Wetter durchaus passend.

Gesa nahm einen großen Schluck. »Wenn ich mich auf Sie verlassen kann, soll der Kalender hierbleiben. Schieben Sie ihn bitte unauffällig in Ihre Tasche. Herr Stieger muss das so schnell wie möglich sehen. Meinen Sie, er kann sich heute noch darum kümmern?«

»Ich denke schon.«

»Er wird die richtige Stelle finden. Dann soll er mich anrufen.«

Birgit ließ den Kalender in ihrer Umhängetasche verschwinden, die sie auf dem Stuhl neben sich aufbewahrte. Gesa Ludwig stellte den geleerten Becher ab, spannte den braunen Schirm auf und entfernte sich.

In der großen Birke hinter dem Stand rauschte der Regen wie in einer Dusche. Birgit ließ ihre Augen die Straße hinauf- und hinunterwandern. Es fuhren zahlreiche Autos vorüber, aber sie sah keinen einzigen Fußgänger. Sie stellte ein paar Saftflaschen als Sichtschutz auf, holte den Kalender wieder hervor und schlug ihn unter der Tischkante auf. Für jeden Tag gab es eine ganze Seite, und fast jede war bis in die unteren Ecken angefüllt mit handschriftlichen Notizen. Birgits Blick blieb an einer Seite hängen, die nicht ganz so dicht beschrieben war.

*Wenn Leute eine gemeinsame Putzfrau haben, ist das immer ein Risiko. In diesem Fall für ihn. Aber er ahnt natürlich nicht, wo D. sonst noch putzen geht. Seine Frau, die sicher nichts von mir weiß, hat sie eingestellt.*

Schritte näherten sich auf dem Bürgersteig. Hastig klappte Birgit das Büchlein zu, schob es tief in die Tasche und schloss ruckartig den Reißverschluss. Der junge Mann, der im selben Moment vor dem Tisch erschien, grinste, als amüsiere es ihn, sie bei einer Heimlichkeit beobachtet zu haben. Aber dann hatte er nur noch Augen für die Erdbeeren – falls sie sich nicht täuschte.

***

Auf der Kreuzung am Marienhospital sah Pilar den dunkelgrauen Polo hinter sich. Das Licht fiel auf einen schmalen Kopf, ein mageres Männergesicht. Im nächsten Augenblick spiegelte die Scheibe wieder und machte es ihr unmöglich zu überprüfen, ob sie richtig gesehen hatte. Sie versuchte das Nummernschild zu entziffern. Im Rückspiegel Buchstaben und Zahlen zu lesen und gleichzeitig den Wagen zu steuern war schwierig, und sich das Kennzeichen zu merken schien ihr fast unmöglich.

Der Graue blieb zurück. Ein schwarzer Toyota, der ihr ebenfalls bekannt vorkam, erschien im Rückspiegel und schob sich zwischen ihren Fiesta und den Polo. Hinter der Windschutzscheibe saßen zwei Personen. Einen verrückten Moment lang hoffte sie, es könnten Polizeibeamte in Zivil sein, die den Verdächtigen bereits im Visier hatten – es wäre so schön.

Andere Wagen tauchten hinter ihr auf, doch Ollis Polo war noch zu sehen. Möglicherweise hatte er gemerkt, dass sie ihn erkannt hatte, und blieb deshalb zurück. Sie entschloss sich, Umwege zu fahren, um ihn abzuschütteln. Auf keinen Fall wollte sie nach Hause fahren, solange sie Olli auf ihrer Spur wusste. Richard und Damian waren nicht da, und Lukas käme erst in tiefer Nacht, weil er seit dem Abi von einer Party zur nächsten pilgerte. Wenn Olli wirklich Sven ins Melbtal beordert hatte, um ihr eine Abreibung zu verpassen oder sie aus dem Weg zu räumen, konnte er selbst kaum etwas Harmloseres vorhaben.

Auf dem Venusberg herrschte in Nähe der Universitätskliniken reger Verkehr. Pilar fuhr am Klinikgelände entlang. Aus der Hauptpforte kamen weitere Autos und mischten sich in die Reihe hinter ihrem Fiesta. Aber immer wieder sah sie den mattgrauen Polo irgendwo hinter sich, ebenso wie einen schwarzen Wagen, der wie ein Toyota aussah, auch wenn auf die Entfernung nicht erkennbar war, ob es dasselbe Fahrzeug war wie zuvor. Ihr war klar, dass es massenhaft schwarze und graue Autos gab, aber dennoch …

In Ippendorf bog Pilar in die Röttgener Straße ein und fuhr durch den Ort. Als sie den Abzweig zur Ferdinandstraße erreichte, entschied sie im letzten Moment und ohne den Blinker zu setzen, dort einzubiegen und durch das Wohnviertel oberhalb des

Melbtals zu fahren. Der Polo war, wie sie gehofft hatte, weiter der Hauptstrecke gefolgt. Sie bog mehrfach rechts und links in neuere Straßen ein, die sie nicht kannte, und fuhr dann in eine Parkbucht. Mal abwarten, ob er kommt, beschloss sie und beobachtete den Rückspiegel.

Es dauerte ein paar Sekunden, und der graue Polo bog um die Ecke. Er fuhr an ihrem Fiesta vorbei und wendete vor der nächsten Biegung. Der Fahrer blickte herüber. Mist. Er hatte sie bemerkt. Natürlich, ihr gelbes Auto war kaum zu übersehen. Zorn wallte in ihr auf. Sie ließ das Fenster herab.

»Was willst du von mir?«, rief sie giftig. »Warum fährst du mir hinterher?«

»Ich? Dir?« Olli grinste schief. »Nimm dich nicht so wichtig, Mädchen. Du bist zwar ganz hübsch mit deinen Kohleaugen, aber –«

»Red keinen Stuss! Du fährst doch nicht zufällig dieselbe Strecke wie ich.«

»Ich gurke nur zum Spaß hier rum, hübsche Gegend, hab doch nicht darauf geachtet, wer vor mir ist. Entschuldige, meine Holde!«

Pilar sah ein Funkeln in seinen Augen, das seine Worte Lügen strafte. Ich kann die Polizei anrufen, dachte sie, ich kann auch bei der Wache vorfahren. Er würde weiterfahren, und ich wäre ihn los. Bis er morgen aufs Neue loslegt …

»Wohnst du hier?« Ollis Blick wirkte lauernd. Er deutete auf ein Straßenschild. »Luigi-Pirandello-Straße?«

Er weiß nicht, wo ich wohne, schloss sie daraus, das ist gut.

»Verschwinde.«

»Was für ein böser Blick«, rief er aus. »Sorry, sorry, ich mach mich schon vom Acker.«

Sein altes Auto heulte heiser auf, hinterließ eine giftig riechende Wolke und bog um die Ecke. Am Fenster hatte Pilar seine drohend erhobene Faust gesehen.

Ihr Handy klingelte. Freddy!

»Hast du was rausgekriegt?«

»Es hat ein bisschen gedauert, weil die Nummern besetzt waren, und als ich endlich durchkam, waren die richtigen Kolleginnen nicht sofort greifbar.«

»Und?«

»Die Apotheke hat niemanden zu Frau Frost geschickt und das Sanitätshaus niemanden in die Villa Wohlfühl.«

Pilar holte tief Luft. »Freddy, ich wette mit dir, dass der Mann mit der Apothekentüte und der mit der Sanitätshaustasche identisch sind. Der Trick ist derselbe. Nach dem, was ich in den Heimen erfahren habe, muss dieser Mann in beiden Fällen Olli sein. Und warum ist er dort aufgekreuzt? Um die Tanten umzubringen, was sonst? Jetzt haben wir was in der Hand.«

»Nun mal langsam, Pilar. Das sind bestenfalls schwache Indizien.«

»Kannst du mir einen Grund nennen, warum mir Olli die ganze Zeit folgt, wenn er nicht der Mörder ist?«

»Bist du noch im Auto, ist er jetzt hinter dir?«

»Moment mal. Bleib dran.«

Sie fuhr aus der schmalen Wohnstraße in Richtung Buchholzstraße, der sie weiter folgte bis zum Bernhard-Berzheim-Platz. An der Kreuzung kontrollierte sie die Wagenreihe im Rückspiegel: ein silberfarbener Opel, ein roter Sportwagen, ein schwarzes Auto – ein dunkelgrauer Polo. Er musste irgendwo gewartet haben, bis sie vorbeikam.

»Er ist noch hinter mir.«

»Vielleicht will er dich nur einschüchtern.«

»Der hat schon gemerkt, dass das bei mir nichts nützt.«

»Soll ich die Polizei anrufen?«

Pilar bog links ab in den Gudenauer Weg. »Freddy, ich weiß, dass die Indizien zu schwach sind. Er kann sich rausreden. Und ich will ihn überführen.«

»Was hast du vor?« Sie vernahm Unbehagen in Freddys Stimme. Er war beunruhigt. Zu Recht.

»Ich fahre jetzt auf Umwegen zum Kreuzberg, Freddy. Das gibt dir genug Zeit.«

»Mir?«, rief er entsetzt. »Ich sitz in der Schutzhütte im Melbtal und tropfe!«

»Wenn sich auf dem Berg niemand aufhält, was bei dem Wetter gut möglich ist, wird er mich angreifen.«

»Wie kommst du darauf?«

»Freddy, ich spüre es mit jeder Faser. Und wenn es wirklich dazu kommt, muss er der Polizei erklären, warum er gegen mich Gewalt anwenden wollte. Das heißt, wir haben ihn.«

»Was ist das für eine Schnapsidee? Das ist der helle Wahnsinn! Warum holst du nicht deine Hunde und fährst nach Haus?«

»Darauf wartet er doch nur. Ich will nicht, dass er erfährt, wo ich wohne.«

»Weiß er das noch nicht? Er hat dich doch beobachtet?«

»Bisher habe ich ihn nur in der Umgebung der Seniorenheime und in der Nähe von Frau Altenthals Haus gesehen. Nie bei uns.« Pilar bog in den Haager Weg ein und fuhr wieder Richtung Venusberg. Im Rückspiegel war kein grauer Polo mehr zu sehen. »Freddy, als ich damals im Fall Holzbeisser im eigenen Haus überfallen worden bin, habe ich mir geschworen, dass mir das nie wieder passiert. Ein Haus kann eine Falle sein.«

»Und du meinst, der verregnete Kreuzberg sei sicherer?«

»Bei uns kann er zuschlagen, wenn ich den Abfalleimer leere, die Post reinhole oder dem Kater die Terrassentür öffne. Die Hunde sind keine Wachhunde, die hindern ihn nicht, und unser Haus steht frei, umgeben von Büschen und Garagen. Er kann mich ungestört beobachten und angreifen, wann er will. Nein danke.«

»Kennst du dich so gut aus in der Seele eines Mörders?«

»Das klingt nach Oberkommissar Möller.«

»Willst du nicht bei Rita bleiben?«

»Es ist besser, wenn ich Ort und Zeitpunkt selbst bestimme. Den Kreuzberg kenne ich besser als meine Handtasche.«

»Wenig plausibel, bei dem Chaos in deiner Tasche«, grummelte Freddy.

»Komm dorthin. Bring am besten irgendwen mit. Versteckt euch an geeigneter Stelle. Er soll sich absolut sicher fühlen.«

Pilar fuhr die gewundene Robert-Koch-Straße den Venusberg hinab. Hinter ihr war nur ein Taxi, aber bereits in der nächsten Kurve sah sie die Motorhaube des dunkelgrauen Polos wieder im Rückspiegel auftauchen.

»Vor allem ruf die Polizei an. Aber nicht, dass da auffällig ein Polizeiauto rumsteht. Dort oben kommen vier Pilgerwege an, die müssen sie versperren, damit er nicht abhaut. Dann sollen sie ihn schnappen, wenn er mich angreift.«

»Du wirfst dich als Köder hin! Da muss die Polizei ja kommen. Wie kann ich dich davon abhalten?«

»Überhaupt nicht.«

Freddy seufzte. »Ich rede mit meinem alten Freund Kommissar Kohl.«

»Klingt gut.«

»Und wenn er mir diese Räubergeschichte nicht abnimmt? Dann schickt er höchstens einen Streifenwagen.«

»Ob er mitspielt, hängt von deiner Überzeugungskraft ab. Mach ihm klar, dass der Mann gefährlich ist.«

»Hast du keine Angst?«

»Nein«, log Pilar.

Natürlich hatte sie Angst, die ganze Zeit schon. Aber wenn nicht bald etwas geschah, würde die Angst sie die ganze Nacht beherrschen, den nächsten Tag und womöglich länger. Gedanklich hatte sie bereits durchgespielt, wie Ollis Angriff ablaufen könnte. Sie war flink, geschmeidig und schnell wie ein Wiesel, auch wenn sie jetzt bereute, ihren begonnenen Selbstverteidigungskurs abgebrochen zu haben. Olli wirkte jedenfalls nicht halb so beweglich. Wenn in den Pilgerwegen Polizei lauerte, müsste die Rechnung aufgehen.

»Du liest zu viele Thriller. Dort kommen die Helden immer mit einem blauen Auge davon«, sagte Freddy.

»Vielleicht passiert ja gar nichts, vielleicht greift er nicht an.«

»Dann wird Kohl auch nicht begeistert sein.«

»Beeil dich, ich kann nicht länger diskutieren. Ich lenke die ganze Zeit mit einer Hand.«

»Denk mal über eine Freisprechanlage nach.«

»Kannst du in zwanzig Minuten alles arrangieren?«

Sie wartete die Antwort nicht ab. Die Polizei konnte im Bedarfsfall schnell sein. Wenn Freddy nur nicht zu lang brauchte, um seinen Kommissar zu überreden!

***

»Wer bist denn du?«, fragte der große, breitschultrige Mann in Gummistiefeln, als er aus dem Lieferwagen mit der grünen Aufschrift »Neles Biohof« ausstieg. »Ich bin der Jost.«

Birgit erklärte ihm, dass sie Freddy vertrete.

Er fragte nicht weiter nach. »Hast jedenfalls gut verkauft, trotz des Wetters. Das letzte Körbchen Erdbeeren ist für dich.«

Sie half ihm beim Einladen der übrig gebliebenen Ware. Zu zweit zogen sie die Plane über das Gestänge hinunter. Der Stand sah jetzt aus wie ein großer Kasten, auf dem ein Künstler die danebenstehenden Birken porträtiert hatte, um ihn der Umgebung anzupassen.

Während Jost mit dem Lieferwagen davonfuhr, begab Birgit sich auf die andere Straßenseite und stieg in ihren Twingo. Sie wählte Freddys Handynummer an. Schon wieder besetzt! Es war ihr dritter Versuch.

Sie fuhr zum Kurfürstenplatz nach Röttgen. Als sie dort am Bordstein parkte, fiel ihr ein, dass sie zu Freddys Häuschen keinen Schlüssel besaß, was bisher nie ein Problem gewesen war, weil sie sich immer abgesprochen hatten. Nun blieb ihr nichts anderes übrig, als im Auto sitzen zu bleiben und zu warten. Billy war beim Hundesitter, der auch einen Schlüssel hatte, aber Birgit wusste nicht genau, wo er wohnte. Sie versuchte es noch einmal auf Freddys Handy. Diesmal ging sofort die Mailbox dran. Hatte er sein Telefon ausgestellt? Warum? Sie wurde unruhig. Als sie vor zwei Stunden am Stand erschienen war, hatte sein Aufbruch mehr als überstürzt gewirkt. Nicht mal ein Kuss auf die Wange war drin gewesen. Er hatte sich auf sein Fahrrad geschwungen und war über die Kreuzung gedüst, als nähme er an einem Radrennen teil. Aber es war müßig, darüber nachzudenken, was das alles bedeutete. Lieber wollte sie ein bisschen dösen.

Birgit lehnte sich gegen die Kopfstütze. Aber statt schläfrig zuzufallen, wanderten ihre Augen zu der Umhängetasche auf dem Beifahrersitz. Ihre Hand streckte sich nach dem Reißverschluss aus, und ohne dass Birgit den bewussten Entschluss dazu gefasst hatte, zog sie das schwarze Büchlein heraus und schlug es auf. Sie fand die Stelle, an der sie abgebrochen hatte. Es war ein Eintrag von Ende Mai.

*Wie hätte er darauf kommen sollen, dass D. auch für meine Tochter arbeitet, die einen anderen Namen trägt als ich? Eben hat sie mich angerufen und mir erzählt, was sie von D. gerade erfahren hat: Ein Verlag will ein Buch über ihn herausbringen! Ich war wie elektrisiert. Was ich fühlte, war unbeschreiblich. Endlich, war mein erster Gedanke, endlich eine Gelegenheit, die ich nutzen kann. Mein zweiter Gedanke war: Ich muss mit E. reden.*

Birgit klappte den Kalender zu. Ob Freddy etwas damit anfangen konnte? Wenn man wenigstens wüsste, wer dieser nebulöse *Er* war, dem Rose nicht mal einen Anfangsbuchstaben gönnte und über den es ein Buch geben sollte, was aus irgendeinem Grund eine Sensation war. *E…*, grübelte sie, während sie den Kalender zurück in ihre Tasche schob. Das konnte Erika aus dem »Haus am Wald« sein, falls die Frauen sich kannten. Zwei Frauen. Ein Er.

Im Augenwinkel nahm Birgit etwas wahr. Sie hob den Kopf. Ein paar Meter weiter trat Frau Wildhuhn vom Vorgarten auf den Bürgersteig. Der Regen hatte inzwischen aufgehört, aber die Wolkendecke war immer noch tiefgrau und erweckte den Eindruck, dass es bald dämmern müsste.

Frau Wildhuhn hielt in der Hand einen Lappen. Sie musterte ihren Zaun, der seit gestern schwarz war, und fing an, ihn trocken zu reiben. Plötzlich drehte sie sich um. Manche Menschen spüren es, wenn sie beobachtet werden, dachte Birgit.

Die alte Dame winkte ihr zu. Birgit ließ die Fensterscheibe herunter. Sie wechselten einen Gruß.

»Gefällt Ihnen mein Zaun?«

»Mit den roten Rosen dahinter wirkt das Schwarz richtig schick«, erklärte Birgit. »Ist ja auch eine praktische Farbe.«

»Oh, da irren Sie sich! Auf Schwarz sieht man den Staub viel mehr als auf jeder anderen Farbe. Und vor allem die Regentropfen. Übrigens« – Frau Wildhuhn trat näher an den Twingo heran – »habe ich die Person mit dem Rollator schon lange nicht mehr zu Herrn Stieger kommen sehen. Ob sie gemerkt hat, dass ich ihm den Tipp gegeben habe?«

»Keine Ahnung.«

»Mir ist dazu etwas eingefallen.« Durch ihr schwabbelndes

Kinn lief ein Zittern. »Man muss dieser Frau wohl manches nachsehen. Sie hat ihren einzigen Sohn durch einen tragischen Unfall verloren, kaum zwei Kilometer von der Rechtsanwaltskanzlei entfernt, in der sie gearbeitet hat.«

Birgit versuchte, sich eine jüngere, trauernde Frau Uhlgass vorzustellen. Bei alten Leuten nimmt man immer nur ihre achtzig, neunzig oder hundert Jahre wahr, ging ihr durch den Kopf. Man sieht ihren Verfall, aber nicht ihre Geschichte, in der sie Verluste, Schmerzen und Demütigungen erlitten haben. Und als sie Kinder waren, herrschte Krieg.

»Aber Sie mögen diese Frau nicht«, stellte Birgit fest.

»Nun ja …« Das Doppelkinn bebte. »Sie wissen, wie das ist, Sie sind ja auch keine zwanzig mehr. Wenn eine Frau in fortgeschrittenem Alter auf einen herrlichen Menschen, kurzum den Mann ihres Lebens stößt, ist sie nicht erfreut, wenn eine andere ihn ihr vor der Nase wegschnappt!« Ein Seufzer schloss das Bekenntnis ab.

Ach, so ist das, dachte Birgit und nickte verständnisvoll. Auch Frau Wildhuhn hatte ihre Geschichte, auch ihr musste man manches nachsehen.

»Oh – mir fällt noch etwas ein«, platzte Frau Wildhuhn in Birgits Grübelei.

»Ja?«

»Weiß wäre die richtige Farbe. Das hat so was Adrettes.«

Um sie herum war es dunkler geworden, und als hätte jemand über ihnen eine Brause aufgedreht, ging ein neuer Regenguss nieder. Frau Wildhuhn flüchtete ins Haus. Birgit schloss ihr Fenster. Sie wandte sich um und spähte durch die mit Tropfen übersäte Heckscheibe. Freddy und sein Fahrrad waren nicht zu sehen.

***

Als Pilar nach einem Umweg durch einige Südstadtstraßen am Poppelsdorfer Platz eintraf und bergauf nach Ippendorf fuhr, stellte sie fest, dass der Polo seit einer Weile nicht mehr im Rückspiegel aufgetaucht war. In der Schlange hinter ihr bemerkte sie zwar einige dunkelgraue Autos, aber sie schienen alle ein bisschen anders zu sein als Ollis Polo, glänzender, heller, neuer, kleiner oder größer. Während es weit und breit nur einen einzigen honiggelben Fiesta gab … Sie kontrollierte noch einmal den Rückspiegel. Es sah ganz so aus, als hätte ihr Verfolger aufgegeben.

Und nun hatte sie bereits alle Hebel in Bewegung gesetzt für seinen Auftritt auf dem Kreuzberg, mit Polizeiaufgebot und allem! Wie stand sie da, wenn er nicht kam? Eine hysterische Krimi-Liebhaberin. Ein Fall für eine beschämende Glosse in der Zeitung. Halb Bonn würde sich kaputtlachen, Möller würde sie vorwurfsvoll auf die Kosten eines sinnlosen Polizeieinsatzes hinweisen und mit einer Rechnung drohen, die sie bitte schön zu bezahlen hätte. Sie stöhnte auf und hoffte beinahe, dass es Freddy nicht gelungen war, seinen Freund und Kommissar zu überzeugen. Der Gedanke daran, ihm erklären zu müssen, warum sie fälschlicherweise gedacht hatte, dass es zu einem Angriff auf sie kommen würde, machte sie fix und fertig.

Sie sah wieder in den Spiegel. Hinter ihr war eine lange Reihe Fahrzeuge, darunter ein Linienbus. Möglich, dass sich dahinter ein Polo verbarg. Ihr war, als hätte sie für einen kurzen Moment den grauen Kotflügel gesehen. Keine Entwarnung, stellte sie befriedigt fest, denn jetzt wollte sie um jeden Preis, dass ihre These richtig war und nicht als Grille einer überspannten Frau abgetan würde.

Als sie die Ippendorfer Höhe erreichte, waren die zwanzig Minuten, die sie Freddy gegeben hatte, längst vorüber, der Anruf war mindestens eine halbe Stunde her. Sie brauchte keine weiteren Umwege, sie konnte in den Stationsweg einbiegen und direkt zum Kreuzberg fahren. Kein Wagen folgte ihr um die Kurve. Sie schüttelte ihre schweißnassen Hände aus und versuchte, sich zu entspannen. Die letzten Einfamilienhäuser blieben zurück, nur linker Hand lagen noch wenige parkartige Anwesen, und schon erreichte sie die Stelle, die für sie seit ihrer Kindheit etwas Besonderes war: die große freie Wiese mit dem Blick auf das tiefer liegende Bonn. Ein düsterer Himmel überspannte Häuser und Türme der Stadt, die in einem Gespinst aus Regen und Nebel zu versinken schien.

Pilar fuhr einige Meter weiter, am ehemaligen Kloster und der Kirche vorbei. Die Hauptpforte des Vorbaus war noch geöffnet und gab den Blick auf die *Scala Sancta* frei, eine Nachbildung der Treppe, die angeblich vom Palast des Pilatus stammte und nach einer Legende von der heiligen Helena nach Rom gebracht worden war.

Der lang gestreckte Platz gegenüber, auf dem sonst meistens ein paar Autos quer zum Weg standen, war leer. Die Bäume und Büsche, die ihn in dichter Reihe zur Hangwiese begrenzten, glänzten vor Nässe. Niemand war zu sehen, kein anderes Fahrzeug und kein anderer Mensch auf diesem uralten Wallfahrtsberg, der neben dem Venusberg als nordöstlichste Erhebung der Eifel galt. Was für ein Ort, um auf einen Mörder zu warten!

Vor den letzten beiden Bäumen des Parkplatzes hielt Pilar an. Sie stellte den Motor aus und verriegelte den Wagen von innen. Nichts schien sich zu rühren. Nach und nach beschlugen die Fensterscheiben. Pilar wischte sie frei, um nach allen Seiten gute Sicht zu haben. Es störte sie, dass der Stationsweg, auf dem sie eben gekommen war, nicht so gerade verlief, wie sie es in Erinnerung gehabt hatte. Wenn ein Auto auf Höhe der letzten Grundstücke parkte, konnte sie es von ihrem Standpunkt aus nicht sehen.

Fahrig zog sie ihr Handy aus der Jackentasche. Dabei flog der kantige Stein aus dem Melbtal heraus und verschwand zwischen den Sitzen. Während sie Freddys Nummer antippte, tastete sie danach, fand ihn aber nicht. Bei Freddy meldete sich nur die Mailbox. Wenn sie wenigstens wüsste, ob er sein Handy nur ausgestellt hatte, weil er sich hier versteckt hielt! Und ob die Polizei in der Nähe war oder es abgelehnt hatte, zu kommen … Und ob ihre Situation gefährlich war oder einfach nur lachhaft.

Irgendwas lief hier schief. Sie glaubte, es spüren, riechen und im Rauschen des Regens hören zu können. Aber im Auto zu sitzen und gegen die aufs Neue beschlagenden Scheiben zu glotzen brachte nichts. Unruhig blickte sie sich um. Nichts. Sie ließ die Fensterscheibe herunter und vernahm den Wind in den Baumkronen, das Aufprallen dicker Tropfen, die sich von den Ästen lösten, sowie das ferne Brummen des Verkehrs auf der Ippendorfer Allee.

Pilar stieg aus. Sie sah sich noch einmal um und ging ein paar Meter weiter, wo das Gelände sich ein wenig öffnete und drei verschiedene Wege bergab führten. Hinter den Büschen schien sich nichts zu rühren. Verstecke gab es jedenfalls genug. Aber womöglich hatte die Zeit nicht gereicht, vielleicht waren ihre Beschützer noch unterwegs, und hoffentlich trafen sie rechtzeitig ein! Sie lauschte. Das stete Niedergehen des Regens ringsum war wie eine gleichförmige Musik. Möglich, dass sie leisere Geräusche überdeckte.

Unschlüssig stand Pilar auf Höhe der kuppelgekrönten kleinen Freundeskapelle, einer Station der Jesuiten aus dem 19. Jahrhundert, die etwas Rätselhaftes an sich hatte. Von irgendwoher kam ein Steinchen durch die Luft geflogen. Es prallte auf den karamellbraunen Findling neben ihr und blieb am Rande seiner platten Oberfläche liegen. Freddy, na endlich! Sicher hatte er den Kiesel geworfen, um zu signalisieren, dass er sich hier irgendwo versteckt hatte. Von Weitem sah das Steinchen so aus, als wären ein paar Buchstaben darauf gekritzelt, als trüge es eine Botschaft. Ohne zu überlegen, trat Pilar an den Findling und streckte den Arm aus.

Hinter sich hätte sie schauen müssen! In dem furchtbaren Moment, in dem ihr das klar wurde, preschte jemand heran und packte sie an den Schultern, am Nacken, am Haar. Olli!, durchfuhr es sie. Hände wie aus Eisen bogen ihren Hals nach hinten, die Wirbel knackten, bis ihr Kopf nach vorn flog, dem Steinklotz entgegen. Ihre Fäuste fanden kein Ziel – da kam der Schlag, das Bersten im Kopf. Rundum schien es zu krachen, zu dröhnen, zu tosen und sogar zu bellen, ihr Schädel musste zertrümmert sein. Schreie, Rufe, Stimmen, eine Apokalypse im Gehirn.

Durch all das Grauen wirbelten ein paar Gedankenfetzen: Olli. Hinter den Büschen lang. Über die Wiese geschlichen. Freddy nicht Old Shatterhand, der Winnetou Botschaften zuwirft. Der Kiesel. War Ollis.

Pilar öffnete die Augen. Sie lag auf dem nassen Grasboden. Eine Frau beugte sich über sie.

»Sind Sie in Ordnung? Können Sie aufstehen?« Eine junge Polizistin.

»Da haben Sie was riskiert, meine Dame!« Die vorwurfsvolle Stimme gehörte einem behäbigen älteren Polizeibeamten in dunkelblauer Uniform.

Sie hatte auf ihre Flinkheit gebaut, aber nicht an Hinterlist gedacht. Der Findling war in ihrem Plan nicht vorgekommen. Ein Kiesel ebenso wenig.

Langsam richtete Pilar sich auf. Nichts knackte, Gott sei Dank. Aber in ihrem Nacken züngelte ein Feuer, und ihr war leicht schwindelig.

Die Polizistin half ihr auf die Beine. »Tüchtige Hunde haben Sie!«

Tüchtig? Das konnten nicht ihre Hunde sein. Wieso überhaupt Hunde? Da war noch eine Art von Nebel in ihrem Kopf, sie verstand nicht.

»Schauen Sie mal.« Die Polizistin wies in Richtung Wallfahrtsweg. »Als der Angreifer flüchtete, sind die schwarzen Teufel hinterher und haben ihn uns direkt in die Arme gejagt. Wir hatten Posten an allen Wegen.«

Sie konnten es doch sein. Tajo und Toledo. Die jagten alles, was weglief. Katzen, Hasen, Ollis …

»Schad, datte datt net jesenn häss, Pilar: Die zwei senn datt Ohs stifte jonn, on watt maache die? Rohse hingehäe, on isch aan de Ling flatsch längdelang op de Äd!«

Rita! Pilar spürte Tränen in den Augen. Dass die alte Freundin mit von der Partie war, rührte sie. Neben Rita, die unter ihrer großen Kapuze etwas fremd aussah, tauchte der Eierkopf ihres Ehemannes Dieter auf. Er trocknete sich mit einem karierten Taschentuch die Glatze.

»Wir hatten uns alle hinter den Büschen verteilt«, erklärte Freddy, der nun in Pilars Blickfeld trat. Aus seiner Meckifrisur fielen Tropfen, und seine Jeans waren dunkel vor Nässe.

»Mit meinen …« Es gelang Pilar nicht, einen vollständigen Satz zu sprechen.

»Ja, mit deinen Hunden.« Dieter lachte. »Rita hat sie pausenlos mit Leckerli füttern müssen, um sie von dir abzulenken.«

»Ach nee«, seufzte Pilar. Sie sah von Weitem, wie zwei Polizisten Olli in Handschellen die Kreuzbergallee hinabführten.

Ein Mann in einem schwarzen Anorak kam auf Freddy zu. »Hut ab, Freddy. Ich hätte nie gedacht, dass du zwischen deinen Radieschen und Kartoffeln …« Er vollendete den Satz nicht, sondern verbeugte sich vor Pilar. »Hauptkommissar Kohl. Dürfen wir Sie für Ihre Zeugenaussage gleich ins Präsidium mitnehmen, Frau Álvarez-Scholz? Ein Kollege holt gerade das Auto.«

Die Hunde, die ein weiterer Polizist an ihren roten Leinen hielt, standen inzwischen hechelnd vor Pilar. Sie streichelte die seidigen Köpfe und tätschelte die weichen Ohren, die bei Toledo herunterhingen und bei Tajo wie Wimpel standen.

»Aber die Hunde?«, fragte Pilar den Kommissar. Sie kannte das Polizeipräsidium. Die *schwarzen Teufel* würden die Kantine stürmen. Es war Zeit für ihr Abendessen.

»Die nämme me met«, entschied Rita.

»Und deinen Fiesta auch«, sagte Dieter. »Du kannst später alle drei bei uns abholen.«

»Aber dein Kirchenchor, Rita …«, wandte Pilar ein.

»Datt es drissejal.« Rita übernahm die Hundeleinen.

Pilar zog den Autoschlüssel aus der Hosentasche und übergab ihn Dieter. »Wenn ich dann vielleicht einen Kaffee …«

»Gehört bei uns zum Service«, verkündete Kommissar Kohl.

»Sollen wir Richard Bescheid sagen, damit er dich dort abholt?«, fragte Dieter.

»Abholen wird schwierig«, erwiderte Pilar. »Richy ist auf einer Konferenz in Rom.«

Als Pilar eine halbe Stunde später allein in dem warmen, hellen Vernehmungsraum im Polizeipräsidium saß, erschien der ältere Polizist, den sie vom Kreuzberg kannte, brachte ihr eine Tasse heißen Kaffee und ein belegtes Brötchen und verschwand wieder. Während sie aß und in kleinen Schlucken trank, fühlte sie, dass ihre feuchte Kleidung nach und nach trocknete. Man hatte ihr angeboten, sie zu einem Arzt zu bringen, aber sie hatte abgelehnt. Das leichte Kopfweh, das sie noch spürte, war nicht der Rede wert. Wahrscheinlich hatten ihre dichten Locken den Stoß gemildert.

Auf der Fahrt ins Präsidium war Pilar bereits in der Lage

gewesen, dem Kommissar zu schildern, weshalb sie Olli für einen Mörder hielt und darüber hinaus glaubte, er müsse um ihre Folgerungen wissen, was schließlich auch erklärte, warum er sie verfolgt und angegriffen hatte. Obwohl sie inzwischen einsah, dass sie unverantwortlich hoch gepokert hatte, war sie ganz zufrieden mit sich und hoffte auf ein kleines polizeiliches Lob.

Die Tasse und der Teller waren geleert. Nun lehnte sie sich zurück. Die Augen fielen ihr zu, das Kinn sank ihr auf die Brust. Im Halbschlaf nahm sie wahr, dass sie laut schnarchte. Als sich die Tür öffnete, schnellte sie hoch.

Kommissar Kohl und ein jüngerer Kollege traten ein. Kohls Gesicht, das zuvor heiter gewirkt hatte, zeigte einen frostigen Ausdruck. Pilar erschrak. Der junge Kriminalbeamte setzte sich vor den Computerbildschirm. Kohl befragte Pilar zu dem, was er schon von ihr gehört hatte. Seine Stimme kam ihr unangenehm kühl vor. Auf dem Kreuzberg hatte sie ganz anders geklungen. Nach einer Weile blickte er sie aufmerksam an.

»Eigentlich habe ich nicht den Eindruck, dass es leicht ist, Ihnen einen Bären aufzubinden.«

Pilar sah in seine grüngrauen Augen unter den rotblonden Brauen. Was meinte er?

»Sie waren wohl recht angeschlagen durch Ihre tropfnasse Kleidung, den permanenten Regen und die Angst um den Sohn Ihrer Bekannten.«

Pilar begriff nicht, worauf er hinauswollte.

Der Blick des Kommissars wurde eine Nuance strenger. »Was hat Sie denn so sicher gemacht, dass Sven Nümbrecht Ihnen die Wahrheit gesagt hat?«

Jetzt verstand Pilar. »Sein ganzes Wesen. Er wirkt so weich, er hat keinen Biss, wie man so sagt.«

»Aha.«

»Meine Söhne würden ihn als Warmduscher bezeichnen. Falls es dafür nicht einen neueren Ausdruck gibt.«

Um den Mund des jungen Beamten am Computer zuckte ein Lächeln.

Der Kommissar seufzte. »Sie sind Literaturwissenschaftlerin, Frau Álvarez-Scholz. Überlassen Sie diese Art von Psychologie getrost den kriminalistischen Fachleuten. Nümbrechts Behauptung könnte eine bewusste falsche Anschuldigung sein. Wir sind auf der Suche nach ihm. Die Personenfahndung ist schon raus.«

»Aber Oliver war am Montag und am Mittwoch, als Svens Tanten starben –«

»Herr Oliver Bollhorn hat«, unterbrach Kohl sie, »für jedes der genannten Todesdaten ein Alibi angegeben. So wie es im Augenblick aussieht, befand er sich an beiden Tagen auf Vorstellungsgesprächen außerhalb von Bonn und ist erst spät am Abend zurückgekehrt. Für seine Abwesenheit hat er Zeugen benannt, die wir bereits kontaktiert haben. Herrn Bollhorns Angaben scheinen insoweit in Ordnung zu sein.«

Unfassbar … Pilar stöhnte auf. Wer war der Mann mit der Apothekentüte im Haus am Wald? Und der mit der Sanitätshaustasche in der Villa Wohlfühl? Wer, wenn nicht Olli? Die Antwort lag auf der Hand: Erika und Rose hatten irgendwen zu Besuch gehabt, und rein zufällig hatte der eine die Apothekentüte und der andere die Sanitätstasche mit sich geführt, so wie Pilar neulich mit einer Haribo-Tüte bei ihrer Mutter erschienen war, um ihr das gewünschte Kilo Spargel zu bringen. Aber andererseits …

»Wieso hielt Herr Bollhorn es für nötig, mich zu verfolgen und anzugreifen, wenn es nichts zu verschleiern gab?«

»Das haben wir uns natürlich auch gefragt. Herr Bollhorn sagt dazu, er habe geglaubt, seinen Freund vor Ihnen schützen zu müssen, da er mitbekommen habe, dass Sie ihn beschuldigten und bedrohten.«

»Wieso hat er das nicht vorhin in der Luigi-Pirandello-Straße gesagt? Da habe ich ihn nämlich gefragt, warum er mir ständig folgt.«

Kohl warf einen Blick in die aufgeschlagene Akte vor ihm. »Er wollte es Ihnen erklären, aber Sie hätten nicht zugehört.«

»Das kann nicht stimmen.« Pilar fühlte Ärger in sich aufsteigen. Jetzt bloß nicht die Beherrschung verlieren!

»Herr Bollhorn gibt an, in dem Moment sei er sauer geworden.«

Pilar bemühte sich, äußerlich ganz ruhig zu bleiben. »Verzeihung, finden Sie das wirklich überzeugend?«

Kommissar Kohl stand auf. Er schien nicht gewillt, die Frage zu beantworten. Vermutlich war er der Ansicht, dass sie die Beurteilung der Überzeugungskraft getrost den kriminalistischen Fachleuten überlassen könne.

»Jedenfalls hat Herr Bollhorn dargelegt, dass er seinen Entschluss, Ihnen einen Denkzettel zu verpassen, bereue.«

»Denkzettel?« Pilar stockte der Atem vor Empörung. »Der wollte mich umbringen!«

»Das bestreitet er, und es dürfte ihm auch schwer nachzuweisen sein. Für die gefährliche Körperverletzung wird er sich selbstverständlich verantworten müssen.«

Pilar gelang es mit Mühe, ihre aufwallende Wut zu unterdrücken. Sie hatte dem Kommissar bereits erklärt, wie sie die Situation wahrgenommen hatte! Hatte der Anschlag für die Polizei harmloser ausgesehen, als sie selbst ihn empfunden hatte? Lag sie überhaupt in allem falsch? Auf das belauschte Mordkomplott wollte sie lieber gar nicht zu sprechen kommen.

»Hat Herr Bollhorn behauptet, dass Sven Nümbrecht die alten Damen umgebracht hat?«, fragte sie.

Der Kommissar schüttelte den Kopf.

»Und wie erklärt er, dass sein Freund ihn beschuldigt?«, hakte sie nach. »Warum sollte Sven das tun, wenn an der Sache nichts dran ist? Aber es muss was dran sein – ich habe Ihnen schon gesagt, dass er sofort wusste, wovon ich rede.«

Der Kommissar nickte. »Deshalb ziehen wir Nümbrecht selbst als Täter in Betracht. Allerdings hatte Herr Bollhorn, der ja Teile ihres Gesprächs aus der Entfernung mit anhören konnte, einen ganz anderen Eindruck von seinem Freund als Sie, Frau Álvarez-Scholz. Nach seiner Aussage war Herr Nümbrecht stark betrunken und durch Ihre Drohungen und Unterstellungen extrem verängstigt. Das wirft natürlich ein anderes Licht auf seine Worte.«

Pilar schwieg betroffen. Betrunken, ja, aber nicht allzu sehr. Svens Sprache war ganz klar gewesen. Und verängstigt? War sie wie eine Furie aufgetreten? Hatte das den Warmduscher so verwirrt, dass er seinen Freund verleumdete? Das war ja lächerlich!

»Warten wir ab, wie sich Herr Nümbrecht dazu äußert. Dann wissen wir mehr«, meinte Kohl.

Sie Optimist, hätte Pilar beinahe gesagt. Stattdessen bemerkte sie grimmig: »Und womöglich hat Olli angegeben, dass er zum Spazierengehen im Tal gewesen ist und sich nicht gezeigt hat, weil er selbst verängstigt war.«

»Konsterniert trifft es wohl besser.«

Der Kommissar hatte offenbar nicht die Absicht, ihr weitere Einblicke in Ollis Aussage zu gewähren. Er gab seinem Kollegen ein Zeichen, worauf dieser den Drucker anstellte. Er reichte ihr einen Stift und legte ihr den Ausdruck ihrer Aussage zur Unterschrift vor.

Mit zornigem Schwung setzte Pilar ihre Namen auf das letzte Blatt. »Bleibt Oliver Bollhorn in Untersuchungshaft?«

»Nein«, erwiderte der Kommissar. »Dafür gibt es keinen Grund.«

Ein Beamter brachte Pilar im Dienstwagen nach Ippendorf. Die Hunde tobten vor Freude, als sie an Ritas Wohnungstür auftauchte, was ihre Niedergeschlagenheit für eine Weile vertrieb. Rita und Dieter begleiteten sie auf die Straße und standen auf dem Bürgersteig, als sie in ihren Fiesta stieg. Dieter nieste und atmete schwer.

»Nä, die senn esu lieb, die zwei.« Rita blickte bedauernd auf die schwarzen Brüder, die sie aus ihren tiefbraunen Augen durchs Heckfenster anblickten.

»Gib sie nur in gute Hände, Pilar.« Dieter nieste erneut in sein großes Taschentuch. »Wir hätten sie gern behalten, aber mit meiner Allergie« – erneutes Niesen – »geht es schlecht.«

Als Pilar losfuhr, war es fast dunkel. Das Katzenlochbachtal, die Felder und die von Bäumen gesäumte Reichsstraße strahlten geruhsamen Feierabendfrieden aus. Im Westen leuchtete der Himmel in gelblichem Hellgrau, über das dünne Wolkenfetzen zogen. Kein Regen mehr. Die Straße war trocken und ihre Kleidung auch.

Pilar kehrte sonst gern heim in ihr Wohnviertel in Ückesdorf, aber an diesem Abend ging sie mit Unbehagen auf die Tür des stillen, dunklen Hauses zu. Sie war froh, dass sie nicht allein zurückkam, auch wenn Tajo und Toledo keine Wachhunde und echten Beschützer waren.

Sven, fiel ihr ein, und sie blieb unwillkürlich auf dem Plattenweg stehen. Wenn er ein Mörder war, was Kommissar Kohl anscheinend nicht ausschloss, hatte er sie raffiniert an der Nase herumgeführt. Dann war er kein Warmduscher und Naturschwamm, sondern möglicherweise gefährlich. Konnte ihre Menschenkenntnis dermaßen versagt haben?

»'n Abend, Frau Álvarez-Scholz«, schepperte eine Männerstimme in ihre Gedanken. Sie kam vom Straßenrand und gehörte ihrem Nachbarn Winter. »Ist ja noch alles düster bei Ihnen! Ist Ihr Mann wieder mal auf Dienstreise? Und die Söhne sind auch ausgeflogen?«

Pilar drehte sich um. Winter war gerade dabei, seine grüne Tonne auf den Bürgersteig zu ziehen.

»Mein Mann ist in Rom, Damian bei seiner Freundin, und seit Lukas sein Abitur bestanden hat, feiert er jede Nacht.«

Warum erzählte sie ihm das alles? Wenn sie müde war, pflegte sie einer Redseligkeit zu erliegen, die sie immer zu spät bemerkte, um die Worte noch zurückzuhalten.

Der Nachbar kam auf sie zu und trat dicht an sie heran. Heute gab es bei Winters Räucherfisch, entnahm sie seinem Atem.

»Sagen Sie mal, ist Ihnen das auch aufgefallen?« Er sah sich um und dämpfte die Stimme. »Ich habe bisher drei gezählt und meine Frau fünf. Macht acht. Wobei wir annehmen, dass drei davon identisch sind. Macht immer noch fünf.« Er deutete von einer Straßenseite zur anderen.

Pilar sah fünf grüne Tonnen und überlegte, welche identisch sein könnten mit drei unsichtbaren.

»Sie haben also nichts bemerkt? Ihr Mann meinte, es könnten potenzielle Käufer für Ebels Haus sein. Aber sicher haben Sie auch schon festgestellt, dass die Anzeige nicht mehr im Internet ist. Gleichwohl hat meine Frau heute Morgen noch jemanden gesehen, der hier das ganze Umfeld, Ihr Haus und unseres inklusive, gemustert hat. Wie finden Sie das?«

»Beunruhigend.« Das Wort kam gepresst heraus, gefolgt von einem Seufzer, der Winter anscheinend nicht entging. Das hatte noch gefehlt, dass man sie daran erinnerte! Die *potenziellen Käufer* und vorhin der Lieferwagen, der sie um ein Haar überrollt hatte –

hingen sie zusammen? Das war jetzt alles ein bisschen viel. Ihr Gehirn verweigerte im Moment jegliche Arbeit. Das Kopfweh wurde wieder stärker.

Winter lächelte breit. »Ich erwähne das auch nur, weil Ihr *Freund*« – er machte nach dem letzten Wort eine effektvolle Pause, die wohl andeuten sollte, dass er Freddy für ihren Liebhaber hielt – »ja nun mal Detektiv ist.«

»Wie meinen Sie das?«

»Sollte er sich nicht mal um die Angelegenheit kümmern?«

»Gute Idee«, erwiderte Pilar und gähnte.

»Ich hoffe jedenfalls, Sie haben Eins-a-Sicherheitsschlösser an Fenstern und Türen, auch im Keller.«

»Ich glaub nicht.«

»Mir haben zwei dankbare Mandanten das Haus bis zum Dach einbruchssicher gemacht«, sagte Winter gut gelaunt und hielt seinen fleischigen Daumen hoch. »Uns kann nichts passieren.«

Pilar wandte sich ab. Wollte er ihr Angst machen? Es sollte Leute geben, die daraus Genuss zogen. Sie hatte nicht gewusst, dass ihr Nachbar dazugehörte.

»Aber was soll's, vielleicht sind es nur gierige Makler, die uns bald ein Angebot machen, das wir nicht ablehnen können.« Winter lachte blechern. »Bevorzugte Wohnlage, da werden die zu Geiern.«

Pilar fröstelte, als sie ins Haus ging, schloss die Tür von innen ab und ließ die Rollläden herunter. Hunde füttern, heiße Dusche und ab ins Bett, beschloss sie.

Erst als sie das Badezimmer verließ, fiel ihr auf, dass ihr Nachbar sie regelrecht ausgefragt hatte. Das musste nichts bedeuten, es konnte sogar Einbildung sein, aber … Sie strich sich mit beiden Händen über die Stirn. Sie musste das Denken ab sofort einstellen, sie lag ja doch immer falsch. Vor allem sollte sie bald schlafen, damit sie morgen Abend nicht gähnend und mit dunklen Ringen unter den Augen vor dem Publikum der Volkshochschule stand.

## Ein paar Monate zuvor

Stiftungsball bei der Ubia Bonnensia. Schon zu Beginn ihrer Ehe hatte Lotte an Veranstaltungen dieser Art Gefallen gefunden, und das hatte sich über all die Jahre nicht geändert. Sie sah in schmalen schwarzen Kleidern mit hohem Stehkragen noch immer gut aus, und der Schmuck, der einst Alwins Mutter gehört hatte, stand ihr nach wie vor ausgezeichnet. Das Strahlen der Lüster, die von der stuckverzierten Decke herabhingen, verlieh ihrer Erscheinung einen ungewöhnlichen Glanz, und den spürte sie sogar in ihrem Innern, solange die altehrwürdigen Mauern des Stiftungshauses sie umgaben.

Und das Tanzen! Es bedeutete Vergessen, im Einklang mit allem zu sein, im Reich der Töne und Bewegungen dahinzuschmelzen und an nichts mehr zu denken außer an ein bisschen Konversation, die ihr vorkam wie ein Spiel mit federleichten Bällen. Sie trug elastische Schuhe mit kleinen Absätzen, die sie schwerelos und ohne Alter übers Parkett gleiten ließen. Ja, immer noch.

Als sie Christoph Winter erblickte, war es vorbei mit dieser Leichtigkeit. Sie hatte ihn zuerst nicht gesehen und schon beinahe gehofft, er wäre nicht anwesend, denn das Gespräch, das sie mit ihm führen wollte, würde auf alle Fälle unangenehm. Aber nun musste sie durchziehen, was sie sich vorgenommen hatte. Sie wartete angespannt auf die Ansage *Damenwahl*.

Alwin musterte sie von der Seite. »Ist dir nicht wohl?«

»Doch, doch.« Sie lächelte. Nicht, dass er womöglich erklärte, ihm sei auch nicht wohl, und sie drängte, den Ball vorzeitig zu verlassen, so wie letztes Jahr, als sie infolgedessen von Winter nur den Rücken mit den abfallenden Schultern und die öligen braunen Haarsträhnen gesehen hatte. Und das Jahr davor? Da hatte sie sich noch nicht dazu durchgerungen, mit Winter zu reden. Sie war langsam und bequem geworden und hatte sich von den alltäglichen Notwendigkeiten des Lebens ablenken lassen: hier ein paar Arztbesuche, Vorsorge- und Massagetermine,

Kuren, Friseurbesuche, Maniküre, dort einige Wohltätigkeitsbasare, Theater- und Konzertbesuche, Vernissagen, Einladungen, Erholungsurlaube an der Costa Blanca, in Südfrankreich, in Sankt Moritz. Erst als sie zufällig vor dem Grab von Wolfgang Macke und Gisela Thuar haltgemacht hatte, um das Fahrzeug des Friedhofsgärtners vorbeizulassen, war die Erinnerung an die Worte, die sie im Urnenhain mit ihrer Nachbarin gewechselt hatte, aus dunklen Tiefen emporgestiegen. Dieses dünne Ende einer Spur hatte sie vernachlässigt und schließlich aus den Augen verloren. Ihr Schwung war längst dahin, hatte sich in der langwierigen Suche nach Tatzeugen erschöpft. Nun galt es, etwas nachzuholen.

Lotte musste nicht bis zur Damenwahl warten. Winter kam auf sie zu. »Meine liebe Lotte …«

Der langsame Walzer, den die Kapelle spielte, kam ihr sehr gelegen. Den konnte sie ohnehin nicht genießen, weil seine Füße ständig im Weg waren. Er setzte sie immer einen halben Takt zu spät auf.

»Schließ die Augen und denk an deine ersten Jahre als junger Rechtsanwalt, Christoph«, sagte sie sanft. »Als du noch Einzelkämpfer in deinem kleinen Büro warst, einen Steinwurf von der Kanzlei entfernt, in der ich angestellt war und die auch dich später aufgenommen hat.«

Er trat ihr auf den Fuß.

Lotte hoffte, dass ihr dünner Strumpf dabei heil geblieben war. Ehe er dazu ansetzen konnte, ihr einen seiner Fälle zu schildern, sprach sie rasch weiter. »Meines Wissens hast du nebenher für einen Ministerialrat im Justizministerium gearbeitet. Wie hieß der?«

Seine Schuhspitze landete an ihrem Schienbein. Lotte biss die Zähne zusammen, um nicht aufzuschreien.

»Du meinst Dr. Pinscher«, erwiderte Winter mit gerunzelter Stirn. »Ein Corpsbruder. Er ist schon lange tot.«

»Ich habe gehört, er besaß eine schöne alte Villa und gab große Feste.«

»Ja, richtig. Ich war ein paarmal dabei.« Seine Stirn glättete sich. »Das war immer ein Erlebnis, man traf dort jede Menge bedeutender Bonner Köpfe. Hohe Bundesbeamte, Professoren, Spitzenjournalisten, hochkarätige Politiker, angesehene Männer aus der Wirtschaft und beeindruckende Frauen. Das waren noch Zeiten. Hauptstadtzeiten. So was gibt es heut nicht mehr.«

Er ist so auffallend mitteilsam, dachte sie, dass ich mich frage, warum ich das nicht eher ausgenutzt habe. Aber Vorsicht, wenn ich es falsch einfädele, ist es vorbei.

»Christoph, du kennst doch diese alte Geschichte von dem Mord an der Melbbudenwirtin, die reichlich frech über einen angesehenen Ministerialbeamten hergezogen ist, der irgendwo in Poppelsdorf wohnte.«

»Ja, natürlich.« Die steile Falte zwischen seinen Augenbrauen vertiefte sich. »Damit hat sie aber nicht Dr. Pinscher gemeint. Der wohnte woanders. Am Rhein.«

Lotte sah ihn forschend an. Ob das der Wahrheit entsprach? Sie durfte sich jetzt nicht aus dem Konzept bringen lassen.

»Ich habe mich oft gefragt, was aus dem armen Mann geworden ist«, setzte sie nach. »Derart verleumdet zu werden, ist furchtbar. Wie muss er sich nur gefühlt haben?«

»Dr. Pinscher hatte mal das Gerücht aufgeschnappt, der Mann habe sich vorzeitig pensionieren lassen und bewohne eine Finca auf den Kanarischen Inseln.«

»Hast du ihn gekannt?« Vorsicht, Lotte …

»Nein. Ich weiß nicht mal, wie er heißt.«

Jetzt wird es ganz schwierig, dachte Lotte und setzte ein besonders liebenswürdiges Lächeln auf. »Christoph, sicher erinnerst du dich auch daran, dass du in Pinschers Villa einmal von der unerhörten Geschwätzigkeit der Melbbudenwirtin erzählt und dabei natürlich nicht unerwähnt gelassen hast, dass sie Abend für Abend einen Mordverdacht äußere und bereits darüber spekuliert werde, wer gemeint sei?«

Er schien blasser zu werden, seine hellen Augen traten etwas vor. Die Musik endete. Seine Hände lösten sich von ihr. Die Umstehenden klatschten. Lotte wartete auf die Antwort. Nach bald dreißig Jahren kam es auf ein paar Minuten nicht an. Christoph schwieg mit zusammengepressten Lippen. Die Drei-

Mann-Kapelle setzte mit einem Foxtrott ein. Auch in Christoph kam wieder Bewegung.

»Ich bin nie in der Melbbude gewesen.«

»Oh doch, du warst dort.«

»Nein.«

Sie tanzten wieder.

»Zurück zur Villa«, sagte Lotte, nachdem sie den Saal auf holprige Weise durchquert hatten. »Kann es sein, dass jener Bundesbeamte aus Poppelsdorf mit angehört hat, was du in kleiner Runde zum Besten gegeben hast, und er sofort wusste, dass er das Objekt von Hildegards Reden war?«

Seine Füße konnten dem Takt nicht mehr folgen. Er blieb stehen. »Lotte, du glaubst doch nicht, dass ich … dass ich …« Sein Kopf zitterte hin und her, als würde er frieren.

»Doch, das meine ich, und du weißt es. Warum sonst hast du mich heute wie damals belogen, als ich dich fragte, ob du in der Melbbude gewesen bist? Mir fällt kein anderer Grund ein. Dir war klar geworden, dass deine kleine lockere Erzählung Hildegards Todesurteil bedeutet hatte.«

»Aber … wer hat … wie soll …« Dieser sonst so beredte Mann schien nicht in der Lage zu sein, einen vollständigen Satz zu bilden. Seine Finger drehten einen Manschettenknopf hin und her.

»Christoph, bei Hildegard saß nur junges Volk herum. Keiner aus den Kreisen, die in Pinschers Villa verkehrten, hätte je einen Fuß unter das Wellblechdach dieser schäbigen Hütte gesetzt. Du warst die einzige Verbindung, und natürlich weißt du das.«

Die Musik hatte aufgehört. Sie standen allein in der Mitte der Tanzfläche. Die anderen Paare entfernten sich.

»Wir müssen hier weg.« Er legte die Hand auf ihren Rücken und schob sie vorwärts. »Man schaut schon her.«

»Warum tust du so, als bezichtigte ich dich eines Verbrechens? Oder hast du von vornherein gewusst, was folgen würde? Hast du mitgemacht?« Sie biss sich auf die Lippen. Das hatte sie nicht sagen wollen, es ging zu weit.

»Lass mich in Ruhe«, flüsterte er. »Ich kannte den Mann nicht. Wahrscheinlich waren wir nie gleichzeitig in der Villa.«

Während er zu seinem Tisch zurückkehrte, suchte sie die Damentoilette auf. Sie eilte zum Waschbecken und drehte den Kran auf. Mit beiden Händen warf sie sich Wasser ins Gesicht, ohne Rücksicht auf das Make-up, auf das sie Stunden vorher so viel Sorgfalt verwandt hatte. Ihr war heiß geworden. Immer mehr Hitze strömte in ihren Kopf. Sie hatte so perfekt ins Schwarze getroffen, dass ihr ganz schwindelig war. Jeder, der an dem Abend in der Villa war, konnte gehört haben, was Christoph verbreitet hatte. Jeder der Leute *mit Rang und Namen*, wie Silke Weber sich ausgedrückt hatte. Seit ihrer Heirat gehörten solche Leute auch zu ihrem Bekanntenkreis. Jeder von ihnen konnte geladener Gast bei Dr. Pinscher gewesen sein und dem beschuldigten Beamten, falls er nicht selbst anwesend war, von Winters Erzählung berichtet haben. Und jeder von ihnen konnte ihm geholfen haben, Hildegard zum Schweigen zu bringen. Ebenso wie Winter selbst.

Lotte schloss sich in einer Toilettenkabine ein und lehnte sich gegen die Tür. Was für ein Unsinn! Sie war alt, das Denken funktionierte nicht mehr so gut. Niemand von ihren Bekannten konnte auf vertrautem Fuß mit einem Mann stehen, der einen Mord beging oder einen Killer schickte, niemand von ihnen hätte sich hinreißen lassen, ihm zu helfen. Alles in ihr weigerte sich, in diese Richtung weiterzugrübeln. Schließlich konnten die Dinge auch so liegen, dass der Mord an Hildegard überhaupt nichts mit ihren Äußerungen über den Ministerialbeamten zu tun hatte.

Sie würde sich jetzt frisch machen, neues Make-up auflegen, strahlend die Toilette verlassen und weitertanzen.

Dem Stiftungsfest und dem Juristenball folgten wie jedes Jahr ein paar Karnevalszüge in verschiedenen Stadtteilen, mehrere Kostümbälle, die närrische Erstürmung des Rathauses und zu guter Letzt der Bonner Rosenmontagszug. Lotte und Alwin standen auf einem der großen Prunkwagen, warfen mit vollen Händen Kamelle und legten erst gegen Mitternacht die Füße hoch.

»Ich fürchte, das war das letzte Mal«, erklärte Alwin erschöpft. »Jedenfalls mit Alkohol.«

Als auch die Aschermittwochsmesse im Bonner Münster hinter ihnen lag, erlitt Lotte einen Herzinfarkt. Die Ärzte rieten ihr dringend, etwas kürzerzutreten und fürs Erste sowohl auf ihr gewohntes Tennisspiel als auch auf die Ausübung ihrer ehrenamtlichen Tätigkeiten bei der Kirche zu verzichten.

Bald darauf musste Alwin sich einer Darmoperation unterziehen und lag zehn Tage lang im Malteser-Krankenhaus. Lotte ging an zwei Vormittagen in der Woche zu ihrer Herzsportgruppe, besuchte ihn nachmittags und hatte im Übrigen Zeit zum Nachdenken.

An dem Nachmittag, der seiner Entlassung aus der Klinik vorausging, stellte Lotte ihrem Mann eine Frage, die sie bisher aufgeschoben hatte und die ihr mit einem Mal sehr dringend erschien. Sie brauchte Ruhe dafür und die richtige Stimmung. Alwin hatte ein Einbettzimmer, wo sie sich an einem Tisch vor dem Fenster gegenübersaßen und ungestört reden konnten, zudem gab es wenig Ablenkung. Sie fragte ihn, ob auch er seinerzeit zu den Gästen in der Villa von Dr. Pinscher gehört habe.

»Natürlich, Liebes. Mehrmals«, antwortete er. »Wie kommst du darauf?«

Sie erzählte es ihm.

Er schien sich zu erinnern, denn er nickte. »Ja, ich habe Christoph dort einmal angetroffen, und er hat tatsächlich etwas von sich gegeben, vor Zuhörern, die im Halbkreis standen, ich sehe das noch vor mir. Er plustert sich ja gern auf, und an seiner Stimme kann man kaum vorbeihören, die durchdringt alles.«

»Weißt du noch ungefähr, was er gesagt hat?«

Alwin zog die Stirn kraus. »Ich habe nichts mehr davon im Gedächtnis, außer dass ich die Geschichte damals haarsträubend fand. Er trug sie mit einem Stolz vor, als hätte er sie selbst erfunden.«

»Es ging wohl um die Melbbudenwirtin?«

»Ich weiß nur noch, dass irgendwer die Sache auf gut Bönnsch mit *Wivetraatsch* kommentierte.«

»Wer hat die Erzählung gehört? Vielleicht erinnerst du dich an den einen oder anderen Namen oder an ein Gesicht, das starr wurde, während Christoph redete.«

»Leider nein, mein Liebes.«

Sie hatte nichts anderes erwartet. Es war natürlich hoffnungslos, herausfinden zu wollen, wer Christophs Zuhörer gewesen waren. Vermutlich wäre das schon kurz nach Manfreds Tod unmöglich gewesen, umso mehr jetzt, nachdem der Gastgeber seit vielen Jahren tot war.

»Ich frage mich, ob dieser Dr. Pinscher selbst der Beamte war, den die Melbbudenwirtin bezichtigt hat.«

Alwin ließ ein glucksendes Lachen hören. »Pinscher? Unmöglich, der hatte nie eine Tochter.«

»Es könnte aber einer von Pinschers Gästen gewesen sein.«

»Das ist unwahrscheinlich«, sagte Alwin. »Du weißt ja, dass mir nie jemand eingefallen ist, der mit dem Mann bekannt war, und Pinscher können wir leider nicht mehr fragen.«

Von Anfang an war es Lotte merkwürdig vorgekommen, dass niemand den Namen jenes Mannes zu kennen schien. Er musste sehr zurückgezogen gelebt haben. Vielleicht hätte die Tante, die Hildegard laut Auskunft einiger Studenten ab und zu erwähnt hatte, etwas dazu sagen können, doch Lotte hatte in Erfahrung gebracht, dass sie kurz nach der Ermordung ihrer Nichte einen Herzinfarkt erlitten hatte und gestorben war.

»Du grübelst wieder zu viel«, bemerkte Alwin.

In diesem Moment trat die hübsche blonde Schwester Birgit ins Zimmer, um Alwins Blutdruck zu messen.

Der Name … Mit einem Mal glaubte Lotte, dass der Name jenes Mannes der Schlüssel sein konnte, um das Rätsel zu lösen. Sie musste sich Versäumnisse eingestehen. Jahrelang hatte sie nach unauffindbaren Zeugen gesucht und darüber völlig außer Acht gelassen, dass der Mann, den die Budenwirtin beschuldigt hatte, einen Namen besaß, den man noch finden konnte.

Als die Schwester hinausgegangen war, nahm Alwins mageres Gesicht einen nachdenklichen Eindruck an, als ginge ihm etwas Bedeutsames durch den Kopf.

»Christoph Winter … stammt aus ganz kleinen Verhältnissen«, begann er. »Die Familie wohnte mit einem Haufen Kinder in einem heruntergekommenen Mietshaus unterm Dach. Pinscher nahm ihn schon als Studenten unter seine Fittiche, so kam Christoph zu den Ubiern. Bereits mit Anfang zwanzig strebte er nach einem eigenen geräumigen Haus mit großem Garten, das fiel mir auf, weil es für einen so jungen Mann ungewöhnlich war. Er hatte dafür schon ein Luxusdoppelbett und ein Waschbecken aus besonderem Marmor gekauft, Dinge, die er zunächst einlagern musste.«

Schwester Birgit schaute zur Tür herein und bat Alwin, in zehn Minuten ins Untersuchungszimmer zu kommen. Währenddessen überlegte Lotte, warum Alwin ihr das erzählte. Solcher Tratsch interessierte ihn sonst nicht.

»Ich kannte ihn damals nicht allzu gut«, fuhr Alwin fort, als die Tür sich wieder geschlossen hatte. »Aber immer wenn ich ihn sah, hatte ich den Eindruck, dass dieser junge Mann schwer hinterm Geld her war und keine Gelegenheit ausließ, etwas mehr zu verdienen. Es gibt natürlich viele Möglichkeiten, um an Bares zu kommen. Aber am meisten bringt es, wenn man zu zweifelhaften Handlungen bereit ist.«

»Willst du etwa andeuten, dass er ...« Lotte schreckte davor zurück, es genauer auszudrücken, das kam ihr vor wie das Betreten verminten Gebiets.

»Er hatte nach dem Examen keine Stelle gefunden. Nach seiner Zulassung als Rechtsanwalt mietete er sich ein Büro und hängte sich ein Schild vor die Tür.«

»Hast du das nicht genauso gemacht?«, wandte Lotte ein.

Alwin winkte ab. »Bei mir waren es andere Zeiten. Und Winter stand sehr bald in dem Ruf, fragwürdige Aufträge anzunehmen.«

»Davon habe ich nichts mitbekommen«, sagte Lotte.

»In seinem ersten Jahr als Anwalt hat er nicht nur Maßanzüge getragen, sondern auch einen nagelneuen Porsche gefahren. Möglich, dass der verdächtigte Beamte damals sein Mandant war. Ich weiß nicht, was man dafür bekommt, eine unliebsame Person zu beseitigen, aber sicher ist es eine Summe, die solche Anschaffungen erleichtert.«

Lotte atmete tief durch, ehe sie in der Lage war, weiterzureden. »Weißt du, was du da sagst?« Sie flüsterte, ohne genau zu wissen, warum, sie waren doch allein im Zimmer. Es war wohl das Entsetzen. »Du beschuldigst einen Corpsbruder.«

»Nur dir gegenüber, meine Liebe. Das, was ich dir soeben

anvertraut habe, darf niemals nach außen dringen, das ist dir wohl klar.«

»Du nennst mir den mutmaßlichen Mörder, und ich soll darüber schweigen?«

»Mein Liebes, du willst es doch nicht nach Art der Budenwirtin herausposaunen? Das gäbe grenzenlosen Ärger und könnte sogar gefährlich werden. Man weiß nicht, mit wem er in Verbindung steht.«

»Aber der Gedanke, dass Winter …« Es war zu ungeheuerlich, um es laut auszusprechen. Und doch hatte sie es seit Langem geahnt. War es ihr nicht mehrfach durch den Kopf gegangen?

»Es ist eine Theorie, Lotte. Ich habe keine Beweise.«

Das wusste sie natürlich. Aber seine Vermutung traf so gut, dass sie alles deutlich vor sich sah. Endlich hatte sie jemanden, den sie mit Fug und Recht hassen konnte. Sie hatte Winter noch nie gemocht, nun hatte sie einen Grund. Alwin betrachtete Lotte prüfend. Er schien besorgt.

»Ich werde mir nichts anmerken lassen und Schweigen bewahren«, versicherte sie ihm. »Du hast recht, solche Dinge behält man für sich, wenn man sie nicht beweisen kann.«

Er nickte langsam und ergriff ihre Hand.

»Irgendwer muss ihm geholfen haben«, fiel ihr ein. »Der Fahrer des Wagens.«

»Vielleicht ein Freund, dem er gesagt hat, er muss in der Melbbude schnell mal seine Schulden begleichen.«

»Um Manfred von der Brücke zu stoßen, muss ihm aber jemand bewusst zur Hand gegangen sein.«

»Ach, mein Liebes. Nach so vielen Jahren neige ich dazu, es eher für einen Unfall zu halten.«

Er drückte ihre Hand, und sie erwiderte den Druck. Sie wünschte, sie könnte es ebenfalls glauben.

Schwester Birgit steckte wieder den Kopf zur Tür herein. Sie wirkte verlegen, als hätte sie bemerkt, dass sie in einen Augenblick besonderer Nähe hereinplatzte.

»Der Doktor wartet auf Sie, Herr Uhlgass.«

## 10
## Mittwochvormittag

Zusammen ausgiebig frühstücken zu können war das Beste an Birgits Spätdienst. Freddy belegte schon sein zweites Brötchen mit Tomaten, Ei und Käse. Wenn er allein aß, kam meistens nichts drauf. Doch nach der aufregenden Aktion am vergangenen Abend konnte er ein solides Frühstück gut gebrauchen.

Birgit stellte eine frische Tasse Kaffee vor ihn hin und setzte sich ihm wieder gegenüber. Sie lächelte ihn an, mit tiefen Grübchen in ihren Wangen. Mit einem Mal sah er die Grübchen flach werden und verschwinden. Ihre Haut schien eine Schattierung blasser zu werden.

»Ich hab was vergessen«, stöhnte sie. »Gestern, als du endlich nach Haus kamst, war ich durchgefroren und einfach nur froh, dass du da warst und nichts passiert war. Ich hab überhaupt nicht mehr dran gedacht.« Sie sprang auf und holte ihre Handtasche aus dem Flur.

»Was Wichtiges?«, fragte Freddy kauend.

»Ich weiß nicht.« Sie reichte ihm ein schwarzes Büchlein. Er erkannte es sofort.

»Roses Tochter war noch mal am Stand? Gibt es weitere Hinweise?«

Birgit nickte. »Du sollst dich möglichst bald drum kümmern, hat sie gesagt.« Sie griff sich an die Stirn. »Und ich hab das einfach vergessen!«

Freddy starrte auf den Kalender in seiner Hand. Gestern hatte er es nicht wahrhaben wollen, dass die Aufzeichnungen wirklich eine Bedeutung hatten. Doch Gesa Ludwig wäre sicher nicht noch einmal gekommen, wenn sie nicht auf etwas Wichtiges gestoßen wäre. Ihn beschlich die Befürchtung, dass etwas ins Rollen kam, dem er sich nicht mehr entziehen konnte.

»Sieh es schnell durch, Freddy. Du würdest die richtige Stelle schon finden, hat die Frau gesagt.«

Zögernd blätterte er die Kalenderseiten um und las hier und

da einzelne Einträge. *Das Hühnchen, das es heute Mittag gab, triefte vor Fett … Der Hausmeister hat endlich mein Bett repariert, nachdem ich zwei Wochen auf einem schrägen Lattenrost schlafen musste …*

Birgit sah ihn gespannt an. »Und?«

»Bisher nichts gefunden«, erwiderte Freddy. »Oder willst du wissen, wie ihre neuen Stützstrümpfe waren?«

»Ich hatte eine Seite gelesen, wo ein großes E mit Punkt vorkam. Dem Datum nach vor etwa zwei Wochen.«

Er blätterte weiter. »Ah, hier, da ist so ein E.« Seine Augen überflogen den Absatz. – Aber das hieß … Das war doch … Er starrte auf die Zeilen, er rückte seine Brille zurecht. War das möglich? Er musste es noch einmal Wort für Wort durchgehen, um wirklich zu erfassen, was da stand. Die Schrift war nicht einfach zu entziffern. Aber es gab keinen Zweifel.

*»Leben und Tod …«*, las er laut.

Birgit sah ihn erschrocken an. »Ich schätze, du hast die richtige Stelle.«

Sie reichte ihm das Telefon.

***

Pilar absolvierte die Morgenrunde mit Tajo und Toledo wie in Trance. Das gestrige Erlebnis saß ihr noch tief in den Knochen.

Bevor sie ins Bett gegangen war, hatte sie eine Viertelstunde mit Richard in Rom telefoniert und das Gefühl gehabt, unter seinen Vorwürfen zu schrumpfen. *Was für ein Wahnsinn, Pilar! Wie konntest du nur so leichtsinnig sein? Ich schraub dir den Rückspiegel ab, damit das nicht noch mal vorkommt!* Nachdem Lukas angerufen und angekündigt hatte, er bleibe bis morgen Abend bei irgendwem in Köln, hatte sie die Hundebetten ins Schlafzimmer getragen, um die Nacht nicht allein zu verbringen. Sie war schnell eingeschlafen, aber immer wieder aufgeschreckt, weil sie gemeint hatte, ein befremdliches Geräusch gehört zu haben. Später plagte sie der Gedanke, dass die Angelegenheit noch lange nicht erledigt war und ihre Phantasie nicht ausreichte, um sich vorzustellen, was dahintersteckte, was noch kommen konnte und wozu kriminelle Menschen in der Lage waren. Sie hatte es vorgezogen, wach zu bleiben, war aufgestanden, um sich einen Kaffee zuzubereiten, und fühlte sich nun völlig zerschlagen.

Inzwischen lagen die Plüschbetten der Hunde wieder an den gewohnten Plätzen in der Diele. Von irgendwoher ertönten die Anfangstakte der Marcha Real, nicht aus der Küche und dem Wohnzimmer, sondern von viel weiter her. Die Ladestationen waren leer.

Diesmal wäre es Pilar sehr recht gewesen, wenn die Hunde sich für die spanische Nationalhymne interessiert und das Telefon aufgestöbert hätten. Aber die Brüder hoben kaum die Köpfe und sahen mit Gleichmut zu, wie Pilar in alle Räume und schließlich die Treppe hinaufstürmte. In Lukas' Zimmer stolperte sie über seine Gitarre und flog der Länge nach auf den Holzboden. Während sie fluchte und überlegte, welcher Knochen gebrochen sein könnte, vernahm sie neben sich die wohlbekannten Töne des königlich-spanischen Marsches. Sie musste nur noch den Arm ausstrecken und einen Berg aus Socken, Boxershorts und T-Shirts beiseiteschieben, um an eines der Telefone zu gelangen.

»Álvarez-Scholz.«

Der Anrufer war ein Mann, der ihre reich mit Fotos ausgestattete Anzeige gelesen und sich offenbar in beide Hunde verliebt hatte.

»Einer reicht uns aber«, betonte er. »Wir schauen mal, welcher uns besser gefällt. Meine Frau kommt mit. Und unser Kleiner. Der soll mit einem Hund groß werden.«

Eine junge Familie, freute sich Pilar. Genau das Richtige!

»Ich hoffe, wir können heute noch kommen.«

»Hm, das passt mir nicht so gut.« Pilar dachte an ihren Vortrag, den sie am Abend halten und noch mindestens zweimal durchgehen musste.

»Ich verreise morgen«, sagte der Mann. »Deshalb muss es heute sein.«

»Na gut, einverstanden.« Richy würde es sicher begrüßen, wenn er bei seiner Rückkehr erführe, dass sich in Sachen Hundevermittlung endlich etwas getan hatte!

»Wir stören Sie auch nicht lange.«

Sie einigten sich auf fünfzehn Uhr. Da bleibt vorher genug Zeit für die Arbeit, das reicht dicke, sagte sich Pilar. Am liebsten wäre sie auf dem Boden liegen geblieben, doch sie rappelte sich auf, beschloss, das zweite Telefon später zu suchen, und ging hinunter in die Küche, um sich ein Müsli mit viel Obst zuzubereiten. Vielleicht würde ihr das helfen, sich wieder fit zu fühlen.

Während sie Kiwis und Äpfel in eine Schale schnippelte, ertönte das Telefon erneut. Es meldete sich ein weiterer Interessent.

»Um drei kommt eine junge Familie«, erklärte sie dem Mann. »Würde Ihnen halb vier passen?«

»In Ordnung. Aber ich habe noch eine Frage: Das sind ja spanische Hunde aus dem Tierschutz. Ich hab gehört, manche von denen haben was gegen Männer. Wir sind aber ein Männerhaushalt. Mein Sohn und ich.«

»Das ist sicher kein Problem. Ich habe einen Ehemann und zwei erwachsene Söhne.«

»Sind die heute auch da? Dann könnte ich mal sehen, wie die Tiere sich verhalten, wenn mehrere Männer im Raum sind.«

»Leider nein. Vor heute Abend kommt keiner von denen wieder.«

»Das ist mir zu spät. Sagen wir also halb vier.«

»Wie Sie wollen.«

»Ach, noch was: Knurren die Hunde anfangs?«

»Nein, die mögen eigentlich jeden, der kommt.«

»Ah, gut. Bis heut Nachmittag.«

»Das läuft wie am Schnürchen«, sagte Pilar zu den andalusischen Brüdern. Beide hoben die Ohren an. Ihr Blick wirkte skeptisch. »Verstehe, ihr haltet nichts davon. Aber es muss sein.«

Toledo schien zu seufzen, und Tajo wandte sich ab. Man kann eine Menge in das Verhalten von Tieren hineininterpretieren, dachte Pilar, aber ich muss dagegen immun sein.

Kaum war ihr Müsli fertig, erklang wieder die Marcha Real. Diesmal war es Freddy. Er wirkte aufgeregt.

»Pilar, ich hab dir ja von Roses Tagebuch erzählt –«

»Wegen des Törtchens«, sagte Pilar.

»Vergiss das Ding. Gesa Ludwig hat Birgit das Büchlein mitgegeben, damit ich es mir genauer anschaue. Und auf einer Seite ist dort die Rede von irgendetwas, das Leben und Tod bedeutet hat. Ich hab Gesa eben angerufen. Sie hat sechzig solche Kalender. Wir müssen die sofort durchsehen.«

*»Sechzig Kalender«*, wiederholte Pilar mit düsterer Stimme. »Freddy, ich hab keine Zeit.«

»Ist egal, hol mich ab, wir fahren zu Gesa, in ein paar Stunden sind wir fertig.«

»Ein paar Stunden?«, rief Pilar entsetzt. »Das geht nicht! Unmöglich.«

»Bring die Hunde mit, wenn du sie nicht allein lassen willst. Wir passen auf, dass sie nicht alle sechzig Bücher fressen.«

»Ab drei Uhr erwarte ich Interessenten für sie.«

»Bis dahin bist du längst zurück.«

»Ich fahre gar nicht erst weg, weil ich die nächsten Stunden für meinen Vortrag brauche. Sonst wird das heut Abend ein Reinfall.«

»Wir können uns auch direkt bei Gesa treffen, wenn es dir lieber ist. Ich nehme das Fahrrad, anschließend hab ich eine Trainingstour am Rhein vor.«

»Freddy, du hast nicht zugehört. Ich kann nicht! Du musst die Kalender allein durchackern.«

»Pilar, das dauert zu lang, und vielleicht übersehe ich was.«

»Ist es denn so eilig?«

»Wir sollten keine Zeit verlieren. Es kann alles Mögliche passieren. Und ich habe keine Ahnung, wer von den Kalendern weiß und durch den Inhalt belastet wird. Sven zum Beispiel könnte gesehen haben, dass seine Tante etwas darin eingetragen hat.«

Pilar gab auf. Die verbleibenden zwei Stunden am Spätnachmittag würden notfalls für ihren Vortrag reichen, wenn sie mit erhöhter Konzentration an die Arbeit ginge.

»Also gut, Freddy, ich hol dich mit dem Familienauto ab. Da passt dein Fahrrad locker rein.« Pilar nahm hastig einen großen Löffel Müsli zu sich und lief hinüber ins Schlafzimmer, um sich etwas Warmes über die Bluse zu ziehen, die für das kühle Wetter zu dünn war.

»Aber beeil dich bitte, ja?«

»Klar, Freddy«, murmelte sie mit vollem Mund ins Telefon. »Bin schon dabei.«

Sie warf den Apparat aufs Bett und hörte ihn auf der anderen Seite hinunterfallen. Den heb ich gleich auf, dachte sie, während sie die Schranktüren aufriss. Sie durchwühlte ihre Sachen nach ihrem schwarzen Wollpulli, fand ihn nicht und stürmte in die Küche, wo er auch nicht war, dann ins Wohnzimmer und zuletzt ins Badezimmer, wo er auf einem Hocker lag.

Tajo und Toledo begriffen, dass das Gerenne einen baldigen Aufbruch ankündigte, und balgten sich vor Freude auf dem Teppich in der Diele. Pilar hatte einige Mühe, die Leine an die Halsbänder zu haken.

Nach ein paar Minuten saß sie mit den Hunden in dem dunkelblauen Van. Irgendwas hab ich vergessen, grübelte sie, musste sich aber darauf konzentrieren, das breite Auto rückwärts aus dem Carport zu fahren. Die Heckscheibe war zum großen Teil von den Hunden verdeckt. Toledo hatte seine Schlappohren aufgestellt, und Tajos Wimpelohren wackelten höher als sonst herum. Was hatten sie entdeckt? Vogel, Katze, Hundekollegen? Auf der Fahrbahn angelangt, sah sie im Rückspiegel, was es gewesen war: Ein grauer Volkswagen verließ die Parkbucht schräg gegenüber. Nein, nicht Ollis Polo. Dieser Wagen glänzte viel mehr, schien neuer und größer zu sein, vermutlich ein Golf.

Ich reg mich jetzt nicht auf, nahm sich Pilar vor, es ist nicht ungewöhnlich, dass zwei Autos gleichzeitig losfahren, auch hier nicht, in unserer stillen Wohnstraße.

Aber es half nichts. Ihr Herz schlug bis zum Hals.

Freddy wartete mit dem Fahrrad auf der Straße vor seinem Haus. Es dauerte eine Weile, bis Pilar den Hunden klargemacht hatte, dass sie den Platz hinter der Heckklappe für das Rad frei machen, aber weder auf dem Fahrer- noch dem Beifahrersitz liegen sollten, sondern auf den Rücksitzen.

Nachdem sie losgefahren waren, nannte Freddy ihr die Adresse und zog ein schwarzes Büchlein aus seiner Bauchtasche. Pilar riskierte einen Blick hinüber, während sie den Van über die Reichsstraße steuerte.

»Das ist der Kalender? Ziemlich klein.«

»Sie hat jede Seite eng beschrieben. Sechzig Jahre lang, Tag für Tag. Nun hör dir das an, Pilar: *E. ist derselben Meinung wie ich.*«

»E. … Das wird doch nicht unsere Erika sein?«

»Pass auf, jetzt kommt es: *Damals hatten wir unsere Gründe. Wir hielten sie für rein persönlich, bis wir begriffen, dass es auch für uns um Leben und Tod ging. Aber heute? Was haben wir zu verlieren? Wir haben keine Angst mehr.*«

»Das ist heftig«, meinte Pilar, während von rechts der Kreuzberg in ihr Blickfeld trat. Der weiße Turm der Kirche hob sich scharf vom schiefergrauen Himmel ab. Bloß nicht an gestern denken …

»Es geht noch weiter: *Wir sind bereit. Jetzt, wo er sich durch ein Buch im Licht der Öffentlichkeit sonnen will, werden wir auspacken.*«

»Er? Nennt sie den Mann nicht beim Namen?«

»Auf dieser Seite nicht.«

»Ich stelle mir einen korrupten Politiker oder Wirtschaftsboss vor«, sagte Pilar. »Und einen hübschen kleinen Skandal.«

»Oder ein fieses großes Verbrechen.«

Pilar erwiderte darauf nichts, weil das, was sie im Rückspiegel sah, ihr ganz und gar nicht gefiel. »Freddy, steck den Kalender weg. Da folgt uns jemand in einem grauen Golf.«

Er blickte zum rechten Außenspiegel. »Ich sehe nur einen grünen Skoda.«

»Hinter dem Skoda. Ich hab das Gefühl, mich beschattet einer.«

»Das hatte ich neulich auch.«

»Jetzt nicht mehr?«

Er zuckte mit den Achseln. »Wahrscheinlich haben sie es aufgesteckt.«

»Oder sie machen es jetzt besser.«

Sie hatten den Stadtteil Endenich erreicht. Pilar bog in den Flodelingsweg ein.

»Hier ist es«, sagte Freddy an der nächsten Straßenecke. »Erster Stock.«

»Der Golf ist weg.«

»Na also.«

Pilar schüttelte den Kopf. »Kein Grund zur Entwarnung, Freddy. Wenn die Beschattung –«

»Vorausgesetzt, es handelt sich um eine solche …«

»… mit Erika und Rose zu tun hat, könnte der Fahrer wissen, zu wem wir jetzt gehen.«

Gesa Ludwig stand in der geöffneten Wohnungstür. Ihr Gesicht wirkte sehr bleich. Sie reichte ihnen eine schlaffe, kühle Hand. Auf die Hunde, die Pilar an der kurzen Leine hielt, achtete sie kaum. Sie führte Pilar und Freddy in ein schlicht möbliertes Wohnzimmer, dessen Fenster zur Straße hinausgingen. Vor dem Sofa stand ein Wäschekorb aus Plastik. Er war angefüllt mit schwarz eingebundenen Büchern, die alle das gleiche Format hatten.

»Ich kann's nicht«, sagte Gesa leise. Sie warf ihnen verzweifelte Blicke zu. »Ich schaffe es nicht, noch einmal in ihre Aufzeichnungen hineinzuschauen. Ich habe Angst, etwas Fürchterliches zu entdecken.«

Pilar und Freddy setzten sich auf den Dreisitzer, der mit makellosem hellen Velours bezogen war.

Gesa blieb stehen. »Ich fühle mich schuldig, weil ich nun Sie hineinschauen lasse, aber andererseits habe ich das Gefühl, dass es die richtige Entscheidung ist.«

Freddy griff nach einem der zuoberst liegenden Kalender. Gesa trat ein paar Schritte zurück. »Darf ich Ihnen einen Kaffee bringen?« Offensichtlich hatte sie es eilig, aus dem Zimmer zu kommen, um möglichst keinen Blick auf die Handschrift ihrer Mutter werfen zu müssen.

»Gern«, sagte Pilar, die schon zweimal verstohlen gegähnt hatte.

Gesa ging hinaus und ließ sie mit den Kalendern allein. Ein leichter Lavendelduft blieb im Zimmer zurück. Pilar zog ein Büchlein aus dem Korb und schlug es auf. Oje … Jede Seite war dicht beschrieben, die Schrift klein und manches Wort eng an den Rand gequetscht.

»Freddy, das kann Tage dauern. Womit fangen wir an?«

»Nehmen wir erst mal ältere Kalender. Diese Sache, bei der es um Leben und Tod ging, liegt sicher einige Zeit zurück. Ich habe das Jahr 1981.«

»Bei mir ist es 1986. Das Tschernobyl-Jahr. Da gab es in Bonn Rhein in Flammen inklusive radioaktivem Regen. Rose schreibt hier, sie sei mit dem Enkelkind hineingeraten.«

»Lies nicht zu schnell, sonst übersiehst du was.«

Sie lasen eine Weile schweigend. Gesa brachte ein Tablett mit zwei Kaffeebechern und verschwand wieder.

»Im August 1986 hatte sie eine dicke Grippe«, sagte Pilar, »und seit Oktober braucht sie Insulin.«

»November 1981 hat sie einen neuen Friseur. Mit seinem Haarschnitt fühlt sie sich wie neu.« Freddy runzelte die Stirn. »Das scheint in dem Jahr der Höhepunkt gewesen zu sein. Abgesehen von dem Eintrag *Mutter tot. Viele Fragen ohne Antwort*. Danach nur unbeschriebene Seiten.« Er nahm einen anderen Kalender aus dem Korb. »1982. *Das Jahr beginnt gut* … Da war sie auf einer Skihütte in Tirol. Bestes Wetter.«

Pilar stöhnte auf und strich sich über die Stirn, hinter der ein stechender Schmerz saß. »Diese fisselige kleine Schrift macht das Lesen zur Tortur. Wir müssen planvoller vorgehen.«

»Hier«, rief Freddy plötzlich.

Pilar fuhr zusammen. Sie war heute so dünnhäutig, dass ihr jeder laute Ton durch und durch ging.

»Rose hatte ein echtes Problem. Sie bangte um ihre gute Stelle beim Finanzamt. Sie hatte allen Grund dazu und brauchte dringend einen Anwalt.« Freddy schaute auf. »Und sie kannte einen.«

»Was für ein Problem war das?«

»Ein Strafverfahren vor dem Landgericht. Offenbar kein Ladendiebstahl. Vor der Großen Strafkammer landen die dickeren Brocken.«

»Hat der Anwalt ihr helfen können?«

»Hui … Man hat ihr vorgeworfen, sie habe ihre Mutter durch ein offenes Fenster im dritten Stock gestoßen. Die alte Frau stürzte auf die Straße und war sofort tot.«

»Eine Anklage wegen Mord oder Totschlag«, meinte Pilar. »Das ist ein echter Hammer.«

»Ihr Verteidiger hat sie elegant herausgepaukt. Die Zeugen der Staatsanwaltschaft wurden unsicher. Er hat neue Zeugen beigebracht, die Roses eigene Version bestätigten: Sie sei nicht im Zimmer gewesen. Freispruch. Dankbarkeit. Sie schreibt nicht, ob sie schuldig war, hier steht nur Folgendes: *Ich wusste, dass er für so etwas seine Leute hat. Dankbare Mandanten, denen er auf die gleiche Weise geholfen hat. Auch ich bin dankbar und habe ihm zugesagt, dass er auf mich zählen kann. Böswillige Nachbarn und der sogenannte Rechtsstaat hätten mich ins Gefängnis gebracht.*«

»Der Anwalt hat ihr falsche Zeugen besorgt!« Pilar wurde ganz heiß vor Aufregung. »Freddy, wir müssen mehr über ihn wissen. Möglicherweise hat er es in großem Stil betrieben und macht es immer noch!«

»Da sie den Rechtsstaat so spitz erwähnt, vermute ich, dass sie unschuldig war«, meinte Freddy.

»Trotzdem ist es strafbar, einen Zeugen zu veranlassen, vor Gericht zu lügen.«

»Sicher, aber die Anstiftung zur Falschaussage oder zum Meineid wäre in Roses Fall verjährt.«

*Dankbare Mandanten*. Pilar überlegte, wann sie das zuletzt gehört hatte. Sie überlief eine Gänsehaut. Gestern Abend vor ihrem Haus. Der Nachbar Winter hatte erzählt, dass *dankbare Mandanten* ihm zu einem einbruchssicheren Haus verholfen hatten.

»Es gibt ja viele Anwälte in Bonn.« Pilars Stimme hörte sich heiser an. »Alle, die gut sind, werden dankbare Mandanten haben. Trotzdem muss ich an unseren Nachbarn Winter denken. Ist ja gemein von mir, so was zu sagen, aber ich kann ihn mir bestens in der Rolle eines Verteidigers vorstellen, der nicht vor unlauteren Methoden zurückschreckt.«

»Weil du ihn nicht magst«, stellte Freddy fest.

»Er hat *dankbare Mandanten* erwähnt, und seine Frau hat mir erzählt, dass er ein Buch schreibt, in dem es mehr oder weniger um ihn selbst geht. Enthüllungen dieser Art kann er nicht gebrauchen. Das passt also.«

»War er im Jahr 1982 schon Rechtsanwalt?«

»Er hat 1979 angefangen und war schon nach kurzer Zeit sehr erfolgreich, hat seine Frau mir anvertraut.«

»Hm ... Ich kenne auch einen, der sich auf Strafverteidigung verstand und von dankbaren Mandanten gesprochen hat«, erklärte Freddy. »Alwin Uhlgass. Für seine geplante Biografie wären Roses Aufzeichnungen genauso belastend.«

»Lass uns weiterstöbern, Freddy. Vielleicht kommt noch mehr dazu.«

Pilar begann fieberhaft weiterzublättern, Zeilen zu überfliegen, zurückzublättern. Sie schüttelte den Kopf und nahm ein anderes

Büchlein aus dem Wäschekorb. Auch Freddy hielt bereits das nächste in der Hand.

»Sie hat schon wieder den Friseur gewechselt«, stöhnte er. »1985.«

»Die Wurzelbehandlung beim Zahnarzt hat sie für zwei Wochen umgehauen«, murmelte Pilar. »1984. Und dann musste der Zahn raus. Ich hol mir ein anderes Jahr.« Sie griff erneut in den Stapel.

»Dieses schließt mit Rückenproblemen.« Freddy klappte das Buch in seiner Hand zu. »Ich suche jetzt was Neueres heraus. Vielleicht schreibt sie da was Aufschlussreiches über Sven.«

Pilar nickte zustimmend. »Ich erledige erst mal das hier. Das Jahr 1983. Rose ist wochenlang krankgeschrieben und in psychiatrischer Behandlung. Jede Menge leerer Seiten. Erst am 12. Mai gibt es wieder Einträge. *Der Frühling. Alles wird besser. Ich gehe täglich ins Melbtal, das tut mir gut.* Offenbar hat sie in der Nähe gewohnt. Es folgen ein paar Naturbeschreibungen.«

»Ich bin wieder beim diesjährigen Büchlein, das sollten wir uns besonders gründlich anschauen. Na ja … Ihre Augen werden schlechter. Dennoch hat sie Spaß im Malkurs.«

»Oh … hier …« Pilar las zu hastig, sie musste es noch einmal lesen. »Freddy! 1983 ist was passiert. Etwas … von Bedeutung.«

Freddy blickte auf. »Was heißt das?«

»Die Melbbude – erinnerst du sich? Die Inhaberin wurde ermordet.«

»Hat Rose das getan?«

»Sie hat es nur in der Zeitung gelesen. Sie schreibt, die Wirtin Hildegard sei im eigenen Regenbottich ertränkt worden. Ein junger Mann habe den Täter direkt danach gesehen, erlitt aber kurz darauf einen tödlichen Reitunfall an der Melbtalbrücke.«

»Da waren wir ja neulich.«

»Freddy, ich weiß seit dreißig Jahren von dem Unfall. Nur wusste ich nicht, dass der Reiter Zeuge des Melbbuden-Mordes war. Und hier ist was Merkwürdiges – Rose hat einen Pfeil gemalt, der mit drei dicken Ausrufezeichen auf die nächsten beiden Seiten weist.« Pilar blätterte um. Eilig wanderten ihre Augen über die eng gedrängten Zeilen. Ihr Atem ging schneller. »Rose war wieder unterwegs.«

»Lies vor!«

*»Seit Kurzem habe ich eine Vorliebe für die Melbbrücke, die aus Ziegeln gebaut ist und sich so schön in das waldige Tal einfügt. Nachdem ich eine Zeit lang über die Brüstung geschaut hatte, entschloss ich mich diesmal, zu den Fundamenten hinabzusteigen, um die beachtlichen Pfeiler von unten zu besichtigen. Das ging am besten an der Südseite der Brücke, dort, wo der Melbweg zum Gut ansteigt und es genug Stämme zum Festhalten gibt. Die Hälfte des steilen Hanges hatte ich bereits hinter mir, als ich Schritte und gedämpfte Männerstimmen am Weg und auf der Brücke hörte. Das konnte mir eigentlich egal sein, sie würden mich nicht sehen, aber es störte mich, ich wollte allein sein. Ich hielt inne, bis es wieder ruhig war, und wollte schon weitergehen, als ich etwas anderes vernahm – galoppierende Pferdehufe. Gleichzeitig war ein Knistern und Knattern wie von flatternden Planen zu hören. Ich konnte mir nicht vorstellen, was da oben los war, reckte mich und sah den Kopf eines sich aufbäumenden Pferdes. Darauf folgte ein Schrei, kaum später ein dumpfer Aufprall. Erstarrt, wie festgefroren, stand ich zwischen den Baumstämmen. Das Pferd jagte über den Weg davon, es trug einen Sattel, aber keinen Reiter. Eilig stieg ich den Hang hinauf, vielleicht konnte ich helfen! Die Brücke war leer, doch am äußersten Ende bemerkte ich zwei Männer. Ich blieb im Schatten der Bäume stehen. Obwohl sie Hüte und Sonnenbrillen trugen, erkannte ich in einem von ihnen meinen Anwalt. Der andere verstaute etwas, das wie eine große Plastikfolie aussah, im Kofferraum eines grauen Wagens, wer es war, weiß ich nicht. Als sie davonfuhren, rannte ich nach Hause, verwirrt, kopflos. Unterwegs fiel mir auf, dass ich mein Seidentuch verloren hatte, das grün-blaue, das ich fast täglich trage.«*

»Weiter«, drängte Freddy.

Pilar fand die Fortsetzung auf der folgenden Seite. »Sie schreibt, kaum sei sie an ihrer Haustür angekommen, sei ihr Anwalt bei ihr aufgetaucht. Er hatte ihr Seidentuch an der Brücke gefunden, er kannte es. Als er es ihr aushändigte, sah er ihr an, dass sie etwas wusste. Rose macht nicht viele Worte darüber. Nur das hier: *Mir ist der Mund versiegelt.*«

»Und ich bin sprachlos.« Freddy schüttelte den Kopf. »Sie war Zeugin eines Mordes und hat nichts verraten.«

Pilar überflog weitere Seiten. Ende August fiel ihr ein Eintrag auf, in dem der mit Punkt versehene Buchstabe *E* vorkam. E wie Erika.

»*Auf einem Gartenfest traf ich E., die ich zuletzt bei der Taufe unseres Patenkindes gesehen hatte*«, las Pilar laut vor. »*Ich wusste, dass sie seine Freundin gewesen war –*«

»Seine?«, unterbrach Freddy. »Wen meint sie?«

»*… und während sie von ihm sprach, ließ mich das unruhige Spiel ihrer Augen vermuten, dass die Beziehung doch noch nicht ganz beendet sei. Neben uns tauchten zwei Herren auf, die über den Tod der Melbwirtin sprachen und sich fragten, warum man nichts mehr davon höre. Da geschah etwas Sonderbares mit E. und mir: Unsere Blicke trafen sich, und ohne es abzusprechen, begaben wir uns zusammen in eine stille Ecke im hinteren Teil des Gartens, wo es faulig roch. Nach einigem Vorgeplänkel, bei dem wir das Thema einkreisten, vertraute E. mir an, ihn an jenem Junimorgen gesehen zu haben, als sie nach einem Arzttermin im Marienhospital den Wingert mit dem Fahrrad herunterkam. Er sei aus dem Kiesweg, der von der Melbbude zur Straße führt, geeilt und in ein Auto gestiegen. Dass dies etwas bedeutete, ist ihr erst später klar geworden, nachdem sie gehört hatte, die Polizei suche Zeugen. Ich habe ihn geliebt, erklärte sie mir, ich liebe ihn immer noch! Sie hat ihm ihre Beobachtung gestanden, was die Sache nicht leichter macht. Und nun will sie fortziehen von Bonn, sobald sich eine berufliche Gelegenheit ergibt. Diese Möglichkeit habe ich nicht.*«

Freddy stöhnte auf. »Pilar, mir schwirrt der Kopf. Wir müssen es Gesa sagen, der ganze Kram gehört zur Polizei.«

»Der *Er*, von dem hier die Rede ist, scheint ihr Anwalt zu sein«, stellte Pilar fest. »Rose hat den Mund gehalten, weil er ihr bei ihrem Strafverfahren geholfen hat, und Erika hat aus Liebe geschwiegen.«

»Wenn dieser Mensch ein skrupelloser Mörder ist, hat er sich wohl kaum nur auf Erikas Liebe und Roses Dankbarkeit verlassen«, meinte Freddy. »Denk an den Satz, den ich dir im Auto vorgelesen habe, es ging um *Leben und Tod*. Sie hatten Angst! Da muss also mehr geschehen sein. Ich schätze, er hat den Frauen handfest gedroht.«

Pilar nickte. »Nehmen wir an, Roses Anwalt ist der Mörder. Da kommen an sich ein paar hundert Bonner Rechtsanwälte in Betracht. – Oder nur die zwei, die wir kennen. Winter und Uhlgass.«

»Winter nicht. Sonst müsste er Erikas Geliebter gewesen sein. Pilar, er dürfte fast zwanzig Jahre jünger sein!«

»Eine gut aussehende Fünfzigjährige und ein Mann Anfang dreißig – warum nicht? Solche Beziehungen gibt es.«

»Von Alwin Uhlgass wissen wir aber genau, dass er ihr Liebhaber war, das hat er selbst gesagt«, beharrte Freddy. »Wäre doch komisch, wenn Erika auch was mit dem Winter gehabt hätte.«

»Was wäre daran ungewöhnlich?« Pilar versuchte, sich ihren Nachbarn als jungen, attraktiven Geliebten einer reiferen Frau vorzustellen. Es wollte nicht so recht gelingen. In der Rolle des Mörders dagegen fand sie ihn überzeugend. »Freddy, traust du Uhlgass denn einen Mord zu?«

»Auf keinen Fall. Meine Mutter hätte gesagt: Der ist ein *richtiger Herr.* Traust du deinem Nachbarn so etwas zu?«

»Aber sicher!« Pilar lachte und zwinkerte Freddy zu. »Jedes Mal, wenn ich mich über ihn ärgere, halte ich alles für möglich.« Sie warf einen Blick auf die Uhr, die neben ihr auf der Anrichte stand, und erhob sich. »Zwanzig vor drei, ich muss fahren.«

Pilar stand auf und schulterte ihre Umhängetasche. Irgendwas hatte sie Freddy noch fragen wollen, doch sie kam nicht drauf. Das Lesen in den kleinen Büchern war anstrengend gewesen. Von klarem Denken konnte bei ihr keine Rede mehr sein und bei ihm vermutlich auch nicht.

»An dem ganzen Drama darf die Polizei jetzt herumtüfteln, die wird dafür bezahlt«, sagte Freddy. »Ich versehe die wichtigsten Seiten mit Klebezetteln und bringe die Kalender von '83 und diesem Jahr zu Klaus Kohl ins Polizeipräsidium. Die sind klein, die passen in meine Bauchtasche.«

»Gut, Freddy.« Pilar leinte die Hunde an und ging zur Tür. »Wahrscheinlich muss erst noch mehr passieren, bevor das Rätsel gelöst wird.«

»Mal den Teufel nicht an die Wand, Pilar.«

»Der Teufel sitzt in einem grauen Golf und sieht mich jetzt allein nach Hause fahren.«

»Mach keine Witze.«

»Ich bin gleich nicht mehr allein. Die Hunde-Interessenten kommen.«

## Wenige Wochen zuvor

Ein paar Tage nach seiner Entlassung aus dem Krankenhaus nahm Alwin die Arbeit in seiner Kanzlei wieder auf, wo kleinere Angelegenheiten wie Streitigkeiten mit Mietern, Handwerkern oder geschiedenen Ehefrauen auf Erledigung warteten. Bald darauf erschien er auch wieder auf den Versammlungen der zahlreichen Vereine, in deren Vorstand er Mitglied war, und wenig später sah man ihn regelmäßig beim Ausdauertraining im Fitnessstudio.

Für Lotte begann ihre Herzsportgruppe, die vorwiegend aus Senioren über siebzig bestand, an Bedeutung zu gewinnen. Einige der Teilnehmer waren ihr überaus sympathisch, und deshalb genoss sie die regelmäßig nach dem Sport stattfindenden geselligen Runden in einem Poppelsdorfer Café. Die Damen und Herren duzten sich seit kurzer Zeit, und ihre Gespräche bezogen sich immer öfter auf allerlei Privates und Persönliches. So kam es, dass Lotte an einem Vormittag im Mai dort Dinge erfuhr, die in ihrem Kopf wieder Steine ins Rollen brachten und erneut Fragen aufwarfen.

An diesem Tag kam sie mit Ungeduld nach Hause und betrat sofort das Wohnzimmer, um Alwin alles zu erzählen. Der aber hob nur langsam den Kopf, weil ihn seine Post wahrscheinlich mehr interessierte als das, was seine Frau aus der Herzsportgruppe zu berichten wusste.

»Stell dir vor: Ich habe mich mit einer Frau unterhalten, die diese Rosemarie kennt, *Rose*, wie du gesagt hast, die von dem Foto aus Dénia, von der ich annehme, sie habe etwas bemerkt, das mit Manfreds Tod zusammenhängt.«

Alwin runzelte die Stirn. »Ist das noch wichtig? Ich dachte, wir wären uns einig gewesen.«

»Unsere Einigkeit bestand darin, dass ich deiner Vermutung nicht widersprochen habe. Es kann ganz anders gewesen sein.«

Er seufzte. »Du machst es dir unnötig schwer, mein Herz.«

»›Die Begabteste in unserem Malkurs heißt Rose‹, hat Frauke

Meier erzählt, ›leider ist sie die letzten Male nicht gekommen, weil es ihr zu viel wurde, so ein Jammer.‹«

»Wieso glaubst du, dass sie dieselbe Rose gemeint hat?«

»Zuerst ist mir nur diese Kurzform aufgefallen, denn für Rosemarie empfinde ich ›Rosi‹ als gebräuchlicher. Aber dann habe ich noch mehr erfahren: Sie hat mal Tischtennis im Justizsportverein gespielt, und einen Enkel hat sie auch! Alwin, das muss sie doch sein. Aber das Unglaublichste ist, dass Günther Gluck bei der Erwähnung ihres Namens meinte, Rose sei wohl eine Bekannte seiner langjährigen Bridgepartnerin Erika. Die nämlich habe den Namen mehrmals erwähnt, weil Rose sich für das Bridgespiel interessierte, es letztlich aber zu anstrengend fand. Und diese Erika ist deine frühere Freundin!«

»Ach, Lotte, was für ein Unsinn. Es gibt unzählige Frauen, die Erika heißen.« Alwin gähnte. »Weißt du, dass ich langsam Hunger bekomme?«

»Gluck hat mir anvertraut, seine Bridgepartnerin habe lange in New York gelebt, Manhattan. Sie sei nach Bonn zurückgekommen, um in der Nähe ihres Sohnes zu wohnen. Was sagst du nun?«

Alwin zuckte mit den Achseln. »Dann handelt es sich wohl tatsächlich um Erika Frost. Warum auch nicht? Bridge spielen passt zu ihr.«

Lotte wunderte sich, dass er diese Neuigkeit so gleichgültig aufnahm. Hatte er nicht einmal gemeint, dieser Erika könnte etwas zugestoßen sein? Aber sie war viel zu euphorisch gestimmt, um darüber nachzudenken.

»Ich war so verdutzt, an ein und demselben Tag von diesen beiden Frauen zu hören, dass ich weder Frau Meier noch Herrn Gluck gefragt habe, ob sie mir die Adressen der Damen geben könnten. Das nächste Mal hole ich das nach.«

»Die werden begeistert sein, wenn du plötzlich bei ihnen auftauchst«, meinte Alwin spöttisch. »Aber nun lass mich auch mal zu Wort kommen. Was ich zu berichten habe, ist wesentlich brisanter.«

Sie sah, wie sich sein knochiges Gesicht erhellte. Es strahlte vor Freude, das hatte sie lange nicht mehr erlebt.

»Im Büro hat mich ein höchst angesehener Verleger angerufen, weil er ein Buch über mein Leben herausbringen möchte.«

»Oh, gratuliere.«

»Eigentlich sei es deine Idee gewesen, sagte er, ihr hättet euch an Karneval im Festzelt kennengelernt.«

»Ach! Ich hatte mindestens drei Gläser Wein getrunken, da wird man leichtfertig.«

Lotte erinnerte sich, dass auch Hochprozentiges herumgereicht worden war und sie mehrmals nach einem der kleinen Gläser gegriffen hatte. Dennoch hatte sie ganz bewusst mit diesem Verleger gesprochen, und das hatte einen bestimmten Grund: Es wurmte Alwin furchtbar, dass Christoph Winter an einem Buch über Bonns letztes Jahrzehnt als Bundeshauptstadt arbeitete, seine Tätigkeit als engagierter junger Rechtsanwalt darin in den Mittelpunkt stellte und einen namhaften Verlag dafür gewonnen hatte.

»Er will so bald wie möglich einen Autor oder eine Autorin bei uns vorbeischicken«, erklärte Alwin.

Seine Biografie in Buchform, stellte sie lächelnd fest, ist genau das, was ihm zum vollkommenen Glück noch fehlt. Dieses Buch dürfte eine breite Öffentlichkeit interessieren. Einige der Strafprozesse, in denen er die Verteidigung übernommen hatte, waren spektakulär gewesen. Nicht alle Zuschauer hatten einen Sitzplatz gefunden, und vor den Türen des Schwurgerichtsaals hatte die Presse mit Kameras und Mikrofonen gelauert. Sein letzter großer Mordprozess war fünfzehn Jahre her, sie erinnerte sich noch gut daran. Wie schon in anderen Fällen hatte Alwin überraschend einen bisher übersehenen Zeugen und Indizien präsentiert, die eine Verurteilung unmöglich machten. *Meisterhaft*, hatte sie einen Kollegen sagen hören, nachdem der Vorsitzende der Schwurgerichtskammer das Urteil verkündet hatte, einen Freispruch für zwei Brüder, denen die Anklage vorwarf, ihre Eltern erschlagen zu haben. *Und wenn man bedenkt, wie oft er verhindert, dass es überhaupt zur Anklage kommt …*, hatte der Kollege hinzugefügt, *oder zu polizeilichen Ermittlungen …*

Ein Buch über Alwin musste ein Erfolg werden. Lotte freute sich für ihn. Sie beschlossen, auf das Projekt mit Champagner anzustoßen.

»Ich sehe mich schon neben Winter auf der Buchmesse«, hörte sie Alwin aus der Küche rufen, als er die Flasche holte.

»Hat er schon einen Titel?«

»Irgendwas mit goldenen Achtzigern. Es war seine beste Zeit. Heute trägt er keine Maßanzüge mehr.«

Am nächsten Morgen machte Lotte sich endlich daran, in Alwins Arbeitszimmer die letzten Schubladen auszumisten, die sie bisher nur einmal aufgezogen und sofort wieder zugeschoben hatte, weil sie eine Menge Arbeit befürchten ließen. Jahrelang hatte ihr dazu der nötige Schwung gefehlt oder schlichtweg die Lust. Aber nun, nachdem sie ein volles Glas Champagner vor sich auf die wuchtige barocke Kommode gestellt hatte, war der Schwung mit einem Mal da.

Die schweren, breiten Schubladen des ehrwürdigen Möbels waren vollgestopft mit den verschiedensten kleinen Dingen. Alwin benutzte die Kommode nur als Ablage für juristische Zeitungen und hatte erklärt, sie seit Jahrzehnten nicht mehr geöffnet zu haben. Auf ihre Bitte hin hatte er am Abend vorher einen flüchtigen Blick hineingeworfen und gesagt: »Das brauchst du nicht im Einzelnen durchzusehen. Kann alles weg. Nimm einen Müllsack und rein damit.«

Das widerstrebte ihr. Manfreds Vater hatte eine ähnliche Einstellung gehabt wie Alwin, das Aufräumen war bei ihm stets in Hast und Ungeduld geschehen. Lotte hatte danach einmal dreihundert Mark im Müll gefunden. Auch beim Ausmisten war Sorgfalt angebracht.

Ein bisschen lästig und vor allem zeitaufwendig war es allerdings schon, stellte sie nach einer halben Stunde fest. Um sich nicht ständig bücken zu müssen, hatte sie den Inhalt der beiden unteren Schubladen mit einem Kehrblech auf Alwins Schreibtisch geschaufelt. Selbst als der Müllsack schon zu zwei Dritteln gefüllt war, stand sie noch immer vor einer stattlichen Halde. Zudem war es nicht sonderlich interessant für sie, weil dieses Sammelsurium wenig Aufschluss über Alwins Leben vor ihrer Zeit gab. Da waren Eierbecher aus Plastik, leere Streichholzschachteln, alte Wecker, rostige Taschenmesser, ein Karton mit

Korken, mehrere Fässchen mit eingetrockneter Tinte, fleckige Geldbeutel, zerknittertes Geschenkpapier, Kordeln und Stifte jeder Art. Bald ließ sie alles fast mechanisch in die geöffnete Tüte fallen. Alwin hatte recht, der Kram war die Mühe nicht wert.

Sie nahm die Kehrschaufel vom Boden und schob sie unter die Sachen, um sie in die Tüte zu befördern. Wahrscheinlich würde sie noch einen zweiten Plastiksack benötigen.

Plötzlich hielt sie inne und blickte angewidert auf die Schaufel nieder. Was war denn das? Zwischen zwei verbeulten Tischtennisbällen lag ein schwarzbraunes Haarbüschel. Sie schnipste die Bälle weg und sah, dass es ein Schnurrbart war. Der hätte in die Karnevalskiste zu Perücken und Brillen gehört, er war noch in Ordnung. Sie nahm ihn in die Hand. Er glänzte nicht wie die Synthetikschnurrbärte, die sie kannte, er schien aus Echthaar gemacht. Sein leichter Schwung wirkte ganz natürlich. Ihr fielen mehrere Kostümierungen ein, die man mit diesem Bart wundervoll ergänzen konnte.

Lotte ging in den Flur und trat vor den großen Spiegel, den ein vergoldeter Stuckrahmen umgab. Dem Kunststoffstreifen auf dem Steg an der Rückseite des Schnurrbarts sah man an, dass er schon mehrfach abgezogen worden war. Sie löste ihn und klebte sich das Bärtchen unter die Nase.

»Haha!« Sie sah grotesk aus. Obendrein saß das Ding recht schief …

Jäh schien das Gold des Rahmens zu verblassen. Der Mund im Spiegel lächelte nicht mehr. Die Mundwinkel sanken herab, das Gesicht wurde länglich und bleich, die Augen weiteten sich.

Manfred.

Der Kommissar hatte es ihr erzählt. Sie hatte sich von jedem einzelnen Wort, von jeder Regung ihres Sohnes an der Melbbude berichten lassen, und sie wusste, dass Manfred etwas von einem schiefen Schnurrbart gestammelt hatte. Wenn der wirklich schief gesessen hatte, war er möglicherweise aufgeklebt, hatte der Kommissar dazu gemeint.

*Aufgeklebt.* Wie dieser hier, dessen rechte Seite über ihren Mundwinkel herabhing. Was sie unter der Nase trug, konnte der

Schnurrbart eines Mörders sein. Hildegards Mörder. Manfreds Mörder.

Sie schrie auf, riss sich den Schnurrbart ab und warf ihn aufs Parkett. Wie war er in die Kommode gekommen?

Ihr fiel Alwins Pralinenschachtel mit den Fotos ein. Sie erinnerte sich an ein Bild von einem Karnevalsfest der Ubia Bonnensia, das vor ihrer Zeit mit Alwin stattgefunden hatte. Oder war es eine Theateraufführung gewesen? Auf dem Foto hatte sie einen solchen Schnurrbart gesehen, ihn aber damals, als sie sich mit Alwin über die Schachtel gebeugt hatte, nicht weiter beachtet. Ein Bart zum Kostüm eines Husaren, eines Cowboys oder Zigeuners war ja nichts Besonderes.

Lotte rannte zurück ins Arbeitszimmer und sah sich fahrig um. Als ob es nach so langer Zeit auf ein paar Minuten ankäme … Wo war die rote Schachtel abgeblieben? Sie öffnete Schranktüren und Schubfächer und fand sie ganz unten im Bücherregal. Fieberhaft wühlten sich ihre Finger durch die Fotos. Wieder fiel ihr das Bild des Nachbarsjungen auf, an dessen Gesicht ihr irgendetwas vertraut vorkam. Die kurze Nase und die gewölbten Augenbrauen vielleicht … Der Karton rutschte ihr aus der Hand, die Bilder verteilten sich auf dem Teppich. Sie schob sie auseinander, wie Spielkarten zum Mischen. Nun war die Übersicht leichter.

Da! Aus der Mitte einer Teppichrosette lachte ihr eine Gruppe junger Männer entgegen, die auf einer Bühne agierten. Ein Szenenfoto in Heftgröße. Auf der Rückseite stand »November 1982«. Der Kostümierung und der Mimik der Darsteller nach zu urteilen handelte es sich um eine Räuberkomödie. Die Gesichter trugen Bärte von unterschiedlicher Beschaffenheit. Ihr Blick blieb am rechten Rand des Vordergrunds hängen. Der schlanke junge Mann mit dem dunklen Haar … Das Profil, der kurze Hals … Es war Christoph Winter. Sie lief mit dem Bild zum Fenster, um besseres Licht zu haben, und riss den Fensterflügel auf, weil sie das Gefühl hatte, zu ersticken. Die geschwungene Form, die Breite und Struktur, der Farbton – das war der Schnurrbart, der in der Diele auf dem Boden lag, auch wenn der schiefe Teil nicht zu sehen war, weil Christophs rechte

Seite vom Betrachter abgewandt war. Seine linke trat dafür umso deutlicher hervor.

»Winter also«, flüsterte Lotte, was unnötig war, da niemand außer ihr im Haus war. »Wie Alwin vermutet hat.«

Aber auf welchem Weg, fragte sie sich im nächsten Moment, war Winters Schnurrbart in Alwins Kommode geraten?

Sie suchte nach einer Erklärung. Vielleicht hatte Alwin sich den Bart für eine Karnevalsveranstaltung ausgeliehen und vergessen, ihn an Christoph zurückzugeben. Wenn es Alwins Bart sein sollte, hatte Christoph Winter ihn sich ausgeliehen und später zurückgebracht. Sie strich sich über die schweißnasse Stirn. Beide Möglichkeiten gefielen ihr nicht. Sollte Winter den Schnurrbart nach der Tat heimlich in die Schublade gestopft haben, als Alwin nicht im Zimmer war? Warum?

Lotte holte einen Einmalhandschuh aus dem Badezimmer und eine kleine Plastiktüte aus der Küche, nahm den Schnurrbart vom Boden auf und schob ihn in die Tüte. In ihrem Kopf dröhnte überlaut die eine Frage, auf die sie keine überzeugende Antwort fand: WIE KAM DAS DING IN ALWINS SCHUBLADE? Nur Alwin würde ihr eine Erklärung geben können. Ein Satz aus seinem Munde, und ihre ganze Aufregung würde als bloße Hysterie entlarvt werden.

Doch als er gegen Abend gut gelaunt nach Hause kam, mit rosiger glatter Haut, die von seinem Saunabesuch herrührte, küsste Lotte ihn auf die Wange und beschloss, das Thema zu verschieben. Sie hatte Hemmungen, als hätte sie eine fragwürdige Korrespondenz gefunden.

Auch am folgenden Tag scheute Lotte sich, ihn darauf anzusprechen. Als Alwin das Haus verlassen hatte, betrachtete sie im Internet Schnurrbärte, die man bestellen konnte, die aber dem Bart aus der Schublade nur wenig glichen, dieses Modell schien ein Einzelstück zu sein. Sie war halb krank vor nutzloser Grübelei und vergaß sogar, sich bei Frau Meier und Herrn Gluck in der Herzsportgruppe zu erkundigen, wo Erika und Rose wohnten. Alwin war in Hinblick auf das geplante Buch sehr damit beschäftigt, mehrere Ordner durchzusehen, in denen er Presseartikel über sich und seine Tätigkeit gesammelt hatte, und legte eine Liste von bemerkenswerten Höhepunkten an. Wie sehr sie grübelte, schien ihm zu entgehen, was auch daran liegen mochte, dass sie sich Mühe gab, es zu verbergen.

Da sie viel Zeit hatte, besann Lotte sich auf eine Frage, die sie bisher nicht weiterverfolgt hatte. In diesem Jahr war so viel los gewesen, sie hatte manches versäumt und sich nach ihrem Herzinfarkt wochenlang nicht belastbar gefühlt. War es denn wirklich so schwer, den Namen des von Hildegard angeschwärzten Beamten herauszufinden? Auf dem Stiftungsball hatte sie von Winter erfahren, dass der Mann vermutlich auf einer der Kanarischen Inseln lebte. Musste er dann nicht sein Haus in Poppelsdorf verkauft oder vermietet haben? Ihr fiel ein, dass unter den vielen hundert Menschen, die sie nach Manfreds Tod befragt hatte, jemand war, der es vielleicht wissen konnte. Sie hatte sich sogar gemerkt, wie er hieß: Roland Rübstil.

Lotte schlug das Branchentelefonbuch auf, suchte die Nummer von »Immoblien Rübstil« heraus und rief das Büro in Poppelsdorf an. Sie meldete sich mit ihrem damaligen Namen, Charlotte Schmitz. Der Makler schien sich noch vage an sie zu erinnern.

»Und was kann ich heute für Sie tun?«, fragte er.

»Ein Herr, ein alleinstehender Ministerialbeamter, dessen Name mir entfallen ist, hat ehemals ein interessantes Objekt in Poppelsdorf besessen, das mir nicht aus dem Sinn gehen will. Er ist vor vielen Jahren auf die Kanarischen Inseln übergesiedelt. Wissen Sie zufällig, um wen es sich da gehandelt haben könnte?«

Der Makler schwieg. Vielleicht sah er seine Unterlagen durch. Nach einer Weile räusperte er sich. »Frau Schmitz, das Haus ist seit Langem verkauft, und solche Auskünfte stehen mir nicht zu. Aber Sie könnten es bei seinem Anwalt versuchen, der sicher nichts dagegen hat, wenn Sie ihn kontaktieren. Er hat seinerzeit alles für den Herrn, den Sie möglicherweise meinen, geregelt.«

»Und wer ist das?«

»Rechtsanwalt Uhlgass.«

Der Hörer sank auf ihren Schoß. Alles an ihr fühlte sich plötzlich taub an. Ihr Kopf, ihre Glieder, ihr Inneres. Ein weiterer Herzinfarkt, aber bitte schön ein endgültiger, wäre ihr jetzt recht. Ihr Gehirn schien schon aufgegeben zu haben.

Nach einer Weile stellte sie fest, dass ihr Verstand wieder einsetzte. Alwin hatte also für diesen Mann alles geregelt? Alles? Auch die Angelegenheit mit Hildegard? Mit dem Schnurrbart und gegen ein gutes Honorar? War ein Teil des luxuriösen Hauses, in dem sie auf einem mit Seide bezogenen Stuhl aus der Zeit Ludwig des Sechzehnten saß, mit dem Lohn für einen Mord bezahlt?

Sie vernahm den Schlüssel in der Haustür. Nein, nicht! Sie wollte ihn jetzt nicht sehen.

»Alwin?«

Das Schaben seiner Schuhe auf der Fußmatte, sein Hüsteln. »Mein Herz, was ist los? Deine Stimme klingt so komisch.«

»Ich habe grausame Kopfschmerzen, ich muss sofort ins Bett.«

»Gute Besserung«, rief er ihr nach, als sie, ohne ihn anzusehen, die Treppe hinaufeilte.

Was konnte sich da bessern? Sie fühlte sich, als wäre sie umgeben von einer Wand aus undurchsichtigem schwarzen Staub.

Am Morgen darauf, es war ein Dienstag, nahm sie ein schnelles Frühstück ein und fuhr mit dem Taxi in die Herzsportgruppe, während Alwin noch im Bad weilte. Sie war nicht in der Lage, mit ihm zu reden. Zudem war sie noch Juristin genug, um zu wissen, dass ihren Vermutungen weder ein Beweis noch ein brauchbares Indiz zugrunde lag und alles ganz anders gewesen sein konnte. Ein Anwalt handelte normalerweise im Rahmen der Gesetze. Warum nahm sie an, dass es in diesem Fall anders gewesen war? Wegen des Schnurrbarts in der Schublade? Wie lächerlich! Vielleicht sollte sie auf ihr Gefühl, ihre Ahnungen, nicht so viel geben und einfach erhobenen Hauptes so angenehm wie möglich weiterleben. Mehr als ein paar Jahre konnten nicht mehr kommen.

Bei den ersten leichten Übungen in der Gruppe bemerkte Lotte, dass der nette Günther Gluck, der leidenschaftliche Bridgespieler, geknickt aussah und nicht so recht bei der Sache war.

»Ist dir nicht wohl?«, fragte sie ihn, während sie alle ihre Glieder ausschüttelten.

Er hielt inne und seufzte. »Dienstag ist im Allgemeinen der beste Tag der Woche. Wir spielen den ganzen Nachmittag Bridge, bis in den Abend hinein. Aber heute … Es kommt zu plötzlich.

Ich erhielt in aller Frühe einen Anruf. Gestern ist unsere Erika in ihrem Apartment im ›Haus am Wald‹ gestorben.«

Auch Lotte stellte nun das Schütteln ein. »Erika Frost«, sagte sie.

Er nickte. »Ohne sie und ihren scharfen Verstand … Sie wird uns schrecklich fehlen.«

Lotte schwieg betroffen. Unglaubliches wirbelte durch ihren Kopf. Sie strich sich mit der Hand über die Stirn, als könnte diese Bewegung die Gedanken wegwischen, die sie nicht zu Ende denken wollte.

Während sie mit den anderen im Kreis lief, kam ihr eine Idee, was sie tun könnte. Wenn sie mit Erika nicht mehr sprechen konnte, wollte sie schnellstmöglich Rose aufsuchen.

Nach der Gymnastik und den Abschlussübungen wandte sie sich an Frauke Meier, von der sie wusste, dass sie Rose aus dem Malkurs kannte, und fragte nach deren Adresse. Sie kenne Rose flüchtig von früher, gab sie an.

»Dann hast du sicherlich vor, sie zu besuchen«, meinte Frau Meier. »Rose Bolte wohnt in der Villa Wohlfühl in der Bergstraße. Sie wird sich freuen!«

Den Besuch nahm sich Lotte für den nächsten Tag vor. Für heute plante sie etwas anderes.

Als sie nach Hause kam, saß Alwin auf der Terrasse. Sie sagte ihm nichts von Erikas Tod, sie war in vielerlei Hinsicht stumm geworden, obwohl sie oft mehr redete als je zuvor – vom Wetter, von ihren Kopfschmerzen, von Nachbarn und Bekannten. Zum Glück schien Alwin sich nicht zu wundern, dass sie bald in ihrem Zimmer verschwand und die Tür hinter sich schloss. Sie führte zwei Telefongespräche, eines mit ihrem Lieblingstaxifahrer, dem dunkelhäutigen John, und eines mit einem Privatdetektiv. Sie war von etwas getrieben, mehr Gefühl als Gedanke, noch unbestimmt und schwer zu fassen. Kurz nach elf verließ sie das Haus und rief Alwin zu, sie habe einen Arzttermin. Er fragte nicht nach.

Am folgenden Tag klappte es mit der geplanten Fahrt zu dem Kessenicher Seniorenheim dann doch nicht. Am Vormittag kam der Heizungsmonteur, der stundenlang brauchte, um einen neuen Thermostat einzubauen, und am Nachmittag war sie noch einmal mit dem schmächtigen Privatdetektiv verabredet, den sie ebenso wie am Vortag inkognito aufsuchte. Erika konnte sie nicht mehr zum Leben erwecken, aber mit Rose musste sie ein offenes Wort reden. Sie bat den Detektiv, sich in der Villa Wohlfühl umzusehen. Es konnte nicht viel dabei herauskommen, aber es half ihr, mit der seltsamen Unruhe, die sie befallen hatte, fertigzuwerden.

Am nächsten Morgen endlich konnte Lotte sich aufmachen. Wieder einmal fuhr John pünktlich mit seinem Taxi vor, im Kofferraum den Rollator, den er zwei Tage vorher in Windeseile für sie aufgetrieben hatte. John stellte niemals Fragen und war so diskret, wie es sich für ein stattliches Trinkgeld gehörte. Er schaute nicht einmal zu ihr herüber, als sie auf dem Beifahrersitz ihren farbigen Blazer gegen eine altmodisch geschnittene schwarze Samtjacke eintauschte, eine schneeweiße Lockenperücke überstülpte, sizilianisches Ohrgehänge anlegte und eine Brille aufsetzte, deren in Schmetterlingsform geschwungenes Gestell sie seit den sechziger Jahren aufbewahrte.

Lotte war aufgeregt. Was würde Rose zu ihr sagen? Zwischen Empörung, Schweigen und Entgegenkommen war alles denkbar.

Nachdem das Taxi sie vor der Eingangstür der Villa abgesetzt hatte, trat Lotte an die Rezeption und erkundigte sich nach Rose Boltes Zimmernummer. Die Dame, die dort saß, zuckte zusammen.

»Frau Bolte? Rose Bolte?«

Sie zog ein bedauerndes Gesicht und schüttelte den Kopf. Noch bevor sie ihren Mund öffnete, wusste Lotte, dass Rose nichts mehr zu ihr sagen würde.

# 11
# Mittwochnachmittag

Als sie aus dem Auto stieg und mit den Hunden zur Haustür ging, traf Pilar den Nachbarn Winter, der gerade den Rasen seines Vorgartens inspizierte.

Er warf einen grimmigen Blick zu ihr hinüber. »Ihr Klee hat sich bei mir ausgesät«, schnarrte er.

Pilar war unbehaglich zumute, aber nicht wegen des Klees. »Machen Sie heute früher Schluss?«, fragte sie so arglos wie möglich.

»Der Magen«, erklärte Winter. »Der Arzt hat mir geraten, kürzerzutreten. Meine Frau arbeitet heute bis acht am Empfang bei ihren Zahnärzten, da habe ich Ruhe und kann Siesta halten wie die Spanier. Im Teehaus haben wir jetzt eine Liege, einfach großartig, dort hört man kein Klingeln und kein Telefon.«

Hoffentlich auch keinen Knallfrosch, dachte Pilar. Lukas hatte zerknirscht zugegeben, dass es besser war, die Nachbarn nicht zu ärgern, hatte sich aber geweigert, hinüberzugehen und nachzuschauen, ob sich unter den Matten weitere Knaller befanden.

»Ach, übrigens …« Winter trat ein paar Schritte auf sie zu und wies mit dem Schlüsselbund auf die Häuserreihe gegenüber. »Da ist keiner mehr gekommen. Hilft doch immer, wenn man die Leute scharf anguckt.«

Pilar murmelte eine Zustimmung und sah zu, dass sie ins Haus kam. Fast drei Uhr, stellte sie mit einem Blick auf die Küchenuhr fest. Sie bürstete die Hunde gründlich und fand sie wunderschön. Das schwarze Fell glänzte, und die roten Halsbänder leuchteten. Kurz darauf brachen beide in wildes Gebell aus und übertönten die Haustürklingel. Pilar hatte das Gefühl, dass nicht Wachsamkeit der Grund für den Lärm war, sondern pure Begeisterung darüber, dass im Türfenster ein Kopf erschien.

Diesmal war es ein Männerkopf mit üppigem Vollbart. So etwa

ihr Alter, schätzte sie. Der Mann wirkte unruhig, sein Gesichtsausdruck veränderte sich mehrmals, bevor sie die Tür öffnete. Richtig sympathisch war er ihr nicht.

»Köster«, murmelte er, warf ihr eine schwielige Pranke entgegen und beugte sich zu den Hunden hinab.

Tajo und Toledo wichen ein Stück zurück. Knurrte da einer leise? Tajos Lefze war ein kleines Stück hochgezogen, man sah seinen Reißzahn.

Pilar war das peinlich. *Freundliche Hunde*, hatte sie in der Anzeige geschrieben. »Sie brauchen manchmal etwas Zeit bei Fremden«, erläuterte sie schuldbewusst.

»Das haben wir gleich«, verkündete der Besucher munter und zog eine Tüte aus der Tasche.

Fleischwurstwürfel! Sofort setzte heftiges Schwanzwedeln ein. Gierig schnappten die Hunde die rosa Stücke auf, die der Besucher ihnen zuwarf.

»Kommen Sie bitte ins Wohnzimmer«, sagte Pilar.

Tajo und Toledo wichen dem Fremden nicht von der Seite.

»Jetzt ist es mal gut«, sagte der lachend.

»Wo sind denn Ihre Frau und Ihr Kleiner?«, fragte Pilar.

»Ach, da ist was Dummes passiert. Der Kleine ist aus dem Hochstuhl gefallen. Meine Frau ist mit ihm zum Notdienst ins Krankenhaus gefahren. Dicke Platzwunde …«

»Oh, das tut mir leid.«

»Sie will später nachkommen. Aber wenn das genäht werden muss, dauert es wohl zu lang.«

Warum ist er nicht mit ins Krankenhaus gefahren?, fragte sich Pilar im Stillen. So einen Hundetermin sagt man doch ab, wenn sich das eigene Kind verletzt hat! Hoffentlich würde nicht der ganze Nachmittag von diesen Leuten in Anspruch genommen. Sie musste unbedingt ihren Vortrag noch einmal durchgehen, vor allem aber die Hunde ausreichend bewegen und gut füttern, bevor sie in die Volkshochschule fahren würde.

Toledo lag inzwischen auf dem Rücken und ließ sich von dem Besucher kraulen. Tajo saß aufrecht daneben und schnüffelte an Kösters Hosentasche.

Wie seltsam, wunderte sich Pilar, die Fleischwurst ist in der anderen Tasche.

***

»Ich muss Schluss machen, Schatz!«

Freddy hatte Birgit angerufen, um sie rasch über den Stand der Dinge zu informieren. Sie hatte Spätdienst, war aber gleichwohl ans Handy gegangen. Nun allerdings uferten die gegenseitigen Liebesbeteuerungen zu sehr aus, und das Telefonieren war anstrengend, weil einiger Verkehr an ihm vorbeibrauste, dessen Lärm das eine oder andere Wort verschluckte. Vor allem musste er endlich los, um zum Polizeipräsidium zu fahren.

»Wenn ich du wäre, Freddy …«

Er seufzte. Diesen Satz mochte er nicht, der brachte nur Ärger mit sich.

»… würde ich auf dem Weg zum Präsidium einen kleinen Umweg über Ippendorf fahren.«

»Den ganzen Berg da hoch? Mit einem Fahrrad ohne Gangschaltung ist das kein *kleiner Umweg.*«

»Wenn Frau Uhlgass euch beschatten lässt, wird sie ahnen –«

»Ich glaube nicht, dass sie dahintersteckt«, unterbrach Freddy sie.

»… dass ihr bei Roses Tochter auf etwas Entscheidendes gestoßen seid. Für einen bloßen Beileidsbesuch wart ihr zu lange dort. Möglich, dass sie die Koffer für Brasilien packt oder ein anderes Land, wo man untertauchen kann. Und ihr Mann ist nicht weniger verdächtig. Kann doch sein, dass sie Erika und Rose gemeinsam zur Strecke gebracht haben.«

Freddy schlug sich mit der Hand gegen die Stirn. Hatte er ein Brett vorm Kopf gehabt? Nach dem stundenlangen Lesen der Kalender hatten Pilar und er versäumt, über den Mann mit der Apothekentüte und der Sanitätshaustasche zu sprechen! Die Beschreibung, die Pilar von der jungen Pflegerin und Frau Schuster erhalten hatte, konnte ebenso auf Uhlgass zutreffen. Beide waren groß, mager und grauhaarig. Olli sah auf den ersten Blick viel älter aus, als er vermutlich war, und Uhlgass wirkte bedeutend jünger als achtzig. Uhlgass konnte jener Mann gewesen sein, und Roses Tagebücher ergaben ein Motiv, die Frauen aus dem Weg zu räumen. Und woran Pilar und Freddy noch überhaupt nicht gedacht hatten, war, dass das Ehepaar zusammengewirkt haben könnte, weil auch Charlotte Uhlgass daran gelegen sein musste, unliebsame Enthüllungen zu verhindern. Dazu passten alle Verdachtsmomente, bis auf die merkwürdige Tatsache, dass auch Sven an den Todestagen in den Seniorenheimen gewesen war.

»Wenn du jetzt an ihrem Haus vorbeiradelst, kommen sie vielleicht gerade mit ihrem Fluggepäck durchs Gartentor, um ins Taxi zu steigen«, vernahm Freddy die Stimme seiner Freundin, während der Bus vorbeiratterte. »Dann weißt du Bescheid.«

»Birgit, die Kalender müssen ganz schnell zur Polizei.«

»Auf die paar Minuten kommt es nicht an«, beharrte sie. »Ich hab so ein Gefühl, dass es sinnvoll sein könnte, einen Blick auf das Haus zu werfen.«

*»So ein Gefühl!«* Er stöhnte auf.

Vorsicht … Streit lag in der Luft.

»Einem Haus sieht man oft an, was los ist«, fuhr Birgit gleichmütig fort. »Möglicherweise ist das Ehepaar längst abgereist. Dann ist alles klar.«

»Mach's gut Schatz, bis später«, verabschiedete sich Freddy so sanft wie möglich.

Mit ihrem Gefühl kann sie sogar recht haben, dachte er betroffen, als er sein Handy in die Hosentasche schob. Trotzdem war es ihm lieber, sofort zur Polizei zu fahren. Dort waren die Kalender besser aufgehoben als in seiner Bauchtasche.

Freddy schwang sich aufs Rad und erreichte bald den Poppelsdorfer Platz, von wo aus er geradeaus nach Kessenich und Richtung Rhein zur Südbrücke fahren wollte. Die Ampel stand auf Rot. Während er auf Grün wartete, überlegte er, wann er Frau Uhlgass zuletzt gesehen hatte. Das musste am Donnerstag gewesen sein. Am Freitag hatte er mit Alwin Uhlgass in dessen Haus gesprochen. Das war fünf Tage her. Die beiden konnten inzwischen über alle Berge sein.

Die Ampel sprang auf Grün. Freddy bog nach rechts ab und

folgte der Trierer Straße den Hang hinauf. Als ihm bewusst wurde, wohin er fuhr, lag der *kleine Umweg*, für den Birgit plädiert hatte, schon zu einem Viertel hinter ihm. Er schüttelte über sich selbst den Kopf. Nun folgte er doch dem Gefühl von Schwester Birgit, die ihren widerborstigen Patienten geschickt beeinflusst hatte!

Zum Glück war er heute gut in Form und erreichte viel schneller, als er erwartet hatte, die Ippendorfer Höhe und die Straße, in der das Ehepaar Uhlgass wohnte. Er fuhr langsamer. Sein Blick erfasste den Eisenzaun und den Vorgarten dahinter. Um Himmels willen … Er beschleunigte. Bloß schnell an diesem Haus vorbei!

*Aufrüstung*, das Wort drängte sich ihm auf. *Schutzwehr.* Erst sein zweiter Gedanke war, dass die Leute in den dunklen T-Shirts Handwerker sein konnten. Er war schon fast vorbei, riskierte aber einen letzten kurzen Blick durch den schmiedeeisernen Zaun. Keine Handwerker. Die fünf oder sechs Männer, die breitbeinig im Vorgarten standen und die Straße fixierten, erinnerten ihn an Wachtposten. In ihrer Haltung lag etwas Bedrohliches, als wollten sie im nächsten Moment ihre Pistolen ziehen. Sie mussten ihn gesehen haben.

In einer Kurve der nächsten Straße drehte Freddy sich halb um und bemerkte hinter sich einen dunklen Mercedes, in dem mindestens zwei dunkel gekleidete Typen saßen. Er trat kräftiger in die Pedalen. Nicht nervös werden, sagte er sich zugleich. Das konnten irgendwelche Leute sein. Die Posten vom Uhlgass-Haus wären nicht so schnell im Auto gewesen. Und falls es dennoch zwei von ihnen waren, würden sie umkehren, sobald er das Polizeipräsidium erreichte. Aber warum sollten sie ihm folgen? Möglicherweise hatten die Männer nur die Aufgabe, Charlotte und Alwin Uhlgass vor der Polizei, eventuell auch vor neugierigen Detektiven zu warnen und die Flucht des Paars zu decken, wenn es durch das hintere Gartentor entschwand, in ein Auto stieg und zum Bahnhof oder Flughafen aufbrach. Diese Flucht musste verhindert werden. Also Tempo! In rasender Geschwindigkeit rollte Freddy den Berg nach Poppelsdorf hinunter.

*Dankbare Mandanten* – dieser Ausdruck aus Roses Kalender fiel ihm ein, als er Richtung Kessenich abbog. Uhlgass musste nicht durch die Hintertür verschwinden, das war ja Blödsinn, das hatte er nicht nötig. *Dankbare Mandanten* würden ihm helfen, jeden Verdacht zunichtezumachen. Möglicherweise waren sie harte Gewaltverbrecher, die ihrem Anwalt auf besondere Weise verpflichtet waren, weil er ihnen lebenslange Haft erspart hatte. Wer so dankbar sein musste, war vielseitig einsetzbar. Nicht nur vor Gericht und bei polizeilichen Ermittlungen. Solche Mandanten konnten als Beschatter fungieren, Zielpersonen für angebliche Vereinszeitungen fotografieren, eine Schutzwehr stellen und – wie ein Messerstich durchfuhr Freddy ein neuer Gedanke. Er bremste scharf. Das Vorderrad traf den Bordstein. Hinter ihm fluchte ein anderer Radfahrer. Freddy nahm es kaum wahr. Sein Kopf war angefüllt mit einer grauenvollen Vorstellung: Würden dankbare Mandanten für Uhlgass auch töten?

***

»Ich weiß schon, welchen ich nehme«, sagte der Mann auf dem Teppich in Pilars Wohnzimmer. »Der Langhaarige ist schmusiger.«

»Aber der Kurzhaarige ist schlauer«, meinte Pilar.

Köster lachte. »Kommt drauf an, was man will.«

Eigentlich ist der Typ doch ganz nett, dachte sie.

Ihr Handy klingelte.

»Entschuldigen Sie mich.«

Während sie mit dem Handy in Richtung Küche ging, erhob sich der Mann vom Boden.

»Ich geh mal eben zur Toilette.« Er sah sich um. »Neben der Haustür?«

»Nein, das ist der Abstellraum. Auf der anderen Seite, neben dem schmalen Fenster. Ich zeig es Ihnen.« Ins Handy sagte sie: »Warte einen Moment.« Sie hatte gesehen, dass es Freddy war.

Der Mann war vorausgegangen und hatte die Diele bereits erreicht. Die Hunde trotteten hinter ihm her.

»Die Tür mit der roten Klinke«, erklärte Pilar.

Er betrat die Gästetoilette. »Da fehlt aber der Schlüssel.«

»Ach so. Ich fürchte, den hat einer der Hunde verschleppt.

Aber Sie brauchen keinen Schlüssel. Ich weiß ja, dass Sie drin sind, und sonst ist niemand da.«

Er schloss die Tür hinter sich. Pilar entfernte sich und ging mit ihrem Handy in die Küche. Die Hunde blieben in der Diele und legten sich in ihre Plüschbetten.

»Was gibt es Freddy, wo steckst du?«

»Noch auf dem Weg. Ich bin bei Uhlgass vorbeigefahren. In seinem Vorgarten stehen ein paar finstere Typen rum. Der versammelt seine Truppe um sich, das ist unheimlich.«

Pilar erwiderte nichts. Ihr Blick aus dem Küchenfenster lenkte sie ab. Auf der anderen Straßenseite stand wieder jemand und blickte herüber.

»Und außerdem ist mir klar geworden, dass Alwin der Apotheken- und Sanitätshausmann sein muss«, fuhr Freddy hastig fort. »Er ist groß, dünn und wirkt jünger, als er ist.«

Das war es gewesen, wonach sie Freddy in Gesas Wohnung hatte fragen wollen, fiel Pilar ein: Alwins Aussehen. *Irgendwas zwischen fünfzig und hundert*, erinnerte sich Pilar an die Angaben der Pflegeschülerin. Frau Schusters Äußerungen waren ähnlich vage gewesen.

»Alle Weitere später. Pass auf dich auf, Pilar, sei aufmerksam.«

Pilar legte ihr Handy achtlos ins Küchenregal. Der Mann da drüben irritierte sie. Er wandte sich um und sah an den Fassaden der Reihenhäuser hoch. Also wieder einer, der so tat, als wollte er ein Haus kaufen. Sie ging zurück in die Diele. Der Hundefreund auf der Toilette sollte ruhig noch ein bisschen hierbleiben. So war sie jedenfalls nicht allein.

Liebevoll ließ sie den Blick über die Hunde schweifen, die brav in ihren Plüschkorben lagen. Toledo war so gut wie vermittelt. Beißender Abschiedsschmerz befiel sie. Verflixt, das konnte sie nicht gebrauchen. Sie biss sich auf die Lippen. Toledo hatte den Kopf auf die Vorderpfoten gelegt, und Tajo knabberte an einem platten schwarzen Kauknochen herum. Das war vermutlich das halb vergammelte Ding, dass er am Morgen im Garten ausgebuddelt hatte.

In einer Falte von Toledos Plüschbett glänzte silbern etwas auf. Pilar trat näher. Der Schlüssel! Sie bückte sich und nahm ihn an sich. In dem Moment knackte der Knochen unter Tajos Zähnen. Sie wandte sich um. Er hob den Kopf. Jetzt sah sie, was er zwischen den Pfoten hielt. Das war kein Kauknochen aus dem Garten, sondern – ein Handy. Sie ging hinüber und zog ihm das speichelfeuchte Ding aus der Schnauze. Es war keines der einfachen alten Handys, die sie und Richard immer noch benutzten, sondern ein Smartphone. Ihre Söhne besaßen so etwas, aber nicht in Schwarz, sondern in Weiß.

Die Hunde erhoben sich und beobachteten die Toilettentür. Sie warten auf die Fleischwurst, dachte Pilar, sie hören bestimmt die Tüte rascheln. Sie selbst vernahm nur das Knallen des Klodeckels und fast gleichzeitig ein feines Klicken, vielleicht von einem Knopf, der die Fliesen berührte oder … Sie hielt den Atem an. Der Laut erinnerte an etwas anderes. Das Entsichern einer Schusswaffe.

Das kann nicht sein, schoss ihr durch den Kopf. Doch, natürlich konnte es sein! Sie handelte blitzschnell, ein Schritt, eine Handbewegung: Der Schlüssel saß im Schloss, sie drehte ihn und sperrte die Toilettentür zu.

Innen rüttelte der Mann an der Klinke. »Was fällt Ihnen ein? Lassen Sie mich raus!«

Pilar betrachtete das Handy. Es musste das des Mannes in der Toilette sein. Sie sah Tajo an. Der wedelte mit der Rute und wartete offensichtlich auf die Rückgabe seiner Beute. Er musste es dem Besucher unbemerkt aus der Hosentasche gezogen haben. Mit seiner schmalen, weichen Schnauze brachte er so was fertig, es war nicht das erste Mal.

Hinter der Toilettentür randalierte der Mann. Er wird das kleine Fenster öffnen, vermutete Pilar. Er dürfte nicht hindurchpassen, doch kann er da hinaus um Hilfe rufen. Wenn ich das Klicken falsch gedeutet habe, wird das eine peinliche Angelegenheit.

Vielleicht war dem Smartphone eine Information zu entlocken. Kurz entschlossen drückte Pilar den Knopf an der Oberseite, und schon leuchtete das Display auf. Und wie weiter? Bei Damian und Lukas ging das immer ganz fix. Sie hatte nie darauf geachtet, erinnerte sich aber an eine Bewegung, eine Art Streichen mit dem Finger, das sie nun nachahmte. Ein buntes Menü tauchte auf, rechts unten ein Telefonzeichen. Sie berührte die Stelle und erblickte zwei Buchstaben mit einer Rufnummer und einem grünen Pfeil. *Al.* Ihr Herz klopfte schneller. *Al* konnte die Frau ihres Besuchers sein, Alina oder Adelheid. Oder …

»Schließen Sie auf! Aber flott!«, brüllte der Besitzer des Handys und trommelte gegen die Tür.

Pilar tippte mit dem Zeigefinger auf den Eintrag und entfernte sich von der Toilette. An ihrem Ohr erklang das erste Freizeichen. Es hob jemand ab.

»Erledigt?«

Die raue Stimme schien einem älteren Mann zu gehören. Das konnte der Vater sein, der Alfred hieß oder Alter genannt wurde. Oder …

Sie konnte nicht widerstehen. Sie nahm ihr Kinn zurück und presste in einer ihr fremden Tenorstimme »Alwin?« heraus. Die Tonlage glich ungefähr der des eingesperrten Mannes.

»Ist sie platt?«

Vor Schreck hätte sie fast das Handy fallen lassen. »Jo«, brachte sie mit Mühe heraus.

»Seid ihr weg da? Sieht's wie ein Bruch aus?«

»Jo.« Mehr ging nicht. Sie legte den Finger auf ein rotes Feld, das vor ihren Augen verschwamm. *Platt* war eindeutig.

»Ihr habt mich gerettet«, flüsterte sie den Hunden zu.

Aus der Toilette kamen knarrende Geräusche, als wäre der Gefangene dabei, die Tür aufzubrechen.

Notruf der Polizei, beschloss sie. Am besten mit dem eigenen Telefon. Sie lief in die Küche. Die Ladestation war leer. Sie rannte ins Wohnzimmer und sah nur den leeren Sockel der dortigen Station. Heute Morgen hatte sie noch damit telefoniert, wo war es nur? Sie raste zurück in die Diele. Hier legte sie meistens ihr Handy ab, doch auch das war nicht zu sehen. Als Freddy angerufen hatte, war sie im Wohnzimmer gewesen, als sie aufgelegt hatte, in der Küche. Aber der Küchentisch und die Arbeitsflächen waren leer, da lag kein Handy. Sie konnte jetzt nicht länger suchen, sie durfte keine Zeit verlieren! Für den Notruf musste sie mit dem fremden Smartphone klarkommen.

Die Toilettentür knackte bedrohlich. Mit Kraft war es womöglich keine Kunst, die einfache Baumarkttür aus dem Schloss fliegen zu lassen. So wie es sich anhörte, war es gleich so weit. Wenn sie nur das Zahlenfeld fände, das für einen Moment aufgetaucht und wieder verschwunden war! Ihr Finger glitt über das Display, das ihr nur eine Namensliste mit Rufnummern zeigte. Verflixte Technik! Sie war wohl zu alt, um sich in null Komma nix umzustellen, sie fand den Einstieg für die 110 nicht, und der Krach aus der Toilette lenkte sie ab.

Das Fenster in der Haustür verdunkelte sich. Ein breitschultriger Mann mit halblangem blonden Haar stand davor und lächelte durch die Scheibe. Er hielt zwei Scheiben Salami neben seine Wange und deutete mit der anderen Hand auf die Hunde. Tajo und Toledo wandten ihm stumm die schwarzen Köpfe zu und schwänzelten erwartungsfroh.

Der andere Interessent! Erleichtert lachte Pilar auf. Was für ein Glück, er konnte ihr helfen.

Sie riss die Tür auf. »Sie schickt mir der Himmel!«

»Das will ich meinen«, rief er.

Mit einem großen Schritt über die Schwelle war er neben ihr, stieß Tür und Smartphone aus ihrer Hand und packte sie an den Schultern. Alles schien eine einzige Bewegung zu sein. Die Tür fiel hinter ihm ins Schloss, die Salami zu Boden.

Er drückte ihre Arme nach hinten und schlang um ihre Handgelenke einen Draht, der bei der ersten Bewegung in ihre Haut schnitt. Es war sinnlos, sich zu wehren. Während sie versuchte, den Schmerz zu meistern, zwängte er ihr einen Gummiball in den Mund, der so dick war, dass er fest zwischen Zunge und Gaumen saß und ihre Lippen weit offen hielt. Tränen schossen ihr in die Augen. Sie würgte und hustete.

»Kalle, ich bin eingeschlossen«, brüllte der Mann in der Toilette.

Der Blonde schob sie rückwärts durch die Diele. Sobald sie abbremste, fuhr sein Stiefel an ihr Schienbein. Ihr war kotzübel. Aber schlimmer war die Angst.

»Du miese Zigeunerschlampe … Das haste jetzt davon. Hättste die Finger davon gelassen, wärste uralt geworden.«

Im Wohnzimmer sah er sich kurz um. Er nickte kurz, schob sie weiter zu dem großen antiken Schrank und griff nach dem langen Schlüssel, der im Schloss steckte. Knarrend flog die mächtige Eichentür auf. Mit einer Hand hielt er Pilar am Oberarm fest. Mit der anderen langte er in das geräumige Fach in der Mitte. Alles, was sich darin befand, ging zu Boden, dass es nur so krachte, schepperte und klirrte. Silberschüsseln, Porzellanplatten, edle Gläser und Karaffen, die ihnen allesamt Richards Mutter überlassen hatte, landeten auf dem Teppich und den Fliesen, Scherben flogen herum, Splitter spritzten auf. Das Fach war in Sekunden leer.

»Nein!«, wollte Pilar schreien, als er ihr unter die Arme fasste und sie hochhob – ein kratziges Röcheln war alles, was sie herausbekam.

Sie strampelte, doch der Blonde packte mit einer Hand ihre Beine, als wollte er sie brechen, während er ihren übrigen Körper in das Schrankfach stopfte wie eine sperrige Reisetasche. Um ihre Fußknöchel wickelte er einen weiteren Draht. Er stieß sie gegen die Rückwand und griff ihr kurz nacheinander in beide Hosentaschen. Sie sah den Toilettenschlüssel aufblinken.

»Na also«, sagte er.

Die Eichentür knallte zu. Es folgte das Knacken, das ihr von der anderen Seite vertraut war. Das Schloss war zu. Stampfend entfernten sich die ledernen Stiefel.

Pilar glaubte zu ersticken. Das bisschen Luft, das an dem Ball vorbeikam, reichte nicht. Das Gummi schmeckte widerlich und schien sich an ihrer Kehle festzusaugen. Sosehr sie sich bemühte, der Ball ließ sich nicht ausspucken. Sie hätte eine Hand gebraucht. Der ständige Wurgereiz ließ sich nur aushalten, wenn sie den Kopf nach unten hielt.

Die entsicherte Waffe … Sie hatte nun keinen Zweifel, dass sie das Geräusch hinter der Tür richtig gedeutet hatte. Der Blonde würde seinen Kumpel befreien, und zusammen würden sie zum Schrank zurückkehren, um der *Zigeunerschlampe* eine Kugel in den Kopf zu schießen. Sie waren gekommen, um sie hinzurichten. *Erledigt*, würden sie Alwin mitteilen.

Ein vertrautes Geräusch aus der Diele. Die Toilettentür, die über den Boden schleifte. Das Lachen der Männer. Gemeines, widerliches, brutales Lachen. Sie würde froh sein können, wenn sie einfach nur sterben durfte und nichts anderes über sich ergehen lassen musste. Tränen flossen ihr übers Gesicht. Sie war naiv gewesen. Sie hatte die Zeichen nicht beachtet. Das, wovon sie sonst reichlich besaß und worüber Richard gern spottete, hatte sie diesmal überhaupt nicht benutzt: ihr Misstrauen und ihre Phantasie. Es hätte nicht so kommen müssen, dass sie zusammengestaucht in diesem Schrank lag, Blut aus ihren Handgelenken tropfte und ihr nichts blieb, als auf den Schuss zu warten, der alles beenden würde.

Sie vernahm ein entferntes Rumoren. Irgendwo wurden Schubladen aufgerissen, Gegenstände fielen zu Boden. Den Geräuschen nach suchten die Männer etwas.

»Den Schreibtisch hab ich durch, und in der Handtasche ist nur Scheiß«, hörte sie die Stimme des Blonden, der sich zu nähern schien.

»Die war nicht drei Stunden dadrin, um die Erbin zu trösten«, knurrte der Fleischwurstbesitzer.

»Den Laptop hab ich, aber kein Handy. Mensch, das dauert hier zu lang.«

»Wenn die Bullen schon Wind davon haben …«

»Hamse nicht. Al hat 'n Mandanten im Präsidium. Der hält ihn auf dem Laufenden.«

Pilar sog den Geruch des alten Holzes ein, so gut es ging. Es lenkte sie ab. Sie durfte auf keinen Fall erbrechen, sie konnte am Mageninhalt ersticken und hatte schon genug Probleme damit, ihren Speichel hinunterzuschlucken.

Was suchten die Kerle? Offenbar nahmen sie an, Pilar hätte irgendwas von Bedeutung aus Gesas Wohnung mitgenommen, oder sie ahnten etwas von den Büchern. Gut, dass sich die wichtigsten Kalender in Freddys Bauchtasche oder schon bei der Polizei befanden, je nachdem, wie schnell er gewesen war. Sie würden hier nichts finden. Aber genau das würde ihre Wut anheizen. Pilar sehnte den Schuss schon fast herbei. Nichts konnte schlimmer sein als diese grauenhafte Angst.

»Um die Erbin soll sich Al selbst kümmern«, hörte Pilar die Stimme des Fleischwurstbesitzers nicht weit vom Schrank.

»Kommt noch, 'nem alten Mann misstraut ja keiner.« Ein polterndes Lachen ertönte. »Und dieser Witz von einem Detektiv erlebt heut, dass Radfahren verdammt gefährlich ist.«

»Knöpfen wir uns die Kleine vor.«

Pilar fühlte Schweiß über ihre Stirn rinnen. Und Freddy saß ahnungslos bei der Polizei, von der sie nur ein Anruf und ein einziger Satz getrennt hatten. Niemand konnte ahnen, was hier vor sich ging, weder Freddy noch die Kommissare, die erst mal Roses Kalender lasen. Falls sie die überhaupt erhalten hatten ... Falls Freddy überhaupt bis zum Präsidium gekommen und nicht auf dem Weg dorthin verunglückt war! Auch auf Richard konnte sie nicht hoffen. *Gegen Abend*, hatte er gesagt. Das war zu spät. Was würde er vorfinden?

***

Freddy hatte Poppelsdorf verlassen und versuchte, sich auf die Frage zu konzentrieren, welches die kürzeste Strecke zur Südbrücke war. Ein Taxi wäre hilfreich gewesen, aber mit seinen drei Euro in der Hosentasche hätte ihn wohl kein Fahrer auf die andere Rheinseite gebracht.

*Pass auf dich auf, Pilar!* In einer stillen Straße fiel ihm auf, wie blöd der Spruch war, man beruhigte sich nur selbst damit. Und nicht einmal das klappte. Er wurde mit jedem Meter, den er zurücklegte, unruhiger. Falls die *dankbaren Mandanten* Pilar und ihn beschatteten, konnten sie auch einen weiter gehenden Auftrag haben, und vorausgesetzt, Uhlgass hatte nicht nur einmal, sondern bereits dreimal gemordet, um den ersten Mord zu verdecken, dann würde er auch jetzt nicht lange zögern, wenn er glaubte, dass Pilar und ihr detektivischer Freund etwas herausgefunden hatten, das ihm in die Quere kommen konnte.

Freddy fielen die Hunde-Interessenten ein. Was wusste Pilar über die Fremden, die sie einfach so ins Haus ließ? Natürlich nichts, da konnte jeder kommen! War es nicht seltsam, dass sich gleich zwei auf einmal gemeldet hatten?

Er blickte sich um. Der sich nähernde Lieferwagen fuhr langsam. Freddys Entschluss war schnell gefasst. Er verlangsamte und bog in einem Halbkreis zur Gegenfahrbahn, um die Richtung zu wechseln. Im selben Moment gab der Lieferwagen Gas und schoss auf die Stelle zu, an der eben noch Freddy gefahren war. Ein Schreck durchzuckte ihn. Idiot!

Freddy schluckte den Ärger hinunter und fuhr seinen Bogen zu Ende. Jetzt aber flott nach Ückesdorf! Diese Interessenten sollte er sich lieber mal anschauen. Pilar würde ihm sicher ein Auto leihen, damit er anschließend ganz schnell zur Polizei käme. Er strampelte sich ab, er schwitzte und keuchte, fühlte sich aber noch halbwegs fit. Wenn sein Rad das nur durchhielt! Der Mantel des Vorderreifens hatte kaum noch Profil.

Poppelsdorf war bald geschafft, in Endenich begann er, mit den Kräften hauszuhalten. Von seiner Stirn tropfte der Schweiß, sein Kopf glühte, obwohl er noch vor einigen Minuten gedacht hatte, dass das Wetter recht kühl wäre. Von Lengsdorf an würde es bergauf gehen. Warum war diese Stadt so verdammt bergig?

An der Haltestelle Lengsdorf Bach stand der Linienbus nach Ückesdorf, die Türen waren noch offen. Freddy schwang sich vom Sattel, hob das Fahrrad an und stieg ein. Die anderen Fahrgäste musterten ihn. Er bezahlte vorn beim Fahrer und ging zu seinem Rad zurück, das in der Mitte des Busses angelehnt stand. Seine Atmung normalisierte sich.

Lag es an den teils gleichgültigen, teils frostigen Blicken der Leute, dass ihm die Vorstellung, Pilar könne in Gefahr sein, plötzlich völlig verrückt und abwegig erschien? Angesichts der geballten Normalität um ihn herum verstand er seinen Gedankengang nicht mehr. Warum war er so spontan umgekehrt? Eine Viertelstunde später wäre er im Polizeipräsidium gewesen. Pilar besprach sich vermutlich noch mit den zukünftigen Hundehaltern. Er stellte sich ihr verärgertes Gesicht vor, wenn er nun aufkreuzte, ohne der Polizei die Kalender ausgehändigt zu haben. Warum sollte mit diesen Leuten etwas nicht stimmen? Was für eine Schnapsidee! Vielleicht waren sie bereits wieder weg, und Pilar übte ihren Vortrag für heute Abend. Sie würde sauer sein, wenn er jetzt klingelte, nur weil er eben so ein Bauchgefühl gehabt hatte.

Kurzerhand drückte Freddy auf den Haltewunschknopf. An

der Villemombler Straße stieg er aus, überquerte die Straße und schwang sich wieder aufs Rad. Die Pause hatte ihm gutgetan. Auf zum Polizeipräsidium! Mit dem kühlen Wind im heißen Gesicht bekam er wieder richtig Schwung und konnte viel schneller fahren.

Als er am Fuße der alten Wehrkirche Sankt Petri vorbeischoss, überfielen ihn erneut Zweifel. War seine ursprüngliche Befürchtung wirklich so absurd? Wäre es nicht besser gewesen, sicherheitshalber nach Pilar zu sehen? Falls alles in Ordnung war, wäre die Störung gering gewesen, aber wenn etwas faul war, hatte er kostbare Zeit verloren. Welch ein Wahnsinn, wenige Minuten vor Ückesdorf den Bus zu verlassen!

Herrje, war das schwierig, in dem Fall einen klaren Blick zu behalten! Jeder Gedanke an das, was möglich war, schien an Phantasterei zu grenzen und dann wieder auch nicht. Beklagten Frauen nicht immer, Männer hätten keine Phantasie? Oh doch, die hatte er, aber danach zu handeln war eine andere Sache!

Freddy bremste, sprang ab, wendete sein Rad um hundertachtzig Grad und wurde beinahe von einem schwarzen Mercedes erfasst, der ihm entgegenkam. War es derselbe wie in Ippendorf? Und wenn schon! Er musste sich auf den Verkehr an der Kreuzung konzentrieren.

Die Steigung, die er gemütlich im Bus hätte nehmen können, brauchte viel Kraft, aber bald erblickte er die ersten Häuser von Ückesdorf. Und nun die letzte Steigung. Von oben blies ihm der Westwind entgegen. Hemd und Jacke waren klatschnass vom Schweiß, die Hose klebte an seinen Oberschenkeln. Alles an ihm schien feucht zu sein, nur sein Mund war trocken. Er brauchte dringend etwas zu trinken.

Die Büsche, die Kieferntür, der Van im Carport und der gelbe Fiesta auf der anderen Straßenseite. Er hatte es geschafft! Das Fahrrad ließ er auf dem Plattenweg im Vorgarten stehen und rannte zur Haustür.

Hinter sich hörte er eilige Schritte und ein Räuspern.

»Augenblick mal!«

Er blieb stehen und wandte sich um. Ein stämmiger Mann in dunklem T-Shirt und Sporthose kam auf ihn zu.

Einer der Wachtposten. Freddy brauchte keine Sekunde, um zu begreifen. Aber selbst das war zu lang. Blitzschnell war der Kerl neben ihm und nahm ihn in den Schwitzkasten.

Freddy scherte ein Bein nach hinten aus, wie er es gelernt hatte, stieß die linke Faust in die fremde Leiste und hoch gegen den breiten Hals. Der Angreifer verlor das Gleichgewicht. Doch ehe Freddy festen Stand hatte, kam ein dickerer Arm mit Wucht von hinten. Den zweiten Mann hatte er nicht gesehen. Er zwang Freddy nieder. Die Brille flog auf die Bodenplatten. Das Glas knirschte unter dem Stiefel des ersten, der nach Freddys Beinen griff.

»Tor auf«, zischte der zweite Mann. »Straße zu nah.«

Der erste Angreifer ließ Freddys Beine los und stemmte einen Fuß gegen das Gartentor. Der zweite drehte Freddys Arme auf den Rücken und hielt sie dort im eisernen Griff seiner riesigen Pranken. Freddy trat um sich. Der Absatz eines Stiefels traf ihn in der Kniekehle. Sein Bein knickte ein.

Mit einem Knacken riss die Öse aus dem Holz des Pfostens. Das kleine Tor schwang auf. Der Mann mit den harten Pranken schubste Freddy vor sich her in den Garten. Der Stämmige stieß seine Faust unter Freddys Kinn. Sein Kopf flog in den Nacken. Und noch einmal. In Freddys Ohren war ein Krachen, als ob sein Unterkiefer bräche.

»Wehe, du schreist«, blaffte der Schläger ihn an.

»Was wollt ihr?«

»Klappe.«

Sie hatten die Wiese erreicht. Freddy fühlte, dass seine Bauchtasche fort war. Rheinische Mafia … im schwarzen Mercedes. Er hatte es nicht für möglich gehalten. Oh Mann, wäre er doch erst zur Polizei gefahren.

»Gartenteich – wo?« Der Kerl, der Freddy festhielt, blickte um sich. Seine nackten Arme waren tätowiert und ähnelten dem Körper einer Python.

»Bei Google Earth war einer«, sagte der andere. »Scheiße, die haben keinen mehr.«

Hoffentlich finden sie ihn nicht, dachte Freddy. Der kleine Teich wäre tief genug, um ihn darin zu ertränken. Seine Ufer waren von dichtem Grün überwuchert wie das meiste in diesem Garten. Nur die Thujahecke, mit der die Nachbarn sich von der Wildnis abgrenzten, war ein wenig gestutzt.

»Nehmen wir den Komposthaufen«, bestimmte der Tätowierte und versetzte Freddy einen Stoß ins Kreuz. »Da kriegt er auch keine Luft.«

»Sieht dann aber nicht nach Unfall aus«, meinte der Stämmige.

»Willst du diskutierten oder was?«

Ein scharfer Knall.

Beide Männer fuhren herum. Einen Lidschlag lang glaubte Freddy, man hätte ihn erschossen.

»Wer zum Teufel –«, zischte der Tätowierte und blickte hektisch um sich.

Der Griff der Pythonarme hatte sich gelockert. Freddy gelang eine Drehung. Mit Schwung rammte er seinen Kopf in den Magen des Tätowierten. Am Kopf traf ihn eine Faust, aber er war frei und raste los. Vor sich sah er verschwommen den Komposthaufen. Er schien ihm höher als ein Tisch. Darüber die Zweige der Eberesche. Nicht nachdenken! Er sprang. Seine linke Hand bekam einen Ast zu fassen, der knackend zerbrach. Er drohte zurückzufallen, erwischte aber mit der rechten Hand einen Holzstiel, der aus dem Gemenge von Gras, Moos und Blättern herausragte. Der hielt. Im Nu stand Freddy oben.

Die Kerle waren hinter ihm und griffen nach seinen Fußknöcheln. Freddy wich aus. Er wandte sich um und zog an dem Holzstiel. Leider keine Hacke, kein Spaten oder Rechen. Es war ein Drahtbesen. Er schlug wild damit um sich. Das konnte er nicht lange durchhalten. Und denen musste jeden Augenblick der Kragen platzen. Sie würden eine Waffe ziehen. Notwehr, würden sie später behaupten. Der Stämmige blutete im Gesicht. Die Hand des Tätowierten fuhr an seine Hosentasche.

***

Gedämpft und fern war der Schuss gewesen, den Pilar im Schrank gehört hatte. Wenn Richy früher nach Hause gekommen ist, durchfuhr es sie, wenn sie auf ihn geschossen haben! Sie zwang sich zur Ruhe. Nicht durchdrehen, das brachte nichts. Diese Art Schuss kannte sie doch. Das war ein Knallfrosch aus Winters Teehäuschen!

Sie hörte, dass die Männer an der Terrassentür standen.

»Warum schießen die?« Die Stimme des Bärtigen mit der Fleischwurst.

»War 'ne Knallerbse, du Pfeife«, schnauzte der Blonde den Kumpel an. »Nix aus China, was Teures, ich kenn die.«

»Aber was –«

»Den kleinen Detektiv schaffen die allein.«

»Das läuft doch ganz falsch, ich ruf Al an. Wo ist mein Handy?«

»Jetzt halt den Rand, wir haben was zu erledigen.«

Das Schloss der Schranktür knackte. Pilar war halb wahnsinnig vor Angst. Sie kniff die Augen zusammen. Etwas Kaltes stieß gegen ihre Stirn. Metall. Das Ende eines Pistolenlaufs. Nie mehr würde sie ihre Augen öffnen.

»Kalle«, schrie der Bärtige. »Da draußen!«

»Scheiße.«

Die Schranktür knallte zurück, fiel aber nicht ins Schloss. Es folgten Geräusche, die nicht einzuordnen waren. Getrappel, Gerenne, Rufe, Krachen in der Diele, auf der Kellertreppe, an der Tür, im Garten, alles vielfach, als wären zehn bis zwanzig Personen unterwegs.

Wie ferner Donner plötzlich ein Bass: »Was ist hier los? Was machen Sie in meinem Haus?«

Richy! Er war hier! Schon wieder flossen ihre Tränen. Gut, dass er da war, egal, was draußen los war.

»Wo ist meine Frau?«

Pilar drückte ihre Schulter gegen die Schranktür, die nachgab, aber wieder zurückfiel. Offenbar hatte Richard es nicht bemerkt. Er stand zu weit entfernt mitten im Lärm. Wenn sie ihm nur nichts antaten! Durch die fadendünne Ritze vor der Schranktür sah sie nur die Lehne eines umgekippten Stuhls.

»Richard«, hörte sie eine hellere Männerstimme. »Wo ist Pilar?«

Freddy? Wieso war der hier?

»Das Miststück von Hund hat schon wieder ein Handy im Maul«, murmelte Richard, nun schon etwas näher.

Was sie die ganze Zeit versucht hatte, glückte ihr endlich – ihre Zähne bissen ein Loch in den Gummiball. Etwas Luft entwich, die Spannung ließ nach, es entstand eine Delle. Pilar brachte einen kehligen Laut zustande. Niemand schien ihn zu hören. Der Ball verformte sich stärker.

»Hilfe!« Dafür reichte es nun.

»Hast du das gehört?«, rief Freddy.

»Das kam aus dem Schrank«, meinte Richard.

Drei, vier schnelle Schritte über knirschendes Glas, die Tür wurde aufgerissen. Entsetzt starrten die beiden sie an.

Pilar spuckte das Gummi auf die Scherben am Boden. Beinahe wäre der Inhalt ihres Magens hinterhergekommen. »Stellt das Handy sicher«, stieß sie hervor. »Beweisstück … Alwin Uhlgass!« Den Mund wieder schließen zu können war ein seltsames Gefühl und klappte nicht auf Anhieb.

»Die Polizei ist unterwegs zu ihm«, sagte Freddy. »Ich hab denen alles erklärt.«

Richard streckte die Arme nach Pilar aus, um sie aus dem Schrank zu heben.

»Nicht«, rief sie. »Meine Hände!«

»Oh Gott, wie sieht das denn aus?«

Vorsichtig entfernte Richard den Draht, der sich in ihre Haut einschnitt. Es tat höllisch weh. Pilar bemühte sich, nicht auf die Wunden zu schauen, und sah an ihrem Mann vorbei. Ihr Blick fiel auf zwei Polizisten in Uniform. Einer telefonierte, der andere notierte etwas.

»Wie kommen die hierher?«

»Euer Nachbar fühlte sich in seinem Teehäuschen gestört«, erklärte Freddy. »Er trat heraus, merkte, dass man mich entsorgen wollte, und wählte den Notruf.«

»Winter?« Pilars Stimme überschlug sich. »Und zufällig lag noch ein Knallfrosch unter der Matte!« Sie lachte und bekam gleichzeitig eine Gänsehaut. Es war alles gut! Gut! Gut!

Richard löste den Draht um Pilars Fußknöchel und half ihr aus dem Schrank. Ihre Knie drohten nachzugeben, sie befiel ein Zittern, eine Art Schüttelfrost. Ihr Mann schloss sie in die Arme und trug sie zum Sofa hinüber.

»Bist du sonst okay?«

»Nur halb krank von der Angst. Ich hab die Verbrecher selbst hereingelassen. Sie hatten vorher angerufen.«

»Wie höflich.«

»Wegen meiner Anzeige. Sie sagten, sie wollten einen Hund.« Pilar sah Richard an.

Er stöhnte auf. »Und ich hab noch auf dieser Anzeige bestanden.«

»Die Brüder sind keine Bodyguards, aber sonst waren sie super, Toledo hat den Toilettenschlüssel verschleppt, sodass ich den ersten Mann einsperren konnte, und Tajo hat sein Handy ergattert. Aber ich war zu doof, die Polizei anzurufen, und so naiv, den zweiten Mann für einen echten Hundefreund zu halten und ihm die Tür zu öffnen.«

»Der gibt das Beweisstück nicht her«, beklagte sich einer der Polizisten in Uniform und deutete auf Tajo, der auf dem Teppich lag und engagiert an etwas Schwarzem herumnagte.

»Tajo, aus«, sagte Pilar müde.

Der Hund erhob sich und legte das Handy vors Sofa, auf dem Pilar sich inzwischen ausgestreckt hatte.

»Geht doch. Nun schauen Sie mal auf die letzten Anrufe. ›Al‹ dürfte Alwin Uhlgass sein.«

Der Polizist blickte nicht auf das Handy, sondern auf Tajo. »Toller Hund«, meinte er. »Der wäre was für uns. Der andere aber auch. Sind beide noch zu haben?«

»Ab heute nicht mehr«, erwiderte Richard. »Wir behalten sie.« Pilar traute ihren Ohren kaum.

»Natürlich nur, wenn der Kater einverstanden ist«, fügte er hinzu.«

Neben dem Sofa erschien Kommissar Kohl. Er nickte Pilar beinahe herzlich zu und klopfte Freddy anerkennend auf die Schulter.

»Deinen Sprung auf den Kompost hätte ich gern gesehen, Freddy. Ich schaffe so was nicht mehr. Aber du bist ja ein paar Monate jünger.«

»Was ist mit Uhlgass?«, erkundigte sich Freddy.

»Die Kollegen haben ihn. Der und die sauberen Freunde, die

wir eben abgeführt haben, werden gleich vernommen. Wie geht es Ihnen, Frau Álvarez-Scholz?«

»Na ja«, erwiderte Pilar und betrachtete ihre Handgelenke.

»Wären Sie nach einer Wundbehandlung und einem starken Kaffee bereit, uns aufs Präsidium zu begleiten, damit wir Ihre Zeugenaussage gleich schriftlich haben?«

Pilar setzte schon zu einem Ja an, als sie die große Armbanduhr am Handgelenk des Kommissars erblickte. »Das geht nicht! In zwei Stunden muss ich in der Volkshochschule einen Vortrag halten. Krimis von der Eifel bis Köln.«

»Pilar, der muss ausfallen«, meinte Richard.

»Passt doch«, sagte Kohl gelassen. »Mit dem neuesten Kriminalfall liegen wir örtlich genau dazwischen. Sie machen Ihre Aussage, und danach bringen wir Sie pünktlich vor Ihr Publikum. Wenn Sie wollen, im Streifenwagen.«

Pilar nahm das Angebot an. Warum auch nicht? Gegen die Ereignisse, die hinter ihr lagen, war der Vortrag ein Klacks! Nachdem Richard ihre Wunden versorgt hatte, lief sie ins Schlafzimmer und zog, so schnell es ihr mit den verbundenen Handgelenken möglich war, eine Seidenbluse, eine schicke Hose und elegante Schuhe an. Im Badezimmer mussten ein paar Bürstenstriche reichen.

Als sie auf den ungewohnt hohen Absätzen leicht schwankend dem Kommissar entgegentrat, durchströmte sie jäh ein warmes Glücksgefühl. Sie war noch einmal davongekommen – sie lebte! Ein paar Meter weiter saß Richard auf dem Teppich, in jedem Arm einen Hund. Im Hintergrund saß Goethe, der getigerte Kater, auf einem Heizkörper und lugte mit weisen Eulenaugen um die Ecke. Er schien bereits alles zu wissen.

## 12
## Eine Woche später

Pilar stand vor Freddys Haustür und drückte auf die Klingel. Sie trug einen weißen Porzellantopf mit einem prächtigen rot blühenden Hibiskus. Freddy hatte ihr am Telefon erklärt, dass Birgit und er heiraten wollten. Da war etwas Blühendes fällig!

Von der anderen Straßenseite schwebte der Duft von Ölfarbe herüber. Pilar sah Frau Wildhuhn mit einem Pinsel vor ihrem Zaun stehen, der zu zwei Dritteln in sattem Sonnengelb erstrahlte.

Freddys Haustür öffnete sich mit dem vertrauten Knarren.

»Guten Tag, Herr Stieger«, rief die Nachbarin über die Straße. »Wie finden Sie die Farbe? Hat so was Frisches, Optimistisches, nicht wahr?«

»Recht so, das brauchen wir«, antwortete Freddy.

»Jetzt endlich herzlichen Glückwunsch«, schmetterte Pilar und umarmte ihn, so gut es mit dem Blumentopf zwischen ihnen ging.

Freddy bedankte sich lachend, Billy tobte vor Freude im kleinen Flur hin und her, nur Birgit konnte sich nicht mitfreuen, weil sie im Malteser-Krankenhaus beim Spätdienst weilte.

»Ich mache uns einen Kaffee«, verkündete Freddy.

In der Küche stand wie meistens bei gutem Wetter das Fenster weit offen. Freddy stellte den Hibiskus auf die Fensterbank. »Toller Kontrast zum dunkelgrünen Efeu«, freute er sich.

Draußen fuhr ein Taxi vor. Billy hob den braun-weißen Kopf aus seiner Hängematte und legte ihn schläfrig wieder ab. Pilar trat ans Fenster. Die Beifahrertür öffnete sich.

»Ein neue Klientin?«, fragte Pilar.

»Keine Ahnung.« Freddy hantierte bereits in der Ecke, wo seine Espressomaschine stand. »Wie sieht sie denn aus?«

»Dunkelhaarig, Perlenschmuck, ziemlich alt, aber gut drauf, gerader Gang und recht schick.«

Freddy trat neben Pilar. »Auwei, das ist Frau Uhlgass.«

»Die hab ich mir anders vorgestellt«, sagte Pilar.

»Perücke und Rollator braucht sie ja nicht mehr«, erinnerte Freddy. »Der Alte sitzt in Untersuchungshaft.«

Pilar reckte den Hals. »Sieh mal, die hat einen Blumenstrauß dabei. Weiß sie von deiner Verlobung?«

»Wohl kaum. Bei unserem Telefongespräch letzte Woche haben wir nur über Roses Kalender gesprochen.«

Freddy eilte zur Tür. Pilar hörte die beiden lachen.

»Darf ich Sie in mein Büro bitten? Es ist jetzt tipptopp.«

»Ach nein«, erklärte Frau Uhlgass. »Ich bin jetzt an die Küche gewöhnt.«

Ihre Stimme hatte einen kratzigen Klang, war aber nicht so durchdringend, wie Pilar geglaubt hatte. Sie sah der alten Dame, die die Küche betrat, gespannt entgegen, sie wusste nun, dass Charlotte Uhlgass die Mutter des getöteten Reiters war und nichts ahnend seinen Mörder geheiratet hatte. Wie musste sie sich gefühlt haben, als ihr das nach und nach klar geworden war?

Freddy stellte seine *Mitarbeiterin* vor. Frau Uhlgass hielt Pilars Hand eine Weile in der ihren und nickte ihr anerkennend zu. In den feinen Gesichtszügen und den zahlreichen Linien und Fältchen schien eine wechselhafte Geschichte eingegraben. Der Blick der unglaublich blauen Augen über der scharf geschnittenen Nase ging Pilar durch und durch. Ihr war, als signalisiere er, dass diese Frau nach langer Suche endlich am Ziel angekommen war.

Als sie auf dem leise quietschenden Sofa Platz genommen hatte, wandte Frau Uhlgass sich Freddy zu, der den Blumenstrauß in eine Vase gestellt hatte und nun eine Tasse Kaffee für sie zubereitete.

»Sie und Ihr Team waren großartig, Herr Stieger! Als Detektiv sind Sie genauso vorgegangen, wie ich es mir vorgestellt hatte.«

Freddy sah sie überrascht an. Pilar schätzte, dass ihr eigener Gesichtsausdruck noch erstaunter wirkte. Von dem gezielten Vorgehen eines Teams konnte keine Rede sein.

»Es konnte nicht anders klappen.« Die alte Dame nickte bekräftigend. »Sie haben die Polizei überzeugt.«

»Frau Uhlgass«, sagte Freddy, während er einen Becher Kaffee vor sie hinstellte, »es wäre einfacher gewesen, wenn Sie uns von

Anfang an reinen Wein eingeschenkt hätten, wer Sie sind und wen Sie verdächtigen.«

»Nein«, rief sie entschieden aus. »Das wäre nicht gegangen. Ich war unsicher, ob ich Alwin verdächtigen sollte. Stellen Sie sich das vor: der eigene Mann! Wer will so etwas wahrhaben?«

Die Vergissmeinnicht-Augen waren fragend auf Pilar gerichtet, die sich verpflichtet fühlte, sich Richard als Mörder vorzustellen, was nicht gelingen wollte.

»Für mich war es das Beste, mich hinter einer Rolle zu verstecken, als wäre ich eine andere Person«, wandte sich Frau Uhlgass wieder an Freddy, der ihr inzwischen gegenübersaß. »Bei Ihnen konnte ich die herrische Alte sein und nicht Manfreds Mutter, die eine tragische Gestalt ist. Es hat mir sehr geholfen.«

Pilar musste lächeln, sie konnte sich das gut vorstellen.

»Außerdem hatte ich befürchtet, dass Sie Alwin kennen, Herr Stieger. Unzählige Menschen sind mit ihm bekannt und schätzen ihn. Aber als Sie den Briefumschlag mit meinem richtigen Namen gesehen hatten und meinem Taxi folgten, war ich fast sicher, dass Sie nicht wussten, wer Alwin Uhlgass ist.«

»Sie haben gemerkt, dass ich Ihnen gefolgt bin?«

»Ich hatte ja damit gerechnet. Aber im weiteren Verlauf ist etwas dazugekommen, das erfuhr ich von Kommissar Kohl. Alwins Sohn Sven …« Ihre Finger umschlossen die Kaffeetasse. »Ich wusste nichts von ihm. Der Kommissar war so freundlich, mir seine Adresse zu besorgen. Der Junge braucht jemanden. Wir treffen uns nahezu täglich und verstehen uns prächtig. Ich rede ihm zu, eine Vaterschaftsklage einzureichen. – Wie dem auch sei, Herr Stieger, Ihr Betrieb hat sehr erfolgreich gearbeitet. Ich werde sie weiterempfehlen.«

»Hoffentlich hat sich Sven von Olli Bollhorn losgesagt«, sagte Pilar.

Frau Uhlgass hob die schmale Hand mit den blitzenden Ringen und winkte hoheitsvoll ab. »Diesen Menschen braucht er nicht mehr. Er hat jetzt mich.«

»Als Ehefrau des Beschuldigten haben Sie einen Informationsvorsprung«, meinte Freddy. »Wir wissen nicht viel über den Stand der Ermittlungen, Frau Uhlgass.«

»Für Alwins Taten vor dreißig Jahren gibt es kaum Indizien«, erwiderte sie. »Die Kalendernotizen der toten Rose und der Schnurrbart reichen nicht für eine Verurteilung aus, fürchte ich. Außerdem hatte sein Bürovorsteher für jenen Junimorgen Termine mit Mandanten eingetragen, die nichts mehr bezeugen können.«

»Was kann der Bürovorsteher sonst noch dazu sagen?«, wollte Freddy wissen. »Hat die Polizei ihn vernommen?«

Sie schüttelte den Kopf. »Werner kann weder etwas bezeugen noch etwas gestehen, falls er Alwins Helfer war. Vor einer guten Woche hat er einen Wanderunfall im Ahrtal erlitten. Steinschlag von einem Felsen …«

Pilar blickte Freddy an. Der zog die Augenbrauen hoch.

»Hat man denn den Beamten ausfindig gemacht, den Hildegard verdächtigt hatte?«, fragte Pilar.

»Oh ja. Der Makler Rübstil wusste den Namen des Mannes, und die Polizei hat ihn auf La Gomera aufgespürt. Er bestreitet natürlich alles. Doch die Kriminaltechniker haben das Haus untersucht, das er damals in Poppelsdorf bewohnte. Können Sie sich denken, was man im Keller entdeckt hat?«

»Das Skelett einer jungen weiblichen Leiche«, murmelte Pilar.

»Eine Ziegelmauer im Keller fiel durch eine Stelle auf, die eine Ausbesserung erkennen ließ. Dahinter fand man sie.«

Frau Uhlgass nippte an ihrem Kaffee. »Die jetzigen Eigentümer waren völlig ahnungslos und entsprechend entsetzt. Als sie das Haus vor neunundzwanzig Jahren gekauft hatten, zogen sie aus Hannover hierher. Von dem Gerücht hatten sie nie etwas erfahren.«

»Und was ist mit Erika und Rose?«, erkundigte sich Freddy. »Was hat die Obduktion ergeben?«

»Es gibt deutliche Hinweise, dass sie ermordet wurden«, fuhr Frau Uhlgass fort. »Die Rechtsmediziner haben an beiden Leichen Erstickungsblutungen gefunden.«

»Blut – beim Ersticken?« Pilar hatte das noch nie gehört.

»Erstickungsblutungen sind punktförmige Haut- und Schleimhautblutungen. Die sehen so ähnlich aus wie Flohstiche. Bei Erika und Rose hat man sie vor allem an den Augenlidern und an der Kopfhaut hinter den Ohren entdeckt.«

»Ist das den Ärzten, die den Totenschein ausgestellt haben, nicht aufgefallen?«, fragte Pilar verwundert.

»Die beiden Hausärzte haben geschlampt – nichts Ungewöhnliches, wenn die Toten alt sind, so ist das nun mal.« Frau Uhlgass zuckte mit den Achseln. »Außerdem hatten Erika und Rose Vorerkrankungen, die ihren Tod erklären konnten.«

»Hat man herausgefunden, wie das Ersticken vor sich gegangen ist?«

»Die Rechtsmediziner halten einen weichen Gegenstand, der auf Mund und Nase gepresst wurde, für möglich. Ein Kopfkissen zum Beispiel.«

Pilar atmete laut aus. »Die beiden haben sich natürlich nicht wehren können. So stark waren sie nicht.«

»Alwin hat regelmäßig den Kraftraum besucht, und sein Bestreben, jegliche Enthüllung unmöglich zu machen, wird ihm zusätzliche Kräfte verliehen haben«, sagte die alte Dame. »Aber all diese Erklärungen nützen nichts. Angeblich hat er sich an den fraglichen Tagen wegen umfangreicher Beratungen im Hause eines Mandanten aufgehalten. Der Mann hat das bestätigt.«

»Alibis werden oft geknackt«, meinte Freddy.

»Hoffen wir es. Alwins Berechnung, dass die Leute mehr auf die Taschen als auf sein Aussehen achten würden, ist jedenfalls nicht aufgegangen: Die Pflegeschülerin aus dem ›Haus am Wald‹ war sich bei der Gegenüberstellung sicher, dass er der Herr mit der Apothekentüte war, und eine Bewohnerin der Villa Wohlfühl erkannte in Alwin den Mann mit der Sanitätshaustasche. Wir müssen abwarten, was daraus wird.«

Charlotte Uhlgass ließ ein Seufzen hören. »Ich fürchte, Alwin wird seine Alibis mit weiteren Zeugen untermauern und nachweisen, dass alles andere auf Irrtümern beruht.«

Freddy stieß einen Laut der Empörung aus. »Für das, was seine Leute an mir und Pilar verbrochen haben, muss er auf alle Fälle geradestehen.«

»Aber Herr Stieger!« Frau Uhlgass lächelte, als sehe sie gnädig über so viel Naivität hinweg. »Alwin wäre nicht der Erste, der erfolgreich behauptet, so einen Auftrag nie gegeben zu haben und völlig missverstanden worden zu sein.«

»Dann schafft er es womöglich, straflos auszugehen?«, fragte Pilar ungläubig.

Frau Uhlgass nahm einen Schluck Kaffee. »So pessimistisch wollen wir nicht sein. Es gibt clevere Kriminalbeamte, Staatsanwälte und Richter, die sein Spiel durchschauen könnten. Lassen Sie uns hoffen, dass Alwin für den Rest seines Lebens hinter Gittern bleibt.«

»Ich bin unserem Nachbarn Winter jedenfalls unendlich dankbar.« Pilar strich über ihre Handgelenke, an deren Außenseiten immer noch verkrustete rote Striemen zu sehen waren. »Wenn er nicht die Polizei gerufen hätte …«

Das Gesicht der alten Dame verzerrte sich. »Winter?« Ihre Stimme schnellte in die Höhe. »Mit dem hat alles angefangen! Er hat verbreitet, dass Hildegard den Ministerialbeamten verdächtigte, und damit die Kugel erst ins Rollen gebracht.«

»Und nach dreißig Jahren angehalten«, sagte Freddy.

Sie schwiegen alle drei. Es war ganz still in der kleinen Küche, bis auf das zarte Schnarchen aus der Hundehängematte. Jeder hing seinen Gedanken nach.

Pilar hatte das, was am vergangenen Mittwoch geschehen war, noch längst nicht verarbeitet. Erstaunlicherweise hatte sie ihren Vortrag in der Volkshochschule ohne Probleme abspulen können, und die anschließende Diskussion war lebhafter gewesen als in ihren bisherigen Veranstaltungen – kein Wunder, nachdem sie ihren Zuhörern von einem wahrhaftigen Kriminalfall erzählt hatte. Nachts hatte sie vor Erschöpfung fest und gut geschlafen, aber am nächsten Morgen war sie fast zusammengebrochen, als die Erinnerung an das Erlebte, den Brechreiz, die Erstickungspanik und die grauenhafte Angst über sie hereingestürzt war.

»Eines ist mir noch nicht klar, Frau Uhlgass«, platzte Freddy in das Schweigen. »Alwin ist jeweils am selben Tag bei Erika und Rose erschienen wie Sven. Haben Sie eine Erklärung dafür?«

Frau Uhlgass nickte. »Seinen Taten sind wohl einige Beobachtungen vorausgegangen. Er wird festgestellt haben, wie selten die beiden Frauen Besuch erhielten, und sich gedacht haben, man würde sich weniger leicht an ihn erinnern, wenn er an einem Tag käme, an dem noch andere bei ihnen waren, in diesem Fall Sven und die Damen von der Kirche beziehungsweise vom Hörstudio – schließlich musste er damit rechnen, dass die Kennzeichen der Erstickung bei der Untersuchung der Leichen auffielen.«

»Die Kirchendame hat meine Schwiegermutter inzwischen als unproblematisch identifiziert«, warf Pilar lächelnd ein.

»Mit Sicherheit wusste Alwin auch, dass Fredo und Gesa verreist waren und deshalb nicht überraschend vorbeischauen konnten«, meinte Charlotte Uhlgass.

Plötzlich schien ein Ruck durch sie zu gehen. Ihre Hand vollführte eine Bewegung, als wollte sie die ganze Geschichte mit Schwung beiseiteschieben. »Nun habe ich einen Auftrag für Sie, Herr Stieger.«

Freddys Augen leuchteten auf, verdüsterten sich aber sofort wieder. »Ich wollte eigentlich keine Aufträge mehr annehmen.«

Frau Uhlgass öffnete ihre Handtasche aus schwarzem Lackleder und zog einen Fünfhundert-Euro-Schein heraus, der offenbar lose darin herumgelegen hatte.

»Vielleicht«, raunte Freddy Pilar zu, »bin ich es meiner Ente schuldig, von der ich mich sonst trennen müsste.«

Pilar versuchte, ein Grinsen zu unterdrücken.

»Haben Sie Talent, sich in psychische Zusammenhänge einzufühlen?« Die alte Dame blickte Freddy forschend an.

»Klar«, sagte Pilar schnell, bevor er etwas anderes behaupten konnte. »Hat er.«

»Formulierungsgabe, guten Stil?«

»Und wie«, antwortete Pilar.

»Dann ist das die Anzahlung.« Frau Uhlgass legte den Schein auf die geölte Tischplatte. »Nun schreibe ich selbst ein Buch über Alwin. Und Sie sollen mir dabei helfen.«

Pilar bemerkte Freddys belustigten Blick. Das Vorhaben schien ihm zu gefallen.

Ein feines Lächeln glitt über das Gesicht der alten Dame. »Ich hatte mir immer vorgestellt, dass ich Manfreds Mörder töten würde. Aber so ist es viel besser. Ich möchte der Nachwelt berichten, was wirklich geschehen ist. Das bin ich Manfred schuldig.«

Die Frau hat Mut, dachte Pilar. Was wird passieren, wenn

das Gericht ihren Mann freispricht, das Buch aber seine Schuld darlegt?

Frau Uhlgass blinzelte Pilar zu, als hätte sie ihre Bedenken erraten. »Wir machen natürlich einen Roman daraus«, erklärte sie. »Wir verfremden alles. Die Autorin wird eine Gräfin Maria sein, die niemand kennt. Einen adeligen Nachnamen werden wir schon finden.«

»Gräfin zu Tajo und Toledo«, schlug Pilar vor.

»Das ist wundervoll«, sagte Frau Uhlgass. »Wie kommen Sie darauf?«

## Anmerkungen der Autorin

Ortskundige mögen mir verzeihen, wenn sie in ihrer Erinnerung vergeblich nach der »Melbbude« fahnden. Sie ist ebenso ein Produkt meiner Phantasie wie die beiden Seniorenheime. Sicher sehen meine Leser auch darüber hinweg, dass ich beim »Alten Zoll« den Zustand vor dem Frühjahr 2013 zugrunde gelegt habe, da die Bauarbeiten zur Zeit der Entstehung dieses Romans noch andauerten.

Personen und Ereignisse dieser Geschichte sind frei erfunden, eventuelle Ähnlichkeiten zufällig.

Mein herzlicher Dank gilt …

… allen, die mir durch ihre bereitwilligen Antworten auf meine brennenden Fragen weitergeholfen haben, in erster Linie Reinhard, ohne den nichts möglich ist, für alles, außerdem Steffi und Jan für ihre medizinischen Auskünfte, Jojo für die Erforschung der Melbbrücke von unten, Herrn Dr. Frank Glenewinkel vom rechtsmedizinischen Institut der Universität Köln für seine ergänzenden Informationen und Herrn Professor Dr. Wolfgang Alt vom Förderverein Poppelsdorfer Geschichte für seine Unterstützung.

Ebenso herzlich danke ich meiner Lektorin Saskia Römer für ihren bewundernswert scharfen Blick, ihre Umsicht und die gute Zusammenarbeit.

Aber auch den engagierten Tierschützerinnen Maren, Rosa, Sibylle und Sonja gebührt an dieser Stelle mein Dank, denn durch sie habe ich die inspirierenden Hunde der Asociación Naturalia aus Huelva/Andalusien kennen- und lieben gelernt – einer von ihnen stand mir bei der Tatortbegehung treu zur Seite.

Soweit Bücher daran beteiligt waren, mir das Melbtal und seine Umgebung näherzubringen, sind hier zwei Titel von Bernhard Berzheim zu nennen: »Venusberg – der Balkon von Bonn« sowie »Ippendorf – vom armen Bauerndorf zum bevorzugten Bonner Wohnort« (beide Bonner Heimat- und Geschichtsverein, 2001 bzw. 1990), ferner Heft 20 der Reihe »Rheinische Kunststätten« des Rheinischen Vereins für Denkmalpflege und Landschaftsschutz (Köln 2003).